W0001537

# Das Haus am Potomac

# MARY HIGGINS CLARK

# Das Haus am Potomac

Roman

Aus dem Englischen
von Ingeborg F. Meier

WELTBILD

Die englische Originalausgabe erschien unter dem Titel *Still Watch*

Besuchen Sie uns im Internet:
*www.weltbild.de*

Genehmigte Lizenzausgabe für Verlagsgruppe Weltbild GmbH,
Steinerne Furt, 86167 Augsburg

Übersetzung: Ingeborg F. Meier
Umschlaggestaltung: Atelier Seidel, Neuötting
Umschlagmotiv: ZEFA, Düsseldorf (© Masterfile / Daryl Benson)
Gesamtherstellung: Oldenbourg Taschenbuch GmbH,
Hürderstraße 4, 85551 Kirchheim
ISBN 3-8289-7332-9

2006 2005 2004
Die letzte Jahreszahl gibt die aktuelle Lizenzausgabe an.

*Für Pat Myrer, meine Agentin,*
*und*
*Michael V. Korda, meinen Lektor.*

*Für ihre unschätzbar guten Ratschläge,*
*ihre Hilfe und Ermutigung als nur kleines*
*aber herzliches Dankeschön.*

# 1

Pat fuhr langsam. Sie blickte sich suchend in den engen Straßen von Georgetown um. Der Himmel war wolkenverhangen und dunkel; das Licht der Straßenlaternen vermischte sich mit dem Schein der Lampen an den Hauseingängen; eisverkrusteter Schnee funkelte unter der Weihnachtsbeleuchtung. Die Szenerie machte den Eindruck längst vergangener amerikanischer Beschaulichkeit. Pat bog in die N Street ein, fuhr, immer noch nach Hausnummern Ausschau haltend, einen Häuserblock entlang und überquerte die Kreuzung. Das muß es sein, dachte sie – das Eckhaus. Zuhause, geliebtes Zuhause.

Sie blieb eine Zeitlang am Straßenrand im Auto sitzen und betrachtete das Haus. Es war das einzige in der Straße, in dem kein Licht brannte, und die Schönheit seiner Linien war kaum zu erahnen. Die breiten Fenster auf der Vorderseite waren zur Hälfte hinter Sträuchern verborgen, die man ganz natürlich hatte wachsen lassen.

Nach der neun Stunden langen Fahrt von Concord tat ihr alles weh, jede Bewegung; trotzdem ertappte sie sich dabei, daß sie den Moment hinauszögerte, in dem sie die Haustür aufschloß und hineinging. Daran ist dieser verdammte Anruf schuld, dachte sie. Er ist mir unter die Haut gegangen.

Einige Tage bevor sie bei dem Kabelfernsehsender in Boston ausgeschieden war, hatte die Frau aus der Telefonzentrale bei ihr angerufen. »Da ist irgend so ein Spinner in der Leitung, der Sie unbedingt sprechen will. Wollen Sie, daß ich mithöre?«

»Ja.« Sie hatte den Hörer abgehoben, sich gemeldet und eine sanfte, aber eindeutig männliche Stimme hatte mit gedämpfter Lautstärke gesagt: »Patricia Traymore, Sie sollten lieber nicht nach Washington kommen. Lassen Sie es lieber bleiben, eine Sendung zu produzieren, in der Senatorin Jennings groß herausgestellt wird. Und ziehen Sie lieber nicht in *dieses* Haus.«

Sie hatte die Frau von der Zentrale stöhnen hören. »Wer spricht denn da?« hatte sie scharf gefragt.

Bei der mit der gleichen Anzüglichkeit wie vorher hingenuschelten Antwort waren ihr die Hände unangenehm feucht geworden. »Ich bin ein Engel der Barmherzigkeit, der Erlösung – und der Rache.«

Pat hatte versucht, das Ganze als einen jener verrückten Anrufe abzutun, wie sie bei Fernsehsendern häufiger vorkommen, war aber gegen ihren Willen doch beunruhigt. Die Meldung, daß sie zum Potomac Cable Network ginge, um dort eine Serie über *Frauen in der Regierung* zu machen, hatte in vielen Zeitungsartikeln gestanden. Sie hatte sie alle gelesen, um zu sehen, ob irgendwo erwähnt war, wo sie künftig leben würde, aber die Adresse war nirgendwo genannt worden.

Der ausführlichste Bericht hatte in der *Washington Tribune* gestanden: »Eine attraktive Errungenschaft der Potomac Cable Network ist die kastanienfarbene Brünette Patricia Traymore mit ihrer heiseren Stimme und den sympathischen braunen Augen. Ihre Sendungen mit Portraits von Berühmtheiten bei Boston Cable sind zweimal für den Emmy-Preis vorgeschlagen worden. Pat verfügt über die phantastische Begabung, Menschen dazu zu bewegen, sich mit bemerkenswerter Offenheit zu offenbaren. Als erstes wird sie sich mit Abigail Jennings befassen, der öffentlichkeitsscheuen Senatorin aus Virginia. Nach Aussage von Luther Pelham, dem Leiter und Moderator von Nachrichtensendungen bei Potomac Cable, wird die Sendung über Höhepunkte im privaten und öffentlichen Leben der Senatorin berichten. In Washington erwartet man bereits voller Spannung, ob es Pat Traymore gelingen wird, die eisige Reserviertheit der schönen Senatorin zu durchbrechen.«

Der Gedanke an den Anruf nagte an ihr. Wegen des Tonfalls, in dem er gesagte hatte »dieses Haus«.

Wer wußte Bescheid über das Haus?

Im Auto wurde es kalt. Pat wurde klar, daß der Motor schon etliche Minuten abgestellt war. Ein Mann mit einer Aktentasche eilte vorbei, hielt inne, als er sie da sitzen sah, dann setzte er seinen Weg fort. Ich sollte mich doch lieber in Bewegung setzen, bevor er bei der Polizei anruft und Meldung über eine herumlungernde Person erstattet, dachte sie. Die Eisentore vor der Einfahrt standen offen. Sie parkte das Auto vor dem mit Steinen gepflasterten Weg am Vordereingang und suchte in ihrer Handtasche nach dem Haustürschlüssel.

An der Haustür zögerte sie einen Augenblick, versuchte sich über ihre Gefühle klarzuwerden. Sie hatte damit gerechnet, von einem Gefühlsausbruch übermannt zu werden. Statt dessen empfand sie nur schlicht den Wunsch, hineinzugehen, die Koffer aus dem Auto zu holen, sich einen Kaffee zu machen und ein Sandwich zu essen. Sie drehte den Schlüssel im Schloß, stieß die Tür auf und fand den Lichtschalter.

Das Haus schien sehr sauber. Der glatte Ziegelsteinboden im Foyer hatte eine zarte Patina; der Kronleuchter strahlte. Ein zweiter Blick offenbarte ein Verblassen der Farbe und Schleifspuren in der Nähe der Wandleisten. Das Mobiliar müßte sie wohl zum größten Teil ausrangieren oder wiederaufarbeiten lassen. Die guten Möbel, die auf dem Boden des Hauses in Concord gelagert gewesen waren, sollten morgen gebracht werden.

Sie wanderte langsam durchs Erdgeschoß. Zur Linken war das große und freundliche, für Feierlichkeiten geeignete Eßzimmer. Mit sechzehn war sie bei einem Schulausflug nach Washington an diesem Haus vorbeigegangen, hatte sich aber nicht vorstellen können, wie geräumig die Zimmer darin waren. Von außen wirkte das Haus ziemlich schmal.

Der Tisch war zerkratzt, das Sideboard schlimm zugerichtet. So als wären heiße Schüsseln direkt auf das Holz gestellt worden. Aber sie wußte, daß die schönen, kunstvoll geschnitzten dunklen Eichenmöbel Familieneigentum waren und daß es sich lohnen würde, sie restaurieren zu lassen, ganz gleich, wie teuer das würde.

Sie warf einen Blick in die Küche und in die Bibliothek, setzte ihren Weg jedoch bewußt fort. In allen Zeitungsberichten war der Grundriß des Hauses bis ins kleinste Detail genau beschrieben gewesen. Das Wohnzimmer war der letzte Raum auf der rechten Seite. Sie spürte, wie es ihr die Kehle zuschnürte, als sie darauf zuschritt. War sie wahnsinnig, das zu tun – hierher zurückzukehren in dem Bemühen, sich wieder an etwas zu erinnern, was am besten vergessen blieb?

Die Wohnzimmertür war geschlossen. Sie legte die Hand auf den Türknauf und drehte ihn langsam herum. Die Tür sprang auf. Sie suchte nach dem Lichtschalter an der Wand und fand ihn. Es war ein schöner und großer Raum mit einer hohen Decke, einem eleganten Sims über dem weißen Ziegelsteinkamin und einer Fensternische. Das Zimmer war leer bis auf einen Konzertflügel, ein gewaltiges, wuchtiges Möbel aus dunklem Mahagoni in dem Erker rechts vom Kamin.

Der Kamin.

Sie ging langsam darauf zu.

Ihre Arme und Beine begannen zu zittern. Auf ihrer Stirn und auf ihren Handflächen bildeten sich Schweißperlen. Sie konnte nicht schlucken. Das Zimmer drehte sich um sie. Sie lief auf die Glastüren am Ende der linken Wand zu, kämpfte mit dem Schloß, riß beide Türen auf und stolperte auf die schneebedeckte Terrasse.

Die eiskalte Luft brannte ihr in den Lungen, als sie keuchend, in kurzen nervösen Zügen Atem holte. Ein heftiger Schauder veranlaßte sie, die Arme um ihren Körper zu pressen. Sie begann zu schwanken und mußte sich gegen die Hauswand lehnen, um nicht umzufallen. Das Schwindelgefühl im Kopf bewirkte, daß auch die dunklen Silhouetten der blattlosen Bäume zu schwanken schienen.

Der Schnee war knöcheltief. Sie spürte, wie Feuchtigkeit in ihre Stiefel drang, aber sie wollte nicht wieder ins Haus, bevor das Schwindelgefühl nachließ. Minuten vergingen, bis sie sich zutraute, ins Zimmer zurückzukehren. Sie schloß und verriegelte die Türen sorgfältig, zauderte, drehte sich dann bedächtig um und ging mit langsamen, zögernden Schritten wieder zum Kamin. Zaghaft strich sie mit der Hand über die rauhen, weiß getünchten Ziegelsteine.

Schon lange kamen nun die Erinnerungen bruchstückweise zurück, wie Wrackteile von einem Schiff. Seit einem Jahr träumte sie ständig davon, daß sie wieder Kind und wieder in diesem Haus war. Und jedesmal wachte sie voller Todesangst auf, versuchte zu schreien, konnte aber keinen Ton hervorbringen. Aber verbunden mit dieser Angst war ein ständig vorhandenes Verlustgefühl. Dieses Haus kannte die Wahrheit, dachte sie.

Hier war es geschehen. Die schrecklichen Schlagzeilen, zusammengetragen aus Zeitungsarchiven, schossen ihr durch den Sinn. »KONGRESSABGEORDNETER DEAN ADAMS AUS WISCONSIN TÖTET SEINE SCHÖNE VORNEHME FRAU UND BEGEHT SELBSTMORD. DREIJÄHRIGE TOCHTER KÄMPFT UMS ÜBERLEBEN.«

Sie hatte die Berichte so oft gelesen, daß sie sie auswendig kannte. »Senator John F. Kennedy meinte bekümmert: ›Ich verstehe das einfach nicht. Dean war einer meiner besten Freunde. Nichts an ihm hat je auf eine unterdrückte Gewalttätigkeit schließen lassen.‹«

Was hatte den allseits beliebten Kongreßabgeordneten zu Mord und Selbstmord bewegt? Es hatte Gerüchte gegeben, daß er und seine Frau drauf und dran waren, sich scheiden zu lassen. War Dean Adams durchgedreht, als seine Frau ihm ihre unwiderrufliche Entscheidung mitteilte, ihn zu verlassen? Sie mußten um die Waffe gerungen haben. Man hatte von ihnen beiden Fingerabdrücke darauf gefunden, verschmiert und einander überlagernd. Ihre drei Jahre alte Tochter hatte man mit Schädelfrakturen und zerschmettertem rechten Bein am Kamin gefunden.

Veronica und Charles Traymore hatten ihr gesagt, daß sie ein Adoptivkind war. Aber erst als sie in der High School war und ihre eigene Abstammung herausfinden wollte, hatten sie ihr die ganze Wahrheit erzählt. Voller Entsetzen hatte sie vernommen, daß ihre Mutter Veronicas Schwester war. »Du hast ein Jahr lang im Koma gelegen, niemand rechnete mehr damit, daß du überleben würdest«, hatte Veronica ihr erzählt. »Als du endlich wieder zu Bewußtsein kamst, warst du wie ein Säugling und mußtest alles neu lernen. Mutter – deine Großmutter – schickte eine Todesanzeige an die Zeitungen. Sie war entschlossen zu verhindern, daß dich der Skandal dein ganzes Leben lang verfolgte. Charles und ich lebten damals in England. Wir adoptierten dich, und unseren Freunden erzählten wir, du stammtest aus einer englischen Familie.«

Pat wußte noch genau, wie wütend Veronica gewesen war, als Pat darauf bestanden hatte, das Haus in Georgetown zu übernehmen. »Pat, es ist ein Fehler, dahin zurückzukehren«, hatte sie gesagt. »Wir hätten das Haus gleich verkaufen sollen, anstatt es all diese Jahre zu vermieten. Du machst dir gerade einen Namen beim Fernsehen – setz ihn nicht dadurch aufs Spiel, daß du alte Geschichten aufrührst! Du wirst Menschen begegnen, die dich als Kind kannten. Womöglich kommt irgendwer drauf und macht's publik.«

Veronica hatte ihre dünnen Lippen zusammengekniffen, als Pat hartnäckig geblieben war. »Wir haben alles Menschenmögliche getan, um dir einen neuen Anfang zu ermöglichen. Mach, was du willst, wenn du nicht davon abzubringen bist, aber sag später nicht, wir hätten dich nicht gewarnt.«

Am Ende hatten sie sich, beide mitgenommen und aufgebracht, umarmt. »Na, komm«, hatte Pat erklärt. »Meine Aufgabe ist es, die Wahrheit herauszufinden. Wenn ich dauernd dem nachjage, was im Leben anderer Leute gut und schlecht war, wie kann ich dann selber je Ruhe finden, wenn ich es nicht in meinem eigenen Leben tue?«

Sie ging in die Küche und nahm den Telefonhörer ab. Schon als Kind hatte sie Veronica und Charles mit ihren Vornamen angeredet, und in den letzten paar Jahren hatte sie fast ganz aufgehört, Mutter und Vater zu ihnen zu sagen. Aber sie hatte den Verdacht, daß sie darüber traurig waren und daß es ihnen weh tat.

Veronica meldete sich gleich nach dem ersten Läuten. »Hallo, Mutter. Ich bin hier wohlbehalten angekommen; es war nicht viel los unterwegs.«

»Wo ist *hier*?«

»In dem Haus in Georgetown.« Veronica hatte gewollt, daß sie in ein Hotel zog, bis die Möbel kamen. Um ihr gar nicht erst die Möglichkeit zu geben, ihr Vorwürfe zu machen, fuhr Pat eilig fort: »Es ist wirklich besser so. So kann ich mir meine Gerätschaften in der Bibliothek aufbauen und mich auf mein Interview mit Senatorin Jennings vorbereiten.«

»Hast du denn keine Angst?«

»Überhaupt nicht.« Sie sah im Geiste Veronicas schmales, sorgenzerfurchtes Gesicht vor sich. »Mach dir meinetwegen keine Gedanken, sondern freut euch auf eure Kreuzfahrt. Habt ihr schon alles gepackt?«

»Natürlich. Pat, es gefällt mir gar nicht, daß du zu Weihnachten allein bist.«

»Ich werde viel zu sehr damit beschäftigt sein, meine Sendung fertigzustellen, um auch nur daran zu denken. Außerdem haben wir Weihnachten herrlich vorgefeiert. Hör mal, ich sollte jetzt lieber mein Auto ausladen. Alles Liebe euch beiden. Tut so, als wäret ihr ein zweites Mal auf Hochzeitsreise, und laß dich von Charles wie verrückt lieben.«

»*Pat*!« Ihre Stimme klang gleichzeitig entrüstet und amüsiert. Aber bevor sie auflegte, schaffte sie es, noch einen guten Ratschlag zu erteilen: »Schließ immer doppelt ab!«

Während sie sich noch die Jacke zuknöpfte, begab sie sich hinaus in die Kälte. Die nächsten zehn Minuten zerrte und schleppte sie Gepäckstücke und Kisten herein. Der Karton mit der Bettwäsche und den Bettdecken war besonders schwer und schwierig zu tragen; auf der Treppe zum ersten Stock mußte sie alle paar Stufen eine Pause einlegen. Immer wenn sie etwas Schweres zu tragen versuchte, kam es ihr so vor, als wollte ihr rechtes Bein unter ihr nachgeben. Die Kiste mit dem Geschirr, den Pfannen und den Lebensmitteln mußte sie auf den Küchentisch hieven. ›Ich hätte mich darauf verlassen sollen, daß die Umzugsleute morgen rechtzeitig kommen‹, dachte sie – aber sie hatte aus Erfahrung gelernt, auch »fest zugesagten« Lieferterminen gegenüber skeptisch zu sein. Sie hatte eben ihre Kleider aufgehängt und sich Kaffee gemacht, als das Telefon läutete.

In der Stille des Hauses hatte das Klingeln die Wirkung eines lauten Knalls. Pat sprang in die Höhe und zuckte zusammen, als ein paar Tropfen Kaffee auf ihre Hand fielen. Sie stellte die Tasse schnell auf den Tisch und langte nach dem Telefon. »Pat Traymore.«

»Hallo, Pat.«

Sie umklammerte den Hörer, da sie sich zwingen wollte, ihrer Stimme einen ganz und gar freundlichen Klang zu geben. »Hallo, Sam.«

Samuel Kingsley, Kongreßabgeordneter des 26th District of Pennsylvania, der Mann, den sie von ganzem Herzen liebte – der *zweite* Grund, warum sie sich entschlossen hatte, nach Washington zu ziehen.

## 2

Vierzig Minuten später kämpfte Pat gerade mit dem Verschluß ihrer Halskette, als das Läuten der Türglocke Sams Ankunft ankündigte. Sie hatte sich umgezogen und trug nun ein jägergrünes Wollkleid mit Satinlitzen. Sam hatte ihr einmal gesagt, daß Grün das Rot ihrer Haare erst richtig zur Geltung brächte.

Es läutete noch einmal. Ihr zitterten zu sehr die Finger, als daß sie den Verschluß hätte schließen können. Sie schnappte sich die Handtasche und ließ ihre Halskette hineingleiten. Während sie die Treppe hinuntereilte, versuchte sie sich zu zwingen, ruhig zu erscheinen. Sie machte sich noch einmal klar, daß Sam sie in den acht Monaten seit dem Tod seiner Frau Janice nicht einmal angerufen hatte.

Auf der untersten Stufe wurde ihr bewußt, daß sie mal wieder ihr rechtes Bein schonte. Sam hatte einmal darauf bestanden, daß sie wegen ihres Hinkens einen Spezialisten aufsuchte, und hatte sie so dazu gebracht, ihm die Wahrheit über die Verletzung zu gestehen.

Im Foyer zögerte sie einen Moment, dann öffnete sie langsam die Tür.

Sam füllte beinahe den ganzen Türrahmen aus. Das Licht von draußen brachte die silbernen Strähnen in seinem dunkelbraunen Haar zum Leuchten. Seine haselnußbraunen Augen blickten aufmerksam und amüsiert unter buschigen Augenbrauen hervor. Aber das Lächeln, mit dem er sie dann anschaute, war sein altes Lächeln, herzlich und allumfassend. Sie standen linkisch da, jeder erwartete vom anderen, daß er den ersten Schritt tat und damit den Tenor ihres Wiedersehens bestimmte. Sam trug einen Besen in der Hand. Er überreichte ihn ihr feierlich.

»Bei mir im Viertel wohnen Mennoniten. Bei ihnen gibt es den Brauch, beim Einzug in ein neues Haus einen Besen und Salz zu überreichen.« Er langte in seine Tasche und holte ein Salzfäßchen hervor. »Geschenk des Hauses.« Er trat herein, legte ihr die Hände auf die Schultern und beugte sich herab, um sie auf die Wange zu küssen. »Willkommen in unserer Stadt, Pat. Schön, daß du da bist.«

So ist die Begrüßung also, dachte Pat. Alte Bekannte, die sich wiedersehen. Washington ist zu klein, als daß man einem Menschen aus der Vergangenheit aus dem Weg gehen könnte; also tritt ihr entgegen, biete ihr die Stirn und lege gleich die Spielregeln für die Zukunft fest. Nicht mit mir, dachte sie. Jetzt fangen wir ein ganz neues Spiel an, Sam, und diesmal will ich gewinnen.

Sie küßte ihn und drückte ihm gerade lange genug die Lippen auf den Mund, bis sie spürte, wie sich alles in ihm spannte. Dann trat sie zurück und lächelte leichthin.

»Woher wußtest du, daß ich da bin?« fragte sie. »Hast du mir hier Wanzen einbauen lassen?«

»Das nun nicht gerade. Abigail hat mir gesagt, daß du morgen zu ihr ins Büro kommst. Daraufhin habe ich bei Potomac Cable angerufen und mir deine Telefonnummer geben lassen.«

»Ach so.« Die Art, wie Sam die Senatorin Jennings erwähnt hatte, hatte eine gewisse Vertrautheit durchklingen lassen. Pat fühlte ein merkwürdiges Stechen in der Herzgegend und blickte zu Boden, weil sie nicht wollte, daß Sam ihren Gesichtsausdruck sah. Sie machte sich umständlich daran, die Halskette aus ihrer Handtasche zu fischen. »Dieses Ding hat einen Verschluß, mit dem selbst Houdini nicht fertig geworden wäre. Meinst du, du schaffst es?« Sie reichte ihm die Kette.

Er legte sie ihr um den Hals, und sie spürte, wie warm seine Finger waren, als er die Kette zumachte. Seine Finger verharrten noch einen kurzen Moment auf ihrer Haut.

Dann sagte er: »Okay, das müßte eigentlich halten. Zeigst du mir das Haus?«

»Es gibt noch nichts zu sehen. Der Möbelwagen kommt erst morgen. In ein paar Tagen wird es hier ganz anders aussehen. Außerdem verhungere ich fast.«

»Das kommt mir bekannt vor, verhungert warst du schon immer.« Jetzt verrieten Sams Augen wirklich Belustigung. »Wie ein kleines Ding wie du Schlemmereisbecher mit Früchten und andere Leckereien in sich hineinstopfen kann, ohne ein Gramm zuzunehmen ...«

Sehr galant, Sam, dachte Pat, während sie ihren Mantel aus dem Schrank nahm. Mich als ein kleines Ding mit riesigem Appetit hinzustellen. »Wohin gehen wir?« fragte sie.

»Ich habe im *Maison Blanche* einen Tisch reservieren lassen. Das Essen ist dort immer sehr gut.«

Sie reichte ihm ihren Mantel. »Haben sie da auch Kinderteller?« fragte sie honigsüß.

»*Wie bitte*? Oh, verstehe. Entschuldigung – ich dachte, ich hätte dir damit ein Kompliment gemacht.«

Sam hatte hinter ihrem Wagen in der Einfahrt geparkt. Als sie den Weg hinuntergingen, hatte er sie leicht untergehakt. »Pat, schonst du wieder dein rechtes Bein?« In seiner Stimme klang Besorgnis mit.

»Nur ein wenig. Ich bin noch steif von der Fahrt.«

»Korrigier mich, wenn ich mich täusche. Aber ist dies nicht dein Haus?«

Sie hatte ihm damals, in jener Nacht, die sie zusammen verbracht hatten, von ihren Eltern erzählt. Jetzt nickte sie geistesabwesend. Jene Nacht im Ebb Tide Motel am Cape Cod hatte sie immer und immer wieder neu durchlebt. Als Anstoß reichte schon der Geruch des Meeres oder der Anblick von zwei Menschen in einem Restaurant, die händchenhaltend am Tisch saßen und sich mit dem geheimnisvollen Lächeln von Verliebten ansahen. Und mit jener einen Nacht war ihre Beziehung zu Ende gegangen.

Am nächsten Morgen hatten sie still und traurig beim Frühstück gesessen und, bevor sie getrennt zu ihren Flugzeugen aufbrachen, ausgiebig über alles diskutiert; dabei waren sie gemeinsam zu dem Schluß gekommen, daß sie kein Recht aufeinander hatten. Sams Frau, die damals schon durch multiple Sklerose an den Rollstuhl gefesselt war, hatte es nicht verdient, spüren zu müssen, daß ihr Mann ein Verhältnis mit einer anderen Frau hatte. »Und sie würde es spüren«, hatte Sam gesagt.

Pat rief sich gewaltsam in die Gegenwart zurück und versuchte, das Thema zu wechseln. »Ist die Straße nicht großartig? Sie erinnert mich an ein Gemälde auf einer Weihnachtspostkarte.«

»Fast alle Straßen in Georgetown sehen um diese Jahreszeit wie auf Weihnachtspostkarten aus«, erwiderte Sam. »Es ist eine wahnwitzige Idee von dir, daß du vergangene Dinge wieder ans Tageslicht befördern willst, Pat. Laß es lieber.«

Sie waren beim Wagen angelangt. Er öffnete ihr die Tür, und sie stieg ein. Sie wartete, bis er auf dem Fahrersitz Platz genommen hatte und losfuhr, bevor sie antwortete: »Das kann ich nicht. Da ist etwas, das mich ständig quält und beunruhigt, Sam. Ich werde nicht eher Ruhe finden, bis ich herausgefunden habe, was es ist.«

Sam verlangsamte die Fahrt wegen des Halteschildes am Ende des Blocks. »Pat, bist du dir darüber im klaren, was du vorhast? Du willst die Geschichte umschreiben; aber denk an jene Nacht und sieh endlich ein, daß alles ein schrecklicher Unfall war, daß dein Vater weder Absicht hatte, dich zu verletzen, noch deine Mutter umzubringen. Du machst dir sonst selbst alles nur noch schwerer.«

Sie blickte zu ihm hinüber und betrachtete sein Profil. Seine Gesichtszüge, die eine Spur zu kräftig und unregelmäßig waren, als daß er dem klassischen Schönheitsideal entsprochen hätte, gefielen ihr über alles Maßen. Sie mußte sich beherrschen, um nicht dem spontanen Verlangen nachzugeben, zu ihm hinüberzurutschen und die weiche Wolle seines Mantels an ihrer Wange zu fühlen.

»Sam, warst du jemals seekrank?« fragte sie.

»Ein- oder zweimal. Normalerweise werde ich nicht so leicht seekrank.«

»Bei mir ist es genauso. Aber ich weiß noch, wie ich eines Sommers mit Veronica und Charles auf der *QE 2* aus England heimkehrte. Wir gerieten in einen Sturm, und aus irgendeinem Grunde wurde ich seekrank. Ich kann mich nicht erinnern, mich jemals wieder so elend gefühlt zu haben. Ich wünschte mir damals dauernd, ich könnte mich übergeben und damit wäre es überstanden. Und weißt du, so ähnlich ergeht es mir jetzt. Dauernd kommen mir Dinge wieder hoch.«

Er bog in die Pennsylvania Avenue ein. »Was für Dinge?«

»Geräusche ... Eindrücke ... manchmal ganz vage; dann wiederum, besonders wenn ich gerade wach werde, bemerkenswert deutlich – doch sie verwischen wieder, bevor ich sie zu fassen bekomme. Letztes Jahr habe ich es sogar einmal mit Hypnose versucht, aber es hat nicht geklappt. Dann habe ich gelesen, daß einige Erwachsene sich genau an Dinge erinnern können, die sie erlebt haben, als sie erst zwei waren. In einem Bericht hieß es, die beste Methode, sich zurückzuerinnern, sei, sich wieder in die alte Umgebung zu versetzen. Glücklicherweise oder unglücklicherweise kann ich eben das tun.«

»Ich finde immer noch, daß es eine wahnwitzige Idee ist.«

Pat starrte aus dem Wagenfenster. Sie hatte sich den Stadtplan angesehen, um ein Gefühl für die Stadt zu bekommen, und versuchte jetzt herauszubekommen, ob ihre Eindrücke stimmten. Aber das Auto fuhr zu schnell, und es war zu dunkel, um etwas mit Gewißheit sagen zu können. Sie schwiegen beide.

Der Oberkellner im *Maison Blanche* begrüßte Sam herzlich und führte sie zu einem festlich gedeckten Tisch.

»Das Übliche?« fragte Sam, als sie saßen.

Pat nickte, sich seiner Nähe extrem bewußt. War dies sein Lieblingstisch? Wie viele andere Frauen hatte er schon hierher ausgeführt?

»Zwei Chivas Regal *on the rocks* mit einem Spritzer Soda und einem Schuß Zitrone bitte«, bestellte Sam. Er wartete, bis der Oberkellner außer Hörweite war, dann sagte er: »Also gut – erzähl mir, wie es dir in den letzten Jahren ergangen ist. Laß nichts aus.«

»Da verlangst du aber viel von mir. Laß mich eine Minute nachdenken.« Sie beschloß, die ersten paar Monate, nachdem sie sich zu trennen beschlossen hatten, auszulassen, da sie die Tage wie in einem Nebel, benommen von reiner hoffnungsloser Seelenqual, zugebracht hatte. Sie konnte und würde über ihre Arbeit reden, darüber, daß sie für einen Emmy nominiert worden war wegen ihrer Sendung über die neu gewählte Bürgermeisterin von Boston, und darüber, wie sie immer mehr von dem Gedanken besessen war, eine Sendung über Senatorin Jennings zu machen.

»Warum über Abigail?« fragte Sam.

»Weil ich finde, es wird höchste Zeit, daß eine Frau als Präsidentschaftskandidatin aufgestellt wird. In zwei Jahren sind Wahlen, und Abigail Jennings sollte die Kandidatenliste anführen. Schau dir nur an, was sie aufzuweisen hat: zehn Jahre im Repräsentantenhaus; jetzt in ihrer dritten Amtsperiode als Senatorin; Mitglied des Auswärtigen Ausschusses; Mitglied des Haushaltsausschusses; die erste Frau, die zur Sprecherin der Mehrheitspartei ernannt wurde. Stimmt es nicht, daß der Kongreß immer noch tagt, weil der Präsident sich darauf verläßt, daß sie den Haushaltsplan so durchbekommt, wie er es gerne möchte?«

»Ja, das stimmt – und was noch mehr zählt, sie wird es auch schaffen.«

»Was hältst *du* von ihr?«

Sam zuckte die Schultern. »Sie ist gut. Verdammt gut sogar. Aber sie ist vielen wichtigen Leuten auf die Zehen getreten, Pat. Wenn Abigail sich aufregt, ist es ihr gleichgültig, wen sie zum Teufel schickt und wo und wie sie es tut.«

»Das stimmt vermutlich auch für die meisten Männer auf dem Capitol Hill.«

»Wahrscheinlich.«

»Genau.«

Der Kellner kam mit den Speisekarten. Sie bestellten, nachdem sie sich beide für einen *Caesar Salad* entschieden hatten. Das war auch so eine Erinnerung von ihr. Damals, an jenem letzten Tag ihres Zusammenseins, hatte Pat mittags einen kleinen Imbiß zubereitet und Sam gefragt, was für einen Salat sie besorgen sollte. *»Caesar«,* hatte er prompt geantwortet, »einen gemischten Salat mit reichlich Sardellen bitte.« »Wie kannst du nur so etwas essen?« hatte sie gefragt. »Wie, kannst du es nicht? Es ist ein Geschmack, an dem man erst mit der Zeit Gefallen findet, aber wenn man erst einmal Gefallen daran gefunden hat, schmeckt es einem immer.« Sie hatte damals davon gekostet und war zu dem Schluß gekommen, daß es gut war.

Auch er erinnerte sich daran. Als sie die Speisekarten zurückgaben, meinte er: »Freut mich, daß du das mit den Sardellen nicht aufgegeben hast.« Er lächelte. »Doch zurück zu Abigail. Es wundert mich, daß sie ihre Einwilligung zu dieser Dokumentarsendung gegeben hat.«

»Ehrlich gesagt, mich wundert es auch – immer noch. Ich habe ihr deswegen vor drei Monaten geschrieben. Ich hatte eine Menge über sie recherchiert und war völlig fasziniert von dem, was ich herausgefunden hatte. Sam, was weißt du über ihre Vergangenheit und Herkunft?«

»Sie stammt aus Virginia. Sie hat den Kongreßsitz ihres Mannes übernommen, als der starb. Sie ist besessen von ihrer Arbeit.«

»Genau. Das ist das Bild, das alle von ihr haben. In Wahrheit stammt Abigail Jennings aber aus dem ländlichen nördlichen Teil des Staates New York und *nicht* aus Virginia. Sie hat die Wahlen zur Schönheitskönigin des Staates New York gewonnen, lehnte es dann aber ab, zur Miss-Amerika-Wahl nach Atlantic City zu gehen, weil sie ein Stipendium für Radcliffe hatte und es nicht riskieren wollte, ein Jahr zu verlieren. Mit nur einunddreißig Jahren wurde sie Witwe. Sie hat ihren Mann so geliebt, daß sie fünfundzwanzig Jahre danach noch nicht wiederverheiratet ist.«

»Sie hat zwar nicht wieder geheiratet, aber sie hat auch nicht wie in einem Kloster gelebt.«

»Davon weiß ich nichts, aber den Informationen zufolge, die ich zusammengetrage habe, bestehen ihre Tage und Nächte zum größten Teil aus Arbeit.«

»Das stimmt.«

»Jedenfalls schrieb ich ihr in meinem Brief, daß ich gerne eine Sendung über sie machen würde, die den Zuschauern das Gefühl vermittelte, sie persönlich zu kennen. Ich erklärte in groben Zügen, was ich vorhatte, und bekam wohl die frostigste Absage, die ich je erhalten habe. Vor ein paar Wochen rief mich dann Luther Pelham an. Er wolle nach Boston kommen, um mit mir essen zu gehen und mit mir darüber zu reden, daß ich zu ihm kommen und für ihn arbeiten solle. Bei dem Essen erzählte er mir, daß die Senatorin ihm meinen Brief gezeigt habe; er trage sich schon seit längerem mit der Idee, eine Serie *Frauen in der Politik* zu machen. Er kenne meine Arbeit, sie gefalle ihm, und er habe das Gefühl, ich sei die Richtige für den Job. Außerdem versprach er, mich zu einem regelmäßigen Bestandteil seines Sieben-Uhr-Nachrichtenprogrammes zu machen.

Du kannst dir vorstellen, wie ich mich fühlte. Pelham ist wohl der bedeutendste Kommentator der Branche; sein Sender ist ebenso groß wie der von Turner; die Bezahlung ist phantastisch. Ich soll die Serie mit einer Dokumentarsendung über Senatorin Jennings starten, und er will diese so schnell wie möglich. Aber ich weiß immer noch nicht, wieso die Senatorin ihre Meinung geändert hat.«

»Das eine kann ich dir sagen: Der Vizepräsident wird vielleicht zurücktreten. Er ist viel kränker, als die Leute glauben.«

Pat legte ihre Gabel hin und starrte ihn an. »Sam, willst du damit sagen ...?«

»Ich will damit sagen, daß dem Präsidenten von seiner zweiten Amtsperiode nicht einmal mehr zwei Jahre bleiben. Und womit könnte er die Frauen in seinem Lande glücklicher machen, als wenn er als erster eine Frau zur Vizepräsidentin ernennen würde?«

»Aber das bedeutet ... Wenn Senatorin Jennings Vizepräsidentin würde, könnte man ihr kaum verwehren, sich für das nächste Mal als Präsidentschaftskandidatin aufstellen zu lassen.«

»Halt, Pat. Du bist zu vorschnell. Ich habe lediglich gesagt, *wenn* der Vizepräsident zurücktritt, stehen die Chancen verdammt gut, daß er entweder von Abigail Jennings oder Claire Lawrence abgelöst wird. Claire ist praktisch die Erma Bombeck des Senats – sehr beliebt, sehr geistreich, eine erstklassige Mitarbeiterin der gesetzgebenden Körperschaft. Sie wäre hervorragend auf diesem Posten. Aber Abigail ist schon länger da. Der Präsident und Claire stammen beide aus dem Mittleren Westen, und das ist aus politischen Gründen nicht gut. Er würde wohl lieber Abigail ernennen, kann aber nicht darüber hinwegsehen, daß Abigail nicht sehr bekannt ist im Land. Und sie hat sich im Kongreß viele mächtige Leute zu Feinden gemacht.«

»Dann glaubst du, Luther Pelham möchte durch die Dokumentarsendung bewirken, daß die Leute Abigail in einem wärmeren, persönlicheren Licht sehen?«

»Nach dem, was du mir gerade erzählt hast, nehme ich das an. Ich glaube, er möchte bewirken, daß sie von der Bevölkerung unterstützt wird. Die beiden waren eine Zeitlang ziemlich dick miteinander befreundet, und ich bin sicher, daß er seine liebe Freundin gerne auf dem Stuhl des Vizepräsidenten sehen würde.«

Sie aßen schweigend, während Pat darüber nachdachte, welche Folgerungen aus dem zu ziehen waren, was Sam ihr erzählt hatte. Natürlich erklärte sich dadurch das plötzliche Angebot an sie und auch die Eile, die geboten war.

»He, hast du mich vergessen?« fragte Sam schließlich. »Du hast mich gar nicht gefragt, was *ich* in den vergangenen zwei Jahren gemacht habe.«

»Ich habe deine Karriere verfolgt«, sagte sie. »Ich habe bei deiner Wiederwahl – obwohl sie mich nicht überrascht hat – auf dein Wohl getrunken. Ich habe an die zwölfmal an dich geschrieben, als Janice starb, und die Briefe wieder zerrissen. Es heißt, ich könne mit Worten gut umgehen, aber es klang alles falsch ... Es muß für dich sehr schlimm gewesen sein.«

»Ja. Als feststand, daß Janice nicht mehr lange zu leben hatte, beschränkte ich mein Arbeitsprogramm auf das Notwendigste und verbrachte jede Minute, die ich erübrigen konnte, mit ihr. Ich glaube, es hat ihr geholfen.«

»Da bin ich sicher.« Sie mußte fragen: »Sam, warum hast du so lange mit deinem Anruf gewartet? Hättest du mich überhaupt je wieder angerufen, wenn ich nicht nach Washington gekommen wäre?«

Während sie auf seine Antwort wartete, verschwanden um sie herum alle Hintergrundgeräusche und die Stimmen der anderen Gäste, das leise Gläserklirren, die verführerischen Düfte der Speisen, die getäfelten Wände und die Zwischenwände aus Milchglas.

»Ich habe dich angerufen«, antwortete er, »mehrfach, aber ich war stark genug, jedesmal wieder aufzulegen, bevor dein Telefon läutete. Pat, als ich dich kennenlernte, warst du gerade drauf und dran, dich zu verloben. Ich habe dir das vermasselt.«

»Ob es dich nun gegeben hätte oder nicht, es wäre nicht dazu gekommen. Rob ist ein netter Kerl, aber das ist nicht genug.«

»Er ist ein gescheiter junger Rechtsanwalt mit einer großen Zukunft. Du wärest heute mit ihm verheiratet, wenn ich nicht gewesen wäre. Pat, ich bin achtundvierzig. Du bist siebenundzwanzig. Ich werde in drei Monaten Großvater. Du würdest mit Sicherheit Kinder haben wollen, und ich habe einfach nicht die Kraft, noch einmal eine Familie zu gründen.«

»Verstehe. Darf ich dich etwas fragen, Sam?«

»Natürlich.«

»Liebst du mich, oder hast du dir das auch ausgeredet?«

»Ich liebe dich so sehr, daß ich dir eine Chance geben möchte, noch einmal jemanden in deinem Alter kennenzulernen.«

»Und hast du selber schon jemanden in *deinem* Alter gefunden?«

»Ich treffe mich mit niemandem im besonderen.«

»Verstehe.« Sie schaffte es zu lächeln. »Naja, nachdem jetzt alles ausgesprochen ist, könntest du mir da nicht diese schöne klebrige Nachspeise bestellen, nach der ich bekanntlich ganz wild bin?«

Er wirkte erleichtert. Hatte er damit gerechnet, daß sie ihm zusetzen würde? fragte sie sich. Er machte einen so müden Eindruck. Wo war all der Elan geblieben, den er noch vor zwei Jahren gehabt hatte?

Als er sie eine Stunde später zu Hause absetzte, fiel Pat wieder ein, worüber sie noch mit ihm hatte sprechen wollen. »Sam, ich habe letzte Woche im Büro einen merkwürdigen Anruf erhalten.» Sie erzählte ihm davon. »Bekommen Kongreßabgeordnete viele haßerfüllte Briefe oder Anrufe?«

Er schien nicht sonderlich besorgt. »Nein, nicht so viele, und wir nehmen sie alle nicht sehr ernst.« Er küßte sie auf die Wange und lachte stillvergnügt in sich hinein. »Mir ist gerade ein Gedanke gekommen. Vielleicht sollte ich mal lieber mit Claire Lawrence reden und herausfinden, ob sie schon mal den Versuch unternommen hat, Abigail einzuschüchtern.«

Pat sah ihm nach, als er davonfuhr, dann schloß und verriegelte sie die Tür. Das Haus bestärkte sie noch in dem Gefühl der Leere. Das wird anders, wenn es möbliert ist, sagte sie sich.

Ihr fiel etwas ins Auge, das auf dem Boden lag: ein schlichter weißer Briefumschlag. Er mußte unter der Tür durchgeschoben worden sein, als sie fort war. Darauf stand in dicken schwarzen, stark von links nach rechts gestellten Lettern ihr Name. Wahrscheinlich jemand vom Maklerbüro, versuchte sie sich einzureden. Aber der Umschlag war von der billigsten Sorte, und oben links in der Ecke standen nicht, wie üblich, Name und Adresse des Immobilienmaklers.

Sie riß ihn auf und zog das eine Blatt Papier darin heraus. Darauf stand: »ICH HABE IHNEN DOCH GESAGT, SIE SOLLTEN NICHT HERKOMMEN.«

# 3

Am nächsten Morgen läutete um sechs der Wecker. Pat war froh, aufstehen zu können. Die klumpige Matratze war nicht eben schlaffördernd gewesen, und sie war ständig aufgewacht, hatte knarrende, sich wieder beruhigende Geräusche im Haus gehört und das lärmende Arbeiten des Ölbrenners, wenn er aussetzte und wieder ansprang. So sehr sie es auch versuchte, sie konnte die Notiz nicht als das Werk eines harmlosen Verrückten abtun. Irgend jemand beobachtete sie. Die Umzugsleute hatten versprochen, bis um acht dazusein. Sie hatte vor, die Akten, die unten im Keller gelagert waren, in die Bibliothek hinaufschaffen zu lassen.

Im Keller mit seinen Zementwänden und -böden war es schmutzig. In der Mitte standen ordentlich aufgestapelt Gartenmöbel. Der Abstellraum war rechts vom Heizungskeller. Ein schweres Vorhängeschloß an der Tür war schmierig von dem Ruß, der sich im Laufe der Jahre angesammelt hatte.

Bei der Schlüsselübergabe hatte Charles sie gewarnt: »Ich weiß nicht genau, was du darin vorfinden wirst, Pat. Deine Großmutter hat Deans Büro Anweisung erteilt, seine persönlichen Sachen zu ihm nach Hause zu schicken. Wir sind nie dazu gekommen, sie zu sichern.«

Einen Moment lang sah es so aus, als ob der Schlüssel sich nicht bewegen ließe. Im Keller war es feucht, und es roch leicht nach Schimmel. Sie fragte sich, ob das Schloß wohl eingerostet war. Sie bewegte den Schlüssel vorsichtig hin und her und spürte dann, wie er sich drehte. Sie zog die Tür auf.

In dem Abstellraum schlug ihr ein starker Schimmelgeruch entgegen. Zwei kleine Aktenschränkchen waren so voller Staub und Spinnweben, daß sie kaum deren Farbe erkennen konnte. Direkt daneben standen mehrere schwere Kartons, die aufs Geratewohl aufeinander gestapelt waren. Sie rieb mit dem Daumen den Ruß ab, bis die Etiketten lesbar wurden: KONGRESSABGEORDNETER DEAN W. ADAMS, BÜCHER. KONGRESSABGEORDNETER DEAN W. ADAMS, PERSÖNLICHE DINGE. KONGRESSABGEORDNETER DEAN W. ADAMS, ANDENKEN. Auf den Schildchen an den Schubladen der Aktenschränkchen stand: KONGRESSABGEORDNETER DEAN W. ADAMS, PRIVAT.

»Kongreßabgeordneter Dean W. Adams«, sagte Pat laut. Sie wiederholte den Namen sorgfältig. Seltsam, dachte sie, ich denke nie an ihn als Kongreßabgeordneten. Ich verbinde ihn immer nur mit diesem Haus. Wie war er als Abgeordneter eigentlich gewesen?

Bis auf das offizielle Foto, das die Zeitungen bei seinem Tod benutzten, hatte sie nie Bilder von ihm gesehen, nicht einmal einen Schnappschuß. Veronica hatte ihr Alben mit Bildern von Renée als Kind gezeigt, von Renée als junger Frau bei ihrem Debut, bei ihrem ersten offiziellen Konzert, mit Pat im Arm. Es war nicht schwer zu erraten gewesen, warum Veronica nichts aufgehoben hatte, was an Dean Adams erinnerte.

Der Schlüssel zu den Aktenschränkchen befand sich an dem Ring, den Charles ihr gegeben hatte. Sie wollte gerade das erste aufschließen, als sie niesen mußte. Sie kam zum Schluß, daß es verrückt war, in diesem Keller etwas nachsehen zu wollen. Ihr brannten schon die Augen von dem Staub. Ich werde damit warten, bis alles in der Bibliothek steht, dachte sie. Aber erst einmal wollte sie die Schränkchen von außen abwaschen und den gröbsten Schmutz von den Kartons entfernen.

Das war eine schmutzige, mühsame Arbeit, wie sich herausstellte. Es gab im Keller kein Wasserbecken, und sie schleppte sich mehrfach in die Küche hinauf, trug Eimer mit heißer Seifenlauge hinunter und kehrte Minuten später mit rußschwarzer Lauge und geschwärztem Schwamm nach oben zurück.

Bei ihrem letzten Gang nahm sie ein Messer mit nach unten und kratzte damit sorgfältig die Etiketten von den Kartons, die Auskunft über deren Inhalt gaben. Schließlich entfernte sie auch noch die Schildchen von den Schubladen des Aktenschränkchens. Zufrieden begutachtete sie ihr Werk. Die Schränkchen waren olivgrün und in noch recht gutem Zustand. Sie würden an der Ostseite der Bibliothek Platz finden. Ebenso die Kartons. Niemand würde Grund zu der Annahme haben, sie wären nicht aus Boston mitgekommen. Veronicas Einfluß wieder einmal, dachte sie spöttisch. »Erzähl niemandem davon, Pat. Denke weiter, Pat. Wenn du heiratest, willst du, daß deine Kinder wissen, daß du hinkst, weil dein Vater versucht hat, dich umzubringen?«

Ihr blieb kaum Zeit, sich die Hände und das Gesicht zu waschen, bevor die Umzugsleute kamen. Die drei Männer schleppten die Möbel herein, rollten den Teppich auseinander, packten das Geschirr und die Gläser aus, trugen die Sachen aus dem Abstellraum herauf. Gegen Mittag waren sie, augenscheinlich zufrieden mit ihrem Trinkgeld, schon wieder fort.

Wieder allein, ging Pat direkt ins Wohnzimmer. Die Veränderung war gewaltig. Dominierend in dem Zimmer war der gut vier mal sieben Meter große Orientteppich mit seinen leuchtenden aprikosenfarbenen, grünen, zitronengelben und preiselbeerroten Mustern auf schwarzem Grund. Vor der kürzeren Wand stand das zweisitzige grüne Samtsofa, in rechtem Winkel zu dem langen aprikosenfarbenen Satinsofa. Die dazu passenden Ohrensessel standen rechts und links neben dem Kamin; die Bombay-Truhe stand links von den Terrassentüren.

Der Raum war beinahe wieder in seinem früheren, alten Zustand. Sie ging hindurch, strich über die Tischplatten, rückte einen Stuhl oder eine Lampe zurecht, strich mit den Händen über die Polstermöbel. Was empfand sie? Sie war sich nicht sicher. Nicht direkt Angst – obwohl sie sich dazu zwingen mußte, am Kamin vorbeizugehen. Was dann? Sehnsucht? Aber wonach? War es möglich, daß einige dieser verschwommenen Sinnesempfindungen Erinnerungen an glückliche Zeiten waren, die sie in diesem Zimmer verlebt hatte? Wenn es so war, was konnte sie sonst noch tun, um sie wiederzuerlangen?

Fünf Minuten vor drei stieg sie vor dem Russell Senate Office Building aus einem Taxi. In den letzten Stunden war die Temperatur stark gesunken, und sie war froh, als sie das geheizte Foyer betrat. Die Sicherheitswachen ließen sie den Metalldetektor passieren und zeigten ihr den Weg zum Aufzug. Kurz darauf meldete sie sich mit ihrem Namen bei der Empfangsdame von Abigail Jennings. »Frau Senatorin Jennings hinkt zeitlich ein wenig ihrem Terminplan hinterher«, erklärte die junge Frau. »Sie hat einige Leute aus ihrem Wahlbezirk zu Besuch, die unerwartet vorbeigekommen sind. Es wird nicht lange dauern.«

»Es macht mir nichts aus zu warten.« Pat entschied sich für einen Sessel mit einer geraden Rückenlehne und blickte sich um. Abigail Jennings hatte eindeutig eines der begehrtesten Senatorenbüros. Es war eine Eckzimmereinheit von einer Luftigkeit und Geräumigkeit, wie sie ihres Wissens in dem überfüllten Gebäude äußerst rar waren. Ein niedriges Geländer trennte den Wartebereich vom Schreibtisch der Empfangsdame. Zur Rechten führte ein langer Gang zu einer Reihe von Büros. Die Wände waren bedeckt mit gerahmten Zeitungsfotos von der Senatorin. Auf dem kleinen Tisch neben der Ledercouch lagen Broschüren, in denen der Standpunkt der Senatorin zu noch nicht verabschiedeten Gesetzen erklärt war.

Sie hörte die ihr vertraute Stimme mit dem ganz leichten Anflug eines Südstaatenakzents, wie sie Besucher aus einem weiter innen gelegenen Büro hinauskomplimentierte. »Das war ganz entzückend, daß Sie es einrichten konnten, hier vorbeizukommen. Ich wünschte nur, ich hätte mehr Zeit für Sie ...«

Die Besucher waren ein gut gekleidetes Paar um die sechzig und schäumten vor Dankbarkeit geradezu über. »Naja, bei der *Fund-raiser*-Veranstaltung sagten Sie, wir könnten jederzeit vorbeikommen, und ich habe gesagt, ›Violet, jetzt sind wir in Washington, laß uns das machen.‹«

»Sind Sie sicher, daß Sie sich nicht freimachen können fürs Dinner?« mischte sich die weibliche Besucherin ein.

»Ich wünschte nur, ich könnte es.«

Pat beobachtete, wie die Senatorin ihre Gäste zur Tür nach draußen geleitete, sie öffnete und langsam schloß, so daß sie die beiden zwang hinauszugehen. Gut gemacht, dachte sie. Sie spürte, wie ihr Adrenalinspiegel stieg.

Abigail drehte sich um und hielt inne, wodurch sie Pat Gelegenheit gab, sie näher zu betrachten. Pat hatte vergessen, wie groß die Senatorin war – ein Meter fünfundsiebzig ungefähr, und sie hielt und bewegte sich sehr graziös und sehr aufrecht. Ihr graues Tweedkostüm betonte die Linien ihres Körpers; breite Schultern hoben die schmale Taille hervor, knochige Hüften endeten in schlanken Beinen. Ihr aschblondes, kurz geschnittenes Haar umrahmte das schmale Gesicht, in dem am meisten die außergewöhnlichen, porzellanblauen Augen auffielen. Ihre Nase glänzte, ihre Lippen waren blaß und ungeschminkt. Sie schien absolut kein Make-up zu benutzen, als versuche sie bewußt, nicht auf ihre bemerkenswerte Schönheit aufmerksam zu machen. Bis auf die feinen Fältchen um Augen und Mund sah sie noch genauso aus wie vor sechs Jahren.

Pat beobachtete, wie der Blick der Senatorin an ihr hängenblieb.

»Hallo«, sagte die Senatorin und kam auf sie zugeeilt. Und mit einem vorwurfsvollen Blick zu ihrer Empfangsdame meinte sie: »Cindy, Sie hätten mit mitteilen sollen, daß Miss Traymore da ist.« Ihr tadelnder Ausdruck schlug in Bedauern um. »Nun, es ist ja nichts passiert. Kommen Sie doch bitte herein, Miss Traymore. Darf ich Pat zu Ihnen sagen? Luther hat Sie mir so warm empfohlen, daß ich das Gefühl habe, Sie zu kennen. Ich habe auch einige der Sendungen gesehen, die Sie in Boston gemacht haben. Luther hat sie mir vorgeführt. Sie sind großartig. Und wie Sie auch in Ihrem Brief erwähnt haben, wir sind uns schon einmal vor einigen Jahren begegnet. Als ich in Wellesley gesprochen habe, stimmt's?«

»Ja, stimmt.« Pat folgte der Senatorin in ihr inneres Büro und blickte sich um. »Ist das hübsch!« rief sie aus.

Auf einem großen Walnußschreibtisch standen eine fein bemalte japanische Lampe, eine offensichtlich teure Figurine einer ägyptischen Katze und ein goldener Füller in einem Halter. Der karmesinrote breite und bequeme Ledersessel mit geschwungenen Lehnen und kunstvollen Zierknöpfen war wahrscheinlich englisches siebzehntes Jahrhundert. Auf einem Orientteppich waren die Farbtöne Karmesinrot und Blau vorherrschend. Hinter dem Schreibtisch hingen die Flaggen der Vereinigten Staaten und des Staates Virginia an der Wand. Blauseidene, seitlich gebundene Vorhänge milderten den Ausblick auf die Trostlosigkeit des wolkenverhangenen Wintertages. Eine Wand war mit Mahagoni-Bücherregalen verdeckt. Pat nahm in einem Sessel Platz, der dem Schreibtisch der Senatorin am nächsten stand.

Die Senatorin schien über Pats Reaktion auf ihr Büro erfreut. »Einige meiner Kollegen meinen, daß ihre Wähler sie für um so fleißiger und sachlicher halten, je schäbiger, vollgestopfter und unordentlicher ihre Büros aussehen. Ich kann in Durcheinander einfach nicht arbeiten. Harmonie ist für mich sehr wichtig. In dieser Atmosphäre schaffe ich viel mehr.«

Sie machte eine Pause. »In nicht ganz einer Stunde findet eine Abstimmung statt, vielleicht sollten wir daher lieber zur Sache kommen. Hat Luther Ihnen gesagt, daß mir der Gedanke an diese Sendung in höchstem Maße *mißfällt*?«

Pat fühlte sich auf sicherem Boden. Viele Leute hatten etwas gegen Sendungen über sie. »Ja, das hat er«, antwortete sie, »aber ich glaube ehrlich, daß Sie mit dem Ergebnis zufrieden sein werden.«

»Das ist der einzige Grund, warum ich das überhaupt in Betracht ziehe. Ich will ganz offen sein: Lieber arbeite ich mit Luther und Ihnen zusammen, als daß ein anderer Sender eine von mir nicht genehmigte Sache bringt. Trotzdem! Ich wünschte, wir hätten noch die guten alten Zeiten, als ein Politiker einfach sagen konnte: ›Was zählt, ist nur meine politische Laufbahn.‹«

»Die Zeiten sind vorbei. Zumindest für die Personen, die zählen.«

Abigail langte in ihre Schreibtischschublade und holte eine Schachtel Zigaretten hervor. »In der Öffentlichkeit rauche ich nicht mehr«, bemerkte sie. »Nur einmal – stellen Sie sich vor, *einmal* – hat eine Zeitung ein Bild von mir gedruckt, auf dem ich eine Zigarette in der Hand habe. Damals war ich im Repräsentantenhaus und bekam Dutzende empörter Briefe von Eltern aus meinem Bezirk, daß ich ein schlechtes Beispiel gäbe.« Sie reichte die Packung über den Schreibtisch. »Möchten Sie ...?«

Pat schüttelte den Kopf. »Nein, danke. Mein Vater bat mich, nicht zu rauchen, bis ich achtzehn würde. Und als es soweit war, hatte ich die Lust darauf verloren.«

»Sie haben Wort gehalten? Nicht heimlich hinter der Garage geraucht oder so?«

»Nein.«

Die Senatorin lächelte. »Das finde ich sehr beruhigend.

Sam Kingsley und ich sind den Medien gegenüber sehr mißtrauisch. Sie kennen ihn, nicht wahr? Als ich ihm über diese Sendung berichtete, hat er mir versichert, Sie wären anders.«

»Das war nett von ihm«, sagte Pat und bemühte sich, gleichgültig zu klingen. »Frau Senatorin, am schnellsten kommen wir, glaube ich, weiter, wenn Sie mir genau sagen, warum der Gedanke an diese Sendung Ihnen so zuwider ist. Wenn ich von Anfang an weiß, woran Sie Anstoß nehmen, spart uns das eine Menge Zeit.«

Die Senatorin machte ein nachdenkliches Gesicht. »Es macht mich wütend, daß niemand mit meinem Privatleben zufrieden ist. Ich bin mit einunddreißig Jahren Witwe geworden und es geblieben. Daß ich nach dem Tod meines Mannes seinen Sitz im Kongreß übernommen habe, dann selbst gewählt wurde und die Arbeit im Senat fortsetzte – all das hat mir immer das Gefühl vermittelt, noch mit ihm zusammenzusein. Ich liebe meine Arbeit, und bin mit ihr verheiratet. Aber ich kann natürlich nicht gut unter Tränen vom ersten Schultag des kleinen Johnny erzählen, da ich selbst nie ein Kind hatte. Ich kann mich nicht wie Claire Lawrence inmitten einer Schar Enkelkinder fotografieren lassen. Und ich warne Sie, Pat, ich werde nicht zulassen, daß in dieser Sendung ein Bild von mir in Badeanzug, mit hochhackigen Schuhen und mit Rheinkieselsteinkrone erscheint.«

»Aber Sie *waren* doch Miss New York State. Das können Sie nicht abstreiten.«

»Nein?« Sie blitzte sie mit ihren unglaublichen Augen an. »Wissen Sie, daß kurz nach Willards Tod ein Revolverblatt eben dieses Bild von mir abgedruckt hat, als ich zur Miss New York State gekrönt wurde, und zwar mit der Unterschrift: *Und der wirkliche Siegerpreis ist für Sie, daß Sie für den Süden in den Kongreß einziehen?* Der Gouverneur hätte es sich beinahe anders überlegt und seinen Entschluß geändert, mich Willards Amtsperiode beenden zu lassen. Jack Kennedy mußte ihm klarmachen, daß ich mit meinem Mann seit seiner Wahl Seite an Seite zusammengearbeitet hatte. Wenn Jack nicht so einflußreich gewesen wäre, säße ich nun vielleicht nicht hier. Nein danke, Pat Traymore. Keine Schönheitsköniginnen-Bilder. Beginnen Sie Ihre Sendung damit, wie ich im letzten Jahr an der University of Richmond studierte, frisch verheiratet war mit Willard und ihm bei seiner Wahlkampagne für seine erste Amtszeit im Kongreß half. Damit begann für mich das Leben.«

Sie können doch nicht so tun, als hätte es die ganzen ersten zwanzig Jahre in Ihrem Leben nicht gegeben, dachte Pat. Und wieso tun Sie das? Laut machte sie den Vorschlag: »Ich bin mal auf ein Bild von Ihnen gestoßen, wie Sie als Kind vor dem Haus Ihrer Familie in Apple Junction stehen. So etwas gedachte ich als erstes Hintergrundmaterial zu benutzen.«

»Pat, ich habe nie behauptet, daß dies das Haus *meiner* Familie war. Ich habe gesagt, daß ich da *gelebt* habe. Tatsächlich war meine Mutter die Haushälterin der Familie Saunders, und sie und ich hatten eine kleine Wohnung auf der Rückseite. Bitte vergessen Sie nicht, daß ich Senatorin von Virginia bin. Die Jennings gehören zu den führenden Familien in Tidewater Virginia, seit sich die ersten Engländer in Jamestown ansiedelten. Meine Schwiegermutter hat mich immer als Willards Yankeeweib bezeichnet. Es hat mich viel Mühe gekostet, als eine Jennings aus Virginia betrachtet zu werden und Abigail Foster aus dem nördlichen ländlichen Staat New York in Vergessenheit geraten zu lassen. Wollen wir es nicht dabei belassen?«

Es klopfte an die Tür. Ein seriös wirkender Mann von Anfang dreißig mit einem ovalen Gesicht trat ein; er trug einen grauen Anzug mit einem zarten Nadelstreifenmuster, der seine Schlankheit noch betonte. Er hatte sein sich lichtendes blondes Haar quer über den Schädel gekämmt, doch auch so ließ sich die kahle Stelle nicht verbergen. Randlose Brillengläser trugen dazu bei, daß er wie ein Mann mittleren Alters wirkte. »Frau Senatorin«, sagte er, »die Abstimmung wird gleich beginnen. Die Fünfzehn-Minuten-Klingel hat schon geläutet.«

Die Senatorin stand abrupt auf. »Pat, tut mir leid. Übrigens, dies ist Philip Buckley, mein für die Verwaltung zuständiger Assistent. Er und Toby haben für Sie einige Unterlagen zusammengestellt – alles mögliche: Zeitungsausschnitte, Briefe, Fotoalben, sogar ein paar privat aufgenommene Filme. Warum schauen Sie sich nicht alles an, und wir unterhalten uns noch einmal in einigen Tagen?«

Pat blieb nichts anderes übrig als zuzustimmen. Sie mußte mit Luther Pelham reden. Sie mußten die Senatorin gemeinsam überreden, nicht ihre Sendung zu blockieren. Sie merkte, daß Philip Buckley sie aufmerksam musterte. Spürte sie eine gewisse Feindseligkeit in seiner Haltung?

»Toby wird Sie nach Hause bringen«, fuhr die Senatorin eilig fort. »Wo steckt er nur, Phil?«

»Hier, bin schon da, Senatorin. Immer mit der Ruhe.«

Die muntere Stimme kam von einem Mann mit gewaltigem Brustkorb, der auf Pat sofort den Eindruck eines gealterten Preisboxers machte. Er hatte ein großes, kräftiges Gesicht, das unter den tiefliegenden Augen wabbelig zu werden begann. Sein mattes, sandfarbenes Haar war reichlich mit Grau durchwachsen. Er trug einen dunkelblauen Anzug und hielt eine Mütze in der Hand.

Seine Hände – sie ertappte sich dabei, daß sie sie anstarrte. So große Hände hatte sie noch nie gesehen. Ein Ring mit einem mehrere Quadratzentimeter großen Onyx betonte die Klobigkeit seiner Finger noch.

*Immer mit der Ruhe.* Hatte er das wirklich gesagt? Sprachlos blickte sie die Senatorin an. Aber Abigail Jennings lachte.

»Pat, dies ist Toby Gorgone. Was seine Aufgabe bei mir ist, kann er Ihnen selbst erzählen, während er Sie nach Hause fährt. Ich bin selbst nie ganz dahintergekommen, dabei ist er schon fünfundzwanzig Jahre bei mir. Er stammt auch aus Apple Junction, und außer mir ist er das Beste, was dieser Ort je hervorgebracht hat. Und jetzt muß ich los. Kommen Sie, Phil.«

Sie eilten davon. Diese Sendung zu machen wird die reine Hölle, dachte Pat. Sie hatte drei ganze Seiten voll mit Punkten, über die sie mit der Senatorin hatte reden wollen, und hatte erst einen einzigen davon zur Sprache bringen können. Toby kannte Abigail Jennings seit ihrer Kindheit. Daß sie sich sein unverschämtes Verhalten gefallen ließ, war unglaublich. Vielleicht konnte er ihr auf der Heimfahrt einige Fragen beantworten.

Gerade als sie bei der Empfangssekretärin ankam, flog die Tür auf, und die Senatorin kam, gefolgt von Philip, wieder hereingerauscht. Ihre Gelassenheit war dahin. »Toby, gut, daß ich Sie noch erwische«, fuhr sie ihn an. »Was hat Sie auf die Idee gebracht, daß ich nicht vor sieben in der Botschaft sein müßte?«

»Das haben Sie mir selbst gesagt, Senatorin.«

»*Kann sein*, daß ich Ihnen das gesagt habe, aber ist es nicht Ihre Pflicht, noch einmal nachzuchecken, was für Termine ich habe?«

»Doch, Senatorin«, sagte er freundlich.

»Ich muß um *sechs* dasein. Stehen Sie um Viertel vor unten bereit.« Sie schleuderte ihm die Worte entgegen.

»Senatorin, Sie kommen noch zu spät zur Abstimmung«, sagte Toby. »Sie sollten jetzt lieber gehen.«

»Ich käme überall zu spät, wenn ich nicht Augen im Kopf hätte, mit denen ich Sie überprüfen könnte.« Diesmal flog die Tür krachend hinter ihr ins Schloß.

Toby lachte. »Wir sollten jetzt besser aufbrechen, Miss Traymore.«

Pat nickte wortlos. Sie konnte sich nicht vorstellen, daß

einer der Dienstboten zu Hause Veronica oder Charles mit einer solchen Vertraulichkeit angeredet hätte oder so kühl geblieben wäre bei einem Tadel. Was für Umstände hatten eine so merkwürdige Beziehung zwischen der Senatorin und ihrem bulligen Fahrer entstehen lassen?

Sie beschloß, das herauszufinden.

# 4

Toby steuerte den schnittigen grauen Cadillac Sedan de Ville durch den immer stärker werdenden Verkehr. Er dachte wohl zum hundertsten Mal, daß Washington spätnachmittags der Alptraum jeden Chauffeurs war. All diese Touristen mit ihren Mietwagen, die nicht mitbekamen, daß manche Straßen um Punkt vier Einbahnstraßen wurden, machten den Leuten, die hier arbeiteten, höllisch zu schaffen.

Er warf einen Blick in den Rückspiegel, und ihm gefiel, was er sah. Patricia Traymore war in Ordnung. Sie hatten Abby zu dritt zureden müssen – er selber, Phil und Pelham –, bis sie ihre Zustimmung zu dieser Dokumentarsendung gab. Deswegen fühlte Toby sich noch mehr als sonst dafür verantwortlich, daß alles gut ging.

Doch man konnte es Abby nicht übelnehmen, daß sie nervös war. Alles, was sie sich immer gewünscht hatte, war in greifbare Nähe gerückt. Seine Augen begegneten im Spiegel Pats Blick. Was für ein Lächeln dieses Mädchen hatte! Er hatte gehört, wie Sam Kingsley zu Abigail sagte, diese Pat Traymore brächte einen dazu, Dinge zu erzählen, über die zu reden man sich nie habe vorstellen können.

Pat hatte darüber nachgedacht, auf welche Weise sie Toby ansprechen sollte, und war zu dem Schluß gekommen, daß die direkte Art die beste war. Als das Auto auf der Constitution Avenue vor einer Ampel hielt, beugte sie sich vor. Mit einem leisen Lachen in der Stimme sagte sie: »Toby, ich muß Ihnen gestehen, daß ich dachte, ich hörte nicht recht, als Sie ›Immer mit der Ruhe‹ zur Senatorin sagten.«

Er drehte den Kopf herum, um sie direkt anzuschauen.

»Oh, das hätte ich bei der ersten Begegnung mit Ihnen nicht sagen sollen. Normalerweise rede ich nicht so mit ihr. Das war nur, weil ich wußte, daß Abby nervös war wegen dieser Sache mit dieser Sendung und daß sie auf dem Weg zur Abstimmung war und eine Horde von Reportern ihr von allen Seiten mit Fragen zusetzen würde, warum sie nicht mit den anderen übereinstimmte – deswegen dachte ich, wenn ich sie dazu bringen könnte, einen Moment abzuschalten, würde ihr das guttun. Aber verstehen Sie das nicht falsch. Ich habe großen Respekt vor dieser Frau. Und denken Sie sich nichts weiter dabei, daß sie mich angefahren hat. Fünf Minuten später weiß sie nichts mehr davon.«

»Sind Sie zusammen aufgewachsen?« bohrte Pat vorsichtig weiter.

Die Ampel schaltete auf Grün. Das Auto fuhr ruhig an; und Toby steuerte den Wagen erst vor einen Kombiwagen auf die rechte Spur, bevor er antwortete. »Na ja, nicht direkt. In Apple Junction besuchen alle Kinder dieselbe Schule – außer wenn sie zur Pfarrschule gehen natürlich. Aber sie war zwei Jahre weiter als ich, deswegen waren wir nie zusammen in einer Klasse. Als ich fünfzehn war, fing ich dann an, im reichen Viertel der Stadt Gartenarbeiten zu verrichten. Abby hat Ihnen vermutlich erzählt, daß sie bei den Saunders im Haus wohnte.«

»Ja.«

»Ich habe für die Leute gearbeitet, die vier Häuser weiter wohnten. Eines Tages hörte ich Abby laut schreien. Der alte Kerl, der gegenüber von den Saunders lebte, hatte sich in den Kopf gesetzt, er brauche einen Wachhund, und sich einen deutschen Schäferhund gekauft. Ein bösartiges Vieh! Jedenfalls ließ der alte Kerl das Tor offen, und der Hund entwischte, gerade als Abby die Straße entlangkam. Stürzte direkt auf sie zu.«

»Und Sie haben sie gerettet?«

»Ja, sicher. Ich fing an zu brüllen und lenkte ihn ab.

Mein Pech war, daß ich meinen Rechen fallengelassen hatte, denn er riß mich fast in Fetzen, bis ich ihn am Hals zu fassen kriegte. Und dann –« Tobys Stimme klang erfüllt von Stolz, »und dann war es aus mit dem Wachhund.«

Pat zog unauffällig ihr Tonbandgerät aus ihrer Umhängetasche und stellt es an. »Jetzt kann ich verstehen, warum die Senatorin Ihnen gegenüber ziemlich starke Gefühle hat«, meinte sie. »Die Japaner glauben, wenn man jemandem das Leben gerettet hat, ist man danach für ihn verantwortlich. Glauben Sie, Ihnen ist es so ergangen? Sie hören sich für mich so an, als fühlten Sie sich für sie verantwortlich.«

»Nun, ich weiß nicht. Vielleicht war es so, vielleicht hat sie auch mal Kopf und Kragen für mich riskiert, als wir jung waren.« Das Auto hielt. »Entschuldigen Sie, Miss Traymore. Eigentlich hätten wir es noch über die Ampel schaffen müssen, aber dieser Trottel vor uns studiert Straßenschilder.«

»Macht nichts. Ich habe es nicht eilig. Die Senatorin hat ihren Kopf für Sie riskiert?«

»Ich sagte, *vielleicht*. Hören Sie, vergessen Sie's. Die Senatorin mag es nicht, wenn ich über Apple Junction rede.«

»Ich möchte wetten, daß sie darüber spricht, wie Sie ihr zur Seite gesprungen sind«, meinte Pat nachdenklich. »Ich kann mir vorstellen, wie *ich* empfinden würde, wenn ein bissiger Hund auf mich losgestürzt käme und sich jemand dazwischenwerfen würde.«

»Oh, Abby war dankbar, ganz gewiß. Ich blutete am Arm, und sie wickelte ihre Jacke darum. Dann bestand sie darauf, mich zur Unfallstation zu begleiten, und wollte sogar dabei sein, als sie mich nähten. Danach waren wir Freunde fürs Leben.«

Toby blickte sich zu ihr um. »*Freunde*«, wiederholte er nachdrücklich. »Nicht im Sinne von *boyfriend-girlfriend.*

Abby ist nicht meine Kategorie. Das brauche ich Ihnen nicht erst zu sagen. Etwas in dieser Art kam nicht in Frage. Aber manchmal kam sie nachmittags rüber, und wir unterhielten uns, während ich meine Gartenarbeit machte. Sie haßte Apple Junction ebenso wie ich. Und wenn ich in der Schule in Englisch durchfiel, gab sie mir Nachhilfestunden. Mit Büchern hatte ich eben nie etwas im Sinn. Zeigen Sie mir eine Maschine, und ich werde sie in zwei Minuten auseinandernehmen und wieder zusammensetzen. Aber verlangen Sie nicht von mir, daß ich einen Satzbau erkläre.

Jedenfalls, Abby ging zum College, und ich zog runter nach New York und heiratete, aber es ging nicht gut. Und ich nahm einen Job an, bei dem ich ein paar krumme Geschäfte für Buchmacher machte, und geriet in Schwierigkeiten. Danach fing ich an, für einen Spinner auf Long Island als Chauffeur zu arbeiten. Abby hatte inzwischen geheiratet, und ihr Mann war Kongreßabgeordneter, und ich las, daß sie einen Autounfall gehabt hätte, weil ihr Chauffeur getrunken hatte. Also dachte ich, verflucht noch mal. Ich schrieb ihr, und zwei Wochen später stellte mich ihr Mann ein, und das war vor fünfundzwanzig Jahren. Sagen Sie, Miss Traymore, welche Hausnummer haben Sie? Wir sind jetzt auf der N Street.«

»Dreitausend«, antwortete Pat. »Es ist das Eckhaus vom nächsten Häuserblock.«

»*Das* Haus?« Zu spät sein Versuch, den Schrecken nicht durchklingen zu lassen.

»Ja. Wieso?«

»Ich habe Abby und Willard Jennings früher zu Parties hierhergefahren. Das Haus gehörte mal einem Kongreßabgeordneten namens Dean Adams. Hat man Ihnen nicht gesagt, daß er seine Frau getötet und dann Selbstmord begangen hat?«

Pat hoffte, daß ihre Stimme ruhig klang. »Der Anwalt meines Vaters hat mir das Haus besorgt. Er hat etwas davon gesagt, daß sich vor vielen Jahren eine Tragödie darin ereignet haben soll, aber nicht Näheres.«

Toby hielt am Straßenrand. »Vielleicht hätte ich es lieber nicht erwähnen sollen. Er hat sogar versucht, seine Kleine zu töten – sie ist später gestorben. Ein niedliches kleines Ding. Sie hieß Kerry, erinnere ich mich. Was soll's?« Er schüttelte den Kopf. »Ich parke einfach für einen Moment neben dem Hydranten. Die Polypen werden sich nicht darum scheren, solange ich nicht hier herumlungere.«

Pat langte nach dem Türgriff, aber Toby war schneller als sie. Er war im Nu vom Fahrersitz hinausgesprungen, ums Auto herumgelaufen und hielt ihr die Tür auf, wobei er gleichzeitig stützend eine Hand unter ihren Arm legte. »Seien Sie vorsichtig, Miss Traymore. Hier ist es spiegelglatt.«

»Ja, das sehe ich. Danke.« Sie war froh, daß es so früh dunkel wurde, da sie befürchtete, ihr Gesichtsausdruck hätte Toby etwas verraten können. Er mochte zwar mit Büchern nichts im Sinn haben, aber sie spürte, daß er eine außerordentlich gute Beobachtungsgabe besaß. Sie hatte an dieses Haus immer nur im Zusammenhang mit jener einen Nacht gedacht. Natürlich hatten hier Parties stattgefunden. Abigail Jennings war sechsundfünfzig. Willard Jennings war acht oder neun Jahre älter gewesen als sie. Pats Vater wäre jetzt Anfang sechzig gewesen. Sie hatten damals in Washington derselben Altersklasse angehört.

Toby holte etwas aus dem Kofferraum. Sie hätte ihn gerne nach Dean und Renée Adams und dem niedlichen kleinen Ding, Kerry, ausgefragt. Aber nicht jetzt, mahnte sie sich zur Vorsicht.

Toby folgte ihr mit zwei großen Kartons auf dem Arm ins Haus. Pat konnte sehen, daß sie schwer waren, aber er trug sie mit Leichtigkeit. Sie führte ihn in die Bibliothek und zeigte auf die Stelle neben den Kartons aus dem Abstellraum. Sie war heilfroh, daß sie instinktiv die Etiketten mit dem Namen ihres Vaters abgekratzt hatte.

Aber Toby schenkte den Kartons kaum einen Blick. »Ich sollte lieber machen, daß ich wieder fortkomme. Miss Traymore, in diesem Karton –«, er zeigte darauf, »sind Zeitungsausschnitte, Fotoalben und dergleichen. In dem anderen sind Briefe von Wählern – persönlicher Natur, denen Sie entnehmen können, auf welche Weise Abby ihnen hilft. Auch einige private Filme, zum größten Teil aus der Zeit, als ihr Mann noch lebte. Das Übliche, vermute ich. Ich werde sie Ihnen gerne jederzeit vorführen und Ihnen sagen, wer auf ihnen zu sehen ist und bei welchem Anlaß.«

»Ich werde auf Ihr Angebot zurückkommen, sobald ich sie herausgesucht habe. Danke, Toby. Ich bin sicher, daß Sie mir in dieser Angelegenheit eine große Hilfe sein werden. Vielleicht schaffen wir es gemeinsam, etwas zusammenzustellen, womit die Senatorin zufrieden sein wird.«

»Wenn nicht, werden wir beide es zu verstehen bekommen.« Tobys kräftiges Gesicht erstrahlte unter einem freundlichen Lächeln. »Gute Nacht, Miss Traymore.«

»Warum nennen Sie mich nicht einfach ›Pat‹? Schließlich reden Sie die Senatorin auch mit ›Abby‹ an.«

»Ich bin der einzige, der sie so nennen darf. Sie hat es gar nicht gerne. Aber wer weiß? Vielleicht bietet sich mir mal eine Gelegenheit, auch Ihnen das Leben zu retten.«

»Zögern Sie nicht eine Sekunde, wenn sich Ihnen diese Gelegenheit bietet.« Pat reichte ihm die Hand und sah sie in seiner Pranke verschwinden.

Nachdem er fort war, blieb sie in Gedanken versunken am Eingang stehen. Sie mußte lernen, keine Gefühlsregung zu zeigen, wenn der Name Dean Adams fiel. Sie war froh gewesen, daß Toby auf ihn zu sprechen gekommen war, als sie im Schutz der Dunkelheit im Auto saß.

Aus dem Schatten des Hauses gegenüber beobachtete

noch jemand, wie Toby fortfuhr. Voller Zorn und Neugier betrachtete er Pat, wie sie da im Eingang stand. Er hatte die Hände in den Taschen seines schäbigen Mantels vergraben. Seine weiße Baumwollhose, die weißen Socken und die weißen Gummisohlen seiner Schuhe verschmolzen mit dem Schnee, der am Haus aufgeschaufelt war. Seine knochigen Handgelenke strafften sich, als er die Finger zu Fäusten zusammenballte, und die Muskeln in seinen Armen vibrierten vor Anspannung. Er war ein großer, hagerer Mann, der sich steif und gerade hielt und die Angewohnheit hatte, den Kopf ungewöhnlich zurückgeworfen zu halten. Sein silbergraues Haar, das nicht zu dem merkwürdig faltenlosen Gesicht paßte, war in die Stirn gekämmt.

Sie war da. Er hatte sie beobachtet, wie sie in der Nacht zuvor ihren Wagen ausgepackt hatte. Sie arbeitete an dieser Sendung, obwohl er sie gewarnt hatte. Das war das Auto der Senatorin, und in diesen Kartons waren vermutlich irgendwelche Akten. Und sie hatte vor, in diesem Haus zu bleiben. Plötzlich kam ihm wieder die Erinnerung an jenen Morgen vor langer Zeit: an den Mann, der eingequetscht zwischen Couchtisch und Sofa auf dem Rücken lag; an die blicklosen starren Augen der Frau; an das blutverklebte Haar des kleinen Mädchens ...

Lange nachdem Pat die Tür geschlossen hatte, stand er immer noch schweigend da, als könnte er sich nicht losreißen.

Pat war gerade in der Küche und briet sich ein Kotelett, als das Telefon zu läuten begann. Sie hatte gar nicht mit einem Anruf von Sam gerechnet, aber ... Mit einem flüchtigen Lächeln griff sie nach dem Hörer. »Hallo.«

Ein Flüstern. »Patricia Traymore?«

»Ja. Wer ist da?« Doch sie kannte diese schleimige Flüsterstimme bereits.

»Haben Sie meinen Brief erhalten?«

Sie bemühte sich, ruhig zu klingen, freundlich überredend. »Ich weiß gar nicht, worüber Sie sich so aufregen. Verraten Sie es mir.«

»Vergessen Sie diese Sendung über die Senatorin, Miss Traymore. Ich will Sie nicht strafen. Bringen Sie mich nicht dazu, es zu tun. Aber denken Sie daran, was der Herr gesagt hat: ›Wer aber ärgert dieser Geringsten einen, dem wäre besser, daß ein Mühlstein an seinen Hals gehängt und er ersäuft würde im Meer, da es am tiefsten ist.‹«

Die Leitung verstummte.

# 5

Es war nur der Anruf eines Verrückten – irgend so eines Spinners, der vermutlich der Ansicht war, daß Frauen in die Küche gehörten, nicht in öffentliche Ämter. Pat dachte an diesen verschrobenen Kerl in New York, der immer auf der Fifth Avenue auf und ab zu gehen pflegte mit Schildern, auf denen Bibelzitate standen des Inhalts, daß eine Frau ihrem Manne untertan zu sein habe. Er war harmlos gewesen. Und das war auch dieser Anrufer. Sie mochte nicht glauben, daß er etwas anderes war.

Sie ging mit einem Tablett in die Bibliothek und aß zu Abend, während sie gleichzeitig die Akten der Senatorin sichtete. Ihre Bewunderung für die Senatorin wuchs mit jeder Zeile, die sie über sie las. Abigail Jennings hatte es ernst gemeint, als sie sagte, sie sei mit ihrem Beruf verheiratet. Ihre Wähler waren ihre Familie, dachte Pat.

Pat war am nächsten Morgen mit Pelham im Sender verabredet. Sie ging um Mitternacht zu Bett. Zum großen Elternschlafzimmer des Hauses gehörten ein unmittelbar daran anschließendes Ankleidezimmer und ein Bad. Die Chippendale-Möbel mit ihren feinen Intarsienarbeiten aus Obstbaumhölzern hatten mit Leichtigkeit hineingepaßt. Es war klar zu erkennen, daß sie extra für dieses Haus gekauft worden waren. Die hochbeinige Kommode paßte zwischen die Wandschränke; die Frisierkommode mit dem Spiegel gehörte in die Fensternische, das Bett mit seinen kunstvollen Schnitzereien ans Kopfende der Wand gegenüber dem Fenster.

Veronica hatte ihr einen neuen Sprungfederboden und neue Matratzen geschenkt, und das Bett war wundervoll bequem. Aber ihre Ausflüge in den Keller, um die Aktenschränke zu säubern, hatten ihr Bein angestrengt. Der übliche nagende Schmerz war stärker als gewöhnlich, und obwohl sie sehr müde war, hatte sie Mühe, einzuschlafen. Denk an etwas Erfreuliches, sagte sie zu sich selbst, während sie sich ruhelos hin und her warf. Dann lächelte sie ironisch in der Dunkelheit. Ihr war Sam eingefallen.

Die Büros und das Fernsehstudio des Potomac Cable Network lagen ganz in der Nähe des Farragut Square. Als sie das Haus betrat, dachte sie daran, was der Leiter der Nachrichtenabteilung in Boston zu ihr gesagt hatte: »Da gibt es gar keine Frage, Sie sollten den Job annehmen, Pat. Für Luther Pelham zu arbeiten ist eine Chance, wie sie sich einem nur einmal im Leben bietet. Als er von CBS zu Potomac ging, hat es in der ganzen Branche einen Mordswirbel gegeben.«

Als sie mit Luther in Boston essen gegangen war, hatte es sie erstaunt, wie offen alle im Restaurant herübergestarrt hatten. Sie war es bereits gewohnt, daß Leute aus Boston und Umgebung sie erkannten und zu ihr an den Tisch kamen, um sich ein Autogramm geben zu lassen. Aber wie einfach alle Augenpaare wie gebannt auf Luther Pelham gerichtet waren, das war etwas anderes. »Können Sie überhaupt irgendwohin gehen, ohne im Mittelpunkt des Interesses zu stehen?« hatte sie ihn gefragt.

»Viele Orte gibt es nicht, glücklicherweise. Aber das werden Sie bald aus persönlicher Erfahrung kennen. In sechs Monaten wird man *Ihnen* nachlaufen, wenn Sie über die Straße gehen, und die Hälfte aller jungen Frauen Amerikas wird versuchen, Ihre heisere Stimme nachzuahmen.«

Das war natürlich übertrieben, aber es schmeichelte ihr selbstverständlich. Nachdem sie ihn das zweite Mal mit »Mr. Pelham« angeredet hatte, hatte er gesagt: »Pat, Sie gehören jetzt zum Team. Ich habe einen Vornamen. Benutzen Sie den.«

Luther Pelham war zweifellos sehr charmant gewesen,

aber bei der Gelegenheit hatte er ihr einen Posten angeboten. Jetzt war er ihr Vorgesetzter.

Als sie angemeldet war, kam Luther selbst zum Empfang, um sie willkommen zu heißen. Er war überschwenglich freundlich, seine ihre vertraute wohlmodulierte Stimme verströmte Herzlichkeit und Wärme. »Großartig, daß Sie da sind, Pat. Ich möchte Sie mit unserer Truppe bekanntmachen.« Er führte sie durch den Nachrichtenraum und stellte sie vor. Hinter den Höflichkeiten ihrer neuen Kollegen spürte sie Neugier und spekulative Überlegungen. Sie konnte sich denken, was für Erwägungen das waren. Würde sie die an sie gestellten Erwartungen erfüllen? Aber ihr gefielen die ersten Eindrücke. Potomac war auf dem Wege, sich rasch zum größten Kabelfernsehsender des ganzen Landes zu entwickeln, und in dem Nachrichtenraum surrte es von emsiger Tätigkeit. Eine junge Frau verlas live an ihrem Schreibtisch die stündlichen schlagzeilenartigen Meldungen; ein Militärexperte zeichnete seinen zweiwöchigen Bericht auf; Redakteure selektierten und überarbeiteten Texte der Nachrichtensender und machten sie sendefertig. Sie wußte sehr gut, daß die scheinbare Ruhe des Personals nach außen hin ein notwendiges Muß war. Denn jeder in der Branche lebte ständig unter Spannung, immer wachsam, in Erwartung, daß etwas geschah, in Furcht, auf diese oder jene Weise eine große Story zu verpatzen.

Luther hatte schon seine Zustimmung gegeben, daß sie zu Hause Texte schreiben, werten und auswählen konnte, bis alles fertig zur Aufnahme war. Er zeigte ihr die Nische, die man für sie reserviert hatte. Dann führte er sie in sein Privatbüro, ein großes eichengetäfeltes Eckzimmer.

»Machen Sie es sich bequem, Pat«, forderte er sie auf. »Ich muß einen Anruf beantworten.«

Während er telefonierte, hatte Pat Gelegenheit, ihn sich genauer anzusehen. Er war zweifellos ein beeindruckender und gutaussehender Mann. Sein dichtes, sorgfältig frisiertes steingraues Haar kontrastierte mit seiner jugendlichen Haut und seinen forschen dunklen Augen. Sie wußte, daß er vor kurzem sechzig geworden war. In allen Gazetten war über die Party berichtet worden, die seine Frau auf ihrem Chevy Chase Estate gegeben hatte. Mit seiner Hakennase und den langfingerigen Händen, die ungeduldig auf den Schreibtisch trommelten, erinnerte er sie an einen Adler.

Er legte auf. »Habe ich die Prüfung bestanden?« Seine Augen blickten amüsiert.

»Mit Glanz und Gloria.« Woher kam es, fragte sie sich, daß sie sich in beruflichen Situationen immer locker und entspannt fühlte, in persönlichen Beziehungen aber oft Befangenheit empfand?

»Freut mich zu hören. Wenn Sie mich nicht taxieren würden, wäre ich beunruhigt. Glückwunsch. Sie haben auf Abigail gestern großen Eindruck gemacht.«

Eine schnelle, witzige Bemerkung, und schon war er bei der Sache. Ihr gefiel das, und sie hatte nicht vor, seine Zeit damit zu verschwenden, daß sie erst allmählich zum Problem überleitete. »Ich war sehr beeindruckt von ihr. Wer wäre das nicht?« Dann fügte sie bedeutungsvoll hinzu: »Solange ich Gelegenheit hatte, mit ihr zusammen zu sein.«

Pelham machte eine Handbewegung, als wollte er eine unerfreuliche Tatsache beiseite wischen. »Ich weiß. Ich weiß. Man bekommt Abigail schwer zu fassen. Deswegen habe ich darum gebeten, etwas persönliches Material für Sie zusammenzustellen. Erwarten Sie von der Dame selbst nicht viel Mitarbeit, denn die werden Sie nicht bekommen. Ich habe die Sendung für den siebenundzwanzigsten eingeplant.«

»Den siebenundzwanzigsten? Siebenundzwanzigsten Dezember?« Pat hörte, wie sich ihre Stimme hob. »Nächsten Mittwoch! Das heißt, daß alle Aufzeichnungen, alles Sichten, Werten, Texten in einer Woche geschehen müßten!«

»Genau«, bestätigte Luther. »Sie werden das schon schaffen.«

»Aber warum diese plötzliche Eile?«

Er lehnte sich zurück, schlug die Beine übereinander und lächelte genüßlich wie jemand, der bedeutungsschwere Nachrichten zu überbringen hat. »Weil dies nicht einfach irgendeine weitere Dokumentarsendung sein wird. Pat Traymore, Sie haben hier die Chance, zur Königsmacherin zu werden.«

Sie dachte an das, was Sam ihr erzählt hatte. *»Der Vizepräsident?«*

»Ja, der Vizepräsident«, bestätigte er, »freut mich, daß Sie auf dem laufenden sind. Die dreifache Bypass-Operation letztes Jahr hat sein Problem nicht gelöst. Meine Spitzel im Krankenhaus haben mir berichtet, daß er schwer herzleidend ist und seinen Lebensstil ändern muß, wenn ihm sein Leben lieb ist. Das heißt, daß er mit ziemlicher Sicherheit zurücktreten wird – und zwar bald. Um es allen Fraktionen der Partei recht zu machen, wird der Präsident der Form halber drei oder vier ernsthafte Anwärter auf den Posten durch den Secret Service überprüfen lassen. Aber wohlinformierte Kreise wetten, daß Abigail die besten Aussichten hat. Wenn wir diese Sendung ausstrahlen, wollen wir damit bewirken, daß Millionen Amerikaner Telegramme an den Präsidenten schicken und sich für Abigail aussprechen. Das muß diese Sendung für sie bewirken. Und bedenken Sie dabei, was sie für *Ihre* Karriere bewirken kann.«

Sam hatte gesagt, daß der Vizepräsident *vielleicht* zurücktreten und Abigail Anwärterin auf sein Amt würde. Luther Pelham glaubte eindeutig, daß beides unmittelbar bevorstand und *wahrscheinlich* war. Zum rechten Zeitpunkt am rechten Ort zu sein, dabeizusein, wenn etwas geschah – das war der Traum jeder Journalistin. »Wenn durchsickert, wie krank der Vizepräsident ist ...«

»Es sickert nicht nur durch, mehr als das«, sagte Luther. »Ich werde es heute abend in meiner Nachrichtensendung berichten, auch daß gerüchteweise verlautet, der Präsident trage sich mit dem Gedanken, ihn durch eine Frau zu ersetzen.«

»Dann könnte die Jennings-Sendung nächste Woche die höchste Einschaltquote bekommen! Senatorin Jennings ist dem normalen Wähler nicht besonders bekannt. Alle werden wissen wollen, was für eine Frau sie ist.«

»Genau. Jetzt verstehen Sie sicherlich, warum es nötig ist, die Sendung so schnell zusammenzustellen und dafür zu sorgen, daß sie ganz und gar außergewöhnlich ist.«

»Die Senatorin ... Wenn wir die Sendung so blutlos machen, wie sie es anscheinend gerne hätte, werden Sie keine vierzehn Telegramme bekommen, geschweige denn Millionen. Bevor ich diese Sendung vorschlug, habe ich eine ziemlich umfangreiche Umfrage veranstaltet, um in Erfahrung zu bringen, was die Leute über sie denken.«

»Und?«

»Die älteren Leute verglichen sie mit Margaret Chase Smith. Sie bezeichneten sie als beeindruckend, mutig, intelligent.«

»Was ist daran so verkehrt?«

»Nicht einer von diesen älteren Leuten hatte das Gefühl zu wissen, wie sie menschlich ist. Sie halten sie für kühl und unnahbar.«

»Weiter.«

»Die jüngeren Leute hatten eine andere Einstellung. Als ich ihnen sagte, die Senatorin sei einmal Miss New York State gewesen, fanden sie das toll. Sie möchten gern Genaueres wissen. Vergessen Sie nicht: Wenn Abigail Jennings zur Vizepräsidentin ernannt wird, hat sie am zweitmeisten Entscheidungsbefugnis im ganzen Land. Einigen Leuten, denen bekannt ist, daß sie aus dem Nordosten stammt, mißfällt die Tatsache, daß sie nie darüber redet. Ich glaube, sie macht da einen Fehler. Und wir werden die Sache noch verschlimmern, wenn wir die ersten zwanzig Jahre ihres Lebens einfach übergehen.«

»Sie wird Ihnen niemals erlauben, Apple Junction zu erwähnen«, sagte Luther rundheraus. »Also lassen Sie uns keine Zeit damit verschwenden. Sie hat mir erzählt, als sie auf den Titel Miss New York State verzichtet habe, hätte man sie da lynchen wollen.«

»Luther, sie macht einen Denkfehler. Glauben Sie im Ernst, daß es irgend jemanden in Apple Junction noch schert, ob Abigail nach Atlantic City gegangen ist mit dem Ziel, Miss Amerika zu werden? Ich möchte wetten, daß sich jeder Erwachsene dort jetzt rühmen wird, sie schon gekannt zu haben, als ... Daß sie auf den Titel verzichtet hat, darauf sollten wir direkt zu sprechen kommen. Wessen Sympathie fände Abigail nicht mit einer Antwort wie, es habe Spaß gemacht, in den Wettbewerb hineinzukommen, aber sie habe es abscheulich gefunden, in einem Badeanzug auf und ab zu gehen und sich begutachten zu lassen wie ein Rindvieh? Schönheitswettbewerbe sind jetzt *passé*. Wir werden es so darstellen, daß es gut für sie aussieht, das früher als alle anderen erkannt zu haben.«

Luther trommelte mit den Fingern auf den Schreibtisch. Sein Instinkt sagte ihm, daß Pat recht hatte, aber was diesen Punkt anbelangte, war Abigails Antwort endgültig gewesen. Angenommen, sie überredeten sie nun, doch etwas über ihre frühen Jahre zu bringen, und es geriet ihr zum Nachteil? Luther war entschlossen, die treibende Kraft zu sein, die Abigail als Vizepräsidentin durchsetzte. Natürlich würden die führenden Kräfte der Partei Abigail das Versprechen abverlangen, daß sie nicht bei der nächsten Wahl als Spitzenkandidatin aufgestellt werden wollte, aber zum Teufel, solche Versprechen waren dazu da, daß man sie brach. Er würde dafür sorgen, daß Abigail in Führung lag und im Mittelpunkt stand, bis sie eines Tages im Oval Office saß – und das hätte sie dann ihm zu verdanken ...

Er wurde sich plötzlich dessen bewußt, daß Pat Traymore ihn schweigend beobachtete. Die meisten Leute, die er engagierte, versuchten bei der ersten persönlichen Unterredung in seinem Büro nicht durch Schweigen zu glänzen. Die Tatsache, daß sie total entspannt wirkte, gefiel ihm und ärgerte ihn gleichzeitig. Er hatte sich dabei ertappt, daß er in den zwei Wochen, seit er ihr die Stellung angeboten hatte, viel über sie nachgedacht hatte. Sie war smart; sie hatte alle richtigen Fragen gestellt, was ihren Vertrag anbelangte; sie sah auf eine interessante klassische Art und Weise verdammt gut aus. Sie war eine geborene Interviewerin; diese Augen und diese heisere Stimme gaben ihr eine Art sympathische, sogar naive Ausstrahlung, die eine Atmosphäre schaffte, daß man ihr »alles erzählte«. Und sie hatte etwas schwelend Sinnliches an sich, das sie besonders reizvoll machte.

»Erzählen Sie mir, welche Aspekte Sie überhaupt aus ihrem Privatleben herauszustellen gedenken«, forderte er sie auf.

»Zuerst Apple Junction«, antwortete Pat prompt. »Ich will selbst hinfahren und sehen, was ich da finde. Vielleicht einige Ansichten von der Stadt, von dem Haus, wo sie wohnte. Daß ihre Mutter eine Haushälterin war und sie ein Stipendium fürs College bekam, ist ein Plus. Das ist der amerikanische Traum; nur erstmalig ist, daß der, für den er sich verwirklicht hat, ein nationaler Spitzenpolitiker ist und dazu noch eine Frau.«

Sie zog ihren Notizblock aus ihrer Handtasche hervor, schlug ihn auf und fuhr fort: »Wir werden natürlich die frühen Jahre hervorheben, als sie mit Willard Jennings verheiratet war. Ich habe die Filme noch nicht angesehen, aber es sieht so aus, als gäbe es da für uns eine ganze Menge, sowohl was Auftritte in der Öffentlichkeit als auch was ihr Privatleben betrifft.«

Luther nickte zustimmend. »Übrigens, wahrscheinlich werden Sie in diesen Filmen ziemlich häufig Jack Kennedy sehen. Er und Willard Jennings waren eng miteinander befreundet. Das war natürlich zu der Zeit, als Jack noch Senator war. Willard und Abigail gehörten zu seinem Freundeskreis, bevor er Präsident wurde. Das wissen die Leute nicht über Abigail. Lassen Sie so viele Aufnahmen drin, wie Sie finden, auf denen sie mit den Kennedys zu sehen sind, gleich welchen. Wußten Sie, daß Jack nach Willards Tod Abigail zum Trauergottesdienst geleitete?«

Pat machte sich schnell ein paar Notizen in ihrem Block. »Hatte die Senatorin keine Familienangehörigen?« fragte sie. »Vermutlich nicht. Davon ist nie die Rede gewesen.« Luther langte nervös nach der Zigarettenpackung auf seinem Schreibtisch. »Ich versuche dauernd, dieses verdammte Kraut aufzugeben.« Er zündete sich eine an und wirkte momentan etwas entspannt. »Ich wünschte nur, ich wäre damals nach Washington gegangen«, sagte er. »Ich dachte, das eigentliche Leben spiele sich in New York ab. Ich habe es ganz richtig gemacht, aber das war eine große Zeit in Washington. Es ist jedoch schon eigenartig, wie viele von den jungen Männern damals eines gewaltsamen Todes starben. Die beiden Kennedy-Brüder. Willard bei einem Flugzeugabsturz. Dean Adams durch Selbstmord ... Haben Sie schon von ihm gehört?«

»Dean Adams?« sagte sie fragend.

»Er hat seine Frau umgebracht«, erklärte Luther. »Dann sich selbst. Beinahe auch sein Kind. Die Kleine starb am Ende doch. Wahrscheinlich war es besser so für sie. Hatte ohne Zweifel einen Hirnschaden abbekommen. Er war Kongreßabgeordneter von Wisconsin. Niemand hatte eine Vorstellung, warum er das tat. Wahrscheinlich einfach durchgedreht, vermute ich. Wenn Sie bei Gruppenfotos auf Bilder von ihm oder seiner Frau stoßen, sortieren Sie die aus. Nicht nötig, bei irgendwem die Erinnerung daran wachzurufen.«

Pat hoffte, daß ihr Gesicht nicht verriet, wie sie litt. Ihre

Stimme klang jedenfalls frisch und bestimmt wie zuvor, als sie sagte: »Die Senatorin war eine der treibenden Kräfte, die zur Verabschiedung des Gesetzes gegen Kidnapping durch Eltern führten. Da gibt es einige wunderbare Briefe in den Akten. Ich habe mir gedacht, ich sollte einige von den Familien aufsuchen, die sie wieder zusammengeführt hat, und für einen Teil der Sendung die besten aussuchen. Als Gegengewicht gegen die Senatorin Lawrence mit ihren Enkelkindern.«

Luther nickte. »Gut. Geben Sie mir die Briefe. Ich werde hier jemanden darauf ansetzen, die Beinarbeit für Sie zu erledigen. Ach, übrigens, in Ihrem Entwurf hatten Sie nichts über den Fall Eleanor Brown. Ich möchte unbedingt, daß das mit hineinkommt. Sie wissen ja, sie kam auch aus Apple Junction – die Schuldirektorin da hatte Abigail gebeten, ihr Arbeit zu geben, nachdem sie bei einem Ladendiebstahl erwischt worden war.«

»Mein Instinkt sagt mir, wir sollten das lieber sein lassen«, sagte Pat. »Überlegen Sie sich das noch einmal. Die Senatorin gäbe einem Mädchen, das eines Vergehens überführt war, eine neue Chance. So weit, so gut. Dann wurde Eleanor Brown beschuldigt, siebenundfünfzigtausend Dollar aus dem Wahlkampf-Fonds gestohlen zu haben. Sie schwor, unschuldig zu sein. Schließlich wurde sie aufgrund der Zeugenaussage der Senatorin verurteilt. Haben Sie jemals Bilder von diesem Mädchen gesehen? Als sie wegen Veruntreuung der Gelder ins Gefängnis kam, war sie dreiundzwanzig, sah aber aus wie sechzehn. Die Menschen neigen von Natur aus dazu, Mitleid mit dem *underdog*, dem vom Leben Benachteiligten zu empfinden – und der Zweck dieser Sendung besteht einzig und allein darin, alle Welt dazu zu bewegen, Abigail Jennings zu lieben. Im Fall Eleanor Brown ist sie am Ende die Schuldige.«

»Der Fall beweist aber, daß Mitglieder der Legislative Betrügereien aus dem Kreis ihrer Mitarbeiter nicht vertuschen. Und wenn Sie Abigails Image weicher gestalten wollen, dann heben Sie hervor, daß dies Mädchen es ihr zu verdanken hat, mit einer wesentlich geringfügigeren Strafe davongekommen zu sein als meines Wissens jeder andere, der so viel Geld gestohlen hat. Vergeuden Sie nicht Ihre Mitgefühle auf Eleanor Brown. Sie hat im Gefängnis einen Nervenzusammenbruch vorgetäuscht, wurde in eine psychiatrische Klinik überführt, vorzeitig zu ambulanter Weiterbehandlung entlassen und ist seitdem verschwunden. Das war ein abgebrühtes kleines Biest. Was noch?«

»Ich möchte heute abend nach Apple Junction fahren. Wenn es da unten etwas Lohnendes gibt, rufe ich Sie an und lasse eine Kamera-Crew kommen. Danach möchte ich der Senatorin einen Tag lang im Büro Gesellschaft leisten, um festzustellen, welche Aufnahmen gemacht werden sollen, und dann ein oder zwei Tage später die Aufzeichnungen machen.«

Luther stand auf – ein Zeichen dafür, daß die Unterredung beendet war. »In Ordnung«, sagte er. »Fliegen Sie nach ... Wie heißt der Ort ...? Apple Junction? Was für ein gräßlicher Name! Sehen Sie zu, daß Sie gutes Material kriegen. Aber machen Sie es möglichst unauffällig. Nicht daß die Leute da auf die Idee kommen, sie kämen mit ins Bild. In dem Moment, wo sie glauben, sie kommen mit in die Sendung, benutzen sie alle hochtrabenden Worte, die sie kennen, und zerbrechen sich den Kopf darüber, was sie anziehen sollen.« Er verzog sein Gesicht, runzelte bekümmert die Stirn und sagte mit nasaler Stimme: »Myrtle, hol mal das Feuerzeugbenzin. Da ist ein Fettfleck auf meinem Jackett.«

»Ich bin sicher, daß ich da einige ganz anständige Leute finden werde.« Pat zwang sich zu einem leichten Lächeln, um den in ihren Worten enthaltenen Vorwurf zu kompensieren.

Luther sah ihr nach, als sie ging. Dabei fiel ihm das

Tweedkostüm in Burgunderrot und Grau auf, offensichtlich ein Couturier-Modell; dazu die burgunderroten Lederstiefel mit dem kleinen goldenen Gucci-Abzeichen, die farblich passende Handtasche und der Burberry-Mantel über dem Arm.

Geld. Patricia Traymore war von Hause aus reich. So etwas konnte man immer gleich sehen. Gereizt dachte Luther an seine eigene bescheidene Herkunft von einer Farm in Nebraska. Bis zu seinem zehnten Lebensjahr hatten sie kein fließendes Wasser im Haus gehabt. Niemand konnte Abigail besser verstehen als er, daß sie ihre Jugendjahre nicht wieder wachrufen wollte.

War es richtig gewesen, daß er Pat Traymore in dieser Angelegenheit ihren Willen gelassen hatte? Vielleicht würde sich Abigail darüber ärgern – aber sie würde sich wahrscheinlich noch viel mehr ärgern, wenn sie von dieser Reise erfahren würde und niemand sie darüber informiert hätte.

Luther stellte seine Gegensprechanlage an. »Verbinden Sie mich mit dem Büro von Senatorin Jennings.« Dann wurde er unschlüssig. »Nein, warten Sie; bemühen Sie sich nicht.«

Er legte den Hörer wieder auf und zuckte die Schultern. Warum Unannehmlichkeiten verursachen?

# 6

Als Pat Luther Pelhams Büro verließ, spürte sie die Seitenblicke der Mitarbeiter aus der Nachrichtenredaktion. Sie machte ganz bewußt ein zuversichtliches Gesicht und schritt energisch voran. Er war sehr freundlich gewesen; mit seiner Einwilligung zu der Reise nach Apple Junction hatte er riskiert, den Groll der Senatorin auf sich zu ziehen. Er hatte zum Ausdruck gebracht, daß er ihr zutraute, die Sendung in einem halsbrecherischen Tempo fertigzustellen.

Was ist denn los mit mir? fragte sie sich. Ich müßte mich eigentlich großartig fühlen.

Draußen war es kalt, aber strahlend schön. Die Straßen waren frei, und sie beschloß, zu Fuß nach Hause zu gehen. Das waren mehrere Kilometer, aber sie brauchte Bewegung. Warum gestehe ich es nicht ein? dachte sie. Es lag nur daran, was Luther Pelham gerade über den Dean-Adams-Schlamassel gesagt hatte; und was Toby gestern gesagt hatte. Das Gefühl, daß alle zurückschreckten, wenn der Name Dean Adams fiel, daß niemand zugeben wollte, ihn gekannt zu haben. Was hatte Luther über ihn gesagt? Oh, ja – er glaubte, das Kind wäre gestorben, und meinte, das wäre wohl auch besser so; es hätte wahrscheinlich einen Gehirnschaden gehabt.

Ich habe keinen Gehirnschaden, dachte Pat, während sie aufspritzendem schmutzigem Schneematsch auszuweichen versuchte. Aber ich *bin* geschädigt. Mein Bein ist noch das Harmloseste dabei. Ich verabscheue meinen Vater für das, was er getan hat. Er hat meine Mutter umgebracht und versucht, auch mich zu töten.

Sie war in dem Glauben hergekommen, sie wolle nur begreifen, warum er durchgedreht war. Jetzt wußte sie es besser. Sie mußte sich die Wut und den Schmerz eingestehen, die sie die ganzen Jahre abgeleugnet hatte.

Es war Viertel vor eins, als sie nach Hause kam. Es kam ihr so vor, als strahle das Haus schon eine gewisse Gemütlichkeit aus. Der alte Marmortisch und die Serapi-Brücke bewirkten, daß nicht mehr auffiel, wie verblichen die Farbe war. Mit den Blechdosen darauf wirkte das Küchenbüffet jetzt fröhlich; der ovale schmiedeeiserne Tisch und die Drehstühle, wie sie es auch in den amerikanischen Drugstores gab, paßten genau unter die Fenster, und dadurch fiel es leicht, über die Verschleißspuren auf den alten Fliesen hinwegzusehen.

Sie machte sich schnell ein Sandwich und bereitete sich einen Tee, während sie am Telefon auf die Flugreservierung wartete; ganze sieben Minuten lang hörte sie das »Bitte warten Sie« und eine Musikkonserve, die in ihrer Auswahl besonders schlecht war, bis sich endlich eine Angestellte meldete. Sie buchte einen Flug für vier Uhr vierzig nach Albany und einen Mietwagen.

Sie beschloß, die wenigen Stunden, die ihr bis zu ihrem Abflug blieben, damit zu verbringen, die Sachen ihres Vaters zu sichten.

Sie zog langsam die Laschen des ersten Kartons auseinander und blickte plötzlich auf ein staubbedecktes Bild von einem großen lachenden Mann mit einem Kind auf der Schulter. Das Kind hatte ganz große Augen vor Vergnügen; der Mund war halb geöffnet und lächelte. Seine Handflächen waren einander zugedreht, als hätte es gerade in die Hände geklatscht. Der Mann und das Kind hatten Badesachen an und saßen am Rande des Wassers. Hinter ihnen brach sich eine Welle. Es war Spätnachmittag. Die Schatten auf dem Sand waren in die Länge gezogen.

Daddys kleiner Liebling, dachte Pat bitter. Sie hatte schon häufiger Kinder auf den Schultern ihrer Väter sitzen sehen, hatte beobachtet, wie die Kleinen sich am Hals festklammerten oder sich mit den Fingern sogar im Haar festkrallten. Die Furcht, hinzufallen, war ein Urinstinkt. Aber das Kind auf diesem Bild, das Kind, das sie einmal gewesen war, hatte eindeutig darauf vertraut, daß der Vater es festhielt, daß er es nicht hinfallen ließ. Sie legte das Bild auf den Boden und packte den Karton weiter aus.

Als sie damit fertig war, war der Teppich bedeckt von Erinnerungsstücken aus dem Privatbüro des Kongreßabgeordneten Dean Adams. Ein herkömmliches Porträtfoto von ihrer Mutter am Klavier. Sie war schön, dachte Pat – ich ähnele ihm mehr. Eine Collage von Schnappschüssen von Pat als Baby und Kleinkind, die bei ihm im Büro an der Wand gehangen haben mußte; sein Terminkalender, in dunkelgrünes Leder gebunden und mit goldenen Initialen; sein silbernes Schreibzeug, das nun schrecklich angelaufen war; sein gerahmtes Diplom von der University of Wisconsin, ein mit Auszeichnung bestandenes Bakkalaureat in Englisch; die Urkunde von der juristischen Fakultät der University of Michigan mit seiner Ernennung zum Bachelor of Laws; ein Lob von der Bischofskonferenz der Episkopalkirche für seinen großzügigen und rückhaltlosen Einsatz für Minderheiten; eine Mann-des-Jahres-Plakette vom Rotary Club in Madison, Wisconsin. Er mußte wohl ein Liebhaber von Seestücken gewesen sein; es gab mehrere alte Stiche von Segelschiffen auf den Wogen wild aufgewühlten Wassers.

Sie schlug seinen Terminkalender auf. Er war ein Kritzler gewesen; fast auf jeder Seite waren Kringel, Spiralen und geometrische Figuren. Von ihm habe ich also diese Angewohnheit, dachte Pat.

Ihre Augen kehrten immer wieder zu dem Bild von ihr selbst mit ihrem Vater zurück. Sie strahlte so vor Glück. Ihr Vater blickte mit so viel Liebe zu ihr hinauf. Er hielt sie mit sicherem Griff am Arm fest.

Das Telefon zerstörte den Zauber. Sie rappelte sich auf

und erkannte mit Schrecken, daß es schon spät war, daß sie das alles wieder wegräumen und noch schneller eine Reisetasche packen müßte.

»Pat.«

Es war Sam.

»Hallo.« Sie biß sich auf die Lippe.

»Pat, ich habe es eilig, wie immer. Ich habe in fünf Minuten eine Komiteesitzung. Am Freitagabend wird zu Ehren des neuen kanadischen Premierministers im Weißen Haus ein Essen gegeben. Hättest du Lust, mit mir daran teilzunehmen? Ich müßte dem Weißen Haus deinen Namen telefonisch durchgeben.«

»Im Weißen Haus! Das wäre herrlich. Dazu hätte ich große Lust.« Sie schluckte heftig, um das Zittern in ihrer Stimme zu unterdrücken.

Sein Ton änderte sich. »Pat, ist irgend etwas nicht in Ordnung? Du wirkst außer Fassung. Du weinst doch nicht?«

Schließlich hatte sie das Zittern in ihrer Stimme unter Kontrolle. »Oh nein. Bestimmt nicht. Ich glaube, ich bekomme nur eine Erkältung.«

# 7

Am Flughafen Albany ging Pat ihren Mietwagen holen, studierte zusammen mit dem Hertz-Angestellten die Karte und überlegte, welche Strecke sie am besten nach Apple Junction fuhr, das siebenundzwanzig Meilen entfernt war.

»Sie sollten lieber gleich aufbrechen«, warnte der Angestellte. »Wir sollen heute abend an die dreißig Zentimeter Schnee kriegen.«

»Können Sie mir einen Rat geben, wo ich am besten absteige?«

»Wenn Sie direkt im Ort wohnen wollen, dann im Apple Motel.« Er grinste. »Aber das ist nichts Schickes, wie es das im *Big Apple** gibt. Sie brauchen nicht vorher anzurufen, um sich ein Zimmer reservieren zu lassen.«

Pat nahm den Autoschlüssel und ihre Reisetasche. Das klang nicht eben verheißungsvoll, aber sie bedankte sich trotzdem bei dem Mann.

Die ersten Flocken fielen, als sie in die Einfahrt des tristen Gebäudes mit dem flackernden Neon-Schriftzeichen APPLE MOTEL fuhr. Wie der Hertz-Angestellte richtig vorausgesagt hatte, war das ZIMMER-FREI-Zeichen eingeschaltet.

Der Mann in dem winzigen, unordentlich vollgestopften Büro war in den siebzigern. Eine Drahtgestellbrille hing ihm auf die schmale Nase herab. Tiefe Furchen fältelten seine Wangen. Büschel grauweißen Haares sprossen ihm aus dem Schädel. Seine wässerigen und glanzlosen Augen leuchteten auf, als Pat die Tür aufstieß.

*Bezeichnung für New York, Anm. d. Ü.

»Haben Sie ein Einzelzimmer frei für ein oder zwei Nächte?« fragte sie.

Sein Lächeln enthüllte eine abgenutzte, tabakverfärbte Gaumenplatte. »Für solange, wie Sie wollen, Miss; Sie können ein Einzelzimmer haben, ein Doppelzimmer, sogar die Präsidenten-Suite.« Ein wieherndes Gelächter folgte.

Pat lächelte höflich und nahm eine Meldekarte. Die Blankostelle hinter BERUFLICH TÄTIG IN ließ sie absichtlich unausgefüllt. Sie wollte sich, soviel wie möglich, alleine umsehen, bevor der Grund für ihr Hiersein bekannt wurde.

Der Mann sah sich die Karte, enttäuscht vor Neugier, an. »Ich gebe Ihnen das erste Zimmer«, sagte er. »Dann sind Sie nahe am Empfang, falls es richtig schlimm wird mit dem Schnee. Wir haben hier eine Art Frühstücksecke.« Er deutete auf drei kleine Tische an der Rückwand. »Haben immer Saft und Kaffee und Toast, damit Sie morgens in Schwung kommen.« Er blickte sie durchtrieben an. »Was führt Sie eigentlich hierher?«

»Geschäfte«, antwortete Pat und fuhr schnell fort: »Ich habe noch nicht zu Abend gegessen. Ich will nur schnell die Tasche im Zimmer abstellen, und vielleicht können Sie mir sagen, wo ich ein Restaurant finde.«

Er schielte nach der Uhr. »Da sollten Sie lieber schnell machen. Das *Lamplighter* schließt um neun, und jetzt ist es schon fast acht. Wenn Sie aus der Ausfahrt kommen, nach links und zwei Blocks weiter wieder links auf die Main Street. Es ist auf der rechten Seite. Nicht zu übersehen. Hier ist Ihr Schlüssel.« Er sah auf der Meldekarte nach. »Miss Traymore«, setzte er hinzu. »Mein Name ist Travis Blodgett. Mir gehört der Laden hier.« In seiner Stimme mischten sich Stolz und Entschuldigung. Ein leichtes Keuchen ließ auf ein Lungenemphysem schließen.

Bis auf ein Kino mit trübe beleuchtetem Eingang war

das *Lamplighter* das einzige Haus, das im Geschäftsviertel von Apple Junction noch offen war. Auf einer schmierigen, von Hand getippten Speisekarte, die an der Eingangstür aushing, stand als Tagesgericht Sauerbraten mit Rotkohl zu einem Preis von $ 3.95. Drinnen lag ein altersstumpfer Linoleumboden. Die karierten Tischtücher der etwa zwölf Tische waren zum Teil mit ungebügelten Servietten überdeckt – wahrscheinlich, so nahm sie an, um Flecken zu verdecken, die andere Gäste hinterlassen hatten. Ein älteres Paar kaute geräuschvoll ein dunkel aussehendes Fleisch von überladenen Tellern. Aber der Duft war verführerisch, und ihr wurde klar, daß sie großen Hunger hatte.

Die einzige Kellnerin war eine Frau Mitte fünfzig. Unter der einigermaßen sauberen Schürze ließen ein dicker orangefarbener Pullover und formlose Hosen gnadenlos Speckrollen sichtbar werden. Doch sie hatte ein schnelles, sympathisches Lächeln. »Sind Sie allein?«

»Ja.«

Die Kellnerin blickte sich zweifelnd um, dann führte sie Pat an einen Tisch in der Nähe des Fensters. »Da können Sie hinausschauen und die Aussicht genießen.«

Pat spürte, wie ihre Lippen zuckten. Die Aussicht! Ein Mietwagen auf einer tristen Straße! Dann schämte sie sich ihrer selbst. Das war genau die Reaktion, die sie von Luther Pelham erwartet hätte.

»Möchten Sie etwas trinken? Wir haben Bier und Wein. Und ich glaube, Sie sollten auch lieber gleich bestellen. Es ist schon spät.«

Pat bestellte Wein und bat um die Karte.

»Ach, in die Karte brauchen Sie nicht zu schauen«, drängte die Kellnerin. »Versuchen Sie den Sauerbraten. Er ist wirklich gut.«

Pat blickte quer durchs Lokal. Offenbar war das das Gericht, das dies ältere Paar aß. »Wenn Sie mir eine halbe Portion davon geben könnten.«

Die Frau lächelte und entblößte dabei große, gleichmäßige Zähne.

»Oh, natürlich.« Sie senkte die Stimme. »Ich gebe den beiden immer reichlich. Sie können es sich nur leisten, einmal in der Woche auswärts essen zu gehen, deswegen will ich, daß sie richtig satt werden.«

Der Wein war ein billiger New-York-State-Tischwein, schmeckte aber gut. Einige Minuten später brachte die Kellnerin aus der Küche einen Teller mit dampfendem Essen und einen Korb mit selbstgebackenen weichen Brötchen.

Das Essen war köstlich. Das Fleisch war mit Weinessig und Kräutern mariniert; die Soße war kräftig und aromatisch, der Kohl pikant; die Butter schmolz in den noch warmen Brötchen.

Mein Gott, wenn ich jeden Abend so reichlich äße, wäre ich bald rund wie eine Tonne, dachte Pat. Aber sie spürte, wie sich ihre Stimmung besserte.

Als sie fertig war, räumte die Kellnerin ihren Teller ab und kam mit einer Kanne Kaffee zu ihr. »Ich habe Sie die ganze Zeit angeschaut«, sagte die Frau. »Kann es sein, daß ich Sie kenne? Aus dem Fernsehen?«

Pat nickte. Damit ist es vorbei mit dem unauffälligen Herumschnüffeln, dachte sie.

»Natürlich«, fuhr die Kellnerin fort. »Sie sind Patricia Traymore. Ich habe Sie im Fernsehen gesehen, als ich meine Cousine in Boston besucht habe. *Ich weiß, warum Sie hier sind!* Sie wollen eine Sendung über Abby Foster machen – ich meine, über Senatorin Jennings.«

»Kannten Sie sie?« fragte Pat schnell.

»Ob ich sie kannte? Das kann man wohl sagen. Warum trinke ich nicht einfach einen Kaffee mit Ihnen?« Es war eine rhetorische Frage. Sie nahm sich eine leere Tasse vom Nachbartisch und ließ sich Pat gegenüber schwer auf den Stuhl sinken. »Das Kochen besorgt hier mein Mann; er kann das Lokal schließen. Es war heute abend ziemlich ruhig, aber mir tun trotzdem die Füße weh. Das viele Stehen ...«

Pat gab ihr durch Laute ihr Mitgefühl zu verstehen.

»Abigail Jennings, hm. Ab-by-gail Jennings«, meinte die Frau sinnend. »Wollen Sie Leute aus Apple Junction in die Sendung aufnehmen?«

»Das weiß ich noch nicht«, sagte Pat wahrheitsgemäß. »Kannten Sie die Senatorin gut?«

»Nicht gut, genau genommen. Wir waren in der Schule in derselben Klasse. Aber Abby war immer so still; man konnte nie ahnen, was sie gerade dachte. Mädchen erzählen einander normalerweise alles, haben eine beste Freundin und laufen in Cliquen herum. Nicht so Abby. Ich kann mich nicht entsinnen, daß sie auch nur eine enge Freundin hatte.«

»Was dachten die anderen Mädchen über sie?« fragte Pat.

»Na, Sie wissen ja, wie das ist. Wenn jemand so hübsch ist, wie Abby es war, sind die anderen irgendwie eifersüchtig. Dann bekamen alle das Gefühl, sie hielte sich für etwas Besseres als wir, und das machte sie auch nicht gerade beliebt.«

Pat sah sie einen Augenblick lang aufmerksam an. »Hatten *Sie* auch dieses Gefühl bei ihr, Mrs. ...?«

»Stubbins. Ethel Stubbins. Auf eine gewisse Weise ja, aber ich konnte sie irgendwie verstehen. Abby wollte einfach erwachsen werden und von hier fort. Der Diskussionsclub war außerhalb des pflichtmäßigen Stundenplans das einzige, woran sie teilnahm. Sie zog sich nicht einmal so an wie wir anderen. Als wir in langen weiten Pullovern und mit flachen Schuhen herumliefen, kam sie mit gestärkter Bluse und hohen Absätzen zur Schule. Ihre Mutter war Köchin im Hause der Saunders'. Ich glaube, das hat Abby sehr gestört.«

»Ich habe gehört, ihre Mutter war da Haushälterin«, sagte Pat.

»*Köchin*«, wiederholte Ethel mit Nachdruck. »Sie und

Abby hatten eine kleine Wohnung hinter der Küche. Meine Mutter ging jede Woche zu den Saunders, um da zu putzen, daher weiß ich es.«

Das war ein kleiner Unterschied: zu behaupten, daß die Mutter Haushälterin war statt Köchin. Pat zuckte im Geiste die Achseln. War es nicht völlig unerheblich, ob die Senatorin die Tätigkeit ihrer Mutter um eine Spur aufgewertet hatte? Pat überlegte. Wenn man sich Notizen machte oder einen Recorder benutzte, hatte das manchmal sofort zur Folge, daß der Interviewte erstarrte. Sie beschloß, das Risiko einzugehen.

»Macht es Ihnen etwas aus, wenn ich das Gespräch aufnehme?« fragte sie.

»Ganz und gar nicht. Soll ich lauter reden?«

»Nein, es ist gut so.« Pat zog den Recorder heraus und stellte ihn zwischen ihnen auf den Tisch. »Erzählen Sie einfach von Abigail, wie Sie sie in Erinnerung haben. Sie sagen, es hat sie gestört, daß ihre Mutter Köchin war?« Sie stellte sich im Geiste vor, wie Sam auf diese Frage reagieren würde. In seinen Augen wäre das eine unnötige Einmischung in persönliche Angelegenheiten.

Ethel stützte sich mit ihren kräftigen Ellbogen auf den Tisch. »Und ob! Meine Mutter erzählte mir immer, wie keck Abby war. Wenn jemand die Straße entlang kam, schlenderte sie gemächlich den Weg zum Vordereingang entlang, als ob das Haus ihr gehörte, und sobald keiner mehr in Sichtweite war, sauste sie schnell hinten herum. Ihre Mutter hat immer mit ihr geschimpft, aber das hat auch nichts genützt.«

»Ethel. Es ist neun Uhr.«

Pat blickte auf. Ein untersetzter Mann mit hellbraunen Augen in einem fröhlichen runden Gesicht stand neben dem Tisch und band gerade eine lange weiße Schürze los. Seine Augen verweilten auf dem Recorder.

Ethel erklärte, worum es ging, und stellte Pat vor. »Das ist mein Mann, Ernie.«

Ernie reizte eindeutig der Gedanke, etwas zu dem Interview beizutragen. »Erzähl doch, wie Mrs. Saunders Abby dabei erwischt hat, wie sie durch den Vordereingang hereingekommen ist, und ihr beigebracht hat, wo sie hingehört«, schlug er vor. »Weißt du noch? Sie hat sie gezwungen, auf den Bürgersteig zurückzugehen, durch die Einfahrt hereinzukommen und ums Haus herum zum Hintereingang zu gehen.«

»Oh, ja«, sagte Ethel. »Das war gemein, nicht wahr? Mama sagte, Abby habe ihr leid getan, bis sie ihren Gesichtsausdruck bemerkt habe. Da hätte einem das Blut in den Adern gefrieren können, sagte Mama.«

Pat versuchte sich vorzustellen, wie Abigail als junges Mädchen gezwungen wurde, zum Dienstboteneingang zu gehen, um zu zeigen, daß sie wußte, »wohin sie gehörte«. Sie hatte wieder das Gefühl, daß sie sich ins Privatleben der Senatorin einmischte. Sie wollte das Thema nicht weiterverfolgen. Sie lehnte ab, als Ernie ihr noch Wein anbot. »Abby – ich meine, die Senatorin – muß eine sehr gute Schülerin gewesen sein, daß sie ein Stipendium in Radcliffe bekommen hat. War sie die Klassenbeste?«

»Oh, sie war phantastisch in Englisch und Geschichte und in Sprachen«, antwortete Ethel, »aber ein richtiges Spatzenhirn in Mathe und Naturwissenschaften. In denen hat sie es nur knapp geschafft.«

»Klingt ganz nach mir«, sagte Pat lächelnd. »Erzählen Sie mir von dem Schönheitswettbewerb.«

Ethel lachte herzhaft. »Es gab vier, die in die Endausscheidung zur Miss Apple Junction gekommen sind. Meine Wenigkeit gehörte auch dazu. Ob Sie es glauben oder nicht, ich wog damals nur hundertsieben Pfund und war verdammt hübsch.«

Pat wartete darauf, daß kam, was kommen mußte. Und Ernie enttäuschte sie nicht: »Du bist immer noch verdammt hübsch, Schatz.«

»Abby gewann spielend«, fuhr Ethel fort. »Dann kam

sie in die Ausscheidungsrunde zur Miss New York State. Als sie *die* gewann, hat es alle fast umgehauen. Sie wissen ja, wie das ist. Wir wußten natürlich, daß sie hübsch war, aber wir waren ihren Anblick alle so gewohnt. War unser Städtchen aufgeregt!«

Ethel lachte leise. »Ich muß sagen, Abby hat uns den ganzen Sommer damals mit Klatsch versorgt. Das große gesellschaftliche Ereignis hier in der Gegend ist das Country-Club-Tanzfest im August. Alle reichen Jungen und Mädchen von weit und breit nahmen daran teil. Von *uns* natürlich niemand. Aber in dem Jahr war auch Abby Foster da. Nach dem, was ich gehört habe, trug sie ein weißes Marquisette-Kleid, das mit schwarzer Chantilly-Spitze abgesetzt war, und sah aus wie ein Engel. Und wissen Sie, wessen Wahl auf sie gefallen ist? Jeremy Saunders'! Er war gerade zurück aus Yale, nachdem er dort graduiert hatte. Und er war praktisch mit Evelyn Clinton verlobt! Er und Abby hielten die ganze Nacht Händchen, und er hat sie dauernd beim Tanzen geküßt.

Am nächsten Tag war das Stadtgespräch. Mama sagte, Mrs. Saunders müsse Gift und Galle gespuckt haben: ihr einziger Sohn verliebt in die Tochter der Köchin! Und dann«, sagte Ethel schulterzuckend, »war es einfach vorbei. Abby reichte die Krone der Miss New York State zurück und fuhr aufs College. Sagte, sie wisse, daß sie es nie zur Miss Amerika schaffen würde, daß sie nicht singen, tanzen oder schauspielern könne, wie es der Talentwettbewerb verlange, und daß sie keinesfalls in Atlantic City auf und ab stolzieren und als Verliererin zurückkommen wolle. Viele Leute hatten Geld gestiftet für die Garderobe der Miss-Amerika-Wahl. Die waren ganz schön verärgert.«

»Weißt du noch, Toby hat sich mit einigen Burschen geprügelt, die behaupteten, Abby hätte die Leute hier im Stich gelassen?« half Ernie Ethel nach.

»Toby Gorgone?« erkundigte sich Pat schnell.

»Genau der«, sagte Ernie. »Er war immer ganz verrückt, was Abby anbelangte. Sie wissen ja, wie so Jungen im Umkleideraum reden. Wenn einer in Tobys Beisein eine freche Bemerkung über Abby machte, hat ihm das schnell leid getan.«

»Er arbeitet jetzt für sie«, sagte Pat.

»Nein, im Ernst?« Ernie schüttelte den Kopf. »Grüßen Sie ihn von mir. Und fragen Sie ihn, ob er immer noch Geld bei Pferdewetten verliert.«

Es war nach elf, als Pat ins Apple Motel zurückkam, und bis dahin war es in ihrem Zimmer kalt geworden. Sie packte schnell ihre Sachen aus – es gab keinen Schrank, nur einen Haken an der Tür –, zog sich aus, duschte, bürstete sich das Haar und ging, nachdem sie die dünnen Kissen als Rückenlehne drapiert hatte, mit ihrem Notizbuch ins Bett. Es pochte in ihrem Bein – ein leichter Schmerz, der in der Hüfte begann und von dort in die Wade hinunterschoß.

Sie sah sich noch einmal schnell die Notizen an, die sie sich im Laufe des Abends gemacht hatte. Nach Aussage von Ethel hatte Mrs. Foster das Haus der Saunders' gleich nach dem Tanzfest im Country Club verlassen und von da an als Köchin im Bezirkskrankenhaus gearbeitet. Niemand hatte je erfahren, ob sie aus freien Stücken gegangen oder entlassen worden war. Aber die neue Arbeit mußte für sie sehr schwer gewesen sein. Sie war eine dicke Frau – »Sie finden, daß *ich* unförmig bin«, hatte Ethel gesagt. »Da hätten Sie erst mal Francey Foster sehen sollen.« Francey war nun schon lange tot, und seitdem hatte niemand mehr Abigail gesehen. Tatsächlich hatten sie in den Jahren davor auch nur wenige gesehen.

Ethel hatte sich ausgiebig zum Thema Jeremy Saunders geäußert: »Abigail kann froh sein, daß sie ihn nicht geheiratet hat. Er hat es nicht weit gebracht. Ein Glück für ihn, daß er das Familienvermögen hatte, sonst wäre er wahrscheinlich verhungert. Es heißt, sein Vater habe alles fest angelegt und sogar Evelyn zu seiner Testamentsvollstreckerin ernannt. Jeremy war für ihn eine große Enttäuschung. Er sah immer aus wie ein Diplomat oder englischer Lord und ist doch nur ein Schaumschläger.«

Ethel hatte angedeutet, daß Jeremy ein Trinker war, Pat aber vorgeschlagen, ihn selber zu besuchen. »Wahrscheinlich freut er sich, wenn er Gesellschaft hat. Evelyn ist die meiste Zeit bei ihrer verheirateten Tochter in Westchester.«

Pat knipste das Licht aus. Am nächsten Morgen wollte sie versuchen, die pensionierte Direktorin aufzusuchen, die Abigail gebeten hatte, Eleanor Brown eine Stellung zu geben, und sie wollte sehen, ob sie sich mit Jeremy Saunders verabreden konnte.

Es schneite im Laufe der Nacht, zehn Zentimeter oder auch etwas mehr, aber bis Pat mit dem Besitzer des Apple Motel gefrühstückt hatte, war schon der Schneeräum- und Streudienst da gewesen.

In Apple Junction herumzufahren war ein deprimierendes Erlebnis. Die Stadt war von einer außergewöhnlichen Schäbigkeit und Häßlichkeit. Die Hälfte der Geschäfte waren geschlossen und verfielen. Über die trostlose Hauptstraße war eine einzige Schnur mit Weihnachtsglühbirnen gespannt. In den Seitenstraßen standen dicht an dicht Häuser, von denen der Putz abblätterte. Die meisten Autos, die auf der Straße geparkt waren, waren alt. Es schien nicht ein neues Gebäude zu geben, weder ein Wohn- noch ein Geschäftshaus. Es waren nur wenige Menschen unterwegs; ein Gefühl von Verlassenheit und Leere hing in der Luft. Flohen die meisten jungen Leute, so wie Abigail, sobald sie erwachsen waren? fragte sie sich. Wer konnte es ihnen übelnehmen?

Sie las ein Schild, auf dem THE APPLE JUNCTION WEEKLY stand, parkte impulsiv und ging hinein. Drinnen waren zwei Leute bei der Arbeit, eine junge Frau, die anscheinend gerade eine Suchanzeige telefonisch aufnahm, und ein Mann um die sechzig, der enorm auf einer mechanischen Schreibmaschine herumklapperte. Der letztere, stellte sich heraus, war der Herausgeber und Eigentümer des Blattes und freute sich, mit Pat reden zu können.

Er hatte wenig zu dem hinzuzufügen, was sie bereits über Abigail wußte, ging jedoch bereitwillig ins Archiv, um alte Ausgaben auszugraben, in denen vielleicht etwas über die beiden Schönheitswettbewerbe stand, die Abigail gewonnen hatte.

Bei ihren Recherchen war Pat schon auf ein Bild von Abigail mit Miss-New-York-Schärpe und -Krone gestoßen. Aber die Aufnahme, die Abigail in voller Größe, mit dem Transparent MISS APPLE JUNCTION zeigte, war neu und verwirrend. Abigail stand auf einer Tribüne des Bezirksjahrmarktes, umgeben von den anderen drei Kandidatinnen. Die Krone auf ihrem Kopf war eindeutig aus Pappmaché. Die anderen Mädchen lächelten glücklich, geschmeichelt – in dem einen Mädchen am Rande erkannte Pat die junge Ethel Stubbins wieder –, aber Abigails Lächeln war kalt, fast zynisch. Sie wirkte völlig fehl am Platze.

»Drinnen ist ein Bild von ihr mit ihrer Mutter«, machte Shepherd sie von sich aus aufmerksam und blätterte die Seite um.

Pat holte tief Luft. Die zartgliedrige Abigail Jennings mit ihren feinen Zügen ein Kind dieser gedrungenen, fettleibigen Frau? Wie war das möglich? Die Unterschrift lautete: DIE STOLZE MUTTER MIT DER SCHÖNHEITSKÖNIGIN VON APPLE JUNCTION.

»Warum nehmen Sie die beiden Ausgaben nicht einfach mit?« fragte Edwin Shepherd. »Ich habe noch mehr Exemplare davon. Denken Sie nur daran, uns als Quelle anzugeben, wenn Sie etwas davon in Ihrer Sendung verwenden.«

Es wäre unfreundlich, das Angebot abzulehnen, erkannte Pat. Ich sehe schon, wie wir ausgerechnet dieses Bild nehmen, dachte sie, während sie sich bei dem Verleger bedankte und schnell hinausging.

Eine halbe Meile weiter die Main Street hinunter veränderte sich das Erscheinungsbild der Stadt kraß. Die Straßen wurden breiter, die Häuser vornehm, und die Grundstücke waren groß und sehr gepflegt.

Das Haus der Saunders' war hellgelb und hatte schwarze Fensterläden. Es war ein Eckhaus, und eine lange, gebogene Einfahrt führte zu den Stufen der Veranda. Elegante Stützpfeiler erinnerten Pat an die Architektur von Mount Vernon. Die Einfahrt war von Bäumen gesäumt. Ein kleines Schild verwies Lieferanten zum rückwärtigen Dienstboteneingang.

Sie parkte und stieg die Stufen hinauf, dabei fiel ihr bei näherem Hinsehen auf, daß die Farbe abzubröckeln begann und die Doppelfenster aus Metall rostig waren. Sie drückte auf den Klingelknopf und hörte es irgendwo drinnen leise läuten. Eine dünne Frau mit ergrauendem Haar und einer Halbschürze über einem dunklen Kleid öffnete die Tür.

»Mr. Saunders erwartet Sie bereits. Er ist in der Bibliothek.«

Jeremy Saunders saß in einem dunkelbraunen Samtjackett in einem Ohrensessel mit hoher Rücklehne am Kamin. Er hatte die Beine übereinandergeschlagen, und unter den Aufschlägen der mitternachtsblauen Hose lugten feine dunkelblaue Seidenstrümpfe hervor. Er hatte außergewöhnlich ebenmäßige Gesichtszüge und schönes welliges weißes Haar. Nur ein leichter Fettansatz um die Taille und die aufgedunsenen Augen verrieten, daß er gerne trank.

Er erhob sich und stützte sich dabei auf die Armlehne des Sessels. »Miss Traymore!« Seine Stimme war so überaus gepflegt, daß sie auf Kurse in Sprecherziehung schließen ließ. »Sie haben mir am Telefon nicht verraten, daß Sie *die* Patricia Traymore sind.«

»Was immer das bedeutet«, sagte Pat lächelnd.

»Seien Sie nicht bescheiden. Sie sind die junge Dame, die eine Sendung über Abigail machen will.« Er forderte sie mit einer Handbewegung auf, in dem Sessel, der seinem gegenüber stand, Platz zu nehmen. »Sie nehmen doch eine Bloody Mary?«

»Ja. Danke.« Die Kanne war bereits halb leer.

Das Dienstmädchen nahm ihr den Mantel ab.

»Danke, Anne. Das wäre im Moment alles. Vielleicht leistet Miss Traymore mir später bei einem kleinen Lunch Gesellschaft.« Jeremy Saunders' Ton wurde noch gekünstelter, wenn er mit der Bediensteten sprach, die nun leise den Raum verließ. »Sie können die Tür zumachen, wenn es Ihnen nichts ausmacht, Anna!« rief er. »Danke, meine Liebe.«

Saunders wartete ab, bis das Schloß klickte, dann seufzte er. »Es ist unmöglich, heute gute Kräfte zu bekommen. Anders als zu den Zeiten, als Francey Foster noch die Küche unter sich hatte und Abby bei Tisch servierte.« Der Gedanke daran schien ihm zu gefallen.

Pat erwiderte nichts darauf. Der Mann hatte eine Art geschwätzige Grausamkeit an sich. Sie nahm Platz, nahm den Drink entgegen und wartete ab. Er zog eine Augenbraue hoch. »Haben Sie kein Aufnahmegerät bei sich?«

»Doch. Aber wenn es Ihnen lieber ist, werde ich es nicht anstellen.«

»Ich habe nicht das Geringste dagegen. Mir ist es lieber, daß jedes meiner Worte unsterblich wird. Vielleicht gibt es eines Tages eine Abby-Foster- – nein, verzeihen Sie, eine *Senatorin-Abigail-Jennings*-Bibliothek. Dann können die Leute auf ein Knöpfchen drücken und sich anhören, wie ich über ihr ziemlich turbulentes Erwachsenwerden berichte.«

Pat griff schweigend in ihre Schultertasche und holte

den Recorder und ihr Notizheft hervor. Sie war sich plötzlich ziemlich sicher, daß sie von dem, was sie zu hören bekommen würde, nichts verwenden könnte.

»Sie haben die Karriere der Senatorin verfolgt?« äußerte sie als Vermutung.

»Atemlos! Ich empfinde höchste Bewunderung für Abby. Schon als sie siebzehn war und sich von selbst anbot, ihrer Mutter bei der Hausarbeit zu helfen, hatte sie meine höchste Hochachtung gewonnen. Sie ist raffiniert.«

»Ist es raffiniert, seiner Mutter zu helfen?« fragte Pat ruhig.

»Natürlich nicht. Nicht, wenn man seiner Mutter *helfen will.* Wenn man seine Hilfe jedoch nur anbietet, weil der gutaussehende junge Sprößling der Saunders-Familie aus Yale zurück ist, sieht die Sache schon anders aus, nicht wahr?«

»Meinen Sie sich damit?« Pat lächelte zögernd. Jeremy Saunders hatte eine gewisse sardonische Art, sich selbst herabzusetzen, die nicht unattraktiv war.

»Erraten. Ich sehe hin und wieder Bilder von ihr, aber Bildern kann man nicht trauen, stimmt's? Abby war immer sehr fotogen. Wie sieht sie in natura aus?«

»Richtig schön«, sagte Pat.

Saunders wirkte enttäuscht. Er hätte wohl lieber gehört, daß die Senatorin sich mal das Gesicht liften lassen müßte, dachte Pat. Sie konnte sich nicht vorstellen, daß Abigail mal von Jeremy Saunders angetan war, auch als ganz junges Mädchen nicht.

»Was ist mit Toby Gorgone?« fragte Saunders. »Spielt er immer noch seine selbsterwählte Rolle als Abbys Leibwächter und Sklave?«

»Toby ist für die Senatorin tätig«, antwortete Pat. »Er ist ihr offensichtlich treu ergeben, und sie scheint sich ganz auf ihn zu verlassen.« *Leibwächter und Sklave,* dachte sie, eine gute Beschreibung für das Verhältnis zwischen Toby und Abigail Jennings.

»Vermutlich holen sie sich immer noch gegenseitig die Kastanien aus dem Feuer.«

»Was meinen Sie damit?«

Jeremy winkte ab. »Nichts Bestimmtes. Er hat Ihnen doch sicher erzählt, wie er Abby vor den Zähnen des bissigen Hundes bewahrte, den sich unser exzentrischer Nachbar hielt.«

»Ja, das hat er.«

»Und hat er Ihnen auch erzählt, daß Abby sein Alibi war für den Abend, als er vermutlich eine wilde Spritztour mit einem gestohlenen Wagen unternommen hat?«

»Nein, aber sich ein Auto für eine Spritztour auszuborgen ist ja wohl kein besonders schweres Vergehen.«

»Das wird es aber, wenn das Polizeiauto bei der Verfolgung des ›ausgeborgten‹ Wagens außer Kontrolle gerät und eine junge Mutter mit ihren zwei Kindern überfährt. Man hatte jemanden, der so aussah wie er, in der Nähe des Autos herumlungern sehen. Aber Abigail schwor, sie hätte Toby Nachhilfeunterricht in Englisch gegeben, hier in diesem Haus. Da stand Abigails Aussage gegen die eines zweifelhaften Zeugen. Es wurde keine Anklage erhoben, und der ›Schwarzfahrer‹ wurde nie geschnappt. Viele Leute fanden es denkbar, daß Toby Gorgone in diese Sache verwickelt war. Er hatte schon immer einen Autotick, und das war ein nagelneuer Sportwagen. Es klang plausibel, daß er eine Runde damit drehen wollte.«

»Wollen Sie damit sagen, daß die Senatorin seinetwegen eine Falschaussage gemacht hat?«

»Ich will gar nichts sagen. Aber die Menschen hier in der Gegend haben ein gutes Gedächtnis, und daß Abigail im Tone rechtschaffener Überzeugung ausgesagt hat – unter Eid natürlich – ist eine erwiesene Tatsache. Genau genommen hätte Toby gar nicht viel passieren können, wenn er in dem Auto gesessen hätte. Er war noch ein Jugendlicher, unter sechzehn. Abigail hingegen war achtzehn, und wenn sie einen Meineid geschworen hätte, wäre sie eines Verbrechens schuldig. Nun gut, Toby hat an diesem Abend vielleicht wirklich Partizipien gepaukt. Hat sich seine Grammatik verbessert?«

»Sie schien mir ganz in Ordnung zu sein.«

»Dann können Sie mit ihm nicht lange gesprochen haben. Jetzt füllen Sie meine Wissenslücken, was Abigail angeht. Die unaufhörliche Verblendung, die sie bei Männern bewirkt. Mit wem hat sie nun gerade ein Techtelmechtel?«

»Sie hat mit niemandem ein Techtelmechtel«, erwiderte Pat. »Nach allem, was sie mir gesagt hat, war ihr Mann die große Liebe ihres Lebens.«

»Mag sein.« Jeremy Saunders kippte den letzten Rest seines Drinks hinunter. »Und wenn man bedenkt, daß sie ganz und gar nicht die richtigen Voraussetzungen mitbrachte – einen Vater, der sich zu Tode soff, als sie sechs war, und eine Mutter, die es zufrieden war, zwischen Töpfen und Pfannen zu wirken ...«

Pat beschloß, es auf andere Weise zu versuchen, an brauchbares Material heranzukommen. »Erzählen Sie mir von diesem Haus«, schlug sie vor. »Schließlich ist Abigail hier aufgewachsen. Wurde es von Ihrer Familie erbaut?«

Jeremy Saunders war sichtlich stolz auf beides, sowohl auf das Haus als auch auf seine Familie. In der nächsten Stunde berichtete er ihr über die Geschichte der Saunders', von der Einwanderung »nicht direkt mit der *Mayflower* – an der historischen Reise sollte zwar ein Saunders' teilnehmen, aber er wurde krank und kam dann erst zwei Jahre später« – bis hin zur Gegenwart, wobei er nur einmal eine Pause einlegte, um sein Glas nachzufüllen und eine neue Kanne des Drinks zu mixen. »Und so«, endete er, »muß ich voll Trauer gestehen, daß ich der letzte sein werde, der den Namen Saunders trägt.« Er lächelte. »Sie können sehr gut zuhören, meine Liebe. Ich hoffe, ich war nicht zu langweilig in meiner Erzählung.«

Pat erwiderte sein Lächeln. »Nein, überhaupt nicht. Die Familie meiner Mutter gehörte auch zu den ersten Siedlern, und ich bin sehr stolz auf sie.«

»Lassen Sie mich von *Ihrer* Familie hören«, sagte Jeremy galant. »Sie bleiben doch zum Essen?«

»Sehr gerne.«

»Ich ziehe es vor, mir alles auf einem Tablett hierherbringen zu lassen. Es ist hier so viel gemütlicher als im Eßzimmer. Wäre Ihnen das recht?«

Und so viel näher bei der Bar, dachte Pat. Sie hoffte, die Unterhaltung bald wieder auf Abigail lenken zu können.

Die Gelegenheit dazu bot sich, als sie so tat, als nippe sie an dem Wein, den es auf Jeremys Beharren hin zu dem lieblos servierten Hühnersalat gab.

»Er hilft einem, das Zeug hinunterzuspülen, meine Liebe«, meinte er. »Wenn meine Frau nicht da ist, gibt Anna, fürchte ich, nicht gerade ihr Bestes. Nicht so wie Abbys Mutter. Francey Foster setzte ihren Stolz in alles, was sie machte. Das Brot, die Kuchen, die Soufflés ... Kocht Abby?«

»Ich weiß nicht«, antwortete Pat. Ihre Stimme nahm einen vertraulichen Ton an. »Mr. Saunders, ich kann mir nicht helfen, ich habe die ganze Zeit das Gefühl, daß Sie auf die Senatorin wütend sind. Irre ich mich? Ich hatte den Eindruck, daß Sie einander mal sehr zugetan waren.«

»Wütend auf sie? Wütend?« Seine Stimme war belegt, seine Worte kamen undeutlich. »Wären *Sie* nicht wütend auf jemanden, der sich vorgenommen hat, Sie lächerlich zu machen – und dem das großartig gelungen ist?«

Das war es – der Moment, den es so häufig in ihren Interviews gab, wenn die Leute ihre vorsichtige Zurückhaltung aufgaben und mit ihren Enthüllungen begannen.

Sie betrachtete Jeremy Saunders prüfend. Dieser wohlgenährte, übersättigte, betrunkene Mann in seiner lächerlichen förmlichen Kleidung quälte sich mit einer schrecklichen Erinnerung herum. Da waren sowohl Schmerz als auch Wut in diesen ehrlichen Augen, dem zu weichen Mund, dem weichlichen, dicklichen Kinn.

»Abigail«, sagte er ruhiger. »US-Senatorin von Virginia.« Er verbeugte sich kunstvoll. »Meine liebe Patricia Traymore, Sie haben die Ehre, mit ihrem früheren Verlobten zu reden.«

Pat bemühte sich ohne Erfolg, ihre Überraschung zu verbergen. »Sie waren mit Abigail *verlobt*?«

»In dem letzten Sommer, als sie hier war. Natürlich nur sehr kurz. Nur lange genug für ihren genau durchdachten Plan. Sie war als Siegerin aus dem Schönheitswettbewerb dieses Staates hervorgegangen, war aber schlau genug, um zu wissen, daß sie es in Atlantic City nicht weiter bringen würde. Sie hatte sich um ein Stipendium für Radcliffe bemüht, aber ihre Noten in Mathematik und den Naturwissenschaften waren nicht stipendiumswürdig. Abby hatte natürlich nicht die Absicht, als Pendlerin Tag für Tag das nächste College zu besuchen. Es war ein schreckliches Dilemma für sie, und ich frage mich noch immer, ob nicht Toby seine Hand dabei im Spiel hatte, einen Ausweg auszuhecken.

Ich hatte gerade in Yale graduiert und sollte in das Geschäft meines Vaters einsteigen – eine Aussicht, die mich nicht besonders reizte; ich war drauf und dran, mich mit der Tochter des besten Freundes meines Vaters zu verloben – keine sehr verlockende Vorstellung für mich. Und da war Abigail, gleich hier bei uns im Hause, erzählte mir, was ich an ihrer Seite werden könnte, schlüpfte nachts, wenn es dunkel war, zu mir ins Bett, während die arme, müde Francey Foster in ihrer Dienstbotenwohnung lag und schnarchte. Das Ergebnis war, daß ich Abigail ein hübsches Kleid kaufte, in ihrer Begleitung zum Country-Club-Tanzfest ging und ihr einen Heiratsantrag machte.

Als wir nach Hause kamen, weckten wir unsere Eltern, um ihnen die frohe Neuigkeit mitzuteilen. Können Sie sich vorstellen, was hier los war? Meine Mutter, der es

Vergnügen bereitete, Abigail zu befehlen, den Hintereingang zu benutzen, mußte mitansehen, wie all ihre Pläne für ihren einzigen Sohn sich in nichts auflösten. Vierundzwanzig Stunden später verließ Abigail die Stadt mit einem von meinem Vater ausgestellten und von seiner Bank bestätigten Scheck über zehntausend Dollar und mit Taschen voller Garderobe, die ihr Leute aus der Stadt geschenkt hatten. Sie war in Radcliffe schon zum Stipendium zugelassen, wissen Sie. Ihr hatte nur noch das Geld gefehlt, um dieses famose College zu besuchen.

Ich bin ihr dorthin nachgereist. Sie hat mir in aller Deutlichkeit zu verstehen gegeben, daß alles, was mein Vater über sie sagte, richtig sei. Mein Vater hat mich bis zu seinem Tode niemals vergessen lassen, wie sehr ich mich zum Narren gemacht hatte. Nach fünfunddreißig Jahren Ehe wird Evelyn immer noch giftig, sobald sie den Namen Abigail hört. Und was meine Mutter anging, so hat sie zwar die Genugtuung gehabt, daß sie Francey Foster aus dem Haus gejagt hat – sich jedoch damit nur ins eigene Fleisch geschnitten. Danach haben wir nie wieder eine ordentliche Köchin gehabt.«

Als Pat auf Zehenspitzen aus dem Zimmer schlich, schlief Jeremy Saunders: Der Kopf war ihm auf die Brust gesunken. Es war fast ein Viertel vor zwei. Es fing wieder an, sich zu bewölken, als ob noch mehr Schnee zu erwarten sei. Unterwegs zu ihrer Verabredung mit Margaret Langley, der pensionierten Schuldirektorin, fragte sie sich, inwieweit Jeremy Saunders' Darstellung von der jungen Abigail Foster-Jennings und deren Verhaltensweise wohl der Wahrheit entsprach. Zu gemeinen Machenschaften fähig? Intrigantin? Lügnerin?

Was auch immer, es paßte nicht zu dem Bild absoluter Integrität, dem Grundstein der öffentlichen Karriere der Senatorin Abigail Jennings.

# 8

Um Viertel vor zwei setzte Margaret Langley ganz gegen ihre sonstige Gewohnheit eine neue Kanne Kaffee auf, obwohl sie genau wußte, daß sie wahrscheinlich später von den brennenden Schmerzen ihrer Gastritis geplagt würde.

Wie immer, wenn sie erregt war, ging sie in ihr Arbeitszimmer, um Trost bei den samtgrünen Blättern der Hängepflanzen an dem großen Panoramafenster zu suchen. Sie war gerade dabei gewesen, noch einmal die Sonette von Shakespeare zu lesen und ihre Tasse Kaffee nach dem Frühstück zu trinken, als Patricia Traymore angerufen und um Erlaubnis gebeten hatte, sie zu besuchen.

Margaret schüttelte nervös den Kopf. Sie war dreiundsiebzig und ging leicht gebückt. Ihr graues Haar war wellig um den Kopf gelegt und im Nacken zu einem kleinen Knoten zusammengebunden. Ihr langes, ziemlich grobes Gesicht wurde durch einen Ausdruck von gutmütiger Weisheit vor Häßlichkeit bewahrt. Auf ihrer Bluse trug sie die Anstecknadel, die sie bei ihrer Pensionierung von der Schule geschenkt bekommen hatte – ein goldener Lorbeerkranz, der um die Zahl 45 geflochten war, die für ihre Dienstjahre als Lehrerin und Direktorin stand.

Um zehn Minuten nach zwei begann sie gerade Hoffnung zu schöpfen, daß Patricia Traymore es sich anders überlegt hatte und nicht bei ihr vorbeikommen werde, als sie ein kleines Auto langsam die Straße entlangfahren sah. Die Fahrerin hielt bei ihrem Briefkasten an, wahrscheinlich um nachzusehen, ob es das richtige Haus war. Widerstrebend ging Margaret zur Haustür.

Pat entschuldigte sich für ihr Zuspätkommen. »Ich bin

irgendwo falsch abgebogen«, sagte sie und nahm gerne die Einladung zu einer Tasse Kaffee an.

Margaret spürte, wie sich ihre Angst allmählich legte. Die junge Frau hatte etwas sehr Rücksichtsvolles an sich, so sorgfältig, wie sie die Stiefel abtrat, bevor sie auf den blank polierten Boden trat. Sie war sehr hübsch mit ihrem kastanienbraunen Haar und den dunkelbraunen Augen. Margaret hatte erwartet, daß sie schrecklich aggressiv wäre. Vielleicht würde Patricia Traymore ihr zuhören, wenn sie ihr von Eleanor erzählte. Als sie ihr Kaffee eingoß, äußerte sie sich dementsprechend.

»Wissen Sie«, begann Margaret, und in ihren Ohren klang ihre Stimme schrill und nervös, »das Problem war, daß damals, als das Geld in Washington verschwand, alle über Eleanor sprachen, als wäre sie eine notorische Diebin. Miss Traymore, haben Sie mal gehört, was dieser Gegenstand wert war, den sie gestohlen haben soll, als sie noch in der High School war?«

»Nein, ich glaube nicht«, antwortete Pat.

»*Sechs Dollar*. Ihr Leben wurde ruiniert wegen einer Flasche Parfum im Wert von sechs Dollar! Miss Traymore, ist es Ihnen noch nie passiert, daß Sie sich anschickten, aus einem Warenhaus hinauszugehen, und plötzlich merkten, daß Sie etwas in der Hand hatten, das Sie kaufen und auch bezahlen wollten?«

»Doch, mehrfach«, gab Pat zu. »Aber es wird ja wohl niemand wegen Ladendiebstahls verurteilt, nur weil er geistesabwesend einen Gegenstand im Gegenwert von sechs Dollar hat mitgehen lassen.«

»Doch, wenn es in letzter Zeit eine Flut von Ladendiebstählen gegeben hat. Die Geschäftsinhaber waren mächtig aufgebracht, und der Bezirksanwalt hatte geschworen, an dem nächsten, der beim Diebstahl erwischt würde, ein Exempel zu statuieren.«

»Und Eleanor wurde als nächste erwischt?«

»Ja.« Feine Schweißtropfen unterstrichen die Runzeln

auf Margarets Stirn. Voller Entsetzen bemerkte Pat, wie ihr Gegenüber aschfahl im Gesicht wurde.

»Miss Langley, fühlen Sie sich nicht wohl? Soll ich Ihnen ein Glas Wasser holen?«

Die alte Dame schüttelte den Kopf. »Nein, es geht schon vorüber. Gedulden Sie sich nur eine Minute.« Während sie schweigend dasaßen, bekam Miss Langley allmählich wieder Farbe im Gesicht.

»Jetzt ist es besser. Ich glaube, es regt mich bloß auf, über Eleanor zu sprechen. Wissen Sie, Miss Traymore, der Richter hat an Eleanor ein Exempel statuiert; er hat sie für dreißig Tage ins Jugendgefängnis gesteckt. Danach war sie wie umgewandelt. Ein anderer Mensch. Manche Menschen können eine derartige Demütigung nicht ertragen. Wissen Sie, niemand glaubte ihr, außer mir. Ich kenne die jungen Leute. Sie neigte nicht zu Dreistigkeit. Sie gehörte zu der Sorte, die nie im Unterricht Kaugummi kaut oder schwatzt, wenn der Lehrer nicht in der Klasse ist, oder bei Prüfungen mogelt. Sie war nicht nur tugendhaft. Sie war *ängstlich.*«

Margaret Langley verschwieg etwas. Das konnte Pat spüren. Sie beugte sich vor und sagte mit sanfter Stimme: »Miss Langley, an dieser Sache ist noch ein wenig mehr, als Sie bisher erzählt haben.«

Die Lippen der Frau zitterten. »Eleanor hatte nicht genug Geld bei sich, um das Parfum zu bezahlen. Sie erklärte, sie hätte es einpacken und zurücklegen lassen wollen. Sie wollte am Abend zu einer Geburtstagsfeier gehen. Der Richter hat ihr nicht geglaubt.«

Hätte ich auch nicht, dachte Pat. Sie war ein wenig traurig, weil sie die Erklärung nicht akzeptieren konnte, an die Margaret Langley so inbrünstig glaubte. Sie beobachtete die frühere Direktorin, wie sie ihre Hand an den Hals legte, wie um einen beschleunigten Pulsschlag zu beruhigen. »Dies süße Ding ist so viele Abende zu mir gekommen«, fuhr Margaret Langley traurig fort, »weil es wußte, daß ich die einzige war, die ihm völlig glaubte. Nach Eleanors Schulabschluß schrieb ich an Abigail und fragte sie, ob sie bei sich im Büro eine Stelle für sie hätte.«

»Und ist es nicht so, daß die Senatorin Eleanor diese Chance gegeben und ihr vertraut hat und daß Eleanor dann Wahlkampfgelder gestohlen hat?« fragte Pat.

Margarets Gesicht nahm einen sehr müden Ausdruck an. Ihre Stimme klang gedämpfter.»Als das geschah, hatte ich ein Jahr Studienurlaub. Ich reiste in Europa umher. Bei meiner Rückkehr war schon alles vorbei. Eleanor war bereits verurteilt und ins Gefängnis gesteckt und hatte schon ihren Nervenzusammenbruch gehabt. Sie lag auf der psychiatrischen Station des Gefängniskrankenhauses. Ich schrieb ihr regelmäßig, aber sie antwortete nie. Dann wurde sie, soweit ich weiß, aus gesundheitlichen Gründen entlassen, aber nur unter der Bedingung, daß sie zweimal wöchentlich als ambulante Patientin in die Klinik kam. Eines Tages blieb sie einfach weg. Das ist jetzt neun Jahre her.«

»Und Sie haben seither nie wieder von ihr gehört?«

»Ich ... Nein ... Hm ...« Margaret stand auf. »Entschuldigen Sie – möchten Sie nicht noch etwas Kaffee? Da ist noch jede Menge in der Kanne. Ich werde mir noch einen nehmen. Das sollte ich zwar nicht, aber ich tu's.« Mit einem gequälten Lächeln verschwand Margaret in die Küche. Pat schaltete den Recorder aus. Sie *hat* von Eleanor gehört, dachte sie, und bringt es nicht fertig, zu lügen. Als Miss Langley zurückkam, fragte Pat ruhig: »Was wissen Sie heute über Eleanor?«

Margaret Langley setzte die Kaffeekanne auf dem Tisch ab und ging zum Fenster hinüber. Würde sie Eleanor schaden, wenn sie sich Pat Traymore anvertraute? Würde sie sie auf eine Spur bringen, die zu Eleanor führen könnte?

Ein einsamer Spatz flatterte am Fenster vorbei und saß dann wie verloren auf dem vereisten Zweig einer Ulme in der Nähe der Einfahrt. Margaret faßte einen Entschluß.

Sie wollte Patricia Traymore vertrauen, ihr die Briefe zeigen, ihr sagen, was sie glaubte. Sie drehte sich um, begegnete Pats Blick und bemerkte den besorgten Ausdruck in ihren Augen.

»Ich will Ihnen etwas zeigen«, sagte sie abrupt.

Als Margaret Langley wieder ins Zimmer kam, hielt sie in beiden Händen ein zusammengefaltetes Blatt Papier. »Ich habe zweimal von Eleanor gehört«, sagte sie. »Dieser Brief –«, sie streckte ihr die rechte Hand entgegen, »wurde am selben Tag geschrieben, an dem der Diebstahl stattgefunden haben soll. Lesen Sie ihn, Miss Traymore; lesen Sie ihn.«

Das cremefarbene Briefpapier war stark zerknittert, als wäre es häufig in die Hand genommen worden. Pat warf einen Blick auf das Datum. Der Brief war elf Jahre alt. Pat überflog kurz, was darin stand. Eleanor brachte ihre Hoffnung zum Ausdruck, daß Miss Langley ihren Urlaub in Europa genoß; Eleanor war befördert worden und liebte ihre Arbeit. Sie nahm Malunterricht an der George Washington University und machte gute Fortschritte. Sie war gerade aus Baltimore zurück, wo sie einen Nachmittag verbracht hatte. Sie hatte die Aufgabe gestellt bekommen, ein Gewässer zu malen, und hatte sich für die Chesapeake Bay entschieden.

Miss Langley hatte einen Absatz unterstrichen. Er lautete:

*Beinahe hätte ich es nicht geschafft, dahin zu kommen. Ich hatte noch einen Auftrag zu erledigen für Senatorin Jennings. Sie hatte ihren Ring im Wahlkampfbüro liegenlassen und glaubte, daß man ihn für sie im Safe eingeschlossen hätte. Aber da war er nicht, und ich habe es eben noch zu meinem Bus geschafft.*

*Das* sollte ein Beweis sein? dachte Pat. Sie sah auf, und ihre Augen begegneten Margaret Langleys hoffnungsvollem Blick. »Verstehen Sie nicht?« fragte Margaret. »Eleanor hat mir genau an dem Tag geschrieben. an dem der Diebstahl stattgefunden haben soll. Warum hätte sie diese Geschichte erfinden sollen?«

Pat fiel nichts ein, womit sie das hätte abmildern können, was sie zu sagen hatte. »Sie hat sich vielleicht ein Alibi aufgebaut.«

»Wenn man sich ein Alibi aufbauen will, schreibt man nicht an jemanden, der den Brief vielleicht erst Monate später erhält«, sagte sie hitzig. Dann seufzte sie. »Nun gut, ein Versuch von mir. Ich hoffe nur, Sie haben die Güte, nicht wieder diese elendige Geschichte aufzurühren. Eleanor versucht offenbar, irgendwie mit ihrem Leben zurechtzukommen, und sie hat es verdient, daß man sie in Ruhe läßt.«

Pat blickte auf den anderen Brief, den Margaret noch in der Hand hielt. »Sie hat Ihnen geschrieben, nachdem sie untergetaucht ist?«

»Ja. Vor sechs Jahren bekam ich dies hier.«

Pat nahm den Brief. Die Schrifttypen waren abgenutzt, das Papier billig. Der Text lautete:

*Liebe Miss Langley! Bitte haben Sie Verständnis dafür, daß ich mit niemandem aus meiner Vergangenheit Kontakt haben möchte. Wenn man mich findet, muß ich zurück ins Gefängnis. Ich schwöre Ihnen, daß ich dies Geld nicht angerührt habe. Ich war sehr krank, versuche nun aber, mir ein neues Leben aufzubauen. An manchen Tagen geht es. Ich kann kaum glauben, daß sich alles wieder zum Guten wendet. Dann quält mich wieder Angst, Furcht, daß mich jemand wiedererkennen könnte. Ich denke oft an Sie, voller Herzlichkeit. Sie fehlen mir.*

Eleanors Unterschrift war zitterig, die Buchstaben waren ungleichmäßig – es bestand ein krasser Gegensatz zu der festen und anmutigen Handschrift des früheren Briefes.

Pat brauchte ihre ganze Überzeugungskraft, um Margaret Langley zu überreden, ihr die Briefe zu überlassen. »Wir haben vor, diesen Fall in unserer Sendung aufzugreifen«, sagte sie, »aber selbst wenn Eleanor wiedererkannt wird und jemand sie anzeigt, können wir vielleicht erreichen, daß die Haftstrafe wieder ausgesetzt wird. Dann müßte sie sich nicht mehr für den Rest ihres Lebens verstecken.«

»Ich würde sie gerne wiedersehen«, flüsterte Margaret mit tränenhellen Augen. »Sie ist für mich fast so etwas wie ein eigenes Kind. Warten Sie – ich möchte Ihnen ein Bild von ihr zeigen.«

Im untersten Bücherregal waren Stapel von Jahrbüchern. »Ich habe eines für jedes Jahr, das ich in der Schule war«, erklärte sie. »Aber das von Eleanors Jahrgang liegt bei mir immer obenauf.« Sie blätterte die Seiten um. »Sie hat vor siebzehn Jahren ihren Schulabschluß gemacht. Sieht sie nicht süß aus?«

Das Mädchen auf dem Bild hatte dünnes, mausfarbenes Haar und sanfte, unschuldig dreinblickende Augen. Darunter stand:

*Eleanor Brown – Hobby: Malen. Berufswahl: Sekretärin. Außerschulplanmäßige Betätigung: Chorsingen. Lieblingssport: Rollschuhlaufen. Voraussage: Rechte Hand eines Managers, heiratet jung, zwei Kinder. Vorliebe für: Evening in Paris Parfum.*

»Mein Gott«, sagte Pat. »Wie gemein.«

»Genau. Darum wollte ich auch, daß sie von hier fortkommt.«

Pat schüttelte den Kopf, und ihr Blick fiel auf die anderen Jahrbücher. »Warten Sie einen Moment«, sagte sie. »Haben Sie zufällig auch das Buch, in dem Senatorin Jennings drin ist?«

»Natürlich. Lassen Sie mich mal nachsehen – das müßte da drüben sein.«

Das zweite Buch, in das Margaret Langley hineinsah, war das richtige. Auf diesem Foto hatte Abigail einen Pagenschnitt, der ihr bis auf die Schultern reichte. Sie hatte die Lippen leicht geöffnet, als hätte sie die Anweisungen des Fotografen, zu lächeln, befolgt. Ihre Augen, groß und mit dichten Wimpern, blickten ruhig und unerforschlich. Darunter stand:

*Abigail Foster (»Abby«) – Hobby: An gesetzgebenden Versammlungen des Staates teilnehmen. Berufswunsch: Politikerin. Außerschulplanmäßige Betätigung: Diskutieren. Voraussage: Mitglied der gesetzgebenden Körperschaft als Vertreterin für Apple Junction. Vorliebe für: Alle Bücher in der Bibliothek.*

»Mitglied der gesetzgebenden Körperschaft«, rief Pat aus. »Das ist toll.«

Eine halbe Stunde später verabschiedete sie sich, das Jahrbuch der Senatorin unter dem Arm. Als sie ins Auto stieg, beschloß sie, eine Kamera-Crew nach Apple Junction zu schicken, damit sie ein paar Hintergrundaufnahmen von dem Ort machte, unter anderem auch von der Main Street, dem Haus der Saunders', der Oberschule und dem Highway mit dem Bus nach Albany. Zu diesen Hintergrundaufnahmen sollte sich aus dem »Off« Senatorin Jennings kurz dazu äußern, wie es war, hier aufzuwachsen, und zu ihrem frühen Interesse an Politik. Als Abschluß dieses Teils der Sendung würde sie das Bild von der Senatorin als Miss New York State zeigen, dann ihr Bild in dem Jahrbuch und einen Kommentar von ihr dazu bringen, daß es die wichtigste Entscheidung in ihrem ganzen Leben war, nach Radcliffe zu gehen statt nach Atlantic City.

Mit einem ihr bis dahin unbekannten und beunruhigenden Gefühl, daß sie die ganze Geschichte beschönigte, fuhr Pat etwa eine Stunde lang in der Stadt umher und legte die Drehorte für die Kamera-Crew fest. Dann zog sie aus dem Apple Motel aus, fuhr nach Albany, lieferte den Mietwagen wieder ab und trat voller Erleichterung den Rückflug nach Washington an.

## 9

Washington ist schön, dachte Pat, aus jeder Sicht und zu jeder Tageszeit. Bei Nacht vermitteln einem die Scheinwerferlichter auf dem Capitol und den Monumenten ein Gefühl von ruhiger Zeitlosigkeit. Sie war nur dreißig Stunden fort gewesen, und doch kam es ihr vor, als wären seit ihrem Abflug von hier Tage vergangen. Das Flugzeug landete ein wenig ruckhaft und rollte weich über das Flugfeld.

Als Pat die Haustür öffnete, hörte sie das Telefon läuten und hastete hin. Es war Luther Pelham. Er klang gereizt.

»Pat, gut, daß ich Sie erreiche. Sie haben mir überhaupt nicht Bescheid gesagt, wo Sie in Apple Junction abgestiegen sind. Als ich es endlich ausfindig gemacht hatte, waren Sie schon wieder weg.«

»Tut mir leid. Ich hätte Sie heute morgen anrufen sollen.«

»Abigail wird morgen eine größere Rede halten, bevor es zur Endabstimmung über das Haushaltsbudget kommt. Sie hat vorgeschlagen, daß Sie morgen den ganzen Tag bei ihr im Büro zubringen. Sie wird ab sechs Uhr dreißig dort sein.«

»Ich werde kommen.«

»Wie ist es Ihnen in ihrem Heimatort ergangen?«

»Es war aufschlußreich. Wir können einige ansprechende Aufnahmen machen, gegen die die Senatorin nichts einzuwenden haben wird.«

»Das würde ich mir gerne anhören. Ich bin im Jockey Club und gerade mit Essen fertig, ich könnte in zehn Minuten bei Ihnen sein.« Es klickte an ihrem Ohr.

Sie hatte sich kaum umgezogen, da kam er auch schon. In der Bibliothek lagen unordentlich verstreut Unterlagen über die Senatorin herum. Pat führte ihn nach hinten ins Wohnzimmer und bot ihm etwas zu trinken an. Als sie mit seinem Drink zurückkam, besah er sich den Kandelaber auf dem Kaminsims. »Schönes Sheffield-Exemplar«, meinte er. »Alles hier im Zimmer ist schön.«

In Boston hatte sie eine Atelierwohnung gehabt, die so ähnlich aussah wie die anderer junger Berufstätiger. Es war ihr noch nicht in den Sinn gekommen, daß die kostbaren Möbel und Accessoires in diesem Haus Anlaß zu Kommentaren böten.

Sie bemühte sich, gleichgültig zu klingen. »Meine alten Herrschaften wollen demnächst in eine Eigentumswohnung ziehen. Wir haben einen ganzen Dachboden voll alter Familienmöbel, und Mutter hat mich vor die Wahl ›jetzt oder nie‹ gestellt, sofern ich sie wollte.«

Luther setzte sich auf die Couch und langte nach dem Glas, das sie vor ihn hinstellte. »Ich weiß nur, daß ich in Ihrem Alter noch im CVJM lebte.« Er klopfte leicht auf das Kissen neben sich. »Setzen Sie sich hierher und erzählen Sie mir alles über unsere Stadt.«

Oh nein, dachte sie. Keine Annäherungsversuche heute nacht, Luther Pelham. Sie ignorierte seine Aufforderung, nahm auf der anderen Seite des Couchtisches in einem Sessel Platz und begann Luther Bericht zu erstatten, was sie in Apple Junction in Erfahrung gebracht hatte. Es war nicht erbaulich.

»Abigail mag zwar das hübscheste Mädchen weit und breit gewesen sein«, schloß sie, »aber sie war bestimmt nicht das beliebteste. Ich kann jetzt verstehen, daß es sie nervös macht, man könnte dort böse Gefühle aufrühren. Jeremy Saunders wird bis zu seinem Tode schlecht über sie reden. Und sie befürchtet mit Recht, daß die alten Leutchen da, wenn man ihre Wahl zur Miss-New-York-State herausstellt, wieder anfangen könnten, darüber zu reden, wie sie ihre zwei Dollar gespendet haben, um sie für Atlantic City herauszuputzen, und wie sie sie dann sitzengelassen hat. Miss Apple Junction! Hier, schauen Sie sich das Bild an!«

Luther stieß bei dessen Anblick einen Pfiff aus. »Kaum zu glauben, daß dieses fettwanstige Etwas Abigails Mutter sein soll.« Er überdachte noch einmal, was er gesagt hatte. »Also gut. Sie hat gute Gründe dafür, daß sie Apple Junction und alle Leute da vergessen will. Doch ich dachte, Sie hätten mir gesagt, Sie könnten etwas menschlich ansprechendes Material retten.«

»Wir machen es ganz kurz. Hintergrundaufnahmen von der Stadt, der Schule, dem Haus, in dem sie aufgewachsen ist; dann ein Gespräch mit der Schuldirektorin Margaret Langley, darüber, wie Abigail immer nach Albany gefahren ist, um an gesetzgebenden Versammlungen teilzunehmen. Am Ende zeigen wir das Schuldbild im Jahrbuch. Das ist nicht viel, aber besser als gar nichts. Wir müssen die Senatorin dazu bringen, einzusehen, daß sie kein UFO ist, das mit einundzwanzig Jahren auf der Erde gelandet ist. Jedenfalls hat sie uns ihre Mitarbeit bei dieser Sendung zugesagt. Wir haben ihr doch nicht die Entscheidungsgewalt überlassen, hoffe ich.«

»Die Entscheidungsgewalt gewiß nicht, aber ein gewisses Einspruchs- und Mitspracherecht. Vergessen Sie eines nicht, Pat: Wir machen diese Sendung nicht nur *über sie*, wir machen sie *mit ihr*, und ein wesentlicher Teil ihrer Zusammenarbeit besteht darin, daß sie uns ihr persönliches Andenkenmaterial benutzen läßt.«

Er stand auf. »Da Sie darauf bestehen, daß dieser Tisch zwischen uns bleibt ...« Er kam zu ihr herum, legte die Hände auf sie.

Sie sprang schnell auf, aber nicht schnell genug. Er zog sie an sich. »Sie sind ein hübsches Mädchen, Pat.« Er hob ihr Kinn hoch. Sein Mund preßte sich auf ihren; er versuchte seine Zunge zwischen ihre Lippen zu drängen.

Sie versuchte sich zu befreien, aber er hielt sie schraubstockartig umklammert. Schließlich konnte sie ihm ihre Ellbogen in den Brustkorb rammen. »Lassen Sie mich los!«

Er lächelte. »Pat, wollen Sie mir nicht den Rest des Hauses zeigen?«

Was er damit meinte, war nicht mißzuverstehen. »Es ist schon ziemlich spät«, sagte sie, »aber auf dem Weg nach draußen können Sie noch einen Blick in die Bibliothek und ins Eßzimmer werfen. Noch lieber wäre es mir allerdings, Sie würden damit warten, bis ich Gelegenheit hatte, Bilder aufzuhängen und so.«

»Wo ist Ihr Schlafzimmer?«

»Oben.«

»Ich würde es gerne sehen.«

»Um ehrlich zu sein, selbst wenn es fertig eingerichtet ist, hätte ich gerne, daß Sie an die erste Etage dieses Hauses denken wie in Ihren jungen Jahren in New York an die erste Etage des Mädchenwohnhauses: Männlichen Besuchern ist der Zutritt nicht gestattet.«

»Mir wäre es lieber, Sie würden nicht scherzen, Pat.«

»Und mir wäre es lieber, wir könnten diese Unterhaltung als Scherz betrachten. Sonst kann ich es auch anders ausdrücken. Ich schlafe nicht mit Ihnen, weder während der Arbeit noch danach. Nicht heute abend. Nicht morgen. Auch nicht nächstes Jahr.«

»Ich verstehe.«

Sie ging ihm voraus durch den Flur. Im Foyer reichte sie ihm seinen Mantel.

Während er ihn anzog, lächelte er säuerlich. »Menschen, die ein solches Problem mit Schlaflosigkeit haben wie Sie, sind manchmal nicht in der Lage, mit verantwortungsvollen Aufgaben fertig zu werden«, sagte er. »Sie stellen oftmals fest, daß sie glücklicher bei einem kleinen Hinterwäldlersender sind als bei dem besten überhaupt. Gibt es in Apple Junction einen Sender? Vielleicht wollen Sie das mal nachprüfen, Pat.«

Pünktlich um zehn vor sechs trat Toby durch die Hintertür in Abigails Haus in McLean, Virginia. Die große Küche war voller Gerätschaften einer Gourmetköchin. Um sich abends zu entspannen, kochte Abigail am liebsten. Je nach Stimmung bereitete sie sechs oder sieben verschiedene Vorspeisen oder Fisch- oder Fleischaufläufe. An einem anderen Abend wiederum bereitete sie ein halbes Dutzend verschiedene Saucen oder buk Brötchen und Kuchen, die einem auf der Zunge zergingen. Anschließend packte sie alles in die Gefriertruhe. Aber wenn sie eine Party hatte, gab sie nie zu, daß sie alle Speisen selber zubereitet hatte. Sie haßte es, mit dem Wort »Köchin« in Verbindung gebracht zu werden.

Abigail selbst aß sehr wenig. Toby wußte, daß sie voller Schrecken an ihre Mutter zurückdachte, die arme alte Francey, diese keuchende, tonnenförmige Frau, deren stämmige Beine in so klobigen Fesseln und Füßen endeten, daß es schwer war, passende Schuhe für sie zu finden.

Toby hatte ein Apartment über der Garage. Beinahe jeden Morgen kam er herüber, stellte die Kaffeemaschine an und preßte frischen Saft aus. Später, nachdem er Abby im Büro abgesetzt hatte, frühstückte er üppig, und wenn sie ihn nicht brauchte, suchte er sich meist eine Pokerrunde.

Als Abigail die Küche betrat, war sie noch damit beschäftigt, eine halbmondförmige goldene Brosche an ihrem Revers zu befestigen. Sie trug ein purpurrotes Kostüm, das das Blau ihrer Augen betonte.

»Du siehst toll aus, Abby«, erklärte er.

Ihr Lächeln war flüchtig und im Nu wieder verschwunden. Immer wenn Abby im Senat eine große Rede halten wollte, war sie so – gereizt wie ein Tiger, bereit, sich über alles aufzuregen, das schief ging. »Wir wollen keine Zeit mit Kaffeetrinken vertrödeln«, sagte sie kurz angebunden.

»Du hast noch viel Zeit«, versicherte Toby ihr. »Ich werde dich bis sechs Uhr dreißig da abliefern. Trink deinen Kaffee. Du weißt doch, wie nörgelig du sonst wirst.«

Später stellte er die beiden Tassen einfach ins Spülbecken, da er wußte, wie nervös Abby würde, wenn er sich noch die Zeit nähme, sie auszuspülen.

Das Auto stand vor dem Vordereingang. Als Abby ihren Mantel und Aktenkoffer holen ging, eilte er hinaus und stellte die Heizung an.

Um zehn nach sechs waren sie unterwegs. Selbst für einen Tag, an dem sie eine Rede hielt, war Abby ungewöhnlich verkrampft. Sie war am Abend vorher früh zu Bett gegangen. Er fragte sich, ob sie hatte schlafen können.

Er hörte, wie Abby seufzte und ihren Aktenkoffer zuschlug. »Wenn ich bis jetzt noch nicht weiß, was ich sagen soll, kann ich es genauso gut sein lassen«, meinte sie. »Wenn dieses verdammte Budget nicht bald verabschiedet wird, tagen wir deswegen noch zu Weihnachten. Aber ich werde nicht zulassen, daß die Sozialleistungen weiter gekürzt werden.«

Toby sah im Rückspiegel, wie sie sich aus einer Thermoskanne Kaffee eingoß. Er sah ihrer Haltung an, daß sie gesprächsbereit war.

»Hast du gut geschlafen letzte Nacht, Senatorin?« Hin und wieder redete er sie mit »Senatorin« an, auch wenn sie allein waren. Damit brachte er ihr in Erinnerung, daß er allen Geschehnissen zum Trotz wußte, wohin er gehörte. Und vor Fremden siezte er sie natürlich auch.

»Nein, habe ich nicht. Ich fing an, mir wegen dieser Sendung Gedanken zu machen. Es war dumm von mir, daß ich mich dazu habe überreden lassen. Sie wird mir nur schaden. Ich spüre es in meinen Knochen.«

Toby runzelte die Stirn. Er hatte eine gesunde Hochachtung vor dem, was Abby »in ihren Knochen spürte«. Er hatte Abby noch nicht erzählt, daß Pat Traymore im

Dean-Adams-Haus wohnte. Das würde sie erst recht mit abergläubischer Furcht erfüllen. Dies war nicht der rechte Augenblick, um sie aus der Ruhe zu bringen. Doch irgendwann mußte sie es erfahren. Es würde sowieso herauskommen. Auch Toby beschlich in bezug auf die Sendung langsam ein unangenehmes Gefühl.

Pat hatte den Wecker auf fünf Uhr gestellt. Bei ihrer ersten Fernsehtätigkeit hatte sie gelernt, daß es ihr half, sich mit ganzer Energie auf ihre jeweilige Arbeit zu konzentrieren, wenn sie innerlich ruhig und gesammelt war. Sie wußte noch, wie sie vor Wut gekocht hatte, als sie außer Atem zu einem Interview mit dem Gouverneur von Connecticut gehetzt war und feststellen mußte, daß sie ihre sorgsam vorbereiteten Fragen vergessen hatte.

Nach der Nacht im Apple Motel war es gut gewesen, wieder in dem breiten und bequemen Bett zu liegen. Aber sie hatte schlecht geschlafen, weil sie an die Szene mit Luther Pelham denken mußte. Im Nachrichtenbereich des Fernsehens gab es viele Männer, die den unumgänglichen Annäherungsversuch machten, und einige reagierten nachtragend, wenn man sie abblitzen ließ.

Sie zog sich schnell an und entschied sich für ein langärmeliges schwarzes Wollkleid mit Wildlederweste. Es sah so aus, als würde es wieder einer jener rauhen, windigen Tage, wie sie für diesen Dezember typisch waren.

An einigen Fenstern gab es keine Doppelverglasung, und an der Nordseite des Hauses klapperten die Scheiben, wenn der Wind dagegen pfiff.

Sie erreichte den Treppenabsatz.

Das Heulen verstärkte sich. Doch jetzt war es ein Kind, das schrie und heulte. *Ich rannte die Treppe hinunter. Ich hatte solche Angst, und ich heulte …*

Ein momentanes Schwindelgefühl veranlaßte sie, sich am Geländer festzuhalten. Es geht los, dachte sie grimmig. Die Erinnerung kommt wirklich zurück.

Auf dem Weg zum Büro der Senatorin fühlte sie sich aufgewühlt, nicht im Einklang mit sich selbst. Sie konnte sich nicht von jener überwältigenden Angst befreien, die sie bei jener flüchtigen Erinnerung überkommen hatte.

Warum sollte sie jetzt Angst empfinden?

Wieviel hatte sie von dem mitbekommen, was in jener Nacht geschah?

Bei ihrer Ankunft im Büro wurde sie bereits von Philip Buckley erwartet. In der trüben frühmorgendlichen Stimmung schien es ihr, als verhielte er sich ihr gegenüber noch vorsichtiger und feindseliger als zuvor. Wovor hat er Angst? dachte Pat. Man könnte glauben, ich wäre eine britische Spionin in einem Siedler-Camp. Sie sagte ihm das.

Sein Lächeln war klein, kalt und humorlos. »Wenn wir Sie für eine britische Spionin hielten, wären Sie nicht mal in die Nähe dieses Siedler-Camps gekommen«, meinte er. »Die Senatorin wird jeden Moment eintreffen. Vielleicht möchten Sie einen Blick auf ihren heutigen Terminplan werfen. Es könnte Ihnen eine Vorstellung von ihrem Arbeitspensum vermitteln.«

Er blickte ihr über die Schulter, während sie die dicht beschriebenen Seiten las. »Tatsächlich müssen wir wohl wenigstens drei von diesen Leuten auf später vertrösten. Wir haben gedacht, wenn Sie einfach im Büro der Senatorin sitzen und aufpassen, können Sie hinterher selbst entscheiden, welche Abschnitte aus ihrem Tagesablauf Sie in Ihre Sendung aufnehmen wollen. Wenn sie vertrauliche Dinge zu bereden hat, müssen Sie natürlich hinaus. Ich habe für Sie einen Schreibtisch in ihr Privatbüro stellen lassen. Dadurch fällte Ihre Anwesenheit nicht so auf.«

»Sie denken aber auch an alles«, sagte Pat zu ihm. »Nun kommen Sie, wie wäre es mit einem netten breiten Lächeln? Sie werden eines für die Kamera brauchen, wenn wir zu drehen beginnen.«

»Ich hebe mir das Lächeln auf, bis ich die fertig bearbeitete Sendung gesehen habe.« Doch er wirkte ein wenig entspannter.

Wenige Minuten später traf Abigail ein. »Ich bin ja so froh, daß Sie da sind«, sagte sie zu Pat. »Als wir Sie nicht erreichen konnten, befürchteten wir schon, Sie wären verreist.«

»Ich habe Ihre Nachricht erst gestern abend erhalten.«

»Oh. Luther war nicht sicher, ob Sie heute kommen könnten.«

Das war also der Grund für das belanglose Geplauder, dachte Pat: Die Senatorin wollte wissen, wo sie gewesen war. Das gedachte sie jedoch nicht zu verraten. »Ich werde Ihnen von nun an nicht mehr von der Seite weichen, bis die Sendung fertig ist«, erklärte sie. »Sie werden es wahrscheinlich bald leid sein, mich in Ihrer Nähe zu haben.«

Abigail schien noch nicht zufriedengestellt. »Ich muß Sie jederzeit schnell erreichen können. Luther sagte mir, Sie hätten einige Fragen, die Sie mit mir durchsprechen wollten. So wie mein Terminplan aussieht, weiß ich oft nicht, wann ich Zeit haben werde – bis es soweit ist. Jetzt wollen wir an die Arbeit gehen.«

Pat folgte ihr in ihr Privatbüro und bemühte sich, nicht störend zu wirken. Kurz darauf war die Senatorin in ein Gespräch mit Philip vertieft. Ein Bericht, den er ihr auf den Schreibtisch legte, kam mit Verspätung. Sie fragte ihn scharf nach dem Grund dafür. »Der hätte mir schon letzte Woche vorliegen sollen.«

»Die Zahlen waren noch nicht vollständig.«

»Wieso nicht?«

»Die Zeit hatte einfach nicht gereicht.«

»Wenn die Zeit tagsüber nicht reicht, bleibt noch der Abend«, brauste Abigail auf. »Wenn jemand von meinen Mitarbeitern neuerdings Dienst nach Vorschrift macht, möchte ich darüber informiert werden!«

Ab sieben kamen die Besucher. Pats Hochachtung vor

Abigail wuchs mit jeder ihrer Unterredungen. Besprechungen mit Interessenvertretern der Ölindustrie, der Umweltschützer, der Kriegsveteranen. Strategieabsprachen für die Vorlage eines neuen Wohnungsbaugesetzes. Anhörung der Einwände eines Vertreters der Steuerbehörde gegen eine vorgeschlagene Steuererleichterung für Steuerzahler mittlerer Einkommen. Eine Delegation älterer Mitbürger protestierten gegen Kürzungen der Sozialversicherung.

Als der Senat zusammentrat, begleitete Pat Abigail und Philip zum Sitzungssaal. Pat bekam keinen Zutritt zum Pressesektor hinter der Estrade und nahm auf der Besuchergalerie Platz. Sie beobachtete, wie die Senatoren aus dem Garderobenraum hereinkamen, einander unterwegs mit einem freundlichen Lächeln begrüßten. Es gab die unterschiedlichsten Gestalten – große und kleine, gerippehaft dürre und kugelrunde, langmähnige, sorgfältig frisierte und kahle. Vier oder fünf hatten das gelehrtenhafte Aussehen von Professoren.

Es gab noch zwei weitere Senatorinnen, Claire Lawrence von Ohio und Phyllis Holzer, eine Parteilose, die bei der Wahl einen überwältigenden Überraschungssieg errungen hatte.

Pat beobachtete mit besonderem Interesse Claire Lawrence. Die Senatorin aus Ohio trug ein lässig sitzendes dreiteiliges marineblaues Strickkostüm. Ihr kurz geschnittenes pfeffer- und salzfarbenes Haar wirkte nicht streng dank der Naturwelle, mit der es sich um ihr Gesicht legte und dessen Kantigkeit abmilderte. Pat fiel auf, mit welch aufrichtiger Herzlichkeit diese Frau von ihren Kollegen begrüßt wurde und wie ihre gemurmelten Begrüßungsworte mit Lachen quittiert wurden. Claire Lawrence war berühmt für ihre Redegewandtheit; mit ihrer Schlagfertigkeit schaffte sie es, bei hitzigen Debatten Groll und Haß verpuffen zu lassen ohne das Thema, um das es ging, herabzuwürdigen.

Pat schrieb schnell »*Humor*« in ihr Notizheft und unterstrich das Wort. Abigails Auftreten wurde mit Recht als ernst und angespannt empfunden. Einige wenige lockere Momente mußten mit in die Sendung und sorgsam plaziert werden.

Ein langes, eindringliches Läuten rief die Senatoren zur Ordnung. Der Senior-Senator von Arkansas hatte an Stelle des erkrankten Vizepräsidenten den Vorsitz. Nachdem einige kleinere geschäftliche Angelegenheiten erledigt waren, erteilte der Vorsitzende der Senatorin von Virginia das Wort.

Abigail stand auf und setzte, ohne eine Spur von Nervosität, behutsam eine Lesebrille mit blauem Gestell auf. Ihr Haar war zu einem schlichten Knoten zurückgebunden, was die eleganten Linien ihres Profils und Nackens unterstrich.

»Eines der bekanntesten Zitate aus der Bibel«, begann sie, »lautet ›Der Herr hat's gegeben, der Herr hat's genommen, der Name des Herrn sei gelobt.‹ In letzter Zeit hat unsere Regierung in übertriebener Weise und schlecht durchdacht gegeben und gegeben. Und dann hat sie wieder genommen und genommen. Aber Namen, die es zu loben gilt, gibt es nur wenige.

Jeder verantwortliche Bürger würde, da bin ich ganz sicher, zustimmen, daß es nötig war, die Programme, die Anspruch auf Unterstützung gewähren, zu überholen. Doch jetzt ist es an der Zeit, daß wir überprüfen, was wir gemacht haben. Ich behaupte, daß die Maßnahmen zu radikal, die Kürzungen zu drastisch waren. Ich behaupte, daß es Zeit ist, viele notwendige Programme zu erneuern. Anspruch haben heißt ›etwas mit Recht verlangen können‹, zweifellos wird niemand in dieser erlauchten Kammer abstreiten, daß jedermann in diesem Lande ein Anrecht auf Obdach und Nahrung hat ...«

Abigail war eine großartige Rednerin. Ihre Ansprache war sorgfältig vorbereitet, gründlich untermauert und mit genug Anekdoten durchsetzt, um die Aufmerksamkeit ihrer Amtskollegen aufrechtzuerhalten.

Sie sprach eine Stunde und zehn Minuten. Der Applaus war groß und ehrlich. Als der Senat sich zurückzog, sah Pat, wie der Führer der Senatsmehrheit zu ihr hinübereilte, um ihr zu gratulieren.

Pat wartete zusammen mit Philip, bis sich die Senatorin endlich von ihren Kollegen und den Besuchern, die sie umdrängten, löste. Gemeinsam machten sie sich auf den Rückweg zum Büro.

»Es war gut, nicht wahr?« sagte Abigail, doch ohne den geringsten Anflug von Zweifel in ihrer Stimme.

»Hervorragend, Senatorin«, bestätigte Philip prompt.

»Pat?« Abigail blickte sie an.

»Es hat mich ganz krank gemacht, daß wir es nicht aufzeichnen konnten«, sagte Pat wahrheitsgemäß. »Ich hätte gerne Auszüge aus dieser Rede mit in die Sendung aufgenommen.« Sie nahmen im Büro der Senatorin einen Imbiß zu sich. Abigail bestellte sich nur ein hart gekochtes Ei und schwarzen Kaffee. Sie wurde viermal durch dringende Telefonanrufe gestört. Einer kam von einer alten freiwilligen Wahlkampfhelferin. »Natürlich, Maggie«, sagte Abigail. »Nein, du störst mich nicht. Ich bin jederzeit für dich da – das weißt du. Was kann ich für dich tun?«

Pat sah, wie sich Abigails Gesicht verfinsterte und wie sie die Stirn runzelte. »Soll das heißen, man hat dir im Krankenhaus gesagt, du sollst deine Mutter abholen kommen, obwohl die Frau nicht mal den Kopf vom Kissen heben kann? ... Ich verstehe. Hast du an irgendwelche bestimmten Pflegeheime gedacht? ... Sechs Monate Wartezeit. Und was sollst du in diesen sechs Monaten machen? ... Maggie, ich rufe dich wieder an.«

Sie knallte den Hörer auf die Gabel. »Das ist so etwas, das mich wild macht. Maggie versucht aus eigener Kraft drei Kinder großzuziehen. Samstags macht sie einen zweiten Job nebenher, und jetzt verlangt man von ihr, sie solle ihre senile, bettlägerige Mutter zu sich nach Hause holen. Philip, spüren Sie Arnold Pritchard auf. Und es ist mir gleichgültig, ob er mit jemandem für zwei Stunden zu Mittag ißt. Stöbern Sie ihn auf, sofort.«

Fünfzehn Minuten später wurde der Anruf durchgestellt, auf den Abigail wartete. »Arnold, gut, mit dir zu reden ... Freut mich, daß es dir gut geht ... Nein, mir geht es nicht gut. Um ehrlich zu sein, ich bin ziemlich aufgebracht ...«

Fünf Minuten später beendete Abigail das Gespräch mit den Worten: »Ja, da stimme ich dir zu. ›The Willows‹ scheint genau der richtige Ort zu sein. Das ist nah genug, daß Maggie sie besuchen kann, ohne daß sie den ganzen Sonntag für die Fahrt opfern muß. Und ich weiß, daß ich mich auf dich verlassen kann, Arnold, daß du dafür sorgst, daß die alte Dame aufgenommen wird – Ja, laß sie heute nachmittag mit einem Krankenwagen in der Klinik abholen. Maggie wird ganz erleichtert sein.«

Abigail zwinkerte Pat zu, während sie auflegte. »Das ist ein Aspekt meiner Arbeit, der mir gefällt«, sagte sie. »Ich sollte mich nicht damit aufhalten, Maggie selbst anzurufen, aber ich werde es dennoch tun.« Sie wählte schnell. »Maggie, hallo, wir sind gut in Form ...«

Maggie, beschloß Pat, würde als Gast in der Sendung auftreten.

Zwischen zwei und vier tagte ein Umweltschutzkomitee. Bei dem *Hearing* geriet Abigail mit einem der Zeugen in Streit und zitierte dabei aus ihrem Bericht. Der Zeuge sagte: »Frau Senatorin, Ihre Zahlen sind total falsch. Ich glaube, Ihnen liegen noch die alten Zahlen vor, nicht die berichtigten.«

Claire Lawrence war auch in dem Komitee. »Vielleicht kann ich helfen«, schlug sie vor. »Ich bin einigermaßen sicher, daß ich die neuesten Zahlen habe, und da sieht das Bild etwas anders aus ...«

Pat bemerkte, wie Abigail die Schultern verkrampfte und wie sie die Hände zu Fäusten ballte und wieder öffnete, während Claire aus ihren Unterlagen vorlas.

Die besorgt dreinblickende Frau, die hinter Abigail saß, war anscheinend die Adjutantin, die den fehlerhaften Bericht zusammengestellt hatte. Abigail drehte sich mehrmals nach ihr um, während Senatorin Lawrence ihre Stellungnahme abgab. Die junge Frau war sichtlich verstört. Ihr Gesicht war gerötet, und sie biß sich immerzu auf die Lippen, damit sie nicht zitterten.

Abigail ergriff das Wort, sobald Senatorin Lawrence zu sprechen aufgehört hatte. »Herr Vorsitzender, ich möchte mich bei Senatorin Lawrence für ihre Unterstützung bedanken und mich auch beim Komitee entschuldigen, daß man mir falsche Zahlen vorgelegt hat und ich die kostbare Zeit aller Anwesenden damit vergeudet habe. Ich verspreche Ihnen, es wird nicht wieder vorkommen.« Sie drehte sich erneut zu ihrer Adjutantin um. Pat konnte Abigails Lippen lesen: »Sie sind entlassen.« Die junge Frau erhob sich von ihrem Sitz und verließ den Sitzungssaal; ihr liefen Tränen über die Wangen.

Pat stöhnte innerlich. Die Sitzung wurde im Fernsehen übertragen – jeder, der den Vorgang beobachtet hatte, empfand gewiß Mitleid mit der jungen Assistentin.

Als die Sitzung vorbei war, eilte Abigail in ihr Büro zurück. Es war offensichtlich, daß dort alle informiert waren, was vorgefallen war. Die Sekretärinnen und Assistentinnen im äußeren Büro blickten nicht auf, als Abigail hindurchrauschte. Das unglückselige Mädchen, das den Fehler begangen hatte, starrte aus dem Fenster und tupfte sich vergeblich die Augen.

»Kommen Sie zu mir, Philip«, befahl Abigail kurz angebunden. »Sie auch, Pat. Ebenso können Sie nun gleich ganz mitbekommen, was hier geschieht.«

Sie nahm an ihrem Schreibtisch Platz. Bis auf die Tatsache, daß sie blaß aussah und die Lippen fest zusammenpreßte, wirkte sie völlig gefaßt. »Wie konnte es dazu kommen, Philip?« fragte sie mit gedämpfter Stimme.

Selbst Philip hatte seine gewohnte Ruhe verloren. Er schluckte nervös, als er zu erklären begann. »Senatorin, die anderen Mädchen haben eben mit mir geredet. Vor zwei Wochen hat Eileens Mann sie verlassen. Nach dem, was die anderen mir erzählt haben, war sie seitdem in einer schrecklichen Verfassung. Sie ist nun drei Jahre bei uns; und wie Sie wissen, ist sie eine unserer besten Assistentinnen. Könnten Sie in Erwägung ziehen, sie für drei Wochen zu beurlauben, bis sie sich wieder gefangen hat? Sie liebt ihre Arbeit.«

»Ja, tatsächlich? Liebt sie so, daß ich mich ihretwegen zum Narren mache in einer Sitzung, die im Fernsehen übertragen wird? Sie ist für mich erledigt, Philip. Ich will, daß sie binnen der nächsten fünfzehn Minuten hier verschwindet. Und schätzen Sie sich glücklich, daß Sie nicht auch entlassen sind. Als dieser Bericht mit Verspätung kam, wäre es an Ihnen gewesen, nachzuforschen, was der eigentliche Grund für dieses Problem war. In Anbetracht dessen, daß so viel kluge Leute ganz versessen auf eine Stellung sind, *einschließlich meine,* glauben Sie, da will ich mich Angriffen aussetzen, indem ich mich mit Spreu umgebe?«

»Nein, Senatorin«, murmelte Philip.

»Es gibt hier bei mir im Büro keine zweite Chance. Habe ich meine Mitarbeiter nicht entsprechend gewarnt?«

»Doch, Senatorin.«

»Dann verschwinden Sie und veranlassen Sie, was ich angeordnet habe.«

»Ja, Senatorin.«

O Mann! dachte Pat. Kein Wunder, daß Philip ihr gegenüber so auf der Hut war. Sie bemerkte, daß die Senatorin zu ihr herüberblickte.

»Nun, Pat«, meinte Abigail ruhig. »Sie halten mich wohl für ein Ungeheuer?« Sie wartete nicht auf Antwort.

»Meine Mitarbeiter wissen, wenn sie ein persönliches Problem haben und mit ihrer Arbeit nicht fertig werden, dann ist es ihre Pflicht, mir das zu melden und um Beurlaubung zu bitten. Auf diese Weise sollen Vorfälle dieser Art vermieden werden. Wenn ein Mitarbeiter meines Stabes einen Fehler macht, fällt das auf mich zurück. Ich habe zu viele Jahre zu hart gearbeitet, um mich durch die Dummheit eines anderen bloßstellen zu lassen. Und, Pat, glauben Sie mir: Wenn es Ihnen einmal geschieht, passiert es Ihnen auch wieder. Und jetzt, um Himmels willen, erwartet man mich zu einer Aufnahme mit einer Gruppe Pfadfinderinnen auf der Treppe vor dem Haupteingang!«

# 10

Um Viertel vor fünf klopfte eine Sekretärin schüchtern an die Tür von Abigails Büro. »Ein Anruf für Miss Traymore«, flüsterte sie.

Es war Sam. Seine Stimme klang so beruhigend und herzlich, daß sich Pats Stimmung sofort besserte. Der unerfreuliche Zwischenfall und das zutiefst verzweifelte Gesicht der jungen Frau hatten sie mitgenommen.

»Hallo, Sam.« Sie spürte Abigails scharfen Blick.

»Meine Spitzel haben mir mitgeteilt, daß du auf dem Hill bist. Hast du Lust, mit mir essen zu gehen?«

»Essen gehen ... Ich kann nicht, Sam. Ich muß heute abend arbeiten.«

»Du mußt auch essen. Was hast du heute mittag zu dir genommen? Eines von Abigails hart gekochten Eiern?«

Sie gab sich Mühe, nicht zu lachen. Die Senatorin hörte eindeutig zu, was sie an diesem Ende der Leitung sagte.

»Wenn es dir nichts ausmacht, früh und auf die Schnelle zu essen«, schlug sie als Kompromiß vor.

»Ist mir recht. Paßt es dir, wenn ich dich in einer halben Stunde vor dem Russell Building abhole?«

Als Pat auflegte, blickte sie zu Abigail hinüber.

»Haben Sie schon das ganze Material gesichtet, das wir Ihnen gegeben haben? – Sich schon die Filme angesehen?« fragte Abigail.

»Nein.«

»Einige davon?«

»Nein«, gab Pat zu. O Herr, dachte sie. Gut, daß ich nicht für Sie arbeite, Lady.

»Ich hatte gedacht, Sie würden vielleicht zu mir zum Abendessen kommen und wir könnten darüber reden, welche Filme Sie gerne verwenden würden.«

Wieder eine Pause. Pat wartete ab.

»Da Sie das Material jedoch noch nicht gesichtet haben, denke ich, es ist besser, ich nutze den Abend dazu, etwas zu lesen, womit ich mich befassen muß.« Abigail lächelte. »Sam Kingsley ist einer der begehrtesten Junggesellen in Washington. Ich wußte gar nicht, daß Sie ihn so gut kennen.«

Pat versuchte, leichthin zu antworten. »Tue ich im Grunde auch gar nicht.« Aber sie konnte nicht umhin zu denken, daß es Sam schwerfiel, sich von ihr fernzuhalten.

Sie blickte aus dem Fenster in der Hoffnung, so ihren Gesichtsausdruck verbergen zu können. Draußen war es fast schon dunkel. Aus den Fenstern der Senatorin hatte man einen Blick aufs Capitol. In dem abnehmenden Tageslicht sah das von blauen Seidenvorhängen eingerahmte schimmernde Kuppelgebäude fast wie gemalt aus. »Wie schön!« rief sie aus.

Abigail wandte ihren Kopf zum Fenster hin. »Ja, das ist es«, stimmte sie zu. »Dieser Anblick um diese Tageszeit macht mir immer wieder klar, wozu ich da bin. Sie können sich nicht vorstellen, wie befriedigend es für mich ist, zu wissen, daß aufgrund dessen, was ich heute gemacht habe, eine alte Frau in einem anständigen Pflegeheim ordentlich versorgt wird und Menschen, die ein kümmerliches Dasein fristen, vielleicht zusätzlich Geld bekommen.«

Abigail Jennings strahlt eine fast sinnliche Energie aus, wenn sie über ihre Arbeit spricht, dachte Pat. Es ist ihr Ernst mit dem, was sie sagt.

Aber sie dachte auch, daß die Senatorin schon das Mädchen aus ihrem Gedächtnis verdrängt hatte, das sie erst vor wenigen Stunden entlassen hatte.

Pat fröstelte, als sie die Stufen vom Senatsbüro hinunter zum Wagen eilte. Sam beugte sich zu ihr herüber, um ihr einen Kuß auf die Wange zu drücken. »Wie geht es unserer tollen Filmemacherin?«

»Ich bin müde«, antwortete sie. »Mit Senatorin Jennings Schritt halten zu müssen ist nicht gerade die Voraussetzung für einen geruhsamen Tag.«

Sam lächelte. »Ich weiß, was du meinst. Ich habe zusammen mit Abigail eine ganze Reihe von Gesetzen erarbeitet. Sie wird nie müde.«

Er schlängelte sich durch den Verkehr und bog in die Pennsylvania Avenue ein. »Ich dachte, wir gehen zu Chez Grandmère in Georgetown«, sagte er. »Da ist es ruhig, das Essen ist hervorragend, und es ist in deiner Nähe.«

Bei Chez Grandmère war es fast leer. »Um Viertel vor sechs geht man in Washington nicht essen.« Sam lächelte, als der Oberkellner ihnen anbot, sie sollten sich selber einen Tisch aussuchen.

Bei einem Cocktail berichtete Pat von ihrem Tagesablauf, einschließlich der Szene im Sitzungssaal. Sam stieß einen Pfiff aus. »Das war ein scheußlicher Moment für Abigail. Das fehlt einem noch: jemanden auf der Lohnliste zu haben, der einen schlecht dastehen läßt!«

»Könnte etwas Derartiges tatsächlich die Entscheidung des Präsidenten beeinflussen?« fragte Pat.

»Pat, *alles* kann die Entscheidung des Präsidenten beeinflussen. Ein Fehler kann das Ende für einen sein. Naja, überleg doch selber, wäre Chappaquiddick nicht gewesen, wäre Teddy Kennedy heute vielleicht Präsident. Und vergiß nicht Watergate und andere Skandale. Alles fällt auf den Mann oder die Frau zurück, der oder die das Amt innehat. Es ist ein Wunder, daß Abigail den Skandal mit den verschwundenen Wahlkampfgeldern überlebt hat, und wenn sie versucht hätte, ihre Assistentin zu decken, hätte sie damit ihre Glaubwürdigkeit ruiniert. Wie hieß das Mädchen noch?«

»Eleanor Brown.« Pat dachte daran, was Margaret Langley gesagt hatte. »*Eleanor könnte nicht stehlen. Sie ist zu ängstlich.*«

»Eleanor hat immer ihre Unschuld beteuert«, sagte sie jetzt zu Sam.

Er zuckte die Schultern. »Pat, ich war vier Jahre lang Bezirksstaatsanwalt. Soll ich dir etwas sagen? Neun von zehn Kriminellen schwören, das Verbrechen nicht begangen zu haben. Und wenigstens acht von diesen neun lügen.«

»Aber dann bleibt immer noch einer, der wirklich unschuldig ist«, beharrte Pat.

»Sehr selten«, meinte Sam. »Worauf hast du Appetit?«

Es kam ihr so vor, als könnte sie zuschauen, wie er in den anderthalb Stunden, die sie zusammen waren, merklich lockerer wurde. Ich tue dir gut, Sam, dachte sie. Ich kann dich glücklich machen. Du meinst, ein Kind zu haben, wäre das gleiche wie damals, als du alles für Karen machen mußtest, weil Janice krank war. Mit mir wäre das anders ...

Beim Kaffee fragte er: »Wie ergeht es dir in dem Haus? Irgendwelche Probleme?«

Sie zögerte erst, doch dann beschloß sie, ihm von der Notiz zu erzählen, die unter der Tür durchgeschoben worden war, und von dem zweiten Anruf. »Aber wie du schon sagtest, wahrscheinlich erlaubt sich da jemand nur einen Scherz«, schloß sie.

Sam erwiderte das Lächeln nicht, um das sie sich bemühte. »Ich habe gesagt, daß ein vereinzelter Anruf bei dem Sender in Boston vielleicht nichts zu sagen hat. Aber deinen Worten zufolge hast du in den letzten drei Tagen einen zweiten Anruf erhalten und einen Brief unter der Tür durchgeschoben bekommen. Was glaubst du, woher dieser Verrückte deine Adresse hat?«

»Wie hast *du* sie bekommen?« fragte Pat.

»Ich habe bei Potomac Cable angerufen und gesagt, ich sei ein Freund von dir. Eine Sekretärin hat mir deine Telefonnummer und deine genaue Anschrift gegeben und mir gesagt, wann du ankommst. Offen gestanden, war ich ein bißchen überrascht, wie unbekümmert sie so viele Informationen herausgeben.«

»Ich habe mein Einverständnis dazu erklärt. Ich benutze für diese Sendung das Haus als Büro, und du wärest verblüfft zu erfahren, wie viele Menschen einem von sich aus Anekdoten oder Erinnerungen erzählen, wenn sie lesen, daß man eine Dokumentarsendung vorbereitet. Ich wollte nicht riskieren, daß Anrufe verlorengehen. Ich habe natürlich nicht damit gerechnet, daß ich etwas zu befürchten hätte.«

»Dann hat dieses Scheusal deine Adresse vielleicht auf die gleiche Art und Weise bekommen. Hast du den Zettel zufällig bei dir?«

»Ja, in meiner Tasche.« Sie fischte ihn heraus, froh, ihn loszuwerden.

Sam betrachtete ihn mit nachdenklich gerunzelter Stirn. »Ich bezweifle, daß man anhand dessen etwas herausfinden kann, aber laß mich die Notiz Jack Carlson zeigen. Er ist FBI-Agent und so etwas wie ein Handschriftenexperte. Und du leg bloß auf, wenn du noch so einen Anruf bekommst.«

Er setzte sie um halb neun ab. »Du brauchst Zeitschaltuhren für die Lampen«, meinte er, als sie an der Tür standen. »Hier könnte jeder herkommen und unbemerkt einen Brief unter der Tür herschieben.«

Sie blickte zu ihm auf. Der entspannte Gesichtsausdruck hatte sich verflüchtigt, und die neuen Falten um den Mund waren wieder tiefer. Du mußtest dir immer Sorgen machen wegen Janice, dachte sie. Ich will nicht, daß du dir meinetwegen Sorgen machst.

Sie versuchte, den lockeren Umgangston dieses Abends wieder einzufangen: »Danke für den neuerlichen Willkommensbeweis. Sie werden dich auf dem Hill noch zum Vorsitzenden des Begrüßungskomitees ernennen.«

Er lächelte kurz, und für diesen Moment verschwand der besorgte Ausdruck in seinen Augen. »Meine Mutter hat mir beigebracht, den hübschesten Mädchen in der

Stadt gegenüber charmant zu sein.« Er nahm ihre Hände in seine. Einen Augenblick lang verharrten sie schweigend; dann beugte er sich herab und küßte sie auf die Wange.

»Ich bin froh, daß du nicht eine Seite bevorzugst«, murmelte sie.

»Wie bitte?«

»Neulich hast du mich unter dem rechten Auge geküßt – heute unter dem linken.«

»Gute Nacht, Pat. Schließ die Tür ab.«

Pat war kaum in der Bibliothek angelangt, als das Telefon hartnäckig zu läuten begann. Einen Augenblick lang hatte sie Angst, dran zu gehen.

»Pat Traymore.« Ihre Stimme klang in ihren eigenen Ohren angespannt und heiser.

»Miss Traymore«, sagte eine Frauenstimme. »Ich bin Lila Thatcher, Ihre Nachbarin von der anderen Straßenseite. Ich weiß, daß Sie gerade erst nach Hause gekommen sind, aber wäre es Ihnen möglich, zu mir herüberzukommen? Ich muß Ihnen etwas Wichtiges mitteilen.«

Lila Thatcher, dachte Pat. *Lila Thatcher*. Natürlich. Das war die Hellseherin, die mehrere vielgelesene Bücher über Psi und andere übersinnliche Erscheinungen geschrieben hatte. Erst vor wenigen Monaten noch war sie groß gefeiert worden, weil sie geholfen hatte, ein vermißtes Kind wiederzufinden.

»Ich komme sofort«, erklärte Pat sich widerstrebend einverstanden. »Aber ich fürchte, ich kann nicht länger als eine Minute bleiben.«

Während sie in Schlangenlinien über die Straße lief, um den schlimmsten Schneematsch und Schlamm zu umgehen, versuchte sie, das Unbehagen zu ignorieren, das sie empfand.

Sie war sicher, daß sie nicht hören wollte, was Lila Thatcher ihr zu sagen hatte.

# 11

Auf Pats Läuten hin öffnete ein Dienstmädchen die Tür und führte sie ins Wohnzimmer. Pat hatte sich nicht vorstellen können, was für eine Person sie erwarten mochte – vielleicht eine Zigeunerin mit Turban; aber die Frau, die sich zu ihrer Begrüßung erhob, konnte man einfach als häuslich gemütlich beschreiben. Sie war eine leicht rundliche, grauhaarige Person mit intelligenten, leuchtenden Augen und einem freundlichen Lächeln.

»Patricia Traymore«, sagte sie. »Freut mich sehr, Sie kennenzulernen. Willkommen in Georgetown.« Sie nahm Pats Hand und betrachtete sie aufmerksam. »Ich weiß, wie beschäftigt Sie sind mit der Sendung, die Sie vorbereiten. Ich bin sicher, das ist ein schönes Unterfangen. Wie kommen Sie mit Luther Pelham zurecht?«

»Ganz gut bisher.«

»Ich hoffe, es bleibt so.« Lila Thatcher trug ihre Brille an einer langen Silberkette um den Hals. Sie nahm sie geistesabwesend in die rechte Hand und begann damit leicht auf ihre linke Handfläche zu klopfen. »Ich habe selbst nur wenige Minuten Zeit. Ich bin in einer halben Stunde verabredet, und morgen fliege ich in aller Frühe nach Kalifornien. Deshalb habe ich beschlossen, Sie anzurufen. Normalerweise mache ich so etwas nicht. Ich konnte jedoch nicht vor mir verantworten, zu verreisen, ohne Sie vorher gewarnt zu haben. Wußten Sie, daß in dem Haus, das Sie gemietet haben, vor dreiundzwanzig Jahren ein Mord und Selbstmord begangen wurden?«

»Ja, man hat es mir erzählt.« Die Antwort kam der Wahrheit am nächsten.

»Beunruhigt Sie das nicht?«

»Mrs. Thatcher, viele Häuser hier in Georgetown müssen über zweihundert Jahre als sein. Bestimmt sind in jedem dieser Häuser Menschen gestorben.«

»Das ist nicht dasselbe.« Die ältere Dame redete schneller, eine Spur nervös. »Mein Mann und ich zogen ungefähr ein Jahr, bevor sich die Tragödie ereignete, in dieses Haus. Ich weiß noch, wie ich ihm zum erstenmal sagte, daß ich in der Atmosphäre um das Adams-Haus etwas Dunkles spürte. In den Monaten darauf war es so, daß dies Gefühl mal kam und dann wieder ging, aber jedesmal, wenn es sich wieder einstellte, war es stärker. Dean und Renée Adams waren ein sehr attraktives Paar. Er sah einfach phantastisch aus, war einer dieser anziehenden Männer, die sofort Aufmerksamkeit erregen. Renée war anders – ruhig, zurückhaltend, eine sehr verschlossene junge Frau. Ich hatte das Gefühl, daß es für sie ganz verkehrt war, mit einem Politiker verheiratet zu sein, und die Ehe litt unausweichlich darunter. Aber sie liebte ihren Mann sehr, und beide hingen sehr an ihrem Kind.«

Pat hörte regungslos zu.

»Ein paar Tage bevor sie starb, erzählte mir Renée, sie wolle mit Kerry nach Neuengland zurückkehren. Wir standen gerade vor Ihrem Haus, und das Gefühl von nahendem Unheil und von Gefahr, das ich empfand, war unbeschreiblich. Ich versuchte, Renée zu warnen. Ich sagte ihr, wenn ihr Entschluß unwiderruflich sei, solle sie nicht länger warten. Und dann war es zu spät. Bis zu dieser Woche habe ich seither nie wieder auch nur einen Anflug von Unbehagen in bezug auf Ihr Haus verspürt. Aber jetzt kehrt es zurück. Ich weiß nicht warum, aber es ist so wie damals. Ich spüre, daß dieses Unheimliche auch Sie betrifft. Können Sie aus diesem Haus nicht ausziehen? *Sie sollten sich nicht darin aufhalten.*«

Pat überlegte sich ihre Frage sorgfältig. »Haben Sie, außer daß Sie diese Aura um das Haus verspüren, noch einen anderen Grund, mich davor zu warnen, dazubleiben?«

»Ja. Vor drei Tagen hat mein Dienstmädchen einen Mann beobachtet, der an der Ecke herumlungerte. Dann hat sie an der Seite dieses Hauses im Schnee Fußabdrücke bemerkt. Wir dachten, es wäre ein Streuner und benachrichtigten die Polizei. Gestern morgen, nachdem es frisch geschneit hatte, haben wir wieder Fußabdrücke gesehen. Wer immer da herumlungert, geht nicht weiter als bis zu dem großen Rhododendron. Dahinter verborgen, kann jeder Ihr Haus beobachten, ohne daß man ihn aus unseren Fenstern oder von der Straße aus sieht.«

Mrs. Thatcher schlang sich die Arme um den Körper, als würde sie plötzlich frieren. Ihr Gesicht war erstarrt und hatte sich in tiefe, sorgenvolle Falten gelegt. Sie starrte Pat unverwandt an, und dann sah Pat, wie sich ihre Augen weiteten; ein Ausdruck geheimen Wissens schlich sich in sie ein. Als Pat sich einige Minuten später verabschiedete, war die ältere Dame richtig besorgt und drängte Pat erneut, aus dem Haus auszuziehen. Lila Thatcher weiß, wer ich bin, dachte Pat. Da bin ich ganz sicher. Sie ging direkt in die Bibliothek und goß sich einen ziemlich großen Brandy ein. »Jetzt ist es besser«, murmelte sie, als ihr wieder warm wurde. Sie versuchte, nicht an die Dunkelheit draußen zu denken. Aber wenigstens hielt die Polizei nach einem Streuner Ausschau. Sie zwang sich, ruhig zu bleiben. Lila hatte Renée beschworen, fortzufahren. Wenn ihre Mutter auf sie gehört, ihre Warnungen beherzigt hätte, wäre die Tragödie dann abzuwenden gewesen? Sollte sie nun Lilas Rat befolgen und in ein Hotel ziehen oder sich eine Wohnung nehmen? »Ich kann nicht«, sagte sie laut. »Ich kann einfach nicht.« Sie hatte so wenig Zeit, die Dokumentarsendung vorzubereiten. Es war undenkbar, einen Teil dieser Zeit zum Umziehen zu verwenden. Und die Tatsache, daß Lila Thatcher mit ihrer übersinnlichen Begabung Unheil kommen *spürte*, beinhaltete nicht, daß sie es *abwenden* konnte, dachte Pat. Wäre Mutter nach Boston gefahren, wäre Daddy ihr wahrscheinlich gefolgt. Wenn jemand entschlossen ist, mich zu finden, wird er es schaffen. In einem Apartment müßte ich genauso vorsichtig sein wie hier. Und ich *werde* vorsichtig sein.

Sie fand es auf eine gewisse Weise beruhigend, daß Lila erraten hatte, wer sie war. Sie hat meine Mutter und meinen Vater gern gemocht, dachte sie. Sie hat mich gekannt, als ich klein war. Wenn ich mit der Sendung fertig bin, kann ich mit ihr reden, ihr Gedächtnis erforschen. Vielleicht kann sie mir helfen, alles wieder zusammenzubringen.

Aber jetzt war es dringend notwendig, daß sie die persönlichen Unterlagen der Senatorin zu sichten begann und einiges für die Sendung auswählte.

Die Filmspulen lagen unordentlich durcheinander in einem der Kartons, die Toby hereingetragen hatte. Glücklicherweise waren sie beschriftet. Sie begann sie zu sortieren. Einige betrafen politische Tätigkeiten, Wahlkampfveranstaltungen, Reden. Schließlich fand sie die privaten Aufzeichnungen, die sie am meisten interessierten. Sie begann mit dem Film mit dem Etikett: WILLARD UND ABIGAIL – HILLCREST HOCHZEITSEMPFANG.

Sie wußte, daß die beiden miteinander durchgebrannt waren, bevor er sein Jurastudium in Harvard beendet hatte. Abby hatte in Radcliffe gerade das vorletzte Jahr vor der Graduierung beendet. Wenige Monate nach ihrer Heirat hatte Willard als Kongreßabgeordneter kandidiert. Sie hatte ihn in seinem Wahlkampf unterstützt, dann ihr Studium an der University of Richmond beendet. Offenbar hatte es einen Empfang gegeben, als er sie nach Virginia brachte.

Der Film begann mit einer Bilderfolge von einer festlichen Garten-Party. Vor dem baumüberschatteten Hintergrund waren hinter bunten Sonnenschirmen Tische aufgebaut. Bedienstete liefen zwischen Gruppen von Gästen herum – Frauen in sommerlichen langen Kleidern und mit breitkrempigen Hüten, Herren in dunklen Jacken und weißen Flanellhosen.

Oben auf der Terrasse stand die atemberaubende junge Abigail in einem weißen tunikaartigen Seidengewand neben einem gelehrtenhaft wirkenden jungen Mann. Rechts von Abigail in der Empfangsreihe stand eine ältere Frau, offenbar Willard Jennings' Mutter. Ihr aristokratisches Gesicht war streng und ärgerlich gerunzelt. Als die Gäste langsam an ihnen vorbeizogen, machte sie Abigail mit ihnen bekannt. Nicht einmal blickte sie Abigail dabei direkt an.

Was hatte die Senatorin ihr noch erzählt? »Für meine Schwiegermutter war ich immer eine Yankee-Frau, die ihr den Sohn gestohlen hat.« Abigail hatte offensichtlich nicht übertrieben.

Pat sah sich Willard Jennings an. Er war nur wenig größer als Abigail, hatte sandfarbenes Haar und ein schmales, freundliches Gesicht. Er hatte etwas ganz reizend Schüchternes an sich, etwas Befangenes, so wie er Hände schüttelte und Küßchen auf Wangen gab.

Unter den dreien war Abigail anscheinend die einzige, die sich völlig wohl fühlte. Sie lächelte ständig, beugte den Kopf vor, als bemühte sie sich sehr, sich Namen einzuprägen, und streckte ihre Hand aus, um ihre Ringe zu zeigen.

Wenn das doch nur ein Tonfilm wäre, dachte Pat.

Der letzte Gast war begrüßt. Pat sah, wie Abigail und Willard sich einander zuwandten. Willards Mutter blickte starr geradeaus. Ihr Gesicht wirkte nun eher nachdenklich als zornig.

Und dann lächelte sie herzlich. Ein großer Mann mit kastanienbraunem Haar trat an sie heran. Er umarmte Mrs. Jennings, ließ sie los und umarmte sie dann noch einmal, dann wandte er sich um, um die Neuvermählten zu begrüßen. Pat beugte sich vor. Als das Gesicht des Mannes voll ins Bild kam, hielt sie den Projektor an.

Der Nachzügler war ihr Vater, Dean Adams. Er sieht so jung aus! dachte sie. Er kann nicht älter als dreißig sein! Sie schluckte in dem Bemühen, den Kloß in ihrem Hals loszuwerden. Hatte sie noch eine vage Erinnerung daran, daß er so aussah? Mit seinen kräftigen Schultern füllte er die ganze Breite der Leinwand aus. Er sah wie ein schöner junger Gott aus, fand sie, wie er da Willard überragte und eine magnetische Anziehungskraft ausstrahlte.

Sie betrachtete sein Gesicht, studierte die auf der Leinwand in der Bewegung erstarrten Gesichtszüge, die sich offen zu einer eingehenden Prüfung darboten. Sie fragte sich, wo ihre Mutter sein mochte, dann fiel ihr ein, daß ihre Mutter zum Zeitpunkt dieser Aufnahmen noch am Konservatorium in Boston studierte, eine Karriere als Musikerin vor Augen.

Dean Adams war damals frisch gewählter Kongreßabgeordneter von Wisconsin. Er hatte das gesunde, offene Aussehen eines Bewohners des Mittelwestens, etwas übermäßig Naturverbundenes.

Sie drückte auf den Knopf, und die Gestalten erwachten wieder zum Leben – Dean Adams scherzte mit Willard Jennings, Abigail streckte ihm die Hand entgegen. Er ignorierte diese und küßte sie auf die Wange. Was immer er zu Willard sagte, sie brachen alle in Gelächter aus.

Die Kamera folgte ihnen, wie sie die Steinstufen der Terrasse hinunterstiegen und sich unter die Gäste mischten. Dean Adams hatte die alte Mrs. Jennings untergehakt. Sie unterhielt sich angeregt mit ihm. Offensichtlich mochten sie einander sehr.

Als der Film zu Ende war, ließ Pat ihn noch einmal laufen und notierte sich, welche Ausschnitte sie vielleicht in der Sendung verwenden wollte. Willard und Abigail, wie sie den Kuchen anschnitten, einander zuprosteten, den ersten Tanz tanzten. Von den ganzen Empfangsszenen konnte sie nichts verwenden – der Ausdruck von Mißfallen im Gesicht der älteren Mrs. Jennings war zu augenfällig. Und die Filmsequenzen mit Dean Adams konnte sie natürlich auch nicht nehmen.

Was mochte Abigail an jenem Nachmittag empfunden haben? fragte sie sich. Dies schöne weißgetünchte herrschaftliche Backsteinhaus, diese Versammlung der feinen und vermögenden Leute Virginias, und das nur wenige Jahre, nachdem sie aus der Dienstbotenwohnung im Haus der Saunders' in Apple Junction ausgezogen war.

Das Haus der Saunders'. Abigails Mutter, Francey Foster, wo war sie an diesem Tag? Hatte sie es abgelehnt, zum Hochzeitsempfang ihrer Tochter zu kommen, weil sie unter diesen Herrschaften fehl am Platz war? Oder hatte Abigail für sie diese Entscheidung getroffen?

Pat begann sich die anderen Filmspulen anzusehen, einen nach der anderen, sich innerlich wappnend gegen den Schock, daß in den Aufnahmen, die auf dem Landsitz gemacht waren, stets ihr Vater auftauchte.

Man hätte die Filme, auch wenn sie nicht datiert gewesen wären, in ihrer zeitlichen Abfolge ordnen können.

Der erste Wahlkampf: Professionelle Wochenschau-Aufnahmen von Abigail und Willard, wie sie Hand in Hand eine Straße entlanggingen und Passanten grüßten ... Abigail und Willard bei der Besichtigung einer neuen Wohnsiedlung. Die Stimme des Nachrichtensprechers ... »In der Wahlkampfveranstaltung heute nachmittag gelobte Willard Jennings, der sich um den durch die Pensionierung seines Onkels, des Kongreßabgeordneten Porter Jennings, frei werdenen Sitz bemüht, er wolle die Familientradition fortsetzen und dem Wohl der Wähler dienen.«

Dann ein Interview mit Abigail: »Was für ein Gefühl ist es für Sie, Ihre Flitterwochen auf Wahlkampfveranstaltungen zu verbringen?«

Abigails Antwort: »Ich könnte mir nichts Schöneres denken, als an der Seite meines Mannes zu sein und ihm beim Aufbau seiner Karriere im öffentlichen Dienst zu helfen.«

In Abigails Stimme war etwas leicht Singendes, ein unverkennbarer Anflug eines Südstaatenakzentes. Pat rechnete schnell nach. Zu diesem Zeitpunkt war Abigail noch nicht einmal drei Monate in Virginia. Sie merkte sich diese Sequenz für die Sendung vor.

Insgesamt gab es Ausschnitte von fünf Wahlkampagnen. Abigail spielte im Kampf um die Wiederwahl von Mal zu Mal eine größere Rolle. Oft begann ihre Rede damit, daß sie sagte: »Mein Mann ist in Washington und vertritt da Ihre Interessen. Im Gegensatz zu vielen anderen nimmt er sich nicht die Zeit, die er für wichtige Dinge im Kongreß braucht, um für sich selbst Wahlpropaganda zu machen. Ich freue mich, Ihnen von einigen seiner Erfolge berichten zu können.«

Am schwersten anzusehen waren für Pat die Filme über die gesellschaftlichen Ereignisse auf dem Familiensitz. WILLARDS 35. GEBURTSTAG. Neben Abigail und Willard standen zwei junge Paare – Jack und Jackie Kennedy und Dean und Renée Adams ... beide frisch verheiratet.

Es war das erste Mal, daß Pat ihre Mutter im Film sah. Renée trug ein hellgrünes Kleid; ihr dunkles Haar fiel lose auf ihre Schultern. Sie hatte etwas Zauderndes an sich, aber wenn sie zu ihrem Mann aufblickte und ihn anlächelte, hatte sie einen Gesichtsausdruck, als bete sie ihn an. Pat fühlte sich dem nicht gewachsen, länger bei diesen Bildern zu verweilen, und war froh, als es weiterging. Einige Einstellungen später posierten nur die Kennedys und Jennings zusammen. Sie machte sich einen Vermerk in ihrem Notizheft. Das ist ein wundervoller Ausschnitt für die Sendung, dachte sie bitter. Die Vor-Kennedy-Ära ohne den störenden Anblick des Kongreßabgeordneten Dean Adams und seiner Frau, die er ermordete.

Der letzte Film, den sie sich ansah, war der von Willard

Jennings' Begräbnis. Darin enthalten war ein Ausschnitt aus einer Wochenschau, der vor der National Cathedral begann. Die Stimme des Sprechers klang gedämpft. »Soeben ist der Leichenzug des Kongreßabgeordneten Willard Jennings eingetroffen. Drinnen versammelt sind die Großen und Nächstgrößten, um diesem Mann des Gesetzes aus Virginia ein letztes Lebewohl zu sagen. Er starb beim Absturz seiner Chartermaschine, unterwegs zu einer Veranstaltung, auf der er eine Rede halten sollte. Der Kongreßabgeordnete Jennings und der Pilot, George Graney, waren auf der Stelle tot.

Die junge Witwe wird von Senator John Fitzgerald Kennedy aus Massachusetts begleitet, die Mutter des Kongreßabgeordneten, Mrs. Stuart Jennings, vom Kongreßabgeordneten Dean Adams aus Wisconsin. Senator Kennedy und der Kongreßabgeordnete Adams waren die engsten Freunde von Willard Jennings.«

Pat sah sich an, wie Abigail aus dem ersten Wagen stieg, mit gefaßter Miene, das blonde Haar mit einem schwarzen Schleier bedeckt. Sie trug ein schlicht geschnittenes schwarzes Seidenkostüm und eine Perlenkette. Der gutaussehende junge Senator aus Massachusetts bot ihr würdevoll seinen Arm an.

Die Mutter des Kongreßabgeordneten war offensichtlich gramgebeugt. Als man ihr aus der Limousine half, fiel ihr Blick auf den mit einer Flagge geschmückten Sarg. Sie schlug die Hände zusammen und schüttelte den Kopf, als ob sie das Geschehene nicht begreifen könne. Pat sah, wie ihr Vater seinen Arm unter Mrs. Jennings' Ellbogen schob und ihre Hand mit seiner umklammerte. Die Prozession zog langsam in die Kathedrale ein.

Sie hatte so viel gesehen, wie sie an einem Abend aufnehmen konnte. Menschlich ansprechendes Material, nach dem sie gesucht hatte, war in den alten Filmen reichlich vorhanden. Sie löschte das Licht in der Bibliothek und ging in den Flur.

Im Flur zog es. In der Bibliothek war kein Fenster offen gewesen. Sie sah im Eßzimmer nach, in der Küche und im Foyer. Alles war zu und verriegelt.

Aber es zog.

Eine unheilvolle Ahnung beschlich Pat und beschleunigte ihren Atem. Die Tür zum Wohnzimmer war zu. Sie legte ihre Hand darauf.

Der Spalt zwischen der Tür und dem Rahmen war eiskalt. Zögernd öffnete sie die Tür. Ein kalter Windhauch schlug ihr entgegen. Sie langte nach dem Schalter für den Kronleuchter.

Die Terrassentüren standen offen. Eine Glasscheibe, die aus dem Rahmen herausgeschnitten war, lag auf dem Teppich.

Und dann sah sie es.

Gegen den Kamin gelehnt saß mit verdreht untergeschlagenem rechten Bein und blutgetränkter weißer Schürze eine *Raggedy Ann*-Puppe. Pat starrte sie, auf die Knie gesunken, an. Jemand hatte mit geschickter Hand den gestickten Mund mit nach unten gezogenen Mundwinkeln übermalt, Tränen auf die Wangen getupft und Falten auf die Stirn gezeichnet, so daß das typische fröhliche *Raggedy Ann*-Gesicht schmerzentstellt wirkte.

Sie fuhr sich mit der Hand an den Mund, um einen Schrei zu unterdrücken. Wer hatte das gemacht? Warum? Halb versteckt unter der beschmutzten Schürze war ein Blatt Papier an das Puppenkleid gesteckt. Sie griff danach, zuckte mit den Fingern zurück, als sie das verkrustete Blut berührte. Dasselbe billige Schreibpapier wie bei dem letzten Drohbrief, dieselbe schräge Schrift. *Das ist die letzte Warnung. Es darf keine Sendung geben, die Abigail Jennings verherrlicht.*

Ein knarrendes Geräusch. Eine der Terrassentüren bewegte sich. War da jemand? Pat sprang auf. Aber es war nur der Wind, der die Tür hin und her bewegte. Sie rannte durchs Zimmer, schlug die Tür zu und verriegelte sie.

Aber das war sinnlos. Die Hand, die die Scheibe herausgeschnitten hatte, konnte durch den leeren Rahmen fassen, die Tür wieder öffnen. Vielleicht war der Eindringling noch da, hielt sich im Garten hinter den immergrünen Sträuchern versteckt.

Sie wählte mit zittriger Hand die Notrufnummer der Polizei. Die Stimme des Beamten klang beruhigend. »Wir schicken Ihnen sofort einen Streifenwagen.«

Während sie wartete, las Pat die Drohung noch einmal durch. Dies war das vierte Mal, daß man sie gewarnt hatte, die Sendung nicht zu machen. In plötzlichem Mißtrauen fragte sie sich, ob die Drohungen echt waren. War es möglich, daß sie Teil einer Kampagne »schmutziger Tricks« waren, um die Dokumentarsendung über die Senatorin ins Gerede zu bringen, sie mit rüden, beunruhigenden und aufsehenerregenden Mitteln zu verunglimpfen? Was war mit der Puppe? Sie hatte sie erschreckt, wegen der Erinnerungen, die sie heraufbeschwor, war aber im Grunde nichts weiter als eine *Raggedy Ann*-Puppe mit grell übermaltem Gesicht. Bei näherer Betrachtung wirkte sie eher grotesk als erschreckend. Selbst die blutgetränkte Schürze war vielleicht nur ein plumper Einschüchterungsversuch. Wenn ich ein Reporter wäre, der über diese Sache zu berichten hätte, würde ich dafür sorgen, daß morgen ein Bild davon auf der ersten Seite prangt, dachte sie.

Das Geheul der Polizeisirene brachte sie zu einem Entschluß. Sie machte schnell den Zettel los und legte ihn auf den Kaminsims. Dann hastete sie in die Bibliothek, zerrte den Karton unter dem Tisch hervor und warf die Puppe hinein. Die gräßliche Schürze verursachte ihr Übelkeit. Es klingelte an der Tür – ununterbrochen, hartnäckig. Impulsiv band sie die Schürze los, zerrte sie ab und vergrub sie tief unten im Karton. Ohne sie wirkte die Puppe wie ein Kind, das sich weh getan hatte.

Sie schob den Karton wieder unter den Tisch und lief los, um die Polizisten hereinzulassen.

## 12

In der Einfahrt standen zwei Polizeiwagen mit flackernden Blinklichtern. Ein dritter Wagen war ihnen gefolgt. Laß es nur nicht die Presse sein, betete sie. Aber sie war es.

Sie machten Fotos von der herausgebrochenen Scheibe, suchten das Grundstück ab, suchten das Wohnzimmer nach Fingerabdrücken ab.

Der Drohbrief ließ sich schwer erklären. »Er war an irgend etwas angeheftet«, stellte der Polizist fest. »Wo haben Sie ihn gefunden?«

»Direkt hier am Kamin.« Das stimmte ja auch.

Der Reporter war von der *Tribune*. Er bat darum, den Drohbrief sehen zu dürfen.

»Mir wäre es lieber, er würde nicht veröffentlicht«, sagte Pat nachdrücklich. Aber er bekam die Erlaubnis, ihn zu lesen.

»Was heißt ›Letzte Warnung‹?« fragte der Polizist. »Haben Sie vorher schon andere bekommen?«

Sie erzählte ihm von den beiden Anrufen und dem Brief, den sie in der ersten Nacht gefunden hatte, ließ aber die Sache mit »diesem Haus« aus.

»Diese hier ist nicht unterzeichnet«, meinte der Detektiv. »War es die andere?«

»Ich habe sie nicht mehr. Sie war auch nicht unterzeichnet.«

»Aber am Telefon hat er sich als Racheengel bezeichnet?«

»Er sagte so etwas wie ›Ich bin ein Engel der Barmherzigkeit, der Erlösung und der Rache.‹«

»Hört sich an, als wäre er ein echter Spinner«, bemerkte der Polizist. Er sah sie scharf an. »Merkwürdig, daß er sich diesmal die Mühe gemacht hat einzubrechen. Warum hat er nicht einfach wieder einen Umschlag unter der Tür durchgeschoben?«

Pat beobachtete voller Verzweiflung, wie der Reporter sich kritzelnd Notizen machte.

Endlich war die Polizei fertig und abfahrtbereit. Die Oberflächen der Tische im Wohnzimmer waren alle mit dem Pulver für Fingerabdrücke verschmiert. Die Terrassentüren waren mit Draht zusammengeklammert, so daß sie sich nicht öffnen ließen, bis einen neue Scheibe eingesetzt war.

Es war unmöglich, ins Bett zu gehen. Sie kam zu dem Schluß, es würde ihr vielleicht helfen, sich zu entspannen, wenn sie im Wohnzimmer staubsaugte. Während sie arbeitete, wurde sie den Gedanken an die entstellte *Raggedy Ann*-Puppe nicht los. *Die Kleine war in das Zimmer gelaufen ... und gestolpert ... sie fiel über etwas Weiches, und ihre Hände wurden naß und klebrig ... und die Kleine blickte auf und sah ...*

Was habe ich gesehen? fragte Pat sich verbissen. Was habe ich gesehen?

Ihre Hände arbeiteten automatisch, staubsaugten das schmierige Pulver, polierten anschließend die schönen alten Holztische mit einem ölgetränkten Lederlappen, stellten Nippes zur Seite, hoben und schoben Möbel. Auf dem Teppich lagen kleine Matsch- und Schmutzklumpen von den Schuhen der Polizisten.

Sie begann, die Möbel wieder an ihre alte Stelle zu rücken. Nein, nicht dahin; der Tisch gehörte an die kürzere Wand, die Lampe auf den Flügel, der Sessel in die Nähe der Terrassentür.

Erst als sie damit fertig war, wurde ihr klar, was sie gemacht hatte.

Der Sessel. Die Umzugsleute hatten ihn zu nahe an den Flügel gestellt.

*Sie war durch den Flur ins Zimmer gelaufen. Sie schrie*

*»Daddy, Daddy ...« Sie stolperte über den Körper ihrer Mutter. Ihre Mutter blutete. Sie blickte auf, und dann ...*

Und dann – nur Dunkelheit ...

Es war fast drei. Sie konnte diese Nacht nicht mehr darüber nachdenken. Sie war erschöpft, und ihr tat das Bein weh. Ihr Humpeln wäre jedem aufgefallen, als sie nun den Staubsauger zum Abstellraum zog und die Treppe hinaufstieg.

Um acht läutete das Telefon. Der Anruf kam von Luther Pelham. Obwohl sie noch ganz benommen war, weil sie aus tiefem Schlaf kam, merkte Pat gleich, daß er wütend war.

»Pat, ich habe gehört, bei Ihnen ist letzte Nacht eingebrochen worden. Geht es Ihnen gut?«

Sie blinzelte, versuchte die Schlaftrunkenheit aus ihren Augen und ihrem Gehirn zu verscheuchen. »Ja.«

»Sie haben es geschafft, auf die erste Seite der *Tribune* zu kommen. Es ist eine ganz schöne Schlagzeile: ›Nachrichtenmoderatorin bedroht‹. Lassen Sie mich Ihnen den ersten Absatz vorlesen:

›Nachdem die bekannte Fernsehmoderatorin Patricia Traymore in letzter Zeit bereits eine ganze Reihe merkwürdiger Drohungen erhalten hatte, wurde gestern bei ihr eingebrochen. Die Drohungen stehen in Verbindung mit der Dokumentarsendung: ›Ein Profil der Senatorin Abigail Jennings‹, die Miss Traymore produziert und moderiert und die nächsten Mittwoch von Potomac Cable Television ausgestrahlt werden soll.‹

Das ist genau die Art von Publicity, die Abigail braucht!«

»Tut mir leid«, stammelte Pat. »Ich habe den Reporter von dem Drohbrief fernzuhalten versucht.«

»Ist Ihnen je in den Sinn gekommen, *mich* anzurufen statt der Polizei? Ehrlich gesagt, habe ich Ihnen mehr Grips zugetraut, als Sie letzte Nacht bewiesen haben. Wir hätten Ihr Haus von Privatdetektiven beobachten lassen können. Wahrscheinlich ist das ein harmloser Verrückter, aber die brennende Frage in Washington wird lauten: Wer haßt Abigail so sehr?«

Er hatte recht. »Tut mir leid«, wiederholte Pat. Dann fügte sie hinzu: »Aber wenn man merkt, daß bei einem eingebrochen worden ist, und man sich fragt, ob so ein Verrückter vielleicht nur einige Schritte von einem entfernt auf der Terrasse steht, ist es, glaube ich, eine ganz normale Reaktion, daß man die Polizei ruft.«

»Es hat keinen Sinn, weiter darüber zu reden, solange wir nicht den Schaden abschätzen können. Haben Sie sich Abigails Filme angesehen?«

»Ja. Und ich habe ganz hervorragendes Material gefunden und vorgemerkt.«

»Sie haben Abigail doch nicht erzählt, daß Sie in Apple Junction waren?«

»Nein.«

»Nun, wenn Sie schlau sind, lassen Sie das auch bleiben! Das wäre genau das, was ihr jetzt noch fehlte!«

Luther legte ohne Abschiedsgruß auf.

Arthur hatte die Angewohnheit, pünktlich morgens um acht zum Bäcker zu gehen, um noch warme frische Brötchen zu kaufen, und anschließend die Morgenzeitung zu holen. An diesem Tag machte er es umgekehrt. Er war so neugierig, ob in der Zeitung etwas über den Einbruch stand, daß er erst zu dem Zeitungsstand ging.

Da stand es ja auch schon, gleich auf der ersten Seite. Er las die Geschichte Wort für Wort genießerisch durch, dann runzelte er die Stirn. Da stand nichts über die *Raggedy Ann*-Puppe. Mit der Puppe hatte er ihnen klarmachen wollen, daß in diesem Haus schon einmal eine Gewalttat geschehen war und daß sich erneut eine ereignen könnte.

Er kaufte zwei Mohnbrötchen, ging die drei Blocks zu

dem schiefen Holzhaus zurück und stieg zu der tristen Wohnung im ersten Stock hinauf. Nur eine halbe Meile weiter war die King Street mit ihren teuren Restaurants und Geschäften, aber diese Ecke war baufällig und schäbig.

Die Tür zu Glorys Schlafzimmer stand offen, und er konnte sehen, daß sie schon angezogen war und ihren leuchtend roten Sweater und Jeans anhatte. Sie hatte sich in letzter Zeit mit einem Mädchen bei ihr im Büro angefreundet, einem schamlosen Ding, das Glory beigebracht hatte, sich zu schminken, und sie überredet hatte, sich die Haare schneiden zu lassen.

Sie blickte nicht einmal auf, obwohl sie gehört haben mußte, wie er hereinkam. Er seufzte. Glory wurde ihm gegenüber immer kühler, auch ungeduldiger. Wie letzte Nacht, als er ihr zu erzählen versucht hatte, wie schwer es der alten Mrs. Rodriguez gefallen war, ihre Medizin zu schlucken, und wie er ihre Pille aufbrechen und ihr zusammen mit etwas Brot geben mußte, um den Geschmack zu überdecken. Glory hatte ihn unterbrochen. »Vater, können wir nie über etwas anderes reden als über das Pflegeheim?« Und dann war sie mit ein paar Freundinnen aus dem Büro ins Kino gegangen.

Er legte die Brötchen auf die Teller und goß Kaffee ein. »Frühstück ist fertig«, sagte er.

Glory kam in die Küche gelaufen. Sie hatte schon ihren Mantel an und ihre Handtasche unterm Arm, als könnte sie es nicht erwarten, fortzukommen.

»Hallo«, sagte er leise. »Mein kleines Mädchen sieht heute sehr hübsch aus.«

Gloria lächelte nicht.

»Wie war der Film?« erkundigte er sich.

»Ganz gut. Hör mal, für mich brauchst du kein Brötchen mehr zu holen. Ich frühstücke im Büro zusammen mit den anderen.«

Das traf ihn schwer. Er liebte es, mit Glory gemeinsam zu frühstücken, bevor sie zur Arbeit aufbrachen.

Sie mußte gespürt haben, wie enttäuscht er war, denn sie blickte ihn direkt an, und der Ausdruck in ihren Augen wurde weicher. »Du bist so gut zu mir«, sagte sie, und ihre Stimme klang dabei ein wenig traurig.

Viele lange Minuten, nachdem sie fort war, saß er noch da und starrte ins Leere. Die letzte Nacht hatte ihn mitgenommen. Nach all diesen Jahren wieder in *dem* Haus, in *dem* Zimmer – um Glorys Puppe genau an dieselbe Stelle zu legen, wo damals das Kind war ... Als die Puppe fertig dasaß, das rechte Bein abgeknickt und untergeschlagen, war es ihm fast so vorgekommen, als würde er, wenn er sich umdrehte, wieder die Leichen von dem Mann und von der Frau da liegen sehen.

# 13

Nach Luthers Anruf stand Pat auf, machte Kaffee und begann an den Storyboards für die Sendung zu arbeiten. Sie hatte beschlossen, zwei Versionen für den Ablauf der Sendung zu entwerfen, eine, die einen Eröffnungsteil über Abigails Jugend in Apple Junction enthielt, und eine zweite, die mit dem Hochzeitsempfang begann. Je mehr sie darüber nachdachte, desto mehr fand sie, daß Luther mit Recht erzürnt war. Abigail war schon ohne derart ärgerlichen Pressetrubel nervös genug, was die Sendung anbelangte. Wenigstens war ich schlau genug, diese Puppe zu verstecken, dachte sie.

Gegen neun war sie in der Bibliothek und sah sich die letzten Filme an. Luther hatte ihr schon sendefertig zusammengeschnittene Filmaufnahmen über den Fall Eleanor Brown bringen lassen, die Abigail nach dem Schuldspruch beim Verlassen des Gerichts zeigten. Sie bemerkte bedauernd: »Dies ist ein sehr trauriger Tag für mich. Ich hoffe nur, daß Eleanor jetzt den Anstand besitzt, zu verraten, wo sie das Geld versteckt hat. Es waren Gelder für meinen Wahlkampf, aber was noch viel wichtiger ist, es waren Spenden von Leuten, die an die Ziele glauben, für die ich eintrete.«

Ein Reporter fragte: »Frau Senatorin, heißt das, es ist absolut nichts Wahres an dem, was Eleanor hartnäckig behauptet, nämlich daß Ihr Chauffeur sie angerufen und gebeten hat, nachzusehen, ob sich Ihr Diamantring in dem Tresor des Wahlkampfbüros befindet?«

»Mein Fahrer hat mich an jenem Morgen zu einer Besprechung nach Richmond gebracht. Den Ring hatte ich an meinem Finger.«

Und dann zeigte der Filmausschnitt ein Bild von Eleanor Brown, eine Nahaufnahme, die jeden Zug ihres kleinen farblosen Gesichts deutlich werden ließ, den ängstlichen Zug um den Mund und die Bangigkeit in ihren Augen.

Die Filmspule endete mit einer Ansprache Abigails vor Collegestudenten. Es ging dabei um das Thema Vertrauen der Öffentlichkeit. Sie äußerte sich dahingehend, daß ein Angehöriger der Legislative unbedingt die Verantwortung dafür trage, daß sein Amt und seine Mitarbeiter über jeden Tadel erhaben seien.

Eine weitere Filmsequenz, die Luther schon sendefertig gemacht hatte, zeigte die Senatorin in verschiedenen Anhörungen zur Flugsicherheit und enthielt Ausschnitte aus Reden von ihr, in denen sie strengere Sicherheitsmaßnahmen verlangte. Sie wies darin mehrfach darauf hin, daß sie Witwe sei, weil ihr Mann sein Leben einem unerfahrenen Piloten in einer schlecht ausgerüsteten Maschine anvertraut habe.

Am Ende der beiden Abschnitte hatte Luther jeweils ein »Zwei-Minuten-Gespräch dazu zwischen Senatorin J. und Pat T.« vorgesehen.

Pat biß sich auf die Lippe.

Beide Abschnitte paßten nicht zu dem, was sie vorgehabt hatte. Was ist nun damit, daß ich inhaltlich für die Sendung verantwortlich sein sollte? dachte sie. Die ganze Sache wurde überhastet zusammengeschustert. Nein, *hingepfuscht*, das war der richtige Ausdruck.

Als sie die Briefe von Wählern an Abigail durchzulesen begann, läutete das Telefon. Es war Sam. »Pat, ich habe gelesen, was geschehen ist. Ich habe bei den Vermietern meiner Wohnung angefragt.« Sam wohnte in den Watergate Towers. »Es gibt mehrere Wohnungen, die zur Untermiete freistehen. Ich möchte, daß du dir eine davon auf Monatsbasis mietest, bis dieser Kerl dingfest gemacht ist.«

»Sam, ich kann nicht. Du weißt, wie sehr ich unter Zeitdruck stehe. Ich habe jemanden bestellt, der mir die Tür repariert. Die Polizei will das Haus bewachen lassen. Ich habe meine ganze Ausrüstung hier aufgebaut.« Sie versuchte, das Thema zu wechseln. »Was mir wirklich Kopfzerbrechen bereitet, ist, was ich zu dem Dinner im Weißen Haus anziehen soll.«

»Du siehst immer bezaubernd aus. Abigail wird übrigens auch da sein. Ich bin ihr heute morgen über den Weg gelaufen.«

Kurz darauf rief die Senatorin an, um ihr zu sagen, wie erschrocken sie über den Einbruch war. Dann kam sie zur Sache. »Dummerweise wird dieser Hinweis, daß Sie wegen dieser Sendung bedroht werden, unweigerlich alle möglichen Spekulationen nach sich ziehen. Ich möchte wirklich, daß diese Sache zu einem glücklichen Ende kommt, Pat. Sobald die Sendung erst einmal fertig und ausgestrahlt ist, werden die Drohungen vermutlich aufhören – jedenfalls wenn sie bloß von irgend so einem Spinner kommen. Haben Sie sich die Filme angesehen, die Sie von mir bekommen haben?«

»Ja«, antwortete Pat. »Das ist großartiges Material, und ich habe mir einiges vorgemerkt. Aber ich würde mir gerne mal Toby ausborgen. An einigen Stellen brauche ich Namen und genauere Hintergrundinformationen.«

Sie verabredeten, daß Toby innerhalb der nächsten Stunde vorbeikommen sollte. Als Pat auflegte, hatte sie das Gefühl, daß Abigail Jennings sie als lästig empfand.

Toby kam eine Dreiviertelstunde später. Ein Lächeln legte sein lederartiges Gesicht in Falten. »Ich wünschte, ich wäre hier gewesen, als dieser Kerl bei Ihnen einbrach, Pat«, sagte er. »Ich hätte Hackfleisch aus ihm gemacht.«

»Das traue ich Ihnen glatt zu.«

Er nahm an dem Tisch in der Bibliothek Platz, wo sie den Projektor laufen ließ. »Das ist der alte Kongreßabgeordnete Porter Jennings«, antwortete Toby an einer Stelle. »Er hatte gesagte, er würde nicht zurücktreten, wenn

Willard seinen Sitz nicht übernehmen würde. Sie wissen ja, wie diese Virginia-Aristokraten sind. Glauben, ihnen gehöre die Welt. Aber ich muß gestehen, daß er seine Schwägerin zu Fall gebracht hat, als er dafür eintrat, daß Abigail Willards Nachfolgerin wurde. Willards Mutter, diese alte Teufelin, hat mit allen Mitteln zu verhindern versucht, daß Abigail in den Kongreß kam. Und unter uns, sie war als Kongreßabgeordnete viel besser, als Willard es war. Er war nicht aggressiv genug. Verstehen Sie, was ich meine?«

Vorher, während sie auf Toby wartete, hatte Pat die Zeitungsausschnitte über den Fall Eleanor Brown durchgelesen. Der Fall schien beinahe zu einfach. Eleanor hatte ausgesagt, daß Toby sie angerufen und in das Wahlkampfbüro geschickt hätte. Fünftausend Dollar des Geldes hatte man bei ihr im Apartmenthaus in ihrem Kellerraum gefunden.

»Wie kam Eleanor Brown Ihrer Ansicht nach dazu, anzunehmen, sie könnte mit so einer fadenscheinigen Geschichte durchkommen?« fragte Pat jetzt Toby.

Toby lehnte sich in dem Ledersessel zurück, schlug eines seiner dicken Beine über das andere, und zuckte die Schultern. Pat fiel auf, daß er eine Zigarre in seiner Brusttasche hatte. Innerlich schaudernd bot sie ihm an, daß er bei ihr rauchen könne.

Er strahlte sie an, wobei sich seine dicken Wangen in unzählige Falten legten. »Vielen Dank. Die Senatorin kann Zigarrenrauch nicht ausstehen. Ich traue mich nicht einmal, eine im Auto zu qualmen, auch wenn ich noch so lange auf sie warten muß.«

Er zündete die Zigarre an und paffte genüßlich.

»Wie war das mit Eleanor Brown?« fragte Pat. Sie stützte ihre Ellbogen auf den Knien auf und das Kinn in die Hände. »Also ich vermute«, gestand Toby, »daß Eleanor annahm, das Geld würde vorläufig nicht vermißt werden. Inzwischen haben sie die gesetzlichen Vorschriften verschärft, aber früher konnte man zwei Wochen – oder noch länger – im Safe des Wahlkampfbüros große Geldbeträge aufbewahren.«

»Aber fünfundsiebzigtausend Dollar in bar?«

»Miss Traymore ... Pat, Sie müssen wissen, daß viele Firmen im Wahlkampf beide Seiten unterstützen. Sie wollen sichergehen, daß sie auf der Seite des Gewinners sind. Nun kann man einem Senator natürlich nicht im Büro Geld in die Hand drücken. *Das* verstößt gegen das Gesetz. Also stattet so ein hohes Tier dem Senator oder der Senatorin einen Besuch ab, teilt ihm oder ihr mit, daß er eine größere Spende zu machen gedenkt, und dann macht er mit dem Assistenten des Senators oder der Senatorin einen Spaziergang auf dem Gelände des Capitols und überreicht das Geld. Der Senator bzw. die Senatorin rührt dieses Geld nie an, *weiß* aber darüber Bescheid. Es kommt gleich in den Wahlkampffonds. Aber weil es sich um Bargeld handelt, fällt es nicht so auf, wenn der Konkurrent gewählt wird. Verstehen Sie, was ich meine?«

»Verstehe.«

»Aber verstehen Sie mich nicht falsch. Das ist ganz legal. Phil hat einige größere Spenden für Abigail in Empfang genommen, und Eleanor wußte natürlich davon. Vielleicht hatte sie einen Freund, der damit spekulieren wollte, und hat sich das Geld nur ausgeborgt. Als man dann so schnell nach dem Geld suchte, mußte sie sich eine Ausrede einfallen lassen.«

»So raffiniert kommt sie mir einfach nicht vor«, meinte Pat, die an das Bild in dem High-School-Jahrbuch denken mußte.

»Nun ja, wie auch der Staatsanwalt sagte, stille Wasser sind tief. Ich will Sie ja nicht drängen, Pat, aber die Senatorin braucht mich noch.«

»Nur noch ein oder zwei Fragen.«

Das Telefon läutete. »Ich mache das kurz.« Pat hob ab. »Pat Traymore.«

»Wie geht es Ihnen, meine Verehrte?« Sie erkannte sofort diese deutliche, übertrieben gepflegte Stimme.

»Hallo, Mr. Saunders.« Zu spät fiel ihr ein, daß Toby ja Jeremy Saunders kannte. Tobys Kopf fuhr ruckartig hoch. Assoziierte er wohl den Namen Saunders mit dem Jeremy Saunders, den er aus den Zeiten von Apple Junction her kannte?

»Ich habe gestern in den frühen Abendstunden mehrfach versucht, Sie zu erreichen«, schnurrte Saunders. Er war diesmal nicht betrunken. Dessen war sie sicher.

»Sie haben Ihren Namen nicht hinterlassen.«

»Aufgezeichnete Botschaften können von falschen Ohren abgehört werden. Stimmt's?«

»Einen Moment, bitte.« Pat blickte Toby an. Er rauchte gedankenverloren seine Zigarre und schien dem Anruf keine Beachtung zu schenken. Vielleicht hatte er den Namen Saunders nicht mit diesem Mann in Verbindung gebracht, den er seit fünfunddreißig Jahren nicht mehr gesehen hatte.

»Toby, dies ist ein persönliches Gespräch. Ob Sie wohl ...«

Er war im Nu aufgestanden, bevor sie zu Ende reden konnte. »Wollen Sie, daß ich draußen warte?«

»Nein, Toby. Würden Sie nur hier auflegen, wenn ich den Hörer in der Küche abgenommen habe?« Sie sprach seinen Namen absichtlich aus, damit Jeremy ihn hörte und nicht weiterredete, bis er sicher war, daß Pat am Apparat war.

Toby nahm den Hörer gleichgültig entgegen, aber er war sicher, daß Jeremy Saunders der Anrufer war. Warum rief er Pat Traymore an? Hatte sie mit ihm Kontakt gehabt? Abigail würde an die Decke gehen. Am anderen Ende der Leitung hörte er ein leises Atmen. Dieser widerliche Scheinheilige, dachte er. Wenn er Abby zu verunglimpfen versucht ...!

Da ertönte Pats Stimme. »Toby, würden Sie jetzt bitte auflegen?« »Natürlich, Pat.« Er legte Herzlichkeit in seine Stimme. Er legte den Hörer mit einem deutlichen Klickgeräusch auf und wagte nicht, ihn wieder von der Gabel zu nehmen.

»*Toby*«, sagte Jeremy Saunders, und seine Stimme klang fassungslos. »Sagen Sie nur nicht, daß Sie mit Toby Gorgone gemütlich plauschen.«

»Er hilft mir gerade beim Sichten älteren Materials«, erwiderte Pat leise.

»Natürlich. Er ist ja unserer Staatsbeamtin auf Schritt und Tritt gefolgt, nicht wahr? Pat, ich rufe Sie an, weil mir zum Bewußtsein gekommen ist, daß die Mischung aus Wodka und Ihrer Anteilnahme mich ziemlich indiskret gemacht hat. Ich möchte darauf bestehen, daß Sie unsere Unterhaltung als gänzlich vertraulich behandeln. Meine Frau und meine Tochter sähen es nicht gerne, wenn diese schäbige kleine Geschichte meines Techtelmechtels mit Abigail landesweit im Fernsehen ausgestrahlt würde.«

»Ich habe nicht die Absicht, etwas von dem, was Sie mir erzählt haben, zu verwenden«, antwortete Pat. »An persönlichem Klatsch und Tratsch ist vielleicht der *Mirror* interessiert, ich hingegen bin es nicht, da können Sie ganz sicher sein.«

»Sehr gut. Das erleichtert mich sehr.« Saunders' Stimme nahm einen etwas freundlicheren Ton an. »Ich bin im Club Edwin Shepherd begegnet. Er hat mir erzählt, daß er Ihnen ein Exemplar der Zeitung gegeben hat, in der Abby als Schönheitskönigin zu sehen ist. Die hatte ich gänzlich vergessen. Ich hoffe, Sie haben vor, dieses Bild von Miss Apple Junction mit ihrer sie anhimmelnden Mutter zu verwenden. *Das* Bild ist tausend Worte wert!«

»Ich denke nicht, daß ich das tun werde«, entgegnete Pat kühl. Sein Dünkel hatte sie verstimmt. »Tut mir leid, ich muß jetzt wieder an die Arbeit, Mr. Saunders.«

Sie legte auf und kehrte in die Bibliothek zurück. Toby saß in demselben Sessel wie vorher, wirkte jedoch irgendwie verändert. Seine Herzlichkeit war wie weggeblasen. Er schien geistesabwesend und verabschiedete sich kurz darauf.

Als er fort war, riß sie die Fenster auf, um den Zigarrenrauch loszuwerden. Aber der Geruch hing im Zimmer fest. Ihr wurde klar, daß sie sich mal wieder äußerst unwohl fühlte und bei jedem Geräusch zusammenschreckte.

Zurück im Büro, ging Toby direkt zu Philip. »Wie sieht es aus?«

Philip verdrehte die Augen himmelwärts. »Die Senatorin ist völlig außer sich wegen dieser Geschichte. Sie hat Luther Pelham gerade die Hölle heiß gemacht, weil er sie zu dieser Sendung überredet hat. Sie würde die Sache sofort stoppen, wenn nicht schon in den Medien darüber berichtet würde. Wie war es mit Pat Traymore?«

Toby war nicht geneigt, über Apple Junction zu sprechen, aber er bat Philip, einmal die Mietverhältnisse des Adams-Hauses zu überprüfen, die ihn beschäftigten.

Er klopfte an die Tür von Abigails Büro. Sie war jetzt ruhig – zu ruhig. Das hieß, daß sie sich Sorgen machte. Sie hatte die Abendausgabe der Zeitung vor sich. »Schau dir das an«, forderte sie ihn auf.

Eine berühmte Washingtoner Klatschspalte begann mit dem Absatz:

*»Spaßvögel auf dem Capitol Hill schließen Wetten ab, wer die Person ist, die Patricia Traymore mit dem Tode bedroht hat für den Fall, daß sie weiter an der Dokumentarsendung über Senatorin Jennings arbeitet. Es scheint so, als hätte jeder jemand Bestimmten im Sinn. Die hübsche Senatorin aus Virginia genießt bei ihren Kollegen den Ruf einer radikalen Perfektionistin.«*

Mit wutverzerrtem Gesicht zerknüllte Abigail Jennings unter Tobys Augen die Zeitung und warf sie in den Papierkorb.

## 14

Sam Kingsley machte den zweiten Manschettenknopf an seinem Frackhemd zu und band sich seine Krawatte um. Er warf einen Blick auf die Uhr auf dem Kaminsims in seinem Schlafzimmer und kam zu dem Schluß, daß er noch genug Zeit hatte, um einen Scotch mit Soda zu trinken.

Von seinem Apartment im Watergate-Komplex hatte man einen herrlichen weiten Blick auf den Potomac. Aus dem Seitenfenster im Wohnzimmer sah man auf das Kennedy Center. An manchen Abenden, wenn er erst spät aus dem Büro nach Hause kam, ging er noch hin und sah sich den zweiten und dritten Akt einer seiner Lieblingsopern an.

Nachdem Janice gestorben war, hatte er keinen Grund mehr gesehen, das große Haus in Chevy Chase zu behalten. Karen lebte in San Francisco, und sie und ihr Mann verbrachten ihre Ferien bei Verwandten von ihm in Palm Springs. Sam hatte Karen überlassen, was sie an Silber, Nippsachen und Möbeln haben wollte, und alles übrige zum größten Teil verkauft. Er hatte einen ganz neuen Anfang machen wollen in der Hoffnung, daß dieses alles durchdringende Gefühl von Müdigkeit abflauen würde.

Sam ging mit seinem Glas zum Fenster. Das Potomac schimmerte im Glanz der Lichter des Apartmentgebäudes und der Flutlichter des Kennedy Center. Potomac-Fieber. Er war vom Potomac-Fieber ergriffen. Den meisten Menschen, die hierherkamen, erging es so. Würde es bei Pat auch so sein? fragte er sich.

Er war fürchterlich besorgt um sie. Sein Freund beim FBI, Jack Carlson, hatte ihm rundheraus gesagt: »Erst bekommt sie einen Anruf, dann einen Brief unter der Tür hergeschoben, dann wieder einen Anruf, und schließlich wird bei ihr eingebrochen und ein Drohbrief hinterlassen. Du kannst dir selbst ausmalen, was das nächste Mal geschieht.

Wir haben es hier mit einem regelrechten Psychopathen zu tun, der kurz davor ist, durchzudrehen. Diese schräge Druckschrift ist ein todsicherer Hinweis – und vergleich diese beiden Zettel. Sie sind nur im Abstand einiger weniger Tage geschrieben. Einige Buchstaben auf dem zweiten Schreiben sind praktisch unleserlich. Die Spannung in ihm strebt ihrem Explosionspunkt entgegen. Und aus diesem oder jenem Grund richtet sich seine Aggression anscheinend gegen deine Pat Traymore.«

*Seine* Pat Traymore. In den letzten Monaten, bevor Janice starb, hatte er es geschafft, Pat aus seinen Gedanken zu verdrängen. Darüber würde er immer froh sein. Er und Janice hatten es geschafft, in ihrer Beziehung etwas von der alten Innigkeit zurückzuerlangen. Sie war, sich seiner Liebe sicher, gestorben.

Danach hatte er sich ausgelaugt gefühlt, erschöpft, leblos, *alt*. Zu alt für eine Siebenundzwanzigjährige und all das, was ein Leben mit ihr beinhalten würde. Er wollte einfach seine Ruhe.

Dann hatte er gelesen, daß Pat nach Washington komme, und hatte beschlossen, sie anzurufen und sie zum Essen einzuladen. Er hatte weder eine Möglichkeit noch das Verlangen, ihr aus dem Weg zu gehen, und er wollte nicht, daß ihre erste Begegnung durch die Anwesenheit anderer belastet würde. Deswegen hatte er sie zum Essen ausgeführt.

Er hatte sehr schnell gemerkt, daß, was immer zwischen ihnen gewesen war, nicht erloschen war, sondern immer noch gärte, bereit, wieder aufzuflackern – und das war es, was sie wollte.

Aber was wollte *er*?

»Ich weiß nicht«, sagte Sam laut. Jacks Warnung klang

ihm noch in den Ohren: Angenommen, Pat stieß etwas zu?

Das Haustelefon läutete: »Ihr Wagen steht bereit«, verkündete ihm der Pförtner.

»Danke. Ich komme gleich runter.«

Sam stellte sein zur Hälfte ausgetrunkenes Glas auf die Bar und ging ins Schlafzimmer, um sein Jackett und seinen Mantel zu holen. Er bewegte sich flott. In wenigen Minuten würde er mit Pat zusammensein.

Pat beschloß, zu dem Dinner im Weißen Haus ein smaragdgrünes Satinkleid mit perlenbesticktem Oberteil zu tragen. Es war ein Modellkleid von Oscar de la Renta, zu dem Veronica sie anläßlich des Boston Symphony Ball überredet hatte. Jetzt war sie froh, daß sie sich dazu hatte überreden lassen. Dazu trug sie Smaragdschmuck von ihrer Großmutter.

»Dir merkt man nicht an, daß du Reporterin bist«, bemerkte Sam, als er sie abholte.

»Ich weiß nicht, ob das als Kompliment zu verstehen ist.« Sam trug einen marineblauen Kaschmirmantel und einen weißen Schal über seinem Smoking. Wie hatte Abigail ihn noch bezeichnet? Als einen der begehrtesten Junggesellen in Washington?

»Es war so gemeint. – Keine weiteren Anrufe oder Briefe?« fragte er.

»Nein.« Sie hatte ihm noch nichts von der Puppe erzählt und wollte das auch jetzt nicht zur Sprache bringen.

»Gut. Wenn die Sendung vorbei ist, werde ich mich besser fühlen.«

»Ja, bestimmt wirst du das.«

Unterwegs im Auto auf der Fahrt zum Weißen Haus fragte er sie, was sie so treibe.

»Arbeiten«, antwortete sie prompt. »Luther hat sich mit den Filmausschnitten, die ich ausgesucht habe, einverstanden erklärt, und wir haben einen Plan für den endgültigen Ablauf der Sendung erarbeitet. Er besteht darauf, daß wir nicht entgegen dem Wunsch der Senatorin etwas über ihre Jugendjahre bringen. Er macht aus etwas, das als Dokumentarsendung geplant war, eine Lobpreisung, was journalistisch schlecht ist.«

»Und kannst du nichts dagegen unternehmen?«

»Ich könnte kündigen. Aber ich bin nicht hierhergekommen, um nach einer Woche aufzugeben – nicht, wenn ich es verhindern kann.«

Sie waren an der Ecke von der Eighteenth Street und der Pennsylvania Avenue.

»Sam, hat hier an der Ecke mal ein Hotel gestanden?«

»Ja, das alte Roger Smith. Sie haben es vor rund zehn Jahren abgerissen.«

*Als ich klein war, bin ich da einmal zu einer Weihnachtsfeier gegangen. Ich trug ein rotes Samtkleid, eine weiße Strumpfhose und schwarze Lackschuhe. Ich kleckerte mir Schokoladeneis aufs Kleid und weinte, und Daddy sagte: »Du kannst nichts dafür, Kerry.«*

Die Limousine fuhr vor der Nordwesteinfahrt zum Weißen Haus vor. Sie warteten in einer Autoschlange, da Auto für Auto zu einer Sicherheitskontrolle anhielt. Als sie an die Reihe kamen, bestätigte ein Wachtposten respektvoll, daß ihre Namen auf der Gästeliste standen.

Innen war das Haus festlich geschmückt. Im Marmorfoyer spielte die Marinekapelle. Kellner boten Champagner an. Pat erkannte unter den versammelten Gästen bekannte Gesichter: Filmstars, Kabinettmitglieder, Angehörige der oberen Zehntausend, eine *grande dame* des Theaters.

»Warst du schon einmal hier?« fragte Sam.

»Einmal, auf einer Klassenreise, als ich sechzehn war. Wir wurden überall herumgeführt, und man hat uns erzählt, daß da, wo heute der East Room ist, Abigail Adams früher mal ihre Wäsche aufgehängt hat.«

»Jetzt wirst du keine Wäsche mehr finden. Los, komm.

Wenn du in Washington Karriere machen willst, solltest du lieber ein paar Leute kennenlernen.« Gleich darauf stellte er sie dem Pressesekretär des Präsidenten vor.

Brian Salem war ein freundlicher, rundlicher Herr. »Versuchen Sie, uns von der ersten Seite zu verdrängen?« fragte er lächelnd.

Also war auch im Oval Office von dem Einbruch bei ihr die Rede gewesen.

»Hat die Polizei irgendwelche Anhaltspunkte?«

»Ich weiß nicht recht, aber wir glauben alle, daß es irgend so ein Spinner war.«

Penny Salem war eine scharfsinnige, drahtige Frau Anfang vierzig. »Brian bekommt, weiß Gott, genug Briefe von Spinnern zu sehen, die an den Präsidenten gerichtet sind.«

»Ja, wahrhaftig«, bestätigte ihr Mann leichthin. »Jeder, der ein öffentliches Amt innehat, tritt notgedrungen irgendwelchen Leuten auf die Zehen. Je mehr Macht man hat, desto eher erregt man den Unwillen eines Menschen oder einer Gruppe. Und Abigail setzt sich für einige mächtig unpopuläre Maßnahmen ein. Na, wer sagt's denn, da kommt sie ja.« Er grinste plötzlich. »Sieht sie nicht großartig aus?«

Abigail hatte eben den East Room betreten. Sie hatte beschlossen, an diesem Abend nicht mit ihren Reizen zu geizen. Sie trug ein aprikosenfarbenes Satinkleid mit einem perlenbedeckten Mieder. Ein Glockenrock hob schmeichelnd ihre schmale Taille und ihre schlanke Figur hervor. Ihr Haar war lose zurückgekämmt und zu einem Knoten zusammengesteckt. Weiche Linien umrahmten ihr makellos schönes Gesicht. Ein hellblauer Lidschatten betonte ihre außergewöhnlichen Augen, und Rouge brachte ihre Wangenknochen zur Geltung. Ein dunklerer Apricot-Farbton unterstrich die Konturen ihrer perfekt geformten Lippen.

Dies war eine völlig veränderte Abigail, eine, die leise

lachte, einem Botschafter in den Achtzigern einen Moment länger als nötig die Hand auf den Arm legte, Komplimente für ihr Aussehen als ihr zustehenden Tribut entgegennahm. Pat fragte sich, ob es den anderen Frauen im Raum ebenso erging wie ihr – sie kam sich plötzlich farblos und nichtssagend vor.

Abigail hatte den Zeitpunkt ihres Eintreffens gut gewählt. Einen Augenblick später wechselte die Band zu einem schwungvollen »Hail to the Chief« über. Der Präsident und die First Lady kamen aus ihren Privaträumen herabgestiegen. In ihrer Begleitung befanden sich der neue Premierminister von Kanada und dessen Frau. Als die letzten Noten von »Hail to the Chief« verklangen, setzten die Anfangsakkorde der kanadischen Nationalhymne ein.

Eine Menschenschlange formte sich zu ihrem Empfang. Als Pat sich zusammen mit Sam dem Präsidenten und der First Lady näherten, merkte sie, daß ihr Herz klopfte.

Die First Lady sah in Wirklichkeit viel attraktiver aus als auf Bildern. Sie hatte ein längliches, ruhiges Gesicht, volle Lippen und hellbraune Augen. Ihre Haare waren sandfarben und graudurchwirkt. Sie strahlte irgendwie große Selbstsicherheit aus. Wenn sie lächelte, entblößte sie kräftige ebenmäßige Zähne, und um ihre Augen bildeten sich Fältchen. Sie sagte zu Pat, als junges Mädchen habe sie den Wunsch gehabt, mal beim Fernsehen zu arbeiten. Sie blickte lachend zu ihrem Mann auf. »Doch kaum hatte ich die lustigen Tage von Vassar hinter mir, war ich statt dessen verheiratet.«

»Das war sehr schlau von mir, daß ich sie mir geschnappt habe, bevor ein anderer es konnte«, meinte der Präsident. »Pat, freut mich, Ihre Bekanntschaft zu machen.«

Es war ein erregender Moment, den festen Händedruck des mächtigsten Mannes der Welt zu spüren.

»Das ist ein liebenswürdiges Paar«, bemerkte Sam, als

sie einen Champagner annahmen. »Und er ist ein starker Präsident. Es ist kaum zu glauben, daß seine zweite Amtsperiode schon ihrem Ende zugeht. Er ist jung, noch nicht einmal sechzig. Es wird interessant sein, zu sehen, was er mit dem Rest seines Lebens anfängt.«

Pat beobachtete die First Lady. »Ich würde gerne eine Sendung über sie machen. Sie scheint sich in ihrer Haut wohl zu fühlen.«

»Ihr Vater war Botschafter in England; ihr Großvater war Vizepräsident. Generationen feinster Erziehung und Schulung und Geld gepaart mit diplomatischer Lebensart vermitteln halt Selbstvertrauen, Pat.«

Im State Dining Room waren die Tische mit Limoges-Porzellan gedeckt, einem Service mit einem feinen grünen Muster und Goldrand. Hellgrüne Damast-Tischtücher und Servietten mit roten Rosen und Farnkräutern im Mittelteil, die in niedrigen Kristallbehältern steckten, vervollständigten das Bild. »Tut mir leid, daß wir nicht zusammensitzen«, meinte Sam, »aber du scheinst einen guten Tisch zu haben. Und nimm bitte zur Kenntnis, wohin man Abigail gesetzt hat.«

Sie saß am Präsidententisch zwischen dem Präsidenten und dem Ehrengast, dem Premierminister von Kanada.

»Ich wünschte, ich könnte das aufnehmen«, murmelte Pat.

Sie warf einen Blick auf die ersten Gerichte der Speisekarte: Lachs in Aspik, Kapaun-Suprême in flambierter Kognaksauce, wilder Reis.

Ihr Dinner-Partner war der Generalstabchef. Zu den anderen Gästen an ihrem Tisch zählten unter anderen ein Collegepräsident, ein Bühnenautor, der Pulitzer-Preisträger war, ein Bischof der Episkopalkirche und der Leiter des Lincoln-Center.

Sie blickte sich um, um zu sehen, wo Sam abgeblieben war. Er saß am Präsidententisch, direkt gegenüber Senatorin Jennings. Sie lächelten einander an. Ein Schmerz durchzuckte Pat, und sie blickte schnell wieder weg.

Gegen Ende des Dinners bat der Präsident alle Anwesenden, mit einem Gebet des Vizepräsidenten zu gedenken, der schwer krank sei. »Er hat häufiger, als uns allen klar war, anstrengende vierzehn Stunden am Tage gearbeitet, ohne Rücksicht darauf, welchen Tribut das seiner Gesundheit abverlangte.« Als die Gedenkpause vorüber war, hatte keiner mehr Zweifel daran, daß der Vizepräsident sein Amt nie mehr ausüben würde. Als er wieder Platz nahm, lächelte der Präsident Abigail zu. In diesem Blick lag so etwas wie ein inoffizieller Segen.

»Nun, hast du dich gut amüsiert?« fragte Sam auf dem Heimweg. »Dieser Bühnenschriftsteller an deinem Tisch schien sehr von dir angetan zu sein. Du hast drei- oder viermal mit ihm getanzt, nicht?«

»Während du mit der Senatorin getanzt hast. Sam, war es nicht eine große Ehre für dich, am Präsidententisch zu sitzen?«

»Es ist immer eine Ehre, wenn man dort plaziert wird.«

Eine merkwürdige Befangenheit überkam sie. Es kam Pat auf einmal so vor, als wäre der Abend ein Fehlschlag gewesen. Was war der wirkliche Grund dafür, daß er ihr die Einladung besorgt hatte – damit sie in Washington Leute kennenlernte? Einfach aus einem gewissen Gefühl heraus, ihr gegenüber eine Verpflichtung zu haben? Ihr dabei helfen zu müssen, Fuß zu fassen, bevor er sich wieder aus ihrem Leben zurückzog?

Er wartete, während sie die Tür aufschloß, lehnte aber ihre Einladung auf einen Schlummertrunk ab. »Ich habe morgen einen langen Tag vor mir. Ich fliege mit der Sechs-Uhr-Maschine nach Palm Springs, um die Feiertage mit Karen und Tom bei seiner Familie zu verbringen. Fährst du zum Fest nach Concord, Pat?«

Sie wollte ihm nicht sagen, daß Veronica und Charles zu einer Kreuzfahrt in der Karibik aufgebrochen waren. »Ich muß dies Jahr zu Weihnachten arbeiten«, sagte sie.

»Dann laß uns später nachfeiern, wenn die Sendung fertig ist. Und ich gebe dir mein Weihnachtsgeschenk dann.«

»Ja, prima.« Sie hoffte, daß ihre Stimme ebenso gleichmütig freundlich klang wie seine. Sie wollte nicht zeigen, welche innere Leere sie empfand.

»Du hast bezaubernd ausgesehen, Pat. Du wärest überrascht zu erfahren, wie viele Leute ich entsprechende Bemerkungen über dich habe machen hören.«

»Ich hoffe, sie waren alle in meinem Alter. Gute Nacht, Sam.« Sie stieß die Tür auf und ging hinein.

»O verdammt, Pat!« Sam trat ins Foyer und wirbelte sie zu sich herum. Als er sie an sich zog, glitt ihr die Jacke von den Schultern.

Ihre Hände legten sich um seinen Hals, berührten mit den Fingerspitzen seinen Mantelkragen, fanden die kalte Haut darüber, zwirbelten sein dichtes, welliges Haar. Es war so, wie sie es in Erinnerung hatte – der leichte, angenehme Hauch seines Atems, seine Arme zu spüren, die sie umklammerten, die absolute Gewißheit, daß sie zusammengehörten. »Oh, mein Geliebter«, flüsterte sie. »Ich habe ja solche Sehnsucht nach dir gehabt.«

Es war so, als hätte sie ihm einen Schlag versetzt. Er richtete sich unwillkürlich auf und trat einen Schritt zurück. Verwirrt ließ sie die Arme sinken.

»Sam …«

»Pat, ich –, tut mir leid …« Er versuchte ein Lächeln. »Du bist eben viel zu begehrenswert, als es für dich von Vorteil ist.«

Eine lange Minute starrten sie einander an. Dann packte Sam sie an den Schultern. »Glaubst du denn, ich wollte nicht da wieder anfangen, wo wir damals aufgehört haben? Aber das kann ich dir nicht antun, Pat. Du bist jung, und du bist schön. Binnen sechs Monaten kannst du dir aus einem halben Dutzend Männern einen herauspicken, der dir das Leben bieten kann, das du verdient hast. Pat, meine Zeit ist um. Bei der letzten Wahl hätte ich um ein Haar meinen Sitz verloren. Und weißt du, was mein Gegenspieler gesagt hat? Es sei höchste Zeit für frisches Blut! Sam Kingsley sei schon zu lange im Amt. Er bewege sich in ausgefahrenen Geleisen. Man solle mir die Ruhe gönnen, die ich brauche.«

»Und du hast das geglaubt?«

»Ich glaube das, weil es wahr ist. Diese letzten anderthalb Jahre mit Janice haben mich aller Kraft beraubt – ich bin leer und ausgelaugt. Pat, es fällt mir heute schwer, in einer strittigen Frage zu einem eigenen Standpunkt zu finden. Himmel, es ist für mich eine große Anstrengung, zu entscheiden, welche Krawatte ich tragen soll. Aber an einer Entscheidung werde ich festhalten. Ich werde dir nicht noch einmal dein Leben zerstören.«

»Hast du dir jemals Zeit genommen, darüber nachzudenken, wie sehr du es zerstörst, wenn du nicht wieder in mein Leben trittst?«

Sie starrten einander unglücklich an. »Das zu glauben verbietet sich mir einfach, Pat.« Dann war er verschwunden.

## 15

Glory hatte sich verändert. Sie hatte angefangen, sich morgens die Haare einzudrehen. Sie hatte neue, farbenfrohe Sachen zum Anziehen. Die Blusen hatten hohe gerüschte Ausschnitte statt heruntergeknöpfte Kragen. Und vor kurzem hatte sie sich Ohrringe gekauft, zwei Paar. Er hatte sie nie vorher Ohrringe tragen sehen.

Sie sagte jetzt jeden Tag zu ihm, er brauche ihr kein Sandwich zum Lunch zu machen, sie würde auswärts essen gehen.

»Ganz alleine?« hatte er gefragt.

»Nein, Vater.«

»Mit Opal?«

»Ich gehe einfach essen« – und ihre Stimme hatte dabei ungewohnt unwirsch geklungen.

Sie wollte überhaupt nichts mehr über seine Arbeit hören. Er hatte mehrfach versucht, ihr zu erzählen, wie die alte Mrs. Gillespie trotz des Sauerstoffgeräts vor Schmerzen keuchte und hustete. Glory hatte ihm immer mit so viel Mitgefühl zugehört, wenn er ihr von seinen Patienten erzählte, und ihm zugestimmt, wenn er gesagte hatte, daß es für die Schwerkranken eine Erlösung wäre, wenn der Todesengel sie holen käme. Ihre Zustimmung hatte ihm immer geholfen, seine Mission auszuführen.

Er war gedanklich so mit Glory beschäftigt und abgelenkt gewesen, daß er unvorsichtig gewesen war, als er Mrs. Gillespie erlöst hatte. Er hatte gedacht, sie schliefe, aber als er den Stecker des Atemgeräts herausgezogen hatte und für sie beide betete, hatte sie die Augen geöffnet. Sie hatte verstanden, was er tat. Ihr Kinn hatte gezittert, und sie hatte geflüstert: »Bitte, bitte, oh ... gütige Jungfrau, hilf mir ...« Er hatte gesehen, wie sich der Ausdruck in ihren Augen veränderte, wie die Angst erst einem glasigen, dann leeren Blick wich.

*Und Mrs. Harnick hatte gesehen, wie er aus Mrs. Gillespies Zimmer kam.*

Schwester Sheehan hatte Mrs. Gillespie gefunden. Sie hatte sich nicht damit abfinden wollen, daß der Tod der alten Frau Gottes Wille war. Statt dessen hatte sie darauf bestanden, daß das Atemgerät daraufhin überprüft wurde, ob es richtig funktionierte. Später hatte er sie mit Mrs. Harnick zusammen gesehen. Mrs. Harnick war sehr aufgeregt gewesen und hatte auf Mrs. Gillespies Zimmer gezeigt.

Alle im Heim mochten ihn, nur Schwester Sheehan nicht. Sie wies ihn immer zurecht, sagte, er maße sich zuviel an. »Wir haben Hausgeistliche«, sagte sie jedesmal. »Es gehört nicht zu Ihren Aufgaben, den Kranken seelischen Beistand zu leisten.«

Wenn er daran gedacht hätte, daß Schwester Sheehan an diesem Tag Dienst hatte, wäre er niemals in Mrs. Gillespies Nähe gegangen.

Er konnte nicht klar denken, weil die Sorgen wegen der Dokumentarsendung über Senatorin Jennings so an ihm zehrten. Er hatte Patricia Traymore viermal gewarnt, daß sie nicht weiter an dieser Sendung arbeiten sollte.

Eine fünfte Warnung würde es nicht geben.

Pat konnte einfach nicht einschlafen. Nachdem sie sich eine Stunde lang ruhelos hin und her gewälzt hatte, gab sie auf und langte nach einem Buch. Aber ihr Kopf wollte sich nicht mit der Churchill-Biographie befassen, auf deren Lektüre sie sich so gefreut hatte.

Um ein Uhr machte sie die Augen zu. Um drei ging sie nach unten, um sich eine Tasse Milch warm zu machen. Sie hatte das Licht unten im Foyer angelassen, doch auf der Treppe war es dunkel, und sie mußte sich da, wo die Treppe eine Biegung machte, am Geländer festhalten.

*Sie hatte immer gerne auf dieser Stufe gesessen, wo man sie unten vom Foyer aus nicht sehen konnte, und eintreffende Gäste beobachtet. Ich hatte ein geblümtes, blaues Nachthemd. Das hatte ich auch an diesem Abend an ... Ich hatte hier gesessen, und dann bekam ich Angst und lief wieder nach oben ins Bett ...*

Und dann ... »Ich weiß nicht«, sagte sie laut, »ich weiß es nicht.«

Auch die warme Milch brachte ihr keinen Schlaf.

Um vier Uhr ging sie nach unten und holte sich das fast fertige Storyboard.

Die Sendung sollte damit beginnen, daß die Senatorin und Pat im Studio vor einer Großaufnahme von Abigail und Willard Jennings bei ihrem Hochzeitsempfang saßen. Mrs. Jennings Senior war auf dem Film seitlich weggeschnitten worden. Während im Hintergrund der Streifen über den Empfang ablief, sollte die Senatorin erzählen, wie sie Willard kennengelernt hatte, als sie in Radcliffe studierte.

Auf diese Weise bekomme ich wenigstens etwas über den Nordosten herein, dachte Pat.

Dann wollten sie eine Filmmontage über Willards Kongreßwahlkampagnen zeigen, während Pat sich mit Abigail über deren wachsendes politisches Engagement unterhielt. Die Party zu Willards fünfunddreißigstem Geburtstag sollte als strahlender Höhepunkt in den fröhlichen Jahren mit den Kennedys vor Jacks Regierungszeit hervorgehoben werden.

Dann sollte das Begräbnis mit Abigail in der Begleitung von Jack Kennedy kommen. Den Filmausschnitt, der zeigte, daß ihre Schwiegermutter in einem anderen Wagen gefahren war, hatte man herausgeschnitten. Dann sah man Abigail, wie sie, das Gesicht blaß und würdevoll, in schwarzer Trauerkleidung den Amtseid als Kongreßabgeordnete ablegte.

Dann kamen die Filmstreifen über die Veruntreuung

der Wahlkampfgelder und Abigails Engagement für mehr Flugsicherheit. Sie klingt so scharf und pharisäerhaft, dachte Pat, und dann sieht man das Bild von diesem verschüchterten Mädchen, Eleanor Brown. Und es ist eine Sache, sich für mehr Flugsicherheit einzusetzen, und etwas anderes, immerzu mit dem Finger auf einen Piloten zu deuten, der auch ums Leben gekommen ist ... Aber sie wußte, daß Luther sich diese beiden Filmausschnitte nicht von ihr ausreden lassen würde.

Am Tag nach Weihnachten* wollten sie bei Abigail im Büro drehen, sie und ihre Mitarbeiter und einige sorgfältig ausgewählte Besucher. Der Kongreß hatte sich endlich vertagt, und die Dreharbeiten müßten schnell zu bewältigen sein.

Wenigstens hatte Luther seine Zustimmung erteilt, Abigail auch bei sich zu Hause im Kreise von Freunden zu zeigen. Pat hatte eine Weihnachtsparty vorgeschlagen mit Aufnahmen von Abigail, wie sie das Buffet herrichtete. Zu den Gästen sollten vornehme Washingtoner Persönlichkeiten und einige wenige Mitarbeiter aus ihrem Stab zählen, die den Feiertag nicht bei ihren Familien verbringen konnten.

Die letzte Szene sollte zeigen, wie die Senatorin abends bei Einbruch der Dunkelheit mit einem Aktenkoffer unterm Arm nach Hause fuhr. Und dann das Schlußwort: »Wie viele Millionen anderer Alleinstehender in den Vereinigten Staaten hat Senatorin Abigail Jennings ihre Familie, ihre Berufung und ihr Steckenpferd in der Arbeit gefunden, die sie liebt.«

Diesen Satz hatte Luther für Pat geschrieben.

Um acht Uhr rief Pat Luther an und bat ihn erneut, die Senatorin zu überreden, daß sie mit ihrem Einverständnis etwas über ihre Jugendjahre in die Sendung aufnehmen durften. »Was wir haben, ist langweilig«, sagte sie. »Bis

* Nur der erste Weihnachtstag ist in Amerika ein Feiertag. Anm. d. Ü.

auf die privaten Filmausschnitte ist es eine dreißigminütige Propagandasendung.«

Luther unterbrach sie. »Haben Sie sich das gesamte Filmmaterial angesehen?«

»Ja.«

»Wie sieht es mit Fotos aus?«

»Gab es nur sehr wenige.«

»Rufen Sie an und fragen Sie, ob es nicht noch mehr gibt. Nein. Ich rufe an. Sie stehen bei der Senatorin im Augenblick nicht sehr hoch im Kurs.«

Eine Dreiviertelstunde später hatte Philip sich bei ihr gemeldet. Toby würde ihr gegen Mittag Fotoalben bringen. Die Senatorin glaube, daß Pat interessante Bilder darin finden werde.

Pat begab sich ruhelos in die Bibliothek. Sie hatte den Karton mit der Puppe unter den Tisch in der Bibliothek geschoben. Sie wollte nun die Zeit dazu nutzen, die Sachen ihres Vaters durchzugehen.

Als sie die Puppe aus dem Karton genommen hatte, ging sie damit zum Fenster und sah sie sich näher an. Jemand hatte mit geschickter Hand Schatten um die schwarzen Knopfaugen gemalt, die Augenbrauen voller gemacht und dem Mund diesen traurigen Zug gegeben. Bei Tageslicht wirkte sie noch ergreifender. Sollte die Puppe sie darstellen?

Sie legte sie beiseite und begann den Karton auszupacken. Die Bilder von ihrer Mutter und ihrem Vater; Stapel von Briefen und Dokumenten; die Fotoalben. Sie machte sich beim Sortieren der Sachen in mehrere Haufen schmutzig. Dann setzte sie sich mit gekreuzten Beinen auf den Teppich und begann, alles näher zu untersuchen.

Liebende Hände hatten Andenken an Dean Adams' Kindheit gesammelt und gebündelt. Die Zeugnisse waren ordentlich der Reihenfolge nach sortiert. Sie enthielten lauter Einser und Zweier.

Er war auf einer Farm fünfzig Meilen von Milwaukee entfernt aufgewachsen. Es war ein weißes mit Holz verschaltes Haus mittlerer Größe mit einer kleinen Veranda gewesen. Da waren Bilder von ihm mit seiner Mutter und seinem Vater. Meine Großeltern, dachte Pat. Ihr wurde klar, daß sie ihre Namen nicht kannte. Auf der Rückseite eines Bildes stand *Irene und Wilson mit Dean im Alter von sechs Monaten*. Sie nahm einen Stapel Briefe zur Hand. Das Gummiband riß, und sie wirbelten auseinander und auf den Teppich. Sie las sie schnell wieder auf und schaute sie flüchtig durch. Einer fiel ihr besonders ins Auge.

*Liebe Mam,*
*ich danke Dir. Das sind wohl die einzig richtigen Worte für all die Opfer, die Du jahrelang gebracht hast, damit ich aufs College gehen und Jura studieren konnte. Ich weiß genau, auf wie viele Kleider Du verzichtet hast und auf wie viele Vergnügungen mit den anderen Damen am Ort. Vor langer Zeit habe ich Dir mal versprochen, daß ich versuchen wollte, so zu werden wie Dad. Ich werde dieses Versprechen halten. Ich habe Dich sehr lieb. Und vergiß bitte nicht, zum Arzt zu gehen. Dein Husten hörte sich schrecklich tief an.*
*Dein Dich liebender Sohn, Dean*

Unter dem Brief lag eine Todesanzeige für Irene Wagner Adams. Sie war sechs Monate später datiert.

Es trieb Pat Tränen in die Augen, daß der junge Mann sich nicht geschämt hatte, seine Liebe zu seiner Mutter so zum Ausdruck zu bringen. *Auch sie hatte diese herzliche Liebe erfahren. Ihre Hand in seiner. Wie sie vor Entzücken gejauchzt hatte, wenn er nach Hause kam. Daddy. Daddy. Hoch in die Luft geschwenkt und in die Höhe geworfen und von starken Armen wieder aufgefangen. Sie fuhr auf ihrem Dreirad die Einfahrt hinunter ... kratzte sich das Knie auf den Steinen auf ... Seine Stimme, beruhigend: »Das tut nicht schlimm weh,*

*Kerry. Wir müssen zusehen, daß die Wunde sauber ist. ... Was für ein Eis sollen wir dir holen? ...«*

Es läutete an der Tür. Pat raffte die Bilder und Briefe zusammen und stand auf. Als sie sie im Karton verstauen wollte, rutschte ihr die Hälfte aus den Armen. Es läutete noch einmal an der Tür, diesmal anhaltender. Sie sammelte angestrengt die verstreuten Fotos und Papiere ein, um sie zusammen mit den anderen zu verstecken. Als sie sich anschickte, den Raum zu verlassen, fiel ihr ein, daß sie vergessen hatte, die Bilder von ihren Eltern und die *Raggedy Ann*-Puppe wegzupacken. Wenn Toby sie beim Hereinkommen gesehen hätte! Sie warf sie in den Karton und schob ihn unter den Tisch.

Toby wollte gerade noch einmal läuten, als sie die Tür aufriß. Unwillkürlich trat sie einen Schritt zurück, da sein massiger Körper die ganze Tür ausfüllte.

»Ich wollte schon gerade aufgeben!« Er bemühte sich, jovial zu klingen, was ihm aber nicht gelang.

»Geben Sie nicht auf, Toby«, sagte sie kühl. Wer war er denn, daß er ärgerlich reagierte, weil er ein paar Sekunden warten mußte? Er schien sie zu mustern. Sie blickte an sich herunter, bemerkte, wie schmierig ihre Hände waren, und wurde sich klar, daß sie sich die Augen gerieben hatte. Wahrscheinlich war sie ganz schmutzig im Gesicht.

»Sie sehen so aus, als hätten Sie im Sandkasten gespielt und Kuchen gebacken.« Er wirkte irritiert, argwöhnisch. Sie antwortete ihm nicht. Er verlagerte das Paket unter seinem Arm, und der zu weite Onyxring an seinem Finger bewegte sich hin und her. »Wohin möchten Sie das Zeug haben, Pat? In die Bibliothek?«

»Ja.«

Er folgte ihr so dicht, daß sie das unbehagliche Gefühl hatte, er würde sie anrempeln, wenn sie plötzlich stehenbliebe. Von dem langen Sitzen mit übergekreuzten Beinen hatte sie ein taubes Gefühl im rechten Bein, und sie schonte es beim Gehen.

»Humpeln Sie, Pat? Sie sind doch nicht auf dem Eis oder sonstwo hingefallen, oder?«

Sie lassen auch keine Gemeinheit aus, dachte sie. »Stellen Sie den Karton auf den Tisch«, sagte sie.

»Okay. Ich muß gleich wieder fort. Die Senatorin war nicht glücklich darüber, daß sie sich überlegen mußte, wo diese Alben stecken. Ich finde alleine hinaus.«

Sie wartete, bis sich die Haustür schloß, ehe sie losging, um den Riegel vorzulegen. Als sie im Foyer ankam, ging die Tür wieder auf. Toby schien erschrocken, sie da stehen zu sehen; dann verzerrte sich sein Gesicht zu einem unangenehmen Grinsen. »Dies Schloß hindert niemanden daran, sich Einlaß zu verschaffen, der sich auskennt, Pat«, sagte er. »Denken Sie daran, den Riegel vorzuschieben.«

Das Ergänzungsmaterial von der Senatorin war, wie sich zeigte, ein Durcheinander. Die meisten Bilder waren bei politischen Feierlichkeiten aufgenommen, Staatsdiners, Zeremonien, bei denen ein Band zerschnitten wurde, Einweihungsfeiern. Als Pat umblätterte, flatterten einige Seiten auf den Boden.

Die ersten Seiten des Albums gaben mehr her. Sie stieß auf die Vergrößerung eines Fotos, auf dem die junge Abigail mit Willard auf einer Decke an einem See saß. Er las ihr etwas vor. Es war ein idyllisches Bild; sie sahen aus wie zwei Liebende auf einer viktorianischen Kamee.

Es gab noch einige weitere Schnappschüsse, die sich vielleicht für eine Montage eigneten. Schließlich hatte sie alles gesichtet und bückte sich, um die heruntergefallenen Bilder aufzuheben. Unter einem lag ein zusammengefaltetes Blatt eines teuren Briefpapiers. Sie öffnete es. Da stand:

*Billy, Darling. Du warst großartig bei den Hearings heute nachmittag. Ich bin so stolz auf Dich. Ich liebe Dich so sehr und freue mich darauf, ein Leben lang mit Dir zusammenzusein, mit Dir gemeinsam zu arbeiten. Oh, mein Liebster, wir werden diese Welt wirklich verändern. A.*

Der Brief war am 13. Mai geschrieben. Am 20. Mai starb Willard Jennings unterwegs zu einer Ansprache, die er anläßlich einer feierlichen Verleihung akademischer Grade halten sollte.

Was für einen tollen Schluß gäbe das her! dachte Pat frohlockend. Das würde allen den Mund stopfen, die die Senatorin für kalt und gefühllos hielten. Wenn sie nur Luther dazu überreden könnte, sie den Brief in der Sendung vorlesen zu lassen. Wie würde sich das anhören? »Billy, Darling«, las sie laut, »es tut mir so leid ...«

Ihre Stimme brach. Was ist los mit mir? fragte sie sich ungehalten. Entschlossen begann sie noch einmal. »Billy, Darling. Du warst großartig ...«

# 16

Am dreiundzwanzigsten Dezember um zwei Uhr nachmittags saß Abigail Jennings zusammen mit Toby und Philip bei sich zu Hause in der Bibliothek und sah sich die Fernsehübertragung an, in der der Vizepräsident der Vereinigten Staaten dem Präsidenten feierlich seinen Rücktritt anbot.

Mit trockenen Lippen, die Fingernägel in die Handflächen gekrallt, verfolgte Abigail, wie der Vizepräsident, aschfahl im Gesicht und offensichtlich todkrank, gegen Kissen gelehnt in seinem Krankenhausbett saß und mit erstaunlich kräftiger Stimme sagte: »Ich hatte gedacht, ich könne meine Entscheidung noch bis zum Ersten des kommenden Jahres hinauszögern. Ich habe jedoch das Gefühl, daß es einfach meine Pflicht ist, dieses Amt niederzulegen und die Nachfolgeregelung in der Regierungsspitze unseres großen Landes nicht zu gefährden. Ich bin dankbar für das Vertrauen, das der Präsident und meine Partei mir gegenüber damit zum Ausdruck gebracht haben, daß sie mich zweimal zum Vizepräsidentschaftskandidaten vorgeschlagen haben. Und ich bin den Menschen der Vereinigten Staaten dankbar, daß sie mir Gelegenheit gegeben haben, ihnen zu dienen.«

Der Präsident nahm mit tiefstem Bedauern den Rücktritt seines alten Freundes und Mitarbeiters an. Auf die Frage, ob er sich schon Gedanken über einen Amtsnachfolger gemacht habe, antwortete er: »Ich habe einige Vorstellungen.« Aber er lehnte es ab, etwas zu den Namen, die die Presseleute nannten, zu sagen.

Toby pfiff leise. »Nun ist es passiert, Abby.«

»Senatorin, merken Sie sich meine Worte ...« begann Philip.

»Ruhig und hören Sie zu!« herrschte sie die beiden an. Nach der Beendigung der Übertragung aus dem Krankenhauszimmer kam Luther Pelham in der Nachrichtenzentrale von Potomac Cable ins Bild.

»Ein historischer Augenblick«, begann Luther. Mit würdiger Zurückhaltung gab er einen kurzen geschichtlichen Überblick über das Amt des Vizepräsidenten und kam dann zur Sache. »Es wird Zeit, daß eine Frau in dieses hohe Amt gewählt wird ... eine Frau mit der nötigen Erfahrung und bewährtem fachmännischem Geschick. Herr Präsident, wählen Sie *sie* jetzt.«

Abigail lachte schrill. »Damit meint er mich.«

Das Telefon begann zu läuten.

»Das werden Reporter sein. Ich bin nicht zu Hause«, sagte sie.

Eine Stunde später wartete die Presse immer noch draußen vor Abigails Haus. Schließlich erklärte sie sich zu einem Interview bereit. Äußerlich war sie ruhig. Sie erklärte, sie sei mit den Vorbereitungen für ein Weihnachtsessen mit Freunden beschäftigt. Auf die Frage, ob sie damit rechne, zur Vizepräsidentin ernannt zu werden, antwortete sie amüsiert:

»Nun, daß ich dazu Stellung nehme, können Sie wirklich nicht von mir erwarten.«

Kaum hatte sich die Haustür hinter ihr geschlossen, änderten sich ihr Ausdruck und ihr Verhalten. Selbst Toby wagte nicht, ihr über den Weg zu laufen.

Luther rief an, um die Aufzeichnungstermine zu bestätigen. Abigails erregte Stimme schallte durchs ganze Haus. »Ja, ich habe es gesehen. Soll ich Ihnen mal was sagen? Ich habe das jetzt wahrscheinlich in der Tasche. Wenn nur nicht diese verdammte Sendung über meinem Kopf schweben würde. Ich habe Ihnen ja gesagt, daß das eine miserable Idee ist. Jetzt sagen Sie mir nur nicht, Sie wollten mir helfen. Sie wollten, daß ich mich Ihnen gegenüber verpflichtet fühle, wie wir beide wissen.«

Abigail senkte die Stimme, und Philip und Toby tauschten Blicke.

»Was haben Sie herausgefunden?« fragte Philip.

»Pat Traymore war letzte Woche in Apple Junction. Sie ist bei der Zeitung vorbeigegangen und hat sich einige alte Ausgaben besorgt. Sie hat Saunders aufgesucht, diesen Kerl, der Abby nachgestellt hat, als sie ein junges Ding war. Er hat ihr ein Loch in den Bauch geredet. Dann hat sie der pensionierten Schuldirektorin, die Abby kannte, einen Besuch abgestattet. Ich war zufällig bei Pat zu Hause in Georgetown, als Saunders anrief.«

»Wie sehr könnte einer von denen der Senatorin schaden?« wollte Philip wissen.

Toby zuckte mit den Schultern. »Das hängt davon ab. Haben Sie etwas über das Haus in Erfahrung gebracht?«

»Einiges«, antwortete Philip. »Wir haben uns an das Maklerbüro gewandt, das dies Haus seit Jahren verpachtet. Sie hatten einen neuen Mieter dafür fest an der Hand, aber die Bank, die das Ganze treuhänderisch für die Erben verwaltet, teilte ihnen mit, jemand aus der Familie wolle das Haus bewohnen und es wäre nicht mehr zu vermieten.«

»Jemand *aus* der Familie?« wiederholte Toby. »*Wer* aus der Familie?«

»Ich nehme an, Pat Traymore«, erwiderte Philip sarkastisch.

»Werden Sie nicht frech«, fuhr Toby ihn an. »Ich möchte wissen, *wem* das Haus jetzt gehört und *wer aus der Familie* es benutzt.«

Pat sah sich mit gemischten Gefühlen die Berichterstattung von Potomac Cable über den Rücktritt des Vizepräsidenten an. Im Anschluß an Luthers Sendeteil sagte der Moderator, es werde für unwahrscheinlich gehalten, daß der Präsident den Nachfolger noch vor Neujahr bestimmen werde.

Und unsere Sendung wird am siebenundzwanzigsten ausgestrahlt, dachte Pat.

Es war so, wie Sam am Abend ihres ersten Tages in Washington vorausgesagt hatte; sie würde vielleicht ihre Hand im Spiel haben, wenn zum ersten Mal eine Frau ins Amt des Vizepräsidenten gewählt wurde.

In der letzten Nacht war sie wieder von Angstträumen geplagt aus dem Schlaf hochgeschreckt. Konnte sie sich wirklich so deutlich an ihre Mutter und ihren Vater erinnern, oder brachte sie die Filme und Fotos, die sie von ihnen gesehen hatte, mit der Wirklichkeit durcheinander? Die Erinnerung daran, wie er ihr das Knie verbunden hatte und mit ihr Eis essen gegangen war, war echt. Dessen war sie sich sicher. Aber hatte es nicht auch Zeiten gegeben, in denen sie sich das Kissen über die Ohren gezogen hatte, weil es wütende Streitereien gegeben hatte und hysterisches Geschluchze?

Sie wollte die Sachen ihres Vaters zu Ende sichten.

Sie hatte voller Verbissenheit das gesammelte Material durchgesehen und sich dabei ertappt, daß sie sich in zunehmendem Maße wegen der Dinge, die ihre Mutter betrafen, Sorgen machte. Da waren mehrere Briefe von ihrer Großmutter an Renée. In einem davon, der sechs Monate vor der Tragödie geschrieben war, hieß es: »*Renée, Liebes, der Ton Deines Briefes bekümmert mich. Wenn Du befürchtest, daß Du neue Anfälle von Depressionen bekommst, begib Dich bitte sofort in Behandlung.*«

Den Zeitungsartikeln zufolge hatte ihre Großmutter behauptet, Dean Adams sei labil veranlagt gewesen.

Sie fand einen Brief, den ihr Vater ein Jahr vor ihrer beider Tod an ihre Mutter geschrieben hatte:

*Liebe Renée,*
*ich bin ziemlich außer mir, daß Du den ganzen Sommer mit Kerry in New Hampshire bleiben willst. Du mußt wissen, wie sehr Ihr beide mir fehlt. Ich muß unbedingt nach Wiscon-*

*sin. Warum läßt Du es nicht auf einen Versuch ankommen? Wir könnten für die Zeit, die Du hier bist, einen Steinway mieten. Ich verstehe durchaus, daß Mutters altes Spinett kaum das Richtige für Dich ist. Bitte, Liebste. Mir zuliebe.*

Pat kam sich vor, als versuchte sie, eine Bandage von einer eiternden Wunde zu entfernen. Je näher sie an die Wunde herankam, desto schwerer wurde es, den verklebten Verband abzuziehen. Der Schmerz, psychischer und physischer Art, wurde immer stärker.

Ein Karton war voller Weihnachtsschmuck und elektrischer Kerzen. Das brachte sie auf eine Idee. Sie würde sich einen kleinen Weihnachtsbaum besorgen. Warum nicht? Wo waren Veronica und Charles jetzt? Sie sah in deren Reiseplan nach. Morgen würde ihr Schiff in St. John anlegen. Sie fragte sich, ob sie die beiden wohl zu Weihnachten telefonisch erreichen könnte.

Das Eintreffen der Post war eine willkommene Unterbrechung. Da waren jede Menge Karten und Einladungen von Freunden in Boston. *»Komm wenigstens für den einen Tag, wenn Du es einrichten kannst.« »Wir sind alle gespannt auf Deine Sendung.« »Dafür einen Emmy, Pat – nicht nur die Nominierung.«*

Ein Brief war ihr vom Boston Cable TV nachgesandt worden. Auf dem Umschlag war ein Aufkleber mit der Adresse der Absenderin: CATHERINE GRANEY, 22 BALSAM PLACE, RICHMOND, VA.

*Graney*, dachte Pat. So hieß doch der Pilot, der zusammen mit Willard Jennings ums Leben gekommen war.

Der Brief war kurz:

*Liebe Miss Traymore,*
*ich habe gelesen, daß Sie an der Vorbereitung einer Sendung über Senatorin Abigail Jennings arbeiten. Nachdem ich das Glück hatte, einige Ihrer hervorragenden Dokumentarsendungen zu sehen, und obwohl ich voller Bewunderung für*

*Sie bin, sehe ich mich nun gezwungen, Ihnen mitzuteilen, daß die Sendung über Senatorin Abigail Jennings unter Umständen einen Prozeß nach sich ziehen kann. Ich warne Sie: Geben Sie der Senatorin keine Gelegenheit, sich zum Tode von Willard Jennings zu äußern. Hindern Sie sie, Ihrem eigenen Wohl zuliebe, daran, zu behaupten, ein Fehler des Piloten habe ihren Mann das Leben gekostet. Dieser Pilot, mein Mann, ist ebenfalls umgekommen. Und glauben Sie mir, es ist bitter, daß sie einer gramgebeugten Witwe so übel mitzuspielen wagt. Wenn Sie mich sprechen wollen, können Sie mich unter dieser Nummer anrufen: 804-555-6841.*

Pat ging ans Telefon und wählte die Nummer. Es läutete mehrmals. Gerade als sie wieder auflegen wollte, hörte sie ein eiliges Hallo. Es war Catherine Graney. Im Hintergrund war es laut, als wären da viele Menschen. Pat versuchte, sich mit ihr zu verabreden. »Es geht erst morgen«, sagte ihr die Frau. »Ich führe einen Antiquitätenladen und habe heute den ganzen Tag offen.«

Sie verabredeten eine Uhrzeit, und sie erklärte Pat schnell den Weg.

Am Nachmittag ging Pat einkaufen. Als erstes suchte sie eine Kunsthandlung auf, denn sie wollte einen der alten Stiche aus dem Büro ihres Vaters, ein Seestück, neu rahmen lassen. Das sollte Sams Weihnachtsgeschenk werden.

»Das habe ich in einer Woche für Sie fertig, Miss. Das ist ein schöner Stich. Ist einiges Geld wert, falls Sie ihn mal verkaufen wollen.«

»Ich möchte ihn nicht verkaufen.«

Sie hielt in der Nähe ihres Hauses bei einem Delikatessengeschäft und bestellte Lebensmittel, unter anderem auch eine kleine Pute. Dann kaufte sie im Blumenladen zwei Weihnachtssterne und eine immergrüne Ranke für den Kamin. Sie fand einen Weihnachtsbaum, der ihr bis zur Schulter reichte. Die schönsten Weihnachtsbäume waren schon fort, aber dieser war einigermaßen gut gewachsen, und die Fichtennadeln hatten einen herrlichen Schimmer.

Am frühen Abend war sie mit dem Schmücken fertig. Der Baum stand in der Nähe der Terrassentüren. Der Kaminsims war mit dem Immergrün geschmückt. Ein Weihnachtsstern stand auf dem niedrigen runden Tisch neben der Couch, der andere auf dem Beistelltischchen bei dem kleinen Zweiersofa.

Sie hatte alle Bilder aufgehängt. Dabei hatte sie raten müssen, wohin sie jeweils gehörten, doch nun war das Zimmer fertig. Ein Feuer, dachte sie. Hier brannte immer ein Feuer. Sie legte eines an, zündete das Papier und das Kleinholz an und stellte den Schutzschirm davor. Dann machte sie sich ein Omelett und einen Salat und trug alles auf einem Tablett ins Wohnzimmer. An diesem Abend wollte sie einfach nur fernsehen und sich entspannen. Sie hatte das Gefühl, daß sie es übertrieben hatte, daß sie ihrem Gedächtnis Zeit lassen müßte, von sich aus Erinnerungen freizusetzen. Sie hatte damit gerechnet, daß dieser Raum ihr zuwider wäre, aber trotz des Schreckens in dieser Nacht neulich fand sie es warm und gemütlich. Barg dieser Raum auch glückliche Erinnerungen für sie?

Sie stellte den Fernseher an. Auf dem Bildschirm waren der Präsident und die First Lady zu sehen. Sie bestiegen gerade die *Air Force One,* um zu Weihnachten auf ihren Familienbesitz zu fliegen. Der Präsident wurde wieder mit Fragen nach seiner Entscheidung belästigt. »Ich werde Ihnen spätestens Neujahr sagen, wer sie oder er ist«, rief er. »Frohe Weihnachten!«

*Sie.* War das ein absichtlicher Versprecher? Natürlich nicht. Einige Minuten später rief Sam an. »Pat, wie geht es dir?«

Sie wünschte sich, ihr Mund würde nicht so trocken, sobald sie seine Stimme hörte. »Gut. Hast du gerade eben den Präsidenten im Fernsehen gesehen?«

»Ja. Nun, damit beschränkt sich die Wahl wohl auf zwei Leute. Er hat sich vorgenommen, sich für eine Frau zu entscheiden. Ich werde gleich mal Abigail anrufen. Sie wird mit Sicherheit Nägel kauen.«

Pat zog die Augenbrauen hoch. »Ich an ihrer Stelle würde es tun.« Sie flocht die Quaste von ihrem Gürtel. »Wie ist das Wetter?«

»Höllisch heiß. Ehrlich gesagt, verbringe ich Weihnachten lieber in winterlicher Umgebung.«

»Dann hättest du nicht fortfahren dürfen. Ich bin draußen herumgelaufen, um einen Weihnachtsbaum zu kaufen, und es war ganz schön kalt.«

»Was machst du Weihnachten? Gehst du zu Abigails Weihnachtsparty?«

»Ja. Es überrascht mich, daß du keine Einladung bekommen hast.«

»Habe ich ja. Pat, es tut gut, bei Karen und Tom zu sein, aber – nun ja, das ist jetzt Karens Familie, nicht meine. Ich mußte mir heute beim Mittagessen auf die Zunge beißen, um nicht so einem aufgeblasenen Wicht die Meinung zu geigen, der mir einen langen Vortrag darüber hielt, welche Fehler diese Regierung schon alles gemacht habe.«

»Bringt Toms Mutter dich nicht mit ihren Freundinnen, Cousinen oder anderen Frauen zusammen, die zu haben sind?« konnte Pat sich nicht verkneifen zu fragen.

Sam lachte. »Ja, leider. Ich werde nicht bis Neujahr hierbleiben. Ich komme kurz nach Weihnachten zurück. Du hast doch keine weiteren Drohungen erhalten, oder?«

»Nicht einmal einen wortlosen Anruf. Du fehlst mir, Sam«, fügte sie absichtlich hinzu.

Es entstand eine Pause. Sie konnte sich vorstellen, was für ein Gesicht er machte – bekümmert, nach den rechten Worten suchend. Du machst dir noch genauso viel aus mir wie vor zwei Jahren, dachte sie.

»Sam?«

Seine Stimme klang gequält. »Du fehlst mir auch, Pat. Du bedeutest mir sehr viel.«

Welch verrückte Ausdrucksweise. »Und zu zählst zu meinen liebsten Freunden.«

Sie legte auf, ohne seine Antwort abzuwarten.

# 17

»Vater, hast du meine *Raggedy Ann*-Puppe gesehen?«

Er lächelte Glory an und hoffte, daß er nicht nervös wirkte. »Nein, natürlich nicht. Hattest du sie nicht in dem Einbauschrank in deinem Schlafzimmer?«

»Ja. Ich kann mir das nicht erklären ... Vater, bist du sicher, daß du sie nicht weggeworfen hast?«

»Warum sollte ich sie wegwerfen?«

»Das weiß ich nicht.« Sie stand vom Tisch auf. »Ich gehe einige kleine Weihnachtseinkäufe machen. Es wird nicht spät.« Sie blickte ihn besorgt an, dann fragte sie: »Vater, fängst du wieder an, dich krank zu fühlen? Du hast in den letzten Nächten im Schlaf geredet. Ich konnte dich aus meinem Zimmer hören. Bedrückt dich etwas? Du hörst doch nicht wieder diese Stimmen, oder?«

Er sah die Angst in ihren Augen. Er hätte Glory nicht von den Stimmen erzählen sollen. Sie hatte es nicht verstanden. Schlimmer noch, sie hatte angefangen, sich um ihn Sorgen zu machen. »Oh, nein, ich habe mir nur einen Scherz erlaubt, als ich dir das erzählt habe.« Er war sicher, daß sie ihm das nicht abnahm.

Sie legte ihm die Hand auf den Arm. »Du hast im Schlaf immerzu von Mrs. Gillespie gesprochen. Ist das nicht die Frau, die gerade im Pflegeheim gestorben ist?«

Nachdem Glory gegangen war, saß Arthur, die dünnen Beine um die Stuhlbeine geschlungen, am Küchentisch und dachte nach. Schwester Sheehan und die Ärzte hatten ihn wegen Mrs. Gillespie verhört: Hatte er bei ihr hereingeschaut?

»Ja«, hatte er zugegeben. »Ich wollte nur nachsehen, ob sie bequem lag.«

»Wie oft haben Sie nach ihr gesehen?«

»Einmal. Sie schlief. Es ging ihr gut.«

»Mrs. Harnick und Mrs. Drury behaupten beide, Sie gesehen zu haben. Aber Mrs. Drury sagt, es war fünf nach drei, und Mrs. Harnick ist sich sicher, daß es später war.«

»Mrs. Harnick irrt sich. Ich habe nur einmal kurz hineingeschaut.«

Sie mußten ihm glauben. Die Hälfte der Zeit war Mrs. Harnick ziemlich senil. *Aber die übrige Zeit war sie hellwach.*

Er nahm plötzlich wieder die Zeitung zur Hand. Er war mit der Metro nach Hause gefahren. Eine alte Frau mit einer Einkaufstasche hatte auf einen Stock gestützt auf dem Bahnsteig gestanden. Er hatte gerade zu ihr hinübergehen und ihr anbieten wollen, ihr mit der Einkaufstasche zu helfen, als die Schnellbahn mit Getöse einfuhr. Die Menschenmenge wogte vorwärts, und ein junger Bursche, die Arme voller Schulbücher, hätte die alte Dame beinahe umgerannt, als er sich vordrängte, um einen Sitzplatz zu ergattern.

Er wußte noch, wie er ihr in den Zug geholfen hatte, kurz bevor die Türen sich schlossen. »Alles in Ordnung?« hatte er gefragt.

»Oh, ja. Du lieber Gott, ich fürchtete schon, ich würde hinfallen. Die jungen Leute sind so unachtsam. Nicht so wie zu meiner Jugendzeit.«

»Sie sind brutal«, sagte er leise.

Der junge Mann war beim Dupont Circle ausgestiegen und auf die andere Seite des Bahnsteigs gegangen. Er war ihm gefolgt und hatte es so eingerichtet, daß er direkt neben ihm stand, als er sich vor die Menge direkt an den Rand des Bahnsteigs gestellt hatte. Als der Zug einlief, hatte er ihn von hinten angerempelt und so am Arm gestoßen, daß ihm ein Buch wegzurutschen drohte. Der junge Mann hatte versucht es festzuhalten und dabei das Gleichgewicht verloren. So war es ein leichtes, ihm einen

Stoß nach vorne zu versetzen. Das Buch und der junge Mann landeten gleichzeitig auf den Schienen.

Die Zeitung. Ja, da war es, auf Seite drei: NEUNZEHNJÄHRIGER STUDENT VON METRO GETÖTET. In dem Bericht wurde es als Unfall bezeichnet. Ein Zeuge hatte gesehen, wie dem Studenten ein Buch aus den Armen gerutscht war. Er hatte sich nach vorne gebeugt, um es wieder aufzufangen, und dabei das Gleichgewicht verloren.

Die Tasse Kaffee in Arthurs Händen war kalt geworden. Er wollte sich einen neuen Kaffee machen und dann zur Arbeit gehen.

In dem Pflegeheim waren so viele alte hilflose Menschen, die darauf warteten, daß er sich um sie kümmerte. Er war in Gedanken bei Patricia Traymore gewesen. Darum war er bei Mrs. Gillespie nicht vorsichtiger gewesen. Morgen wollte er Glory sagen, daß er Überstunden machen müßte, und würde noch einmal zu Patricia Traymores Haus gehen.

Er mußte sich noch einmal Einlaß verschaffen.

Glory wollte ihre Puppe zurückhaben.

Am vierundzwanzigsten brach Pat um zehn Uhr Richtung Richmond auf. Die Sonne war herausgekommen und schien hellgolden, aber die Luft war noch sehr kalt. Es würde ein frostklirrendes Weihnachtsfest werden.

Nachdem sie den Highway verlassen hatte, bog sie dreimal falsch ab und geriet völlig außer sich vor Wut über sich selbst. Schließlich fand sie Balsam Place. Es war eine Straße mit behaglichen mittelgroßen Häusern im Tudor-Stil. Nummer 22 war größer als die Nachbargebäude, und davor auf dem Rasen stand auf einem geschnitzten Schild ANTIQUITÄTEN.

Catherine Graney erwartete sie im Hauseingang. Sie war um die fünfzig, hatte ein kantiges Gesicht mit tiefliegenden blauen Augen und einen robusten schlanken Körper. Ihr ergrauendes Haar war glatt und einfach geschnitten. Sie schüttelte Pat herzlich die Hand. »Es kommt mir so vor, als ob ich Sie schon kennen würde. Ich fahre ziemlich häufig zum Einkaufen nach Neuengland, und wenn es irgend ging, habe ich mir immer Ihre Sendung angesehen.«

Das Erdgeschoß diente als Ausstellungsraum. Sessel, Sofas, Vasen, Lampen, Gemälde, Orientteppiche, Porzellan und erlesene Gläser, alles mit Schildchen versehen. Ein Queen-Anne-Glasschıank enthielt zarte Figurinen. Davor lag ein müder irischer Setter, dessen dunkelrotes Fell reichlich mit Grau gesprenkelt war, und schlief.

»Ich wohne oben«, erklärte Mrs. Graney. »Eigentlich ist das Geschäft geschlossen, aber mich hat eine Frau angerufen und gefragt, ob sie nicht schnell vorbeischauen und ein letztes Geschenk kaufen könne. Sie nehmen doch einen Kaffee, ja?« Pat nahm ihren Mantel ab. Sie schaute sich um, betrachtete eingehend die Dinge in dem Raum. »Sie haben hübsche Sachen.«

»Das hoffe ich auch.« Mrs. Graney wirkte erfreut. »Ich liebe es, Antiquitäten ausfindig zu machen und sie zu restaurieren. Meine Werkstatt ist in der Garage.« Sie goß aus einer Sheffieldkanne Kaffee ein und reichte Pat eine Tasse. »Und es macht mir Vergnügen, mich mit schönen Dingen zu umgeben. Mit Ihrem kastanienbraunen Haar und Ihrer goldfarbenen Bluse sehen Sie so aus, als gehörten Sie auf diese Chippendale-Couch da.«

»Danke.« Pat wurde klar, daß sie diese offenherzige Frau mochte. Sie hatte etwas Freimütiges, Ehrliches an sich. Das ermöglichte es ihr, gleich auf den Grund ihres Besuches zu sprechen zu kommen. »Mrs. Graney, Sie können sich wohl denken, daß Ihr Brief mich ziemlich erschreckt hat. Aber können Sie mir verraten, warum Sie sich nicht direkt an den Sender gewandt und statt dessen an mich geschrieben haben?«

Catherine Graney nahm einen Schluck von ihrem Kaffee. »Wie ich Ihnen schon sagte, habe ich eine ganze Reihe Ihrer Dokumentarsendungen gesehen. Ihrer Arbeit ist etwas Rechtschaffenes anzumerken, und ich kann mir nicht vorstellen, daß Sie bewußt dazu beitragen würden, eine Lüge aufrecht zu erhalten. Darum appelliere ich an Sie, dafür zu sorgen, daß in dieser Jennings-Sendung nicht der Name George Graney fällt und daß Abigail Jennings im Zusammenhang mit Willards Tod nicht von einem »Fehler des Piloten« spricht. Mein Mann konnte alles fliegen, das Flügel hatte.«

Pat dachte an die schon abgesegneten Programmsegmente. Die Senatorin hatte dem Piloten die Schuld gegeben – aber hatte sie eigentlich seinen Namen erwähnt? Pat war sich nicht sicher. Aber sie erinnerte sich noch an Einzelheiten des Unfallhergangs. »Haben die Untersuchungsergebnisse nicht gezeigt, daß Ihr Mann zu niedrig flog?« fragte sie.

»Das *Flugzeug* flog zu niedrig und prallte gegen den Berg. Als Abigail Jennings anfing, diesen Absturz als Mittel dazu zu benutzen, ihren Namen als Fürsprecherin für bessere Flugsicherheitsvorschriften in die Zeitung zu bekommen, hätte ich sofort Einspruch erheben sollen.«

Pat beobachtete, wie der irische Setter, da er aus der Stimme seiner Herrin deren Anspannung heraushörte, aufstand, sich streckte, gemächlich durch den Raum trottete und sich zu ihren Füßen niederließ. Catherine beugte sich vor und tätschelte ihn.

»Warum haben Sie denn nicht sofort Einspruch erhoben?«

»Aus vielen Gründen. Wenige Wochen nach dem Unfall bekam ich ein Baby. Und vermutlich wollte ich es aus Rücksicht auf Willards Mutter nicht.«

»Willards Mutter?«

»Ja. Schauen Sie, George hat Willard Jennings ziemlich häufig geflogen. Sie wurden gute Freunde. Die alte Mrs. Jennings wußte das, und nachdem der Absturz bemerkt worden war, kam sie zu mir – zu *mir*, nicht zu ihrer

Schwiegertochter –, und wir saßen zusammen und warteten gemeinsam auf die letzte Meldung. Sie hat für die Erziehung meines Sohnes eine großzügige Summe Geldes angelegt. Ich wollte sie nicht damit unglücklich machen, daß ich die Waffe, die ich hatte, gegen Abigail Jennings verwendete. Wir hatten beide schlimme Vermutungen, aber ihr war jeglicher Skandal verhaßt.«

Drei Standuhren schlugen gleichzeitig die Stunde. Es war ein Uhr. Sonnenlicht strömte in den Raum. Pat fiel auf, daß Catherine Graney an ihrem goldenen Ehering drehte, während sie sprach. Anscheinend hatte sie nie wieder geheiratet. »Was für eine Waffe hätten Sie denn gegen sie verwenden können?« erkundigte sich Pat.

»Ich hätte Abigails Glaubwürdigkeit zerstören können. Willard war todunglücklich mit ihr und in der Politik. An dem Tag, an dem er starb, hatte er bekanntgeben wollen, daß er keine Wiederwahl anstrebe und daß er den Posten eines Collegepräsidenten annehmen wolle. Er wollte das Leben eines Akademikers. An diesem letzten Morgen hatten er und Abigail auf dem Flugplatz einen heftigen Streit. Sie flehte ihn an, seinen Rücktritt nicht anzukündigen. Und er erwiderte ihr, direkt vor George und mir: ›Abigail, das kann dir ganz und gar egal sein. Wir sind fertig miteinander.‹«

»Abigail und Willard Jennings standen kurz vor einer *Ehescheidung*?«

»Dieses ›ehrbare Witwe‹-Gehabe ist nichts weiter als Pose. Mein Sohn, George Graney Junior, ist jetzt Pilot bei der Air Force. Er hat seinen Vater nie gekannt. Aber ich werde nicht zulassen, daß er noch länger unter ihren Lügen zu leiden hat. Und ob ich den Prozeß gewinne oder nicht, ich werde dafür sorgen, daß alle Welt erfährt, wie falsch und verlogen sie ist.«

Pat wählte ihre Worte vorsichtig. »Mrs. Graney, ich werde bestimmt alles tun, was ich kann, um dafür zu sorgen, daß über Ihren Mann nicht in abschätziger Weise gesprochen wird. Aber ich muß Ihnen sagen, daß ich die persönlichen Unterlagen der Senatorin gesichtet habe und daß alles, was ich gesehen habe, darauf hindeutet, daß Abigail und Willard Jennings einander sehr geliebt haben.«

Catherine Graney blickte spöttisch. »Ich hätte gerne gesehen, was die alte Mrs. Jennings für ein Gesicht gemacht hätte, wenn sie *das* gehört hätte! Ich will Ihnen was sagen: Machen Sie auf der Rückfahrt einen kleinen Umweg und fahren Sie bei Hillcrest vorbei. Das ist das Anwesen der Jennings'. Und denken Sie darüber nach, wie stark die Empfindungen dieser Frau gewesen sein müssen, daß sie weder dieses noch überhaupt einen Cent ihrer Schwiegertochter hinterlassen hat.«

Fünfzehn Minuten später blickte Pat durch das hohe schmiedeeiserne Tor auf das schöne Herrenhaus, das auf dem höchsten Punkt eines schneebedeckten Grundstücks lag. Als Willards Witwe hätte Abigail durchaus damit rechnen können, daß sie das Anwesen erben würde, genauso wie seinen Sitz im Kongreß. Als seine geschiedene Frau hingegen wäre sie wieder eine Ausgestoßene gewesen. Wenn man Catherine Graney glauben sollte, war das tragische Ereignis, über das Abigail mit so viel innerer Rührung sprach, in Wirklichkeit ein Glücksfall gewesen, der sie vor fünfundzwanzig Jahren davor bewahrt hatte, in Vergessenheit zu versinken.

## 18

»Er sieht gut aus, Abby«, sagte Toby herzlich.

»Er müßte im Bild gut 'rauskommen«, stimmte sie zu. Sie betrachteten voller Bewunderung den Weihnachtsbaum in Abigails Wohnzimmer. Im Eßzimmer war schon der Tisch für das Weihnachtsbuffet gedeckt.

»Morgen früh werden mit Sicherheit Reporter herumlungern«, sagte sie. »Finde heraus, um welche Uhrzeit die Frühgottesdienste in der Kathedrale stattfinden. Ich sollte mich da sehen lassen.«

Sie wollte nichts unversucht lassen. Seit der Präsident gesagt hatte, er werde bekanntgeben, »wer *sie* ist«, war Abigail krank vor Nervosität.

»Ich bin die bessere Kandidatin«, hatte sie ein dutzendmal gesagt. »Claire stammt aus derselben Gegend wie er. Das ist nicht gut. Wenn nur diese verdammte Sendung nicht wäre.«

»Es könnte sein, daß sie dir nützt«, sagte Toby beruhigend, obwohl er sich insgeheim genausoviel Sorgen machte wie sie.

»Toby, sie könnte mir nützen, wenn ich inmitten eines großen Kandidatenrudels zur Wahl für dieses Amt angetreten wäre. Aber ich kann mir nicht vorstellen, daß sich der Präsident diese verdammte Sendung ansieht und aufspringt und sagt: ›Das ist *sie.*‹ Hingegen könnte es sein, daß er abwartet, ob es negative Reaktionen gibt, bevor er seine Entscheidung bekanntgibt.«

Er wußte, daß sie recht hatte. »Mach dir keine Sorgen. Außerdem kannst du jetzt nicht mehr zurück. Die Sendung ist schon in den Programmzeitschriften ausgedruckt.«

Sie hatte die Gäste für das Weihnachtsbuffet sorgfältig ausgesucht, unter anderen zwei Senatoren, drei Kongreßabgeordnete, einen Richter des Obersten Bundesgerichts und Luther Pelham. »Ich wünschte nur, Sam Kingsley wäre nicht in Kalifornien«, sagte sie.

Gegen sechs Uhr waren alle Vorbereitungen getroffen. Abby hatte eine Gans im Ofen. Sie wollte sie bei dem Essen am nächsten Abend kalt servieren. Der kräftige, würzige Geruch durchzog das ganze Haus. Er erinnerte Toby daran, wie er bei den Saunders in der Küche war, als sie noch zur High School gingen. In dieser Küche roch es immer danach, daß gerade etwas gebraten oder gebacken wurde. Francey Foster war eine großartige Köchin gewesen. Das mußte man ihr lassen!

»Na, ich glaube, ich mache mich jetzt auf den Weg, Abby.«

»Hast du eine heiße Verabredung, Toby?«

»Nicht so heiß.« Die Steakburger-Kellnerin begann ihn zu langweilen. Das taten sie nach einer Weile alle.

»Bis morgen früh. Hol mich rechtzeitig ab.«

»In Ordnung, Senatorin. Schlaf gut. Du solltest morgen so gut aussehen wie möglich.«

Als Toby Abby verließ, zupfte sie nervös an einigen Lamettastreifen herum, die nicht gerade hingen. Er ging in sein Apartment, duschte, zog Hosen, ein gemustertes Hemd und ein Sportsakko an. Die Steakburger-Kleine hatte ihm ziemlich deutlich erklärt, daß sie an diesem Abend nicht kochen wollte. Also würde er sie zur Abwechslung mal ausführen und dann auf einen Schlummertrunk noch mit zu ihr gehen.

Toby gab sein Geld nicht gerne für Essen aus – nicht, wenn es so interessante Pferderennen gab. Er zog an seiner dunkelgrünen Strickkrawatte und musterte sich gerade im Spiegel, als das Telefon läutete. Es war Abby.

»Besorg mir sofort einen *National Mirror*«, verlangte sie.

»Den *Mirror*?«

»Ganz recht – geh los und besorg mir einen. Philip hat gerade angerufen. Miss Apple Junction und ihre elegante

Mutter sind auf der Titelseite. Wer hat das Bild ausgegraben? Wer?«

Toby packte das Telefon. Pat Traymore war bei der Zeitung in Apple Junction gewesen. Jeremy Saunders hatte Pat Traymore angerufen. »Senatorin, wenn jemand dich fertigzumachen versucht, mache ich Hackfleisch aus ihm.«

Pat war um halb vier zu Hause und freute sich darauf, eine Stunde zu schlafen. Die ungewohnten Anstrengungen des Stehens und Hinauf- und Hinuntersteigens am Abend vorher beim Aufhängen der Bilder hatten ihr Bein wieder einmal überstrapaziert. Der dumpfe, ständige Schmerz hatte die ganze Fahrt von Richmond zurück angehalten. Doch kaum hatte sie das Haus betreten, da läutete das Telefon. Es war Lila Thatcher.

»Ich bin ja so froh, Sie zu erreichen, Pat. Ich habe Sie kommen sehen. Haben Sie heute abend Zeit?«

»Ehrlich gesagt ...« Pat war so überrumpelt, daß ihr keine vernünftige Ausrede einfiel. Einer Hellseherin kann man nicht so leicht etwas vorlügen, dachte sie.

Lila unterbrach sie. »Nehmen Sie sich Zeit. Der Botschafter hat wie üblich zu einem Heiligabendessen eingeladen, und ich habe ihn angerufen und ihm gesagt, daß ich Sie gerne mitbringen würde. Schließlich sind Sie jetzt seine Nachbarin. Er wäre entzückt, wenn Sie kämen.«

Der achtzigjährige pensionierte Botschafter war wohl der berühmteste *Elder Statesman* in der Gegend. Von den Staatsgästen aus aller Welt, die nach Washington kamen, versäumten es nur wenige, den Botschafter in seinem Haus aufzusuchen.

»Es wäre mir eine Freude, mitzugehen«, sagte Pat herzlich. »Danke, daß Sie an mich gedacht haben.«

Nachdem sie aufgelegt hatte, ging Pat in ihr Schlafzimmer hinauf. Das würde eine elegante Gesellschaft sein bei dem Botschafter. Sie beschloß, ein schwarzes Samtkostüm mit Zobelpelzstreifen an den Aufschlägen anzuziehen.

Ihr blieb noch Zeit, in Ruhe ein heißes Bad zu nehmen und anschließend noch ein Schläfchen zu machen.

Als sie sich in der Wanne zurücklegte, fiel Pat auf, daß sich eine Ecke der zartbeigen Tapete zu lösen begann. Darunter kam ein blaues Wedgwoodmuster zum Vorschein. Sie langte nach oben und zog ein großes Stück der obersten Tapetenschicht ab.

Das war es, daran erinnerte sie sich – dieses schöne Violett und Wedgwood-Blau. *Und das Bett hatte eine elfenbeinfarbene Satinsteppdecke,* dachte sie, *und auf dem Boden hatten wir einen blauen Teppich.*

Sie trocknete sich mechanisch ab und zog einen Frotteemantel an. Im Schlafzimmer war es kühl, und es war schon voller Spätnachmittagsschatten.

Vorsichtshalber stellte sie den Wecker auf halb fünf, bevor sie sich dem Schlummer überließ.

*Die wütenden Stimmen ... die über den Kopf gezogene Decke ... der laute Knall ... noch ein lauter Knall ... ihre nackten Füße leise auf der Treppe ...*

Das hartnäckige Klingeln des Weckers machte sie wach. Sie rieb sich die Stirn in dem Bemühen, sich an den vagen Traum zu erinnern. Hatte die Tapete in ihrem Kopf etwas freigesetzt? O Gott, hätte sie doch nur nicht den Wecker gestellt.

Aber es kommt immer näher. Ich komme der Wahrheit von Tag zu Tag näher ...

Sie erhob sich langsam und ging zu dem Frisiertisch im Ankleidezimmer. Ihr Gesicht sah angestrengt und blaß aus. Ein knarrendes Geräusch unten im Flur ließ sie herumwirbeln, sie fuhr sich mit der Hand an die Kehle. Aber natürlich, das waren nur die üblichen Geräusche des arbeitenden Hausgebälkes.

Um Punkt fünf Uhr läutete Lila Thatcher. Wie sie da mit rosigen Wangen und silberig weißem Haar im Türrahmen stand, wirkte sie fast elfenhaft. Sie war festlich gekleidet in ihrem Autumn-Haze-Nerzmantel mit dem kleinen Weihnachtssträußchen, das sie sich an den breiten Kragen gesteckt hatte.

»Haben wir noch Zeit für ein Glas Sherry?« fragte Pat.

»Ich glaube, ja«. Lila besah den schmalen Tisch aus Carrara-Marmor und den dazu passenden Spiegel in dem Rahmen aus Carrara-Marmor im Foyer. »Ich habe diese Stücke immer sehr gemocht. Es freut mich, sie wiederzusehen.«

»Sie wissen.« Es war eine Feststellung. »Das habe ich mir schon an diesem Abend neulich gedacht.«

Sie hatte eine Sherry-Karaffe und einen Teller mit süßem Gebäck auf das Beistelltischchen gestellt. Lila blieb im Eingang zum Wohnzimmer stehen. »Ja«, sagte sie, »das haben Sie gut hinbekommen. Es ist natürlich schon so lange her, aber es ist so, wie ich es in Erinnerung habe. Dieser wunderschöne Teppich; diese Couch. Sogar die Bilder«, murmelte sie. »Kein Wunder, daß ich es mit der Angst bekam, Pat, sind Sie sicher, daß das klug ist?«

Sie nahmen Platz, und Pat goß Sherry ein. »Ich weiß nicht, ob es klug ist. Ich weiß nur, daß es nötig ist.«

»An wieviel erinnern Sie sich?«

»An Kleinigkeiten. Bruchstücke. Nichts Zusammenhängendes.«

»Ich habe damals immer wieder im Krankenhaus angerufen und mich nach Ihnen erkundigt. Sie waren monatelang besinnungslos. Als man Sie verlegte, gab man uns zu verstehen, daß Sie für immer einen Schaden davontragen würden, wenn Sie es überlebten. Und dann erschien die Todesanzeige.«

»Veronica – die Schwester meiner Mutter – und ihr Mann haben mich adoptiert. Meine Großmutter wollte nicht, daß der Skandal mir anhing – oder ihnen.«

»Und darum haben sie auch Ihren Vornamen geändert?«

»Ich wurde Patricia Kerry getauft. Ich schätze, Kerry war die Idee meines Vaters. Patricia war der Name meiner Großmutter. Sie kamen zu dem Schluß, wenn sie meinen Nachnamen änderten, könnten sie auch genauso gut anfangen, mich bei meinem ersten Namen zu rufen.«

»So wurde aus Kerry Adams Patricia Traymore. Was hoffen Sie hier zu finden?« Lila nippte an dem Sherry und setzte das Glas wieder ab.

Pat erhob sich ruhelos und ging zum Flügel hinüber. In einer Reflexbewegung griff sie nach der Tastatur, dann zog sie ihre Hände zurück.

Lila beobachtete sie. »Spielen Sie?«

»Nur zum Vergnügen.«

»Ihre Mutter spielte dauernd. Das wissen Sie ja.«

»Ja. Veronica hat mir von ihr erzählt. Wissen Sie, zuerst wollte ich nur verstehen, was hier geschehen ist. Dann wurde mir klar, daß ich, solange ich denken kann, meinen Vater gehaßt habe; gehaßt, weil er mich so verletzt hat, weil er mich meiner Mutter beraubt hat. Ich glaube, ich hoffte einen Hinweis zu finden, daß er krank war, daß er dabei war, durchzudrehen – ich weiß nicht, was. Aber jetzt, wo mir nach und nach Kleinigkeiten wieder einfallen, spielt noch mehr dabei eine Rolle. Ich bin nicht derselbe Mensch, der ich geworden wäre, wenn ...«

Sie zeigte dahin, wo man die Leichen gefunden hatte.

»... wenn all dies nicht geschehen wäre. Ich muß das Kind, das ich mal war, mit der Persönlichkeit verbinden, die ich geworden bin. Ich habe einen Teil meiner selbst eingebüßt. Ich habe so viele Vorurteile – meine Mutter war ein Engel, mein Vater ein Teufel. Veronica hat mir zu verstehen gegeben, daß mein Vater erst die musikalische Karriere meiner Mutter zerstört hat und dann ihr Leben. Aber was war mit *ihm*? Sie hat einen Politiker geheiratet und sich dann geweigert, seine Art von Leben zu teilen. War das fair? Inwieweit war ich ein Katalysator bei den Schwierigkeit, die sie miteinander hatten? Veronica hat mir einmal gesagt, daß dies Haus *zu klein* war. Wenn meine Mutter übte, wachte ich auf und fing an zu schreien.«

»Katalysator«, sagte Lila. »Genau das sind Sie, fürchte ich, Pat. Sie bringen Dinge in Bewegung, die man besser in Ruhe ließe.« Sie betrachtete sie aufmerksam. »Sie scheinen sich von Ihren Verletzungen gut erholt zu haben.«

»Das hat lange gedauert. Als ich endlich wieder zur Besinnung kam, mußte ich alles neu lernen. Ich verstand kein Wort. Ich wußte nicht, wie man mit einer Gabel umgeht. Ich mußte die Beinstütze tragen, bis ich sieben war.«

Lila bemerkte, daß es ihr sehr warm war. Einen Moment vorher hatte sie noch gefroren. Sie wollte nicht den Gründen für diesen Wechsel nachgehen. Sie wußte nur, daß dieser Raum seine Rolle als Schauplatz einer Tragödie noch nicht ausgespielt hatte. Sie stand auf. »Wir sollten den Botschafter lieber nicht warten lassen«, sagte sie energisch.

Sie erkannte in Pats Gesicht die Wangenknochen und den gefühlvollen Mund von Renée wieder und die weit auseinander liegenden Augen und das kastanienbraune Haar von Dean.

»In Ordnung, Lila, jetzt haben Sie mich lange genug studiert«, meinte Pat. »Wem von ihnen sehe ich ähnlich?«

»Beiden«, sagte Lila wahrheitsgemäß. »Aber ich glaube, Sie haben mehr von Ihrem Vater.«

»Nicht in jeder Hinsicht, hoffe ich, o Gott.« Pat bemühte sich zu lächeln, aber es mißlang ihr kläglich.

## 19

Gut versteckt im Schatten der Bäume und Sträucher, beobachtete Arthur Pat und Lila durch die Terrassentür. Er war bitter enttäuscht gewesen, das Haus hell erleuchtet und den Wagen in der Einfahrt zu sehen. Vielleicht könnte er heute abend nicht nach der Puppe suchen. Und er wollte unbedingt, daß Glory sie zu Weihnachten wiederhatte. Er versuchte zu verstehen, was die Frauen sprachen, konnte aber nur ab und zu ein Wort verstehen. Sie waren beide feierlich gekleidet. Ob sie wohl ausgingen? Er beschloß zu warten. Er betrachtete begierig Patricia Traymores Gesicht. Sie war so ernst, sah so bekümmert aus. Hatte sie begonnen, sich wegen seiner Warnungen Sorgen zu machen? Er hoffte es – ihrem eigenen Wohl zuliebe.

Er hatte sie erst wenige Minuten belauert, als sie aufstanden. Sie gingen wirklich aus. Er schlich leise an der Seite des Hauses entlang und hörte kurz darauf, wie die Haustür aufging. Sie nahmen nicht das Auto. Sie konnten es nicht weit haben, vielleicht gingen sie zu einem Nachbarn oder zu einem Restaurant in der Nähe. Er würde sich beeilen müssen.

Er kehrte eilig zur Terrasse zurück. Patricia Traymore hatte im Wohnzimmer das Licht brennen lassen, und er konnte die neuen starken Schlösser an den Glastüren sehen. Selbst wenn er eine Scheibe heraustrennte, würde er es nicht schaffen, hier hereinzukommen. Doch er hatte das vorausgesehen und sich schon überlegt, was er dann machen würde. Neben der Terrasse war eine Ulme, die leicht zu erklettern war. Ein dicker Ast ging genau unter eines der oberen Fenster.

In der Nacht, in der er die Puppe dagelassen hatte, war

ihm aufgefallen, daß das Fenster oben nicht richtig schloß. Es hing schief, als wäre es nicht richtig eingehängt. Es würde ein leichtes sein, es mit Gewalt zu öffnen.

Einige Minuten später stieg er über das Fensterbrett ein. Er horchte angespannt. Der Raum wirkte hohl. Er knipste vorsichtig die Taschenlampe an. Der Raum war leer, und er öffnete die Tür zum Flur. Er war sicher, daß er allein im Haus war. Wo sollte er mit der Suche beginnen?

Er hatte sich wegen der Puppe so viel Ärger eingehandelt. Im Pflegeheim wäre er beinahe erwischt worden, als er das Fläschchen mit Blut aus dem Labor stahl. Und er hatte ganz vergessen, wie sehr Glory an ihrer Puppe hing, wie sie immer die Puppe fest umarmt gehalten hatte, wenn er auf Zehenspitzen in ihr Zimmer geschlichen war, um zu sehen, ob sie friedlich schlief.

Es war für ihn unglaublich, daß er zum zweiten Mal in dieser Woche in diesem Haus war. Die Erinnerung an jenen lange zurückliegenden Morgen war noch so lebendig: die Ambulanz, Blinklichter, Sirenengeheul, Reifengequietsche in der Einfahrt. Der Bürgersteig voller Leute, Nachbarn, die sich einen Mantel über einen teuren Bademantel geworfen hatten; Polizeiautos, die die N Street absperrten; Polizisten, wo man auch hinsah. Eine Frau, die weinte. Das war die Haushälterin, die die Leichen gefunden hatte.

Er und sein Kollege vom Bereitschaftsdienst im Georgetown Hospital waren ins Haus gestürzt. An der Haustür stand ein junger Polizist Wache. »Keine Eile. Sie brauchen Sie nicht mehr.«

Der Mann lag auf dem Rücken, die Kugel in der Schläfe; er mußte sofort gestorben sein. Die Waffe lag zwischen ihm und der Frau. Sie war vornüber gestürzt, und das Blut aus ihrer Brustwunde hatte den Teppich um sie herum befleckt. Ihre Augen waren noch offen, starr; sie blickten leer, als hätte sie sich verwundert gefragt, was geschehen war, wie es passiert war. Sie konnte nicht älter als dreißig gewesen sein. Ihr dunkles Haar war über ihre Schultern ausgebreitet. Sie hatte ein schmales Gesicht, eine feine Nase und hohe Wangenknochen. Ein gelbes Seidengewand umwallte sie wie ein Abendkleid.

Er hatte sich als erster über das kleine Mädchen gebeugt. Ihr rotes Haar war so mit getrocknetem Blut verklebt, daß es kastanienrot aussah; ihr rechtes Bein hatte aus dem geblümten Nachthemd herausgeragt, der Knochen pyramidenförmig hochgeknickt.

Er hatte sich näher gebückt. »Sie lebt noch«, hatte er geflüstert. Hexenkessel. Rettungsgerät zusammengebaut. Sie hängten eine Flasche Blutkonserve auf; setzten dem kleinen, stillen Gesicht eine Sauerstoffmaske auf; legten dem gebrochenen Bein eine Schiene an. Er hatte geholfen, den Kopfverband anzulegen, seine Finger hatten ihre Stirn geglättet, ihr Haar hatte sich um seine Finger gewickelt. Jemand sagte, sie hieße Kerry. »Wenn es Gottes Wille ist, werde ich dich retten, Kerry«, hatte er geflüstert.

»Sie kann es nicht schaffen«, hatte der Assistenzarzt grob gesagt und ihn beiseite geschoben. Die Polizeifotografen hatten Bilder von dem kleinen Mädchen gemacht; auch von den Leichen. Kreidestriche auf dem Teppich markierten die Lage der Körper.

Selbst da hatte er das Gefühl gehabt, daß dies ein Haus der Sünde und des Übels war, ein Ort, an dem zwei unschuldigen Blumen, einer jungen Frau und ihrem kleinen Mädchen, vorsätzlich Gewalt angetan worden war. Er hatte Glory einmal das Haus gezeigt und ihr alles von jenem Morgen erzählt.

Die kleine Kerry war zwei Monate lang auf der Intensivstation im Georgetown Hospital geblieben. Er hatte so oft bei ihr vorbeigeschaut, wie er konnte. Sie kam nie zu sich, lag einfach nur da, wie eine schlafende Puppe. Er war zu dem Schluß gekommen, daß es ihr nicht bestimmt war, zu überleben, und hatte nach einer Möglichkeit gesucht, sie zu erlösen. Aber bevor er etwas unternehmen konnte, wurde sie zur Langzeitbehandlung in die Nähe von Boston verlegt, und einige Zeit später hatte er gelesen, daß sie gestorben war.

*Seine Schwester hatte eine Puppe gehabt. »Laß mich dir helfen, sie zu pflegen«, hatte er sie angefleht. »Wir tun so, als wäre sie krank und ich pflege sie gesund.« Sein Vater hatte ihm mit seiner kräftigen, schwieligen Hand eine heruntergehauen. Blut strömte ihm aus der Nase. »Pfleg das gesund, du Weichling.«*

Er begann in Patricia Traymores Schlafzimmer mit der Suche nach der Puppe. Er machte den Schrank auf, sah in den Fächern nach und auf dem Boden, aber sie war nicht da. Voll grimmiger Wut besah er sich die vielen teuren Sachen. Seidenblusen, Negligées, Abendkleider und solche Kostüme, wie man sie in Modezeitschriften sah. Glory trug meistens Jeans und Pullover, und sie kaufte sie bei K-Mart. Die Leute im Pflegeheim trugen meist Flanellnachthemden und Bademäntel in Übergröße, die ihre unförmigen Körper verhüllten. Eines von Patricia Traymores Kleidern erregte seine Aufmerksamkeit. Es war ein braunes Wollkleid mit einem Strick als Gürtel. Es erinnerte ihn an eine Mönchskutte. Er nahm es aus dem Schrank und hielt es sich an. Anschließend durchsuchte er die großen Schubladen unten in der Frisierkommode. Da war die Puppe auch nicht. Wenn die Puppe überhaupt noch im Haus war, befand sie sich nicht in ihrem Schlafzimmer. Er durfte nicht so herumtrödeln. Er warf einen Blick in die Schränke der leerstehenden Schlafzimmer und ging dann nach unten.

Patricia Traymore hatte das Licht im Flur angelassen, auch eine Lampe in der Bibliothek und mehrere im Wohnzimmer – ja sogar die elektrischen Kerzen am Weihnachtsbaum. Das war sündhafte Verschwendung, dachte er voll Zorn. Es war unfair, so viel Energie zu verbrauchen, wenn alte Leute es sich nicht einmal leisten konnten, ihre Wohnung zu heizen. Und der Baum war schon trocken. *Wenn eine Flamme daran käme, würde er in Brand geraten, und die Zweige würden knistern, und der Weihnachtsschmuck würde schmelzen.*

Ein Weihnachtsschmuck war vom Baum heruntergefallen. Er hob ihn auf und hängte ihn wieder hin. Im Wohnzimmer gab es wirklich keine Versteckmöglichkeiten.

Als letztes sah er in der Bibliothek nach. Die Aktenschränkchen waren verschlossen – da hatte sie die Puppe wahrscheinlich hineingetan. Dann bemerkte er den Karton, der unter den Tisch geschoben und dort festgeklemmt war. Und auf einmal *wußte* er. Er mußte fest ziehen, um den Karton herauszubekommen, aber als er ihn öffnete, schlug sein Herz vor Freude. Da war Glorys geliebte Puppe.

Die Schürze war fort, aber er konnte sich nicht damit aufhalten, nach ihr zu suchen. Er ging noch einmal durch alle Räume, suchte sie sorgfältig nach Anzeichen dafür ab, die verrieten, daß er hier gewesen war. Er hatte kein Licht ein- oder ausgeschaltet, auch keine Tür berührt. Er besaß viel Erfahrung durch seine Tätigkeit im Pflegeheim. Wenn Patricia Traymore nach der Puppe suchte, würde sie natürlich wissen, daß jemand dagewesen war. Aber dieser Karton war weit unter den Tisch geschoben. Vielleicht würde sie den Verlust der Puppe eine ganze Weile nicht bemerken.

Er wollte das Haus auf demselben Weg verlassen, auf dem er hereingekommen war – durch das Fenster im ersten Stock. Patricia Traymore benutzte dies Schlafzimmer nicht; wahrscheinlich würde sie tagelang nicht einmal hineinsehen.

Er hatte das Haus um Viertel nach fünf betreten. Als er vom Baum herunterglitt, sich durch den Garten stahl und in der Dunkelheit verschwand, läuteten die Glocken beim College sechs.

Das Haus des Botschafters war prächtig. Die weißgetünchten Wände brachten seine großartige Kunstsammlung voll zur Geltung. Bequeme, dick gepolsterte Sofas und antike georgianische Tische fielen Pat ins Auge. Vor den Terrassentüren stand ein riesiger silbern geschmückter Weihnachtsbaum.

Im Eßzimmer war ein herrliches Buffet angerichtet: mit Kaviar und Stör, einem Virginia-Schinken, Puter in Gelee, warmen Brötchen und Salaten. Zwei Kellner füllten diskret die Champagnergläser der Gäste nach.

Botschafter Cardell, klein, gepflegt und weißhaarig, hieß Pat höflich und charmant willkommen und machte sie mit seiner Schwester Rowena Van Cleef bekannt, die jetzt bei ihm lebte. »Ich bin seine kleine Schwester«, sagte Mrs. Van Cleef augenzwinkernd zu Pat. »Ich bin erst vierundsiebzig; Edward ist zweiundachtzig.«

Es waren an die vierzig Leute anwesend. Lila machte Pat mit leiser Stimme auf die berühmtesten unter ihnen aufmerksam. »Der britische Botschafter und seine Frau, Sir John und Lady Clemens ... der französische Botschafter ... Donald Arlen – er soll in Kürze zum Leiter der Weltbank ernannt werden ... Der große Mann am Kamin ist General Wilkins – er soll das Nato-Oberkommando übernehmen ... Senator Whitlock – die Dame da bei ihm ist *nicht* seine Frau ...«

Sie stellte Pat den Nachbarn vor. Pat stellte überrascht fest, daß sie im Mittelpunkt des Interesses stand. Gab es einen Hinweis, wer den Einbruch begangen haben könnte? Sah es nicht so aus, als ob der Präsident Senatorin Jennings zur Vizepräsidentin ernennen würde? War die Zusammenarbeit mit der Senatorin angenehm? Wurde die Sendung im voraus vollständig aufgezeichnet?

Gina Butterfield, die Kolumnistin von der *Washington Tribune*, war herbeigeschlendert und hörte begierig zu, was Pat zu sagen hatte.

»Es ist so sonderbar, daß jemand bei Ihnen eingebrochen und einen Drohbrief hinterlassen hat«, meinte die Kolumnistin. »Offenbar haben Sie die Drohung nicht ernst genommen.«

Pat bemühte sich, die Sache herunterzuspielen. »Wir glauben alle, daß es ein Spinner war. Ich bedauere sehr, daß es so hochgespielt wurde. Das ist der Senatorin gegenüber wirklich unfair.«

Die Kolumnistin lächelte. »Meine Liebe, so ist Washington. Sie glauben doch wohl nicht im Ernst, daß man etwas so Aufsehenerregendes unter den Tisch fallen lassen könnte. Sie scheinen eine große Optimistin zu sein; ich an Ihrer Stelle wäre ziemlich fassungslos, wenn man bei mir eingebrochen und mir so gedroht hätte.«

»Vor allem in diesem Haus«, warf jemand ein. »Hat man Ihnen von dem Mord und Selbstmord der Adams' da erzählt?«

Pat blickte auf die Blasen in ihrem Champagnerglas. »Ja, ich habe davon gehört. Aber das ist lange her, nicht wahr?«

»Müssen wir darüber reden?« mischte sich Lila ein. »Heute ist Heiligabend.«

»Moment mal«, sagte Gina Butterfield schnell. »*Adams. Kongreßabgeordneter Adams.* Soll das heißen, daß Pat in dem Haus lebt, in dem er sich umgebracht hat? Wie kommt es, daß das der Presse entgangen ist?«

»Was hat denn das mit dem Einbruch zu tun?« entgegnete Lila barsch.

Pat fühlte, wie die ältere Dame sie wie zur Warnung am Arm faßte. Verriet ihr Gesichtsausdruck zuviel?

Der Botschafter kam bei ihrer Gruppe vorbei. »Bitte nehmen Sie sich doch zu essen«, drängte er.

Pat drehte sich um und wollte hinter ihm hergehen, aber die Frage der Kolumnistin an eine andere Frau ließ sie innehalten.

»Haben Sie zum Zeitpunkt ihres Todes hier in Georgetown gelebt?«

»Ja, allerdings. Nur zwei Häuser weiter. Damals lebte meine Mutter noch. Wir kannten die Adams ziemlich gut.«

»Das war, bevor ich nach Washington kam«, erklärte Gina Butterfield. »Aber ich habe natürlich alle Gerüchte gehört. Stimmt es, daß da mehr dahinter steckte, als herausgekommen ist?«

»Natürlich stimmt das.« Die Lippen der Nachbarin teilten sich zu einem hinterhältigen Lächeln. »Renées Mutter, Mrs. Schuyler, spielte in Boston die *grande dame*. Sie hat der Presse erzählt, Renée habe erkannt, daß ihre Ehe ein Fehler war, und habe vor, sich scheiden zu lassen.«

»Pat, sollen wir uns nicht etwas zu essen holen?« Lilas Arm drängte sie fort.

»Und wollte sie sich nicht scheiden lassen?« fragte Gina.

»Das möchte ich bezweifeln«, sagte die andere bissig. »Sie war verrückt, was Dean anging, wahnsinnig eifersüchtig und wütend auf seine Arbeit. Auf Parties eine richtige Blindgängerin. Machte nie den Mund auf. Und die Art, wie sie acht Stunden am Tag auf diesem verdammten Klavier 'rumklimperte. Bei schönem Wetter machte es uns alle ganz verrückt, es mit anzuhören. Und glauben Sie mir, sie war keine Myra Hess. Ihr Spiel war ganz und gar ausdruckslos.«

Das glaube ich nicht, dachte Pat. Das glaube ich einfach nicht. Was fragte die Kolumnistin jetzt? Etwas wie, daß Dean Adams im Ruf stand, ein Frauenheld zu sein?

»Er war so attraktiv, daß ihm dauernd Frauen nachstellten.« Die Nachbarin zuckte mit den Schultern. »Ich war damals erst dreiundzwanzig, und ich war mächtig verknallt in ihn. Er ging abends immer mit der kleinen Kerry spazieren. Ich habe mich sehr bemüht, ihnen regelmäßig über den Weg zu laufen, aber es hat nichts genützt. Ich glaube, wir sollten uns besser am Buffet anstellen. Ich habe Hunger.«

»War der Kongreßabgeordnete Adams sichtlich labil?« fragte Gina.

»Natürlich nicht. Das Gerede hat Renées Mutter in die Welt gesetzt. Sie wußte, warum. Erinnern Sie sich: Auf der Waffe waren seine und ihre Fingerabdrücke. Meine Mutter und ich haben immer geglaubt, daß es wahrscheinlich Renée war, die durchgedreht ist und losgeschossen hat. Und was das angeht, was mit Kerry passiert ist ... Hören Sie, diese Pianistin hatte ganz schön kräftige knochige Hände! Und ich hätte ihr glatt zugetraut, daß sie das arme Kind in jener Nacht geschlagen hat.«

## 20

Sam trank ein helles Bier und ließ seinen Blick ziellos über die Menge im Palm Springs Racquet Club wandern. Als er sich umdrehte, erblickte er seine Tochter und lächelte. Karen hatte den Teint ihrer Mutter geerbt; ihre tiefe Bräune ließ die blonden Haare noch heller erscheinen. Ihre Hand ruhte auf dem Arm ihres Mannes. Thomas Walton Snow Jr. war ein sehr netter Kerl, dachte Sam. Ein guter Ehemann; ein erfolgreicher Geschäftsmann. Seine Familie war für Sams Geschmack zu sehr an Schickeria-Vergnügungen interessiert und langweilte ihn, aber er war froh, daß Karen gut verheiratet war.

Sam war seit seiner Ankunft schon mehreren äußerst attraktiven Frauen Anfang vierzig vorgestellt worden – Witwen, Strohwitwen, Karrierefrauen, die alle auf der Suche nach einem Mann für den Rest ihres Lebens waren. All das machte Sam nur zunehmend ruheloser und erfüllte ihn mit einem schmerzlichen, nie nachlassenden Gefühl, nicht dazuzugehören.

Aber wo um alles in der Welt gehörte er hin?

Nach Washington. Das war's. Es war gut, bei Karen zu sein, aber ihm lag einfach nicht das Geringste an all diesen anderen Leuten, an denen sie so viel Geschmack fand.

Mein Kind ist vierundzwanzig, dachte er. Sie ist glücklich verheiratet. Sie erwartet ein Baby. Ich habe keine Lust, allen annehmbaren Frauen von Palm Springs um die vierzig vorgestellt zu werden.

»Daddy, würdest du bitte aufhören, so brummig dreinzuschauen?«

Karen beugte sich über den Tisch, gab ihm einen Kuß und lehnte sich zurück in Toms Arm. Er betrachtete die fröhlichen, erwartungsvollen Gesichter von Toms Familie. In ein oder zwei Tagen würden sie es leid werden. Dann würde er für sie ein lästiger Gast sein.

»Meine Süße«, sagte er zu Karen in vertraulichem Ton. »Du hast mich gefragt, ob ich glaube, daß der Präsident Senatorin Jennings zur Vizepräsidentin ernennen wird, und ich habe dir geantwortet, daß ich es nicht wüßte. Um ehrlich zu sein, ich glaube, sie wird das Rennen machen.«

Plötzlich waren aller Augen auf ihn gerichtet.

»Morgen abend gibt die Senatorin bei sich zu Hause eine Weihnachtsparty; du wirst es ausschnittweise auch im Fernsehen sehen können. Sie hätte gerne, daß ich daran teilnehme. Wenn es dir nichts ausmacht, sollte ich es, glaube ich, tun.«

Dafür hatten alle Verständnis. Karens Schwiegervater ließ sich einen Flugplan kommen. Wenn Sam am nächsten Morgen mit der Acht-Uhr-Maschine in Los Angeles abfliegen würde, käme er um vier Uhr dreißig *East Coast*-Zeit auf dem National Airport an. Wie aufregend, Gast bei einem Dinner zu sein, das im Fernsehen übertragen wurde. Sie waren alle gespannt, ihn im Fernsehen zu sehen.

Nur Karen war still. Dann meinte sie lachend: »Daddy, laß doch diesen Unsinn beiseite. Ich habe gerüchteweise gehört, daß die Senatorin ein Auge auf dich geworfen hat!«

# 21

Um Viertel nach neun verließen Pat und Lila gemeinsam die Party des Botschafters. Erst als sie schon fast zu Hause waren, sagte Lila leise: »Pat, ich kann Ihnen gar nicht sagen, wie leid es mir tut.«

»Wieviel von dem, was die Frau da gesagt hat, war wahr und wieviel übertrieben? Ich muß es wissen.« Immer wieder kamen ihr Satzfetzen davon in den Sinn: neurotisch ... kräftige, knochige Hände ... Frauenheld ... Wir glauben, daß sie das arme Kind geschlagen hat ... »Ich muß wirklich wissen, wieviel davon wahr ist«, wiederholte sie.

»Pat, das ist ein bösartiges Klatschweib. Sie hat das ganz mit Absicht getan, als sie mit dieser Frau von der *Washington Tribune* über die Vorgeschichte dieses Hauses zu sprechen begann.«

»Sie hat sich natürlich geirrt«, sagte Pat tonlos.

»Geirrt?«

Sie standen vor Lilas Gartentor. Pat blickte über die Straße zu ihrem eigenen Haus hinüber. Obwohl sie unten mehrere Lichter hatte brennen lassen, wirkte es weit entfernt und dunkel. »Wissen Sie, da ist eine Sache, an die ich mich genau erinnere. Als ich damals aus dem Flur ins Wohnzimmer rannte, bin ich über den Körper meiner Mutter gestolpert.« Sie wandte sich Lila zu. »Da sehen Sie, was mir das einbringt: eine neurotische Mutter, die mich offenbar lästig fand, und einen Vater, der mich in blinder Wut zu erschlagen versuchte. Schönes Erbe, was?«

Lila antwortete nicht. Die dunkle Vorahnung, die sie gequält hatte, nahm immer deutlichere Formen an. »Oh, Kerry, ich würde Ihnen gerne helfen.«

Pat drückte ihr die Hand. »Sie helfen mir ja, Lila«, sagte sie. »Gute Nacht.«

In der Bibliothek leuchtete der rote Knopf des automatischen Telefonbeantworters blinklichthaft auf. Pat ließ das Band zurücklaufen. Es war nur ein einziger Anruf darauf. »Hier spricht Luther Pelham. Es ist jetzt zwanzig nach sieben. Wir haben eine Krise. Egal, wann Sie nach Hause kommen, rufen Sie mich im Haus der Senatorin an, 703/555-0143. Wir müssen uns unbedingt heute abend noch da sehen.«

Pat wählte die Nummer.

Ihr Mund war plötzlich wie ausgetrocknet. Der Apparat war besetzt. Erst nach drei weiteren Anläufen kam sie durch. Toby meldete sich.

»Hier ist Pat Traymore, Toby. Was ist passiert?«

»Eine Menge. Wo sind Sie?«

»Zu Hause.«

»In Ordnung. Mr. Pelham hat einen Wagen für Sie bereit stehen. Er müßte in zehn Minuten bei Ihnen sein.«

»Toby, was ist passiert?«

»Miss Traymore, dafür sind Sie der Senatorin vielleicht eine Erklärung schuldig.«

Er legte auf.

Eine halbe Stunde später fuhr der Bereitschaftswagen des Senders, den Luther ihr geschickt hatte, vor dem Haus der Senatorin in McLean vor. Während der Fahrt hatte Pat sich den Kopf zerbrochen und unzählige Vermutungen angestellt, aber alle ihre Überlegungen hatten zu demselben erschreckenden Schluß geführt: Es mußte etwas geschehen sein, das die Senatorin noch weiter verärgert oder aus der Fassung gebracht hatte, und was immer das auch war, ihr gab man die Schuld daran.

Toby öffnete ihr mit grimmigem Gesicht die Tür und führte sie in die Bibliothek. Schweigende Gestalten saßen um einen Tisch und hielten Kriegsrat; es herrschte eine Atmosphäre, die ganz und gar nicht zu den Weihnachtssternen paßte, die rechts und links vom Kamin standen.

Senatorin Jennings starrte wie mit einem in Marmor gegossenen sphinxhaften Ausdruck in eisigem Schweigen durch Pat hindurch. Philip saß zur Rechten der Senatorin; seine langen dünnen farblosen Haarsträhnen waren nicht mehr sorgfältig über seinen ovalen Schädel gekämmt.

Luther Pelhams Wangen waren rot gefleckt. Er schien am Rande eines Herzinfarktes zu stehen.

Dies ist kein Verhör, dachte Pat. Das ist eine Inquisition. Es ist bereits beschlossene Sache, daß ich schuldig bin. Aber schuldig warum? Ohne ihr einen Platz anzubieten, ließ Toby seinen schweren, massigen Körper in den letzten freien Sessel am Tisch fallen.

»Senatorin«, sagte Pat, »offenbar ist etwas Schreckliches geschehen, und es sieht ganz so aus, als hätte ich etwas damit zu tun. Würde mich jemand bitte aufklären, worum es geht?« Mitten auf dem Tisch lag eine Zeitung. Philip schlug sie mit einer Handbewegung auf und schob sie Pat zu. »Wo haben die das Bild her?« fragte er kalt.

Pat starrte auf die Titelseite des *National Mirror*. Die Schlagzeile lautete: »WIRD MISS APPLE JUNCTION DIE ERSTE VIZEPRÄSIDENTIN?« Das Bild, das die ganze Titelseite einnahm, zeigte Abigail, wie sie, gerade zur Miss Apple Junction gekrönt, neben ihrer Mutter stand.

So vergrößert, brachte das Bild die Unförmigkeit von Francey Foster noch unbarmherziger zum Vorschein. Der fleckige Druckstoff ihres schlecht geschnittenen Kleides spannte sich über Fettpolster. Der Arm, den sie um Abigail gelegt hatte, wie Speckgrübchen auf; das stolze Lächeln betonte ihr Doppelkinn noch.

»Das Bild ist Ihnen ja bereits bekannt«, bemerkte Philip scharf.

»Ja.« Wie furchtbar für die Senatorin, dachte sie. Sie dachte daran, wie Abigail finster geäußert hatte, sie habe über dreißig Jahre gebraucht, um Apple Junction abzuschütteln. Ohne sich um die anderen zu kümmern, sprach Pat die Senatorin direkt an. »Sie glauben doch wohl nicht, daß ich etwas damit zu tun habe, daß der *Mirror* an dieses Bild gekommen ist?«

»Hören Sie, Miss Traymore«, antwortete Toby, »machen Sie sich nicht die Mühe, zu lügen. Ich bin dahinter gekommen, daß Sie in Apple Junction herumgeschnüffelt und auch alte Zeitungsnummern ausgegraben haben. Ich war bei Ihnen, als Saunders Sie anrief.« Es war in diesem Moment nichts Ehrerbietiges mehr in Tobys Stimme.

»Ich habe der Senatorin erklärt, daß Sie gegen meine ausdrücklichen Anweisungen nach Apple Junction gefahren sind«, donnerte Luther.

Pat verstand die Warnung. Sie sollte Abigail Jennings nicht verraten, daß Luther zu der Reise seine Zustimmung gegeben hatte. Aber das spielte jetzt keine Rolle. Nun kam es auf Abigail an. »Senatorin«, begann sie, »ich kann verstehen, wie Ihnen zumute ist ...«

Ihre Worte hatten eine explosive Wirkung. Abigail sprang auf. »Ach, wirklich? Ich dachte, ich hätte mich deutlich genug ausgedrückt, aber lassen Sie mich von vorne beginnen. Ich habe jede Minute meines Daseins in dieser stinkigen Stadt gehaßt. Luther und Toby haben sich endlich dazu aufgerafft, mich einzuweihen, was Sie dort gemacht haben. Ich weiß also, daß Sie Jeremy Saunders aufgesucht haben. Was hat dieser unnütze Blutegel Ihnen denn erzählt? Daß ich die Hintertür benutzen mußte und daß meine Mutter eine Köchin war? Ich wette, daß er das getan hat.

Ich glaube, daß Sie das Bild weitergegeben haben, Pat Traymore. Und ich weiß auch, warum. Sie sind fest entschlossen, mich auf *Ihre* Art groß herauszustellen. Sie haben eine Schwäche für Aschenputtel-Stories. Das haben Sie mir in Ihren Briefen zu verstehen gegeben. Und als ich mich blöderweise zu dieser Sendung habe überreden lassen, haben Sie beschlossen, sie auf *Ihre* Art aufzuziehen, damit alle Welt darüber redete, wie aufrüttelnd, ergreifend Sie so etwas machen. Es war Ihnen gänzlich gleichgültig, ob mich das alles kosten würde, wofür ich mein Leben lang gearbeitet habe.«

»Sie halten mich für fähig, dieses Bild herauszugeben, um meine eigene Karriere voranzutreiben?« Pat blickte von einem zum anderen. »Luther, hat die Senatorin schon das Storyboard gesehen?«

»Ja.«

»Auch meinen Alternativvorschlag?«

»Den können Sie vergessen.«

»Welchen Alternativvorschlag?« fragte Philip.

»Ein Storyboard meiner Wahl, das zu benutzen ich Luther gebeten habe – und ich versichere Ihnen, darin ist der erste Schönheitswettbewerb weder erwähnt, noch sollte ein Bild davon gezeigt werden. Senatorin, in gewisser Weise haben Sie recht. Ich hätte gerne, daß diese Sendung so gemacht wird, wie ich sie mir vorstelle. Aber aus dem besten Grunde, den Sie sich denken können. Ich bewundere Sie enorm. Als ich Ihnen schrieb, wußte ich nichts davon, daß Sie vielleicht in absehbarer Zeit Vizepräsidentin würden. Ich habe weiter gedacht und gehofft, Sie würden nächstes Jahr ernsthaft als Präsidentschaftskandidatin in Frage kommen.«

Pat legte eine Pause ein, um Atem zu holen, dann fuhr sie schnell fort: »Ich wünschte, Sie würden diesen ersten Brief, den ich an Sie geschrieben haben, noch einmal ausgraben. Es war mir ernst mit dem, was ich da geschrieben habe. Sie haben ein Problem, nämlich daß das amerikanische Volk Sie für kalt und gefühllos hält. Dies Bild hier ist ein gutes Beispiel dafür. Sie scheinen sich dessen zu schämen. Aber schauen Sie sich den Gesichtsausdruck Ihrer Mutter an. Sie ist so *stolz* auf Sie! Sie ist dick – ist es das, was Sie stört? Millionen Menschen haben Übergewicht, und aus der Generation Ihrer Mutter hatten es noch mehr. Deswegen würde ich an Ihrer Stelle, wenn mich jemand daraufhin ansprechen würde, gleichgültig wer, erklären, daß dies Ihr erster Schönheitswettbewerb war und daß Sie daran teilgenommen haben, weil Sie wußten, wie glücklich es Ihre Mutter machen würde, wenn Sie gewinnen. Es gibt nicht eine Mutter in der ganzen Welt, die Sie dafür nicht lieben würde. Luther kann Ihnen zeigen, wie ich mir die Sendung weiter vorgestellt habe. Aber ich will Ihnen eines sagen. Wenn Sie nicht Vizepräsidentin werden, dann nicht wegen dieses Bildes – sondern wegen Ihrer Reaktion darauf und weil Sie sich Ihrer gesellschaftlichen Herkunft schämen.

Ich werde den Fahrer bitten, mich nach Hause zu bringen«, sagte sie. Dann wandte sie sich mit funkelnden Augen an Luther. »Sie können mich ja morgen früh anrufen und mir mitteilen, ob Sie wollen, daß ich mit der Sendung weitermache. Gute Nacht, Senatorin.«

Sie drehte sich um und machte Anstalten zu gehen. Luthers Stimme bewegte sie dazu, zu bleiben. »Toby, sehen Sie zu, daß Sie aus dem Sessel herauskommen, und machen Sie uns Kaffee. Pat, setzen Sie sich, wir wollen sehen, wie wir die Sache wieder ins reine bringen können.«

Es war halb zwei, als Pat nach Hause kam. Sie zog sich ein Nachthemd und ihren Bademantel an, machte sich einen Tee, ging damit ins Wohnzimmer und machte es sich auf der Couch bequem.

Sie betrachtete den Weihnachtsbaum und dachte über den vergangenen Tag nach. Wenn sie Catherine Graneys Worte für bare Münze nahm, dann war die große Liebe zwischen Abigail und Willard Jennings eine Lüge. Wenn sie glaubte, was sie auf der Party des Botschafters mitangehört hatte, dann war ihre Mutter neurotisch. Wenn sie der Senatorin Glauben schenkte, dann war alles, was Jeremy Saunders ihr erzählt hatte, wirres Gejammere.

Er mußte das Bild von Abigail an den *Mirror* geschickt

haben. Das war genau die Gemeinheit, die sie ihm zutraute.

Sie trank den letzten Schluck Tee und stand auf. Es hatte keinen Sinn, weiter darüber nachzudenken. Sie ging zum Weihnachtsbaum, um die Kerzen auszustellen, doch etwas ließ sie innehalten. Als sie mit Lila einen Sherry getrunken hatte, war ihr aufgefallen, daß etwas von dem Christbaumschmuck heruntergefallen war und auf dem Boden lag. Da muß ich mich wohl geirrt haben, dachte sie.

Sie zuckte mit den Schultern und ging zu Bett.

## 22

Am Weihnachtsmorgen stand Toby um Viertel nach neun in Abigail Jennings' Küche und wartete, daß der Kaffee durchlief. Er hoffte, selber eine Tasse davon trinken zu können, bevor Abby erschien. Sicher, er kannte sie schon seit ihrer Kindheit, doch wie sie an diesem Tag gelaunt sein würde, wußte auch er nicht vorauszusagen. Der gestrige Abend war scheußlich gewesen. Er hatte sie nur zweimal vorher so aufgebracht gesehen, und an diese beiden Male mochte er nicht zurückdenken.

Nachdem Pat Traymore gegangen war, hatten Abby, Pelham und Phil noch eine geschlagene Stunde zusammengesessen und überlegt, was zu tun war. Oder vielmehr hatte Abby Pelham angeschrien und ihm ein dutzendmal gesagt, sie glaube immer noch, daß Pat Traymore eigentlich für Claire Lawrence arbeite und er, Pelham, vielleicht auch.

Damit war Abigail – selbst für ihre Verhältnisse – ziemlich weit gegangen, und Toby war überrascht gewesen, daß Pelham sich das hatte gefallen lassen. Später gab Phil ihm eine Erklärung dafür: »Hör mal, er ist der größte Fernsehnachrichtenmoderator im ganzen Land. Er hat Millionen verdient. Aber er ist sechzig und langweilt sich zu Tode. Jetzt möchte er ein zweiter Edward R. Murrow werden. Murrow hat seine Karriere damit gekrönt, daß er Leiter des Presse- und Informationsamtes der Regierung wurde. Pelham will diesen Post so sehr, daß ihm schon das Wasser im Munde zusammenläuft. Ungeheures Prestige und kein Gerangel um Einschaltziffern mehr. Die Senatorin wird ihm nach oben helfen, wenn er ihr nach oben hilft. Er weiß, daß sie mit Recht ein Geschrei darüber veranstaltet, wie diese Sendung läuft.«

Toby hatte dem zustimmen müssen, was Pelham gesagt hatte. Ob sie es wollte oder nicht, der Schaden war nun mal angerichtet. Entweder nahm man Apple Junction und die Schönheitswettbewerbe mit in die Sendung auf, oder das Ganze würde wie eine Farce erscheinen.

»Sie können nicht die Augen davor verschließen, daß Sie auf der Titelseite des *National Mirror* sind«, sagte Pelham immer wieder zu Abby. »Das Blatt wird von vier Millionen Menschen gelesen und von denen noch an wer weiß wieviele weitergereicht. Das Bild wird von allen Sensationsblättern des Landes nachgedruckt werden. Sie müssen sich genau überlegen, wie Sie sich ihnen gegenüber dazu äußern wollen.«

»Wie ich mich äußern will?« hatte Abby getobt. »Ich werde ihnen die Wahrheit sagen: Daß mein Vater ein Saufbold war und seine einzige anständige Handlung darin bestand, daß er starb, als ich sechs war. Dann kann ich noch erklären, daß der Horizont meiner fetten Mutter sehr begrenzt war und sie mit mir keine höheren Pläne hatte, als daß ich Miss Apple Junction und eine gute Köchin würde. Finden Sie nicht auch, daß das genau die richtige Herkunft für eine Vizepräsidentin ist?« Sie heulte vor Wut. Abigail weinte nicht so leicht. Toby konnte sich nur an zwei Gelegenheiten erinnern ...

Er hatte ihr seine Meinung gesagt. »Abby, hör mal. Du kannst das Bild von Francey nicht wegleugnen, also laß dir etwas einfallen und geh auf Pat Traymores Vorstellung ein.« Das hatte sie beruhigt. Ihm vertraute sie.

Er hörte Abbys Schritte im Flur. Er war neugierig, was sie anhätte. Pelham war auch der Ansicht gewesen, daß sie sich bei dem Weihnachtsgottesdienst in der Kathedrale sehen lassen und sich fotogen, aber nicht zu luxuriös anziehen sollte. »Lassen Sie Ihren Nerz zu Hause«, hatte er geraten.

»Guten Morgen, Toby. Frohe Weihnachten.« Das klang

sarkastisch, aber beherrscht. Noch bevor er sich umdrehte, wußte er, daß sie ihre Kaltblütigkeit wiedererlangt hatte.

»Frohe Weihnachten, Senatorin.« Er wirbelte herum. »He, du siehst großartig aus.«

Sie trug ein knallrotes doppelreihiges Kostüm. Die Jakke reichte ihr bis zu den Fingerspitzen hinab, dazu gehörte ein Faltenrock.

»Wie eine Gehilfin des Weihnachtsmanns«, meinte sie kurz angebunden. Aber wenn sie auch etwas gereizt klang, so schwang in ihrer Stimme doch ein gewisses Amüsement mit. Sie nahm ihre Tasse und hielt sie hoch, als wollte sie einen Toast ausbringen. »Wir werden auch das schaffen, nicht wahr Toby?«

»Darauf möchte ich wetten!«

Sie wurde schon vor der Kathedrale erwartet. Kaum war Abigail aus dem Auto ausgestiegen, da hielt ihr ein Fernsehkorrespondent schon ein Mikrofon entgegen.

»Frohe Weihnachten, Senatorin.«

»Frohe Weihnachten, Bob.« Das war sehr schlau von Abby, fand Toby. Sie gab sich Mühe, alle Presse- und Fernsehleute zu kennen, gleichgültig wie unbedeutend sie waren.

»Senatorin, Sie stehen gerade im Begriff, zur Weihnachtsmette in die National Cathedral zu gehen. Werden Sie für etwas Bestimmtes beten?«

Abby zögerte gerade lange genug, bevor sie antwortete: »Bob, ich glaube, wir beten alle für Frieden in der Welt, oder nicht? Und dann werde ich noch für die Hungrigen beten. Wäre es nicht wunderbar zu wissen, daß jeder Mann, jede Frau und jedes Kind auf Erden heute abend gut zu essen bekämen?« Sie lächelte und folgte dem Strom der Menge durch das Portal der Kathedrale.

Toby stieg wieder ins Auto. Toll, dachte er. Er langte unter den Fahrersitz und holte die Renntabelle hervor.

Die Pferde hatten ihm in letzter Zeit nicht allzuviel Glück gebracht. Es wurde Zeit, daß sich das änderte.

Der Gottesdienst dauerte eine Stunde und fünfzehn Minuten. Als die Senatorin herauskam, fing ein anderer Reporter sie ab. Dieser stellte ihr einige unerfreuliche Fragen. »Senatorin, haben Sie die Titelseite des *National Mirror* von dieser Woche gesehen?«

Toby war gerade um das Auto herumgekommen, um ihr die Tür aufzuhalten. Er hielt den Atem an, gespannt, wie sie sich verhielte.

Abby lächelte – eine warmes, glückliches Lächeln. »Ja, das habe ich.«

»Was denken Sie darüber, Senatorin?«

Abby lachte. »Es hat mich sehr überrascht. Ich muß gestehen, ich bin es eher gewohnt, im *Congressional Record* als im *National Mirror* erwähnt zu werden.«

»Haben Sie sich über das Erscheinen dieses Bildes aufgeregt oder geärgert, Senatorin?«

»Natürlich nicht. Warum sollte ich? Ich glaube, mir geht es da genauso wie den meisten Menschen: An Feiertagen denkt man an seine Lieben, die nicht mehr unter uns weilen. Das Bild hat mir wieder in Erinnerung gerufen, wie glücklich meine Mutter war, als ich den Wettbewerb gewann. Ich hatte ihr zum Gefallen daran teilgenommen. Sie war Witwe, wissen Sie, und hat mich ganz allein großgezogen. Wir standen uns sehr, sehr nahe.«

Jetzt wurden ihre Augen feucht, ihre Lippen begannen zu zittern. Sie beugte schnell den Kopf und stieg ins Auto. Toby schlug sogleich entschieden die Tür hinter ihr zu.

Als Pat nach der Morgenmette nach Hause kam, blinkte das Licht des Anrufbeantworters. Sie drückte automatisch auf den Rückspulknopf, bis das Band mit einem Kreischton zum Stehen kam, dann schaltete sie um auf Abspielen.

Die ersten drei Anrufer hatten, ohne eine Nachricht zu hinterlassen, wieder aufgelegt. Dann kam Sam, seine Stimme klang gereizt. »Pat, ich habe versucht, dich zu erreichen. Ich besteige gleich ein Flugzeug nach Washington. Wir sehen uns heute abend bei Abigail.«

Wie verliebt du klingen kannst ... Sam hatte vorgehabt, diese Woche bei Karen und ihrem Mann zu bleiben. Und jetzt kam er zurückgeeilt. Offenbar hatte Abigail ihn zurückzitiert, um als enger Freund bei ihrer Weihnachtsparty zu erscheinen. Sie hatten etwas miteinander! Abigail war acht Jahre älter als er, aber das sah man ihr nicht an. Viele Männer heirateten ältere Frauen.

Auch Luther Pelham hatte angerufen. »Fahren Sie mit der Arbeit an der zweiten Storyboard-Version fort. Kommen Sie um vier Uhr heute nachmittag zur Senatorin. Wenn Sie jemand von der Zeitung anruft wegen des Bildes im *Mirror*, behaupten Sie, Sie hätten es nicht gesehen.«

Die nächste Nachricht begann mit leiser, besorgt klingender Stimme: »Miss Traymore – äh, Pat –, vielleicht erinnern Sie sich nicht mehr an mich. [Pause.] Ach, doch natürlich werden Sie sich erinnern; es ist nur – Sie lernen so viele Leute kennen, nicht? [Pause.] Ich muß schnell machen. Hier ist Margaret Langley. Ich bin die Direktorin ... die pensionierte, natürlich ... von der Apple Junction High School.«

Ihre Zeit zum Hinterlassen einer Nachricht war abgelaufen. Pat biß sich verzweifelt auf die Lippe.

Miss Langley hatte dann noch einmal angerufen. Diesmal sagte sie eilig: »Ich fahre fort. Bitte rufen Sie mich unter der Nummer 518/555-2460 an.« Man hörte sie stoßweise atmen. Dann platzte es aus Miss Langley heraus: »Miss Traymore, ich habe heute von Eleanor gehört.«

Das Telefon läutete nur einmal, bevor Miss Langley sich meldete. Kaum hatte Pat ihren Namen genannt, da fiel ihr Miss Langley ins Wort. »Miss Traymore, nach so vielen Jahren habe ich nun wieder von Eleanor gehört. Als ich gerade aus der Kirche nach Hause kam, klingelte das Telefon, und sie sagte mit ihrer süßen, schüchternen Stimme hallo, und wir fingen beide an zu weinen.«

»Miss Langley, wo steckt Eleanor? Was tut sie?«

Es trat eine Pause ein. Dann antwortete Margaret Langley bedächtig, als müsse sie nach den passenden Worten suchen: »Sie hat mir nicht verraten, wo sie ist. Sie hat mir gesagt, es gehe ihr viel besser und sie wolle sich nicht ewig verstecken. Sie sagte, sie denke daran, sich zu stellen. Sie weiß, daß sie ins Gefängnis zurück muß, weil sie die bedingte Strafaussetzung verwirkt hat. Sie hat gesagt, diesmal hätte sie gerne, daß ich sie besuchen komme.«

»Sich stellen!« Pat sah das verstörte, ratlose Gesicht von Eleanor Brown nach ihrer Verurteilung vor sich. »Was haben Sie ihr gesagt?«

»Ich habe sie beschworen, Sie anzurufen. Ich dachte, Sie könnten vielleicht dafür sorgen, daß ihre Strafe wieder ausgesetzt wird.« Jetzt brach Margaret Langley die Stimme. »Miss Traymore, bitte sorgen Sie dafür, daß das Mädchen nicht wieder ins Gefängnis muß.«

»Ich werde es versuchen«, versprach Pat. »Ich habe einen Freund, einen Kongreßabgeordneten, der mir helfen wird. Miss Langley, bitte, Eleanors Wohl zuliebe, wissen Sie, wo ich sie erreichen kann?«

»Nein, ehrlich nicht.«

»Wenn sie noch einmal anruft, sagen Sie ihr bitte, sie solle mit mir Kontakt aufnehmen, bevor sie sich stellt. Sie wird dann in einer viel stärkeren Verhandlungsposition sein.«

»Ich wußte, daß Sie bereit wären, ihr zu helfen. Ich wußte, daß Sie ein guter Mensch sind.« Dann veränderte sich Margaret Langleys Ton. »Ich möchte Ihnen noch sagen, wie glücklich ich bin, daß dieser nette Mr. Pelham mich angerufen und gebeten hat, mich in der Sendung zu äußern. Morgen früh kommt jemand her, um ein Interview mit mir aufzunehmen.«

Also hatte Luther auch diesen Vorschlag aufgegriffen. »Das freut mich sehr.« Pat bemühte sich, begeistert zu klingen. »Und denken Sie daran, Eleanor zu sagen, daß sie mich anrufen soll.«

Sie legte zögernd auf. Wenn Eleanor Brown so verängstigt war, wie Miss Langley glaubte, wäre es enorm mutig von ihr, sich zu stellen. Aber für Abigail Jennings käme es äußerst ungelegen, wenn in den nächsten Tagen eine empfindsame junge Frau wieder ins Gefängnis zurückgebracht würde, die immer noch behauptete, an dem Diebstahl aus Abigails Büro unschuldig zu sein.

# 23

Als er im Pflegeheim den Korridor entlangging, spürte Arthur die Spannung und war gleich auf der Hut. An und für sich schien alles ziemlich friedlich. Auf mit Filz und künstlichem Schnee bedeckten Tischen standen Weihnachtsbäume und Chanukka-Kerzen. An die Türen zu den Räumen der Patienten waren überall Grußkarten geklebt. Im Aufenthaltsraum erklang in Stereo Weihnachtsmusik. Aber irgend etwas stimmte nicht.

»Guten Morgen, Mrs. Harnick. Wie fühlen Sie sich?« Sie bewegte sich langsam den Flur entlang, den vogelartigen Körper vorgebeugt und auf das Laufgestell auf Rädern gestützt, die Haare zottelig um ihr aschfahles Gesicht. Sie blickte zu ihm auf, ohne den Kopf zu heben. Nur ihre tiefliegenden, wässerigen, furchtsamen Augen bewegten sich.

»Bleiben Sie mir vom Leibe, Arthur«, sagte sie mit zitteriger Stimme. »Ich habe ihnen gesagt, daß Sie aus Anitas Zimmer gekommen sind, und ich weiß, daß es stimmt.«

Er faßte Mrs. Harnick am Arm, aber sie zuckte zurück.

»Natürlich war ich in Mrs. Gillespies Zimmer«, sagte er. »Sie und ich – wir waren Freunde.«

»Sie war nicht mit Ihnen befreundet. Sie hatte Angst vor Ihnen.«

Er versuchte, seine Wut nicht zu erkennen zu geben. »Aber, Mrs. Harnick, ...«

»Ich weiß, was ich sage. Anita wollte am Leben bleiben. Ihre Tochter Anna Maria wollte sie besuchen kommen. Sie war seit zwei Jahren nicht mehr hier im Osten gewesen. Anita hat mir erklärt, es mache ihr nichts aus zu sterben, wenn sie nur Anna Maria noch einmal sähe. Sie hat nicht einfach so aufgehört zu atmen. Das habe ich ihnen gesagt.«

Die Oberschwester, Elizabeth Sheehan, saß auf halber Höhe des Korridors an einem Schreibtisch. Er haßte sie. Sie hatte ein strenges Gesicht und blaugraue Augen, die sich, wenn sie wütend war, stahlgrau verfärben konnten. »Arthur, bevor Sie Ihre Runden machen, kommen Sie bitte zu mir ins Büro.«

Er folgte ihr in das Büro des Pflegeheims, in dem normalerweise die Familienangehörigen der alten Leute empfangen wurden. Aber heute waren da keine Angehörigen, sondern nur ein milchgesichtiger junger Mann in einem Regenmantel und mit Schuhen, die es nötig hatten, geputzt zu werden. Er hatte ein freundliches Lächeln und strahlte Herzlichkeit aus, aber Arthur ließ sich nichts vormachen.

»Ich bin Detective Barrott«, stellte er sich vor.

Der Superintendent des Hauses, Dr. Cole, war auch da.

»Arthur, setzen Sie sich«, sagte er bemüht freundlich. »Danke, Schwester Sheehan, Sie brauchen nicht zu warten.«

Arthur suchte sich einen schlichten Stuhl aus und dachte auch daran, die Hände im Schoß zu falten und etwas verwundert dreinzuschauen, so als hätte er keine Ahnung, worum es ging. Er hatte diesen Ausdruck vor dem Spiegel geübt.

»Arthur, am letzten Donnerstag ist Mrs. Gillespie gestorben«, sagte Mr. Barrott von der Kriminalpolizei.

Arthur nickte und nahm einen Ausdruck des Bedauerns an. Er war auf einmal froh, daß er Mrs. Harnick auf dem Flur begegnet war. »Ich weiß. Ich hatte so sehr gehofft, daß sie noch ein Weilchen am Leben bliebe. Ihre Tochter wollte sie besuchen kommen, sie hatte sie schon seit zwei Jahren nicht mehr gesehen.«

»Das wußten Sie?« fragte Dr. Cole.

»Natürlich, Mrs. Gillespie hat es mir gesagt.«

»Ach so. Wir wußten nicht, daß sie über den Besuch ihrer Tochter gesprochen hat.«

»Doktor, Sie wissen doch, wie lange es dauerte, Mrs. Gillespie zu füttern. Manchmal mußte sie sich zwischendurch ausruhen, und wir unterhielten uns.«

»Arthur, waren Sie froh, als Mrs. Gillespie starb?« fragte Detective Barrott.

»Ich bin froh, daß sie starb, bevor sich ihre Krebserkrankung verschlimmerte. Sie hätte schreckliche Schmerzen zu ertragen gehabt. Stimmt's Doktor?« Er blickte Dr. Cole mit großen Augen an.

»Möglich, ja«, gab dieser unwillig zu. »Aber man weiß natürlich nie ...«

»Aber ich wünschte, Mrs. Gillespie hätte noch lange genug gelebt, um ihre Anna Maria wiederzusehen. Sie und ich haben gemeinsam dafür gebetet. Sie bat mich oft darum, ihr einen besonderen Gefallen zu tun und ihr Gebete aus dem *Saint Anthony Missal* vorzulesen. Diese Gebete hatte sie am liebsten.«

Detective Barrott musterte ihn eingehend. »Arthur, waren Sie am letzten Montag bei Mrs. Gillespie im Zimmer?«

»Oh, ja, ich war bei ihr, kurz bevor Schwester Krause ihre Runde machte. Aber Mrs. Gillespie hatte keine Wünsche.«

»Mrs. Harnick hat gesagt, sie hätte Sie gegen fünf vor vier aus Mrs. Gillespies Zimmer kommen sehen. Stimmt das?«

Arthur hatte sich die Antwort darauf zurechtgelegt. »Nein, ich war nicht bei ihr im Zimmer. Ich habe nur *einen Blick* in ihr Zimmer geworfen, aber sie schlief. Sie hatte eine schlimme Nacht hinter sich, und ich machte mir Sorgen um sie. Mrs. Harnick hat mich gesehen, als ich bei ihr hineinsah.«

Dr. Cole lehnte sich in seinem Sessel zurück. Er wirkte erleichtert.

Detective Barrotts Stimme wurde sanfter. »Aber neulich haben Sie gesagt, Mrs. Harnick hätte sich geirrt.«

»Nein. Jemand hatte mich gefragt, ob ich zweimal *in* Mrs. Gillespies Zimmer *gegangen* wäre. Und das war ich nicht. Aber als ich noch einmal darüber nachgedacht habe, ist mir eingefallen, daß ich noch einmal hineingeschaut habe. Also hatten Mrs. Harnick und ich beide recht, wissen Sie.«

Dr. Cole lächelte jetzt. »Arthur ist einer unserer fürsorglichsten Pfleger«, bemerkte er. »Das sagte ich Ihnen ja bereits, Mr. Barrott.«

Aber Barrott lächelte nicht. »Arthur, beten viele Krankenwärter mit ihren Patienten, oder machen nur Sie das?«

»Oh, ich glaube, das mache nur ich. Wissen Sie, ich war mal in einem Seminar. Ich wollte eigentlich Priester werden, aber ich wurde krank und mußte abgehen. In gewisser Weise betrachte ich mich als Seelsorger.«

Barrotts freundliche, klare Augen ermunterten zu weiteren vertraulichen Mitteilungen. »Wie alt waren Sie, als Sie in dieses Seminar eintraten, Arthur?« fragte er freundlich.

»Zwanzig. Und ich blieb, bis ich zwanzigeinhalb war.«

»Ah so. Sagen Sie, Arthur, wie hieß das Seminar, wo Sie waren?«

»Ich war in Collegeville, Minnesota, bei den Benediktinern.«

Detective Barrott zückte ein Notizbuch und schrieb sich das auf. Zu spät erkannte Arthur, daß er zuviel verraten hatte. Angenommen, Barrott nahm Verbindung mit den Mönchen auf und sie teilten ihm mit, daß sie Arthur nach Vater Damians Tod nahegelegt hatten, auszuscheiden?

Das machte Arthur den ganzen Tag Sorgen. Obwohl Dr. Cole ihn aufgefordert hatte, wieder an die Arbeit zu gehen, spürte er die mißtrauischen Blicke von Schwester Sheehan. Auch die Patienten sahen ihn alle merkwürdig an.

Als er beim alten Mr. Thoman hereinschaute, war dessen Tochter da und sagte: »Arthur, um meinen Dad brauchen Sie sich nicht mehr zu kümmern. Ich habe Schwester Sheehan gebeten, einen anderen Krankenwärter damit zu beauftragen, ihm zu helfen.«

Das war ein Schlag ins Gesicht. Erst vor einer Woche hatte Mr. Thoman gesagt: »Ich kann es nicht mehr lange ertragen, mich so elend zu fühlen.« Und Arthur hatte ihn mit den Worten getröstet: »Vielleicht verlangt Gott das auch nicht von Ihnen, Mr. Thoman.«

Arthur bemühte sich, freundlich zu lächeln, als er den Aufenthaltsraum durchquerte, um Mr. Whelan bei seinen Bemühungen, auf die Beine zu kommen, zu helfen. Während er Mr. Whelan durch den Flur zur Toilette brachte und wieder zurück, merkte er, daß er Kopfschmerzen bekam, diese migräneartigen, die einem Lichter vor den Augen tanzen ließen. Er wußte, was als nächstes geschehen würde.

Als er Mr. Whelan wieder langsam in seinen Sessel sinken ließ, blickte er zum Fernseher hinüber. Das Bild war ganz dunkel, und dann begann sich ein Gesicht zu bilden, das Antlitz von Gabriel, wie er am Tag des Jüngsten Gerichts aussah. Gabriel sprach nur zu ihm. »Arthur, du bist hier nicht mehr in Sicherheit.«

»Ich verstehe.« Er merkte erst, daß er laut gesprochen hatte, als Mr. Whelan »Schhh« sagte.

Unten im Umkleideraum packte Arthur vorsichtig all seine persönlichen Habseligkeiten aus seinem Schrank ein, nur seinen Ersatzkittel und ein Paar alte Schuhe ließ er zurück. Er hatte morgen und Mittwoch frei, also würde es vielleicht niemandem auffallen, daß er nicht vorhatte, am Donnerstag morgen wiederzukommen, es sei denn, sie sahen in seinen Schrank, um ihn zu durchsuchen, und stellten fest, daß er leer war.

Er zog sein Sportsakko an, das braun-gelbe, das er letztes Jahr bei J. C. Penney gekauft hatte. Er hatte es hier aufgehoben, damit er gut aussah, wenn er sich mit Glory traf, um mit ihr ins Kino oder sonstwohin zu gehen.

Er steckte sich ein Paar Socken, in deren Spitzen er dreihundert Dollar gestopft hatte, in die Tasche seines Regenmantels. Er hatte immer eine eiserne Geldreserve, sowohl hier als auch zu Hause, einfach so für den Fall, daß er plötzlich auf und davon mußte.

Im Umkleideraum war es kalt und trübe. Außer ihm war niemand da. Sie hatten dem Personal, soweit es möglich war, diesen Tag frei gegeben. *Er* hatte sich freiwillig zum Dienst gemeldet.

Seine Hände waren ruhelos und trocken; seine Nerven vibrierten vor Empörung. Sie hatten kein Recht, ihn so zu behandeln. Seine Blicke schweiften durch den kahlen Raum. Die meisten Vorräte waren in dem großen Vorratsraum eingeschlossen, aber in der Nähe der Treppe war ein Schrank mit allen möglichen Sachen darin. Er war voller angebrochener Flaschen und Dosen verschiedener Reinigungsmittel und ungewaschener Staubtücher. Er dachte an diese Leute da oben – Mrs. Harnick mit ihren Anschuldigungen, Mr. Thomans Tochter, die ihm befohlen hatte, sich von ihrem Vater fernzuhalten, Schwester Sheehan. Wie konnten sie es wagen, über ihn zu tuscheln, an ihm zu zweifeln, ihn abzulehnen?

In dem Schrank fand er eine halbleere Dose Terpentin. Er lockerte den Verschluß, dann legte er sie auf die Seite. Das Terpentin begann auf den Boden zu tropfen. Er ließ den Schrank offen. Direkt daneben waren etwa ein Dutzend Müllsäcke nebeneinander aufgestapelt, die darauf warteten, daß sie auf den Müllplatz gebracht wurden.

Arthur rauchte nicht, aber wenn Besucher im Pflegeheim Schachteln mit Zigaretten liegenließen, nahm er sie immer für Glory mit. Jetzt nahm er eine Salem aus der Tasche, zündete sie an, paffte daran, bis er sicher war, daß sie nicht ausgehen würde, machte die Verschnürung eines Müllsacks auf und ließ die Zigarette hineinfallen.

Es würde nicht lange dauern. Die Zigarette würde weiterschwelen; schließlich würde der ganze Sack in Brand geraten, dann auch die anderen Säcke, und das heraustropfende Terpentin würde dafür sorgen, daß das Feuer außer Kontrolle geriet. Die Lappen in dem Schrank würden für eine dichte Rauchentwicklung sorgen, und bis das Personal die alten Leute hinauszuschaffen versuchte, wäre schon das ganze Gebäude ein Opfer der Flammen. Es würde so aussehen, als wäre Nachlässigkeit die Brandursache – eine brennende Zigarette im Abfall; eine Feuersbrunst, die dadurch entstanden war, daß aus einer umgekippten Dose Terpentin herausgetropft war –, falls die Nachforschungen überhaupt so viel ergaben.

Er band den Sack wieder zu, als ein schwacher, guter Brandgeruch bewirkte, daß seine Nasenflügel erbebten und seine Lenden sich strafften. Dann eilte er aus dem Gebäude und durch die menschenleere Straße zur Metro.

Als Arthur nach Hause kam, lag Glory im Wohnzimmer auf der Couch und las ein Buch. Sie trug einen sehr hübschen blauen Hausmantel aus Wolle, mit einem Reißverschluß bis an den Hals und langen breiten Ärmeln. Das Buch, das sie las, war ein Roman, der auf der Bestsellerliste stand und $ 15.95 gekostet hatte. Arthur hatte in seinem ganzen Leben noch nie mehr als einen Dollar für ein Buch ausgegeben. Er und Glory waren sonst immer in Antiquariate gegangen, hatten dort herumgestöbert und waren mit sechs oder sieben Titeln wieder nach Hause gekommen. Und es hatte ihnen Spaß gemacht, gemütlich zusammenzusitzen und zu lesen. Aber neben diesem Buch mit seinem glänzenden Schutzumschlag und seinen frischen, spröden Seiten wirkten die Bände mit den Eselsohren und den fleckigen Umschlägen, die sie mit so viel Vergnügen gekauft hatten, ärmlich und schäbig. Ein Mädchen aus dem Büro hatte ihr dies Buch gegeben.

Glory hatte ihm ein Hähnchen gebraten und eine

Kronsbeerensauce und heiße Muffins gemacht. Aber es machte keinen Spaß, alleine sein Weihnachtsessen zu sich zu nehmen. Sie hatte gesagt, sie wäre nicht hungrig. Sie schien sehr angestrengt nachzudenken. Er ertappte sie mehrere Male dabei, wie sie ihn mit forschenden, sorgenvollen Augen anstarrte. Das erinnerte ihn daran, wie Mrs. Harnick ihn angesehen hatte. Er wollte nicht, daß Glory vor ihm Angst hatte.

»Ich habe ein Geschenk für dich«, erklärte er. »Ich bin sicher, daß es dir gefallen wir.« Er hatte gestern in dem großen Discount-Geschäft im Einkaufszentrum eine weiße Rüschenschürze für die *Raggedy Ann*-Puppe gekauft, und bis auf einige Flecken im Kleid sah die Puppe aus wie immer. Und er hatte Weihnachtspapier gekauft und sie so verpackt, daß es richtig nach einem Geschenk aussah.

»Und ich habe auch ein Geschenk für dich, Vater.«

Sie tauschten feierlich die Geschenke aus. »Pack du deines zuerst aus«, sagte er. Er wollte ihr Gesicht sehen. Sie würde sich ja so freuen.

»Also gut.« Sie lächelte, und ihm fiel auf, daß ihr Haar heller wirkte. Färbte sie es?

Sie knüpfte vorsichtig das Band auf, schob vorsichtig das Papier zurück, und als erstes kam die Rüschenschürze zum Vorschein. »Was ... oh, Vater.« Sie war erstaunt. »Du hast sie gefunden. Was für eine hübsche neue Schürze.« Sie schien froh, aber nicht so überglücklich, wie er erwartet hatte. Dann wurde ihr Gesicht nachdenklich. »Schau dir nur dies arme, traurige Gesicht an. Und so habe ich mich selbst gefühlt. Ich erinnere mich noch an den Tag, an dem ich das gemalt habe. Ich war so krank, nicht wahr?«

»Wirst du sie wieder mit ins Bett nehmen?« fragte er. »Darum wolltest du sie wiederhaben, stimmt's?«

»Oh, nein. Ich wollte sie mir nur ansehen. Mach dein Geschenk auf. Es wird dir, glaube ich, Freude bereiten.«

Es war ein hübscher blau-weißer Wollpullover mit V-Ausschnitt und langen Ärmeln. »Den habe ich für dich gestrickt, Vater«, erklärte Glory ihm glücklich. »Wie findest du es, daß ich es endlich geschafft habe, eine Sache zu Ende zu führen? Ich glaube, ich habe es bald überstanden. Es wird auch Zeit, findest du nicht?«

»Ich mag dich so, wie du bist«, antwortete er. »Ich kümmere mich gerne um dich.«

»Aber das wirst du schon bald nicht mehr können«, sagte sie.

Sie wußten beide, was sie meinte.

Es wurde Zeit, es ihr zu sagen. »Glory«, begann er vorsichtig. »Heute hat man mich um etwas Besonderes gebeten. In Tennessee gibt es eine ganze Anzahl von Pflegeheimen, die viel zu wenig Personal haben und Helfer wie mich für die Schwerkranken brauchen. Sie wollen, daß ich sofort losfahre und mir eines aussuche, in dem ich arbeiten will.«

»Umziehen? Schon wieder?« Sie machte ein entsetztes Gesicht.

»Ja, Glory. Ich bin ein Helfer Gottes, und jetzt bitte ich dich um deine Hilfe. Du bist mir eine große Stütze. Wir fahren Donnerstag morgen.«

Er war überzeugt, daß er bis dahin in Sicherheit wäre. Schlimmstenfalls hatte das Feuer für ein großes Durcheinander gesorgt. Bestenfalls waren seine Personalakten vernichtet. Aber selbst wenn das Feuer gelöscht wurde, bevor das Heim niederbrannte, würde es sicherlich mindestens einige Tage dauern, bis die Polizei seine Zeugnisse überprüft und die langen zeitlichen Zwischenräume zwischen seinen Anstellungen bemerkt oder herausgefunden hatte, warum man ihn damals aufgefordert hatte, das Seminar zu verlassen. Bis es soweit war, daß dieser Polizeidetektiv ihn erneut verhören wollte, wären er und Glory längst fort.

Glory schwieg lange. Dann sagte sie: »Vater, wenn am

Mittwoch abend mein Bild in dieser Sendung ist, werde ich mich stellen. Man wird es im ganzen Land sehen, und ich kann es nicht länger ertragen, mich jedesmal zu fragen, ob mich jemand anschaut, weil er oder sie mich erkennt. Sonst gehe ich mit dir nach Tennessee.« Ihre Lippen zitterten, und er wußte, daß sie den Tränen nahe war.

Er ging zu ihr und tätschelte ihr die Wange. Er konnte Glory nicht sagen, daß er nur wegen dieser Sendung bis Donnerstag mit dem Weggehen wartete.

»Vater«, brach es aus Glory hervor, »ich habe angefangen, mich hier wohl zu fühlen. Ich finde, es ist nicht fair von ihnen, von dir zu verlangen, daß du dauernd hin- und herziehst.«

## 24

Um halb zwei Uhr nachmittags läutete Lila bei Pat. Sie brachte ein kleines Päckchen mit. »Frohe Weihnachten!«

»Frohe Weihnachten. Kommen Sie herein.« Pat war ehrlich erfreut über diesen Besuch. Sie hatte versucht, zu einem Entschluß zu kommen, ob sie Luther anvertrauen sollte, daß Eleanor sich vielleicht der Polizei stellen würde, oder nicht. Und wie sollte sie ihm die Sache mit Catherine Graney beibringen? Die Aussicht auf einen Prozeß würde ihn an die Decke gehen lassen.

»Ich bleibe nur eine Minute«, sagte Lila. »Ich wollte Ihnen nur etwas *Fruitcake* bringen. Das ist eine Spezialität von mir.«

Pat umarmte sie impulsiv. »Ich freue mich, daß Sie gekommen sind. Es ist höchst merkwürdig, wenn es am Weihnachtsnachmittag so ruhig ist. Wie wäre es mit einem Glas Sherry?«

Lila blickte auf ihre Uhr. »Um Viertel vor zwei bin ich wieder fort«, verkündete sie.

Pat führte sie wieder ins Wohnzimmer, holte einen Teller, ein Messer und Gläser, goß Sherry ein und schnitt dünne Scheiben von dem Kuchen ab. »Wunderbar«, lobte sie, nachdem sie ihn gekostet hatte.

»Er ist gut, nicht?« meinte Lila zustimmend. Ihre Blicke wanderten im Wohnzimmer umher. »Sie haben hier etwas verändert.«

»Ich habe zwei Bilder umgehängt. Mir war klar geworden, daß sie falsch hingen.«

»Wieviel fällt Ihnen wieder ein?«

»Einiges«, gab Pat zu. »Ich war in der Bibliothek und habe da gearbeitet. Dann mußte ich wegen irgend etwas hierher. Und kaum war ich hier, da wußte ich, daß ich das Stilleben und das Landschaftsgemälde austauschen müßte.«

»Was ist noch, Pat? Da ist doch noch etwas.«

»Ich bin so schrecklich nervös«, gab Pat einfach zu. »Und ich weiß nicht, warum.«

»Pat, bitte bleiben Sie nicht hier. Ziehen Sie um in ein Apartment, ein Hotel.« Lila umklammerte flehentlich ihre Hände.

»Ich kann nicht«, sagte Pat. »Aber helfen Sie mir jetzt. Waren Sie mal zu Weihnachten hier? Wie war es?«

»Damals, im letzten Jahr, waren Sie dreieinhalb und konnten verstehen, was Weihnachten ist. Sie waren beide ganz entzückt von Ihnen. Es war ein richtig glücklicher Tag.«

»Ich glaube manchmal, mich noch ein wenig an diesen Tag zu erinnern. Ich bekam eine Laufpuppe und versuchte, daß sie mit mir zusammen ging. Kann das sein?«

»Ja, Sie bekamen in dem Jahr eine Laufpuppe.«

»Und meine Mutter hat an dem Nachmittag auf dem Flügel gespielt, stimmt's?«

»Ja.«

Pat ging an den Flügel, schlug ihn auf. »Wissen Sie noch, was sie an diesem Weihnachtstag gespielt hat?«

»Ich bin sicher, daß es ihr Lieblingsweihnachtslied war. Es heißt *Bells of Christmas*.«

»Das kenne ich. Veronica wollte, daß ich es lerne. Sie sagte, meine Großmutter hätte es so gerne.« Langsam begannen ihre Finger über die Tasten zu gleiten.

Lila sah und hörte zu. Nachdem die letzten Noten verklungen waren, meinte sie: »Das klang ganz ähnlich, als ob Ihre Mutter gespielt hätte. – Ich habe Ihnen doch gesagt, daß Sie Ihrem Vater ähneln, aber mir ist erst gerade eben aufgefallen, wie stark diese Ähnlichkeit ist. Jemandem, der ihn gekannt hat, muß das auffallen.«

Um drei Uhr nachmittags traf die Kamera-Crew vom Potomac Cable Network bei Senatorin Jennings ein, um Aufzeichnungen von ihrer Weihnachtsparty zu machen.

Toby beobachtete mit Adleraugen, wie sie ihre Geräte im Wohn- und Eßzimmer aufbauten, und paßte auf, daß nichts kaputt ging oder einen Kratzer bekam. Er wußte, wie sehr Abby an allen Sachen hing.

Pat Traymore und Luther Pelham kamen kurz nacheinander, im Abstand von ein oder zwei Minuten. Pat trug ein weißes Wollkleid, das ihre Figur betonte. Das Haar hatte sie zu einer Art Knoten zusammengedreht. Toby hatte das nie vorher bei ihr gesehen. An wen, zum Teufel, erinnerte sie ihn? fragte sich Toby.

Sie wirkte entspannt, aber Pelham war anzumerken, daß er es nicht war. Kaum war er im Haus, da begann er die Kameraleute anzufauchen. Abigail war nervös, und das machte die Sache auch nicht besser. Sie bekam sich sofort mit Pat Traymore in die Haare. Pat wollte, daß das Buffet aufgebaut würde, und wollte die Senatorin dabei aufnehmen, wie sie alles inspizierte und kleine Änderungen vornahm, etwas umstellte. Abigail wollte aber nicht, daß das Essen so früh herausgestellt wurde.

»Senatorin, es dauert einige Zeit, bis alles so ist, wie wir es haben möchten«, erklärte Pat ihr. »Es ist viel einfacher, wenn Sie es jetzt tun, als später, wenn Ihre Gäste um Sie herumstehen und zusehen.«

»Ich werde meine Gäste nicht wie Statisten in einem zweitklassigen Film herumstehen lassen«, entgegnete Abigail bissig.

»Dann schlage ich vor, daß wir das Buffet jetzt aufnehmen.«

Toby fiel auf, daß Pat nicht klein beigab, wenn sie sich etwas in den Kopf gesetzt hatte. Luther bemerkte, daß Abigail alle Speisen selbst zubereitet habe. Und das zog neue Auseinandersetzungen nach sich. Pat wollte sie aufnehmen, wie sie in der Küche arbeitete.

»Senatorin, alle Welt glaubt, daß Sie die Sachen telefonisch bestellen und sich alles fertig ins Haus kommen lassen, wenn Sie eine Party geben. Daß Sie alles tatsächlich selbst zubereiten, wird Ihnen die Wertschätzung aller Frauen einbringen, die gezwungen sind, dreimal am Tag etwas zu essen zu machen, ganz zu schweigen von den Männern und Frauen, deren Hobby das Kochen ist.«

Abigail lehnte glattweg ab, aber Pat blieb hartnäckig. »Senatorin, es gibt nur einen einzigen Grund, warum wir hier sind, nämlich um Sie den Zuschauern von der menschlichen Seite zu zeigen.«

Am Ende war es Toby, der Abigail zur Mitarbeit bewegte. »Nun kommen Sie, Senatorin, zeigen Sie ihnen, daß Sie wirklich was vom Kochen verstehen«, schmeichelte er.

Abby weigerte sich, eine Schürze über ihre Designer-Bluse und die Hose zu ziehen, aber als sie Hors d'œvres zuzubereiten begann, zeigte sich deutlich, daß sie eine Meisterköchin war. Toby sah zu, wie sie einen Blätterteig für Pastetenhüllen ausrollte, Schinken klein schnitt für eine Quiche, Krabbenfleisch würzte, wie ihre langen schlanken Finger mit wunderbarem Geschick hantierten. Unordnung in der Küche kam für Abby nicht in Frage. Nun, ein Teil des Lobes dafür gebührte Francey Foster.

Sobald die Kamera-Crew mit den Aufzeichnungen begann, fing Abigail an, sich zu entspannen. Nach mehreren Einstellungen sagte Pat: »Vielen Dank, Senatorin. Ich bin sicher, wir haben, was wir wollten. Das kam sehr gut rüber. Wenn es Ihnen nichts ausmacht, würden Sie sich dann jetzt bitte das anziehen, was Sie heute abend tragen wollen, damit wir die Buffet-Szene aufnehmen können.«

Toby war gespannt, was Abigail tragen würde. Sie hatte zwischen verschiedenen Abendroben geschwankt und sich nicht recht festlegen wollen. Als sie zurückkam, sah er mit Befriedigung, daß sie eine gelbe Satinbluse trug, deren Farbe zu dem Gelb in ihrem buntkarierten Taftrock paßte. Ihr Haar fiel weich um ihr Gesicht und ihren Hals. Ihr Augen-Make-up war kräftiger als gewöhnlich. Sie sah phantastisch aus. Außerdem hatte sie etwas von diesem Glühen an sich. Toby wußte, warum. Sam Kingsley hatte angerufen und ihr gesagt, daß er zu ihrer Party käme.

Keine Frage, Abby hatte es auf Sam Kingsley abgesehen. Toby war nicht entgangen, wie sie ihre Bekannten gebeten hatte, sie bei Dinner Parties neben Sam zu setzen. Er hatte etwas an sich, das Toby an Billy erinnerte, und das zog Abby natürlich so an. Sie zog in der Öffentlichkeit eine gute Show ab, aber nach Billys Tod war sie völlig fertig gewesen.

Toby wußte, daß Sam ihn nicht mochte. Aber das war kein Problem. Sam würde es nicht länger aushalten als die anderen. Abby war den meisten Männern zu herrisch. Entweder wurden sie es leid, ständig Rücksicht auf ihre Termine und Launen zu nehmen, oder, wenn sie sich ihr unterwarfen, wurde Abby sie leid. Er, Toby, würde zu Abbys Leben gehören, bis einer von ihnen beiden starb. Sie wäre ohne ihn verloren, und das wußte sie.

Als er sie da so an dem Buffet posieren sah, mußte er in einem Anflug von Bedauern kräftig schlucken. Hin und wieder stellte er sich vor, wie es hätte sein können, wenn er ein guter Schüler gewesen wäre – nicht nur clever und gerissen; wenn er Ingenieur geworden wäre statt Faktotum. Und wenn er gut ausgesehen hätte wie dieser saftlose, kraftlose Jeremy Saunders statt grobgesichtig und stämmig – nun, wer weiß? Vielleicht hätte sich Abby dann ja irgendwann auch in ihn verknallt.

Er schob den Gedanken beiseite und machte sich wieder an die Arbeit.

Um Punkt fünf fuhr der erste Wagen vor. Ein oder zwei Minuten später kamen der pensionierte Richter des Obersten Bundesgerichts und seine Frau herein. »Frohe Weihnachten, Frau Vizepräsidentin«, begrüßte sie der Richter.

Abigail erwiderte seinen Kuß herzlich. »Aus Ihrem Mund in Gottes Ohr«, meinte sie lachend.

Weitere Gäste strömten herein. Aushilfsweise engagierte Kellner gossen Champagner und Punsch ein. »Warten Sie mit den harten Sachen bis später«, hatte Luther geraten. »Die Bibelbrüder und Fundamentalisten im Süden sehen es nicht gerne, wenn ihre Staatsbeamten Schnaps servieren.«

Sam kam als letzter. Abigail machte ihm selbst die Tür auf. Sie drückte ihm zärtlich einen Kuß auf die Wange. Luther ließ die zweite Kamera auf sie richten. Pat spürte, wie sie der Mut verließ. Sam und Abigail gaben ein toll aussehendes Paar ab – beide waren groß, ihr aschblondes Haar hob sich gegen sein schönes dunkles volles Haar ab, die grauen Strähnen darin bildeten ein harmonisches Gleichgewicht zu den feinen Fältchen um seine Augen.

Pat beobachtete, wie sich alles um Sam scharte. Für mich ist er immer nur Sam, dachte sie. Ich habe ihn noch nie in seinem beruflichen Element erlebt. War es so auch mit ihrer Mutter und ihrem Vater gewesen? Sie hatten sich im Urlaub auf Martha's Vineyard kennengelernt. Nicht mal einen Monat später waren sie verheiratet, ohne daß einer viel von der Welt des anderen wußte oder verstand – und dann hatten die Reibereien begonnen.

Nur ich hätte keine Interessenskonflikte mit dir, Sam. Ich mag deine Welt.

Abigail mußte etwas Amüsantes gesagt haben; alles lachte. Sam lächelte sie an.

»Das war ein guter Schuß, Pat«, sagte der Kameramann. »Ein bißchen sexy – wenn Sie wissen, was ich meine. Man sieht die Senatorin nie mit einem Mann zusammen. Das wird den Leuten gefallen.« Der Kameramann strahlte.

»Alle Welt liebt die Liebe«, erwiderte Pat.

»Es reicht«, verkündete Luther abrupt. »Lassen wir die

Senatorin und ihre Gäste nun in Ruhe. Pat, seien Sie morgen früh für die Amtsaufnahmen im Büro der Senatorin. Ich werde in Apple Junction sein. Sie wissen, was wir brauchen.« Er wandte ihr den Rücken zu, entließ sie.

Verhielt er sich so wegen des Bildes im *Mirror* oder weil sie sich geweigert hatte, mit ihm zu schlafen? Das würde nur die Zeit klären.

Sie schlüpfte an den Gästen vorbei, durch den Flur und in das Zimmer, wo sie ihren Mantel abgelegt hatte.

»Pat.«

Sie fuhr herum. »Sam!« Er stand in der Tür und sah sie an. »Ah, Kongreßabgeordneter. Frohes Fest.« Sie langte nach ihrem Mantel.

»Pat, willst du schon fort?«

»Niemand hat mich gebeten zu bleiben.«

Er kam zu ihr, nahm ihr den Mantel aus der Hand. »Was ist das für eine Sache mit der *Mirror*-Titelseite?«

Sie erzählte es ihm. »Und die Senatorin scheint zu glauben, daß ich das Bild diesem Schundblatt habe zukommen lassen, nur damit die Sendung so läuft, wie ich es möchte.«

Er legte ihr seine Hand auf die Schulter. »Und hast du es nicht getan?«

»Das klingt, als wäre es eine Frage!« Traute er ihr wirklich zu, daß sie etwas mit dieser *Mirror*-Titelseite zu tun hatte? Wenn es so war, dann kannte er sie überhaupt nicht. Vielleicht war es auch nur für sie an der Zeit zu erkennen, daß es den Mann, den sie zu kennen geglaubt hatte, gar nicht gab.

»Pat, ich kann jetzt nicht fort, aber vielleicht in einer Stunde. Fährst du nach Hause?«

»Ja, warum?«

»Ich komme zu dir, sobald ich kann. Ich lade dich zum Essen ein.«

»Alle Restaurants, die etwas taugen, werden geschlossen haben. Bleib hier; amüsier dich.« Sie versuchte, sich von ihm loszumachen.

»Miss Traymore, wenn Sie mir Ihre Schlüssel geben, fahre ich Ihnen Ihren Wagen vor.«

Sie fuhren beide verlegen auseinander. »Toby, was, zum Teufel, tun *Sie* hier?« fragte Sam barsch.

Toby blickte ihn gleichmütig an. »Die Senatorin möchte ihre Gäste gleich zum Essen bitten und hat mich gebeten, sie zusammenzutreiben. Und sie hat mir ausdrücklich aufgetragen, nach Ihnen zu suchen.«

Sam hatte immer noch Pats Mantel in der Hand. Sie schnappte ihn sich. »Ich kann mir mein Auto selber holen, Toby«, sagte sie. Sie blickte ihn direkt an. Er stand im Türrahmen, eine breite dunkle Masse. Sie versuchte, an ihm vorbeizukommen, aber er rührte sich nicht von der Stelle.

»Gestatten Sie?«

Er starrte sie geistesabwesend an. »Oh, natürlich. Entschuldigung.« Er trat zur Seite, und sie wich unwillkürlich zurück, um ihn nicht zu streifen.

Pat fuhr mit halsbrecherischer Geschwindigkeit; sie versuchte die Erinnerung daran abzuschütteln, wie herzlich Abigail und Sam sich begrüßt hatten, die diskrete Weise, in der die anderen die beiden wie ein Paar zu behandeln schienen. Als sie nach Hause kam, war es Viertel vor acht. Froh, daß sie sich vorsichtshalber schon die Pute gebraten hatte, machte sie sich ein Sandwich und goß sich ein Glas Wein ein. Das Haus wirkte dunkel und leer. Sie schaltete die Lichter im Foyer, in der Bibliothek, im Eßzimmer und im Wohnzimmer ein und steckte den Stekker für die Weihnachtsbaumkerzen ein.

Neulich war ihr das Wohnzimmer wärmer, gemütlicher erschienen. Jetzt wirkte es aus irgendeinem Grunde unbehaglich, voller Schatten. Warum? Sie bemerkte einen Streifen Lametta, der ziemlich unauffällig auf einer leuchtend apricotroten Stelle des Teppichs lag. Gestern, als sie mit Lila hier war, hatte sie geglaubt, an dieser Stelle des

Teppichs ein Stück Christbaumverzierung mit einem Streifen Lametta zu sehen. Vielleicht war es nur das Lametta gewesen.

Der Fernseher stand in der Bibliothek. Sie trug ihr Sandwich und den Wein hinüber. Potomac Cable brachte stündlich Nachrichten. Sie fragte sich, ob wohl Abigail auf dem Weg zur Kirche zu sehen wäre.

Sie zeigten sie. Pat beobachtete leidenschaftslos, wie Abigail aus dem Auto stieg; das leuchtend rote Kostüm betonte ihren makellosen Teint und ihre Haare; ihre Augen blickten sanft, als sie zum Ausdruck brachte, daß sie für die Hungernden beten wolle. Das war die Frau, die Pat verehrt hatte. Der Nachrichtensprecher verkündete: »Später wurde Senatorin Jennings auf das Bild von ihr als Schönheitskönigin angesprochen, das diese Woche auf der Titelseite des *National Mirror* ist.« Ein briefmarkengroßes Bild der *Mirror*-Titelseite wurde eingeblendet. »Der Senatorin kamen Tränen in die Augen, als sie daran dachte, wie sie auf Wunsch ihrer Mutter an dem Wettbewerb teilgenommen hatte. Potomac Cable Network wünscht Senatorin Abigail Jennings ein sehr frohes Weihnachten; und wir sind sicher, daß ihre Mutter schrecklich stolz auf sie wäre, wenn sie wüßte, wie weit sie es gebracht hat.«

»Du lieber Himmel!« entfuhr es Pat. Sie sprang auf und stellte den Fernseher aus. »Und Luther hat die Dreistigkeit, das als Nachrichten zu senden! Kein Wunder, daß den Medien tendenziöse Berichterstattung vorgeworfen wird.«

Ruhelos begann sie die widersprüchlichen Aussagen zu notieren, die sie im Laufe einer Woche gehört hatte:

Catherine Graney hatte gesagt, daß Abigail und Willard kurz vor einer Scheidung standen.

Senatorin Jennings behauptete, ihren Mann sehr geliebt zu haben.

Eleanor Brown stahl Senatorin Jennings $ 75.000.

Eleanor Brown schwor, das Geld nicht gestohlen zu haben.

George Graney war ein Meisterpilot; sein Flugzeug wurde vor dem Start sorgfältig überprüft.

Senatorin Jennings unterstellte George Graney Unachtsamkeit und Mängel an seiner Maschine.

Das ergibt alles keinen Sinn, dachte Pat, es paßt alles absolut nicht zusammen!

Es war fast elf, als die Türglocke Sams Ankunft verkündete. Um halb elf war Pat in ihr Zimmer hinaufgegangen, da sie eigentlich nicht mehr mit ihm rechnete, doch dann hatte sie sich gesagt, daß Sam angerufen hätte, wenn er nicht mehr käme. Sie hatte sich einen seidenen Hausanzug angezogen, in dem man sich gemütlich hinrekeln, aber auch noch Besuch empfangen konnte. Sie wusch sich das Gesicht, trug dann einen leichten Lidschatten auf und etwas Lippengloss. Ich darf auch nicht wie eine graue Maus aussehen, dachte sie – nicht wenn er gerade von der Schönheitskönigin kommt.

Sie hing schnell die Sachen auf, die sie überall im Raum verstreut hatte. War Sam ein ordentlicher Mensch? Nicht einmal das weiß ich, dachte sie. Die eine Nacht, die sie zusammen verbracht hatten, war kein Gradmesser für persönliche Angewohnheiten gewesen. Nachdem sie ins Motel gezogen waren, hatte sie sich mit der zusammenklappbaren Zahnbürste, die sie immer in ihrem Schminkbeutel hatte, die Zähne geputzt. »Ich wünschte, ich hätte auch so eine bei mir«, hatte er gesagt. Sie hatte zu seinem Spiegelbild aufgelächelt. »Eine meiner Lieblingszeilen aus *Random Harvest* war, als der Pfarrer Smithy und Paula fragte, ob sie so ineinander verliebt wären, daß sie dieselbe Zahnbürste benutzten.« Sie spülte ihre unter warmem Wasser aus, trug Zahnpasta auf die Borsten auf und reichte ihm die Bürste. »Bitte bedien dich.«

Diese Zahnbürste war jetzt in dem samtüberzogenen Schmuckkästchen in der obersten Schublade der Frisierkommode. Manche Frauen preßten Rosen oder banden Briefe mit Bändern zusammen, dachte Pat, ich bewahre eine Zahnbürste als Andenken auf.

Sie war gerade die Treppe heruntergekommen, als es ein zweites Mal läutete. »Herein, herein, wer Sie auch sind«, sagte sie.

Sam machte ein reumütiges Gesicht. »Pat, es tut mir leid. Ich kam nicht so schnell fort, wie ich gehofft hatte. Und dann bin ich mit dem Taxi nach Hause gefahren, habe mein Gepäck ausgeladen und mir meinen Wagen geholt. Wolltest du gerade ins Bett gehen?«

»Ganz und gar nicht. Wenn du meinen Aufzug meinst, so ist das eigentlich ein Hausanzug und laut der Saks-Broschüre das ideale Kleidungsstück für einen Abend zu Hause, an dem man Freunde gastlich empfängt.«

»Sei nur vorsichtig, was für Freunde du empfängst«, meinte Sam. »Diese Aufmachung wirkt ziemlich sexy.«

Sie nahm ihm den Mantel ab; die feine Wolle war noch kalt von dem eisigen Wind.

Er beugte sich zu ihr herunter, um sie zu küssen.

»Möchtest du etwas trinken?« Sie führte ihn, ohne seine Antwort abzuwarten, in die Bibliothek und deutete schweigend auf die Bar. Er goß Brandy in Kognakschwenker und reichte ihr ein Glas. »Ich nehme an, das ist immer noch dein abendlicher Lieblingstrunk?«

Sie nickte und setzte sich mit voller Absicht in den Sessel gegenüber der Couch.

Sam hatte sich umgezogen, als er bei seiner Wohnung vorbeigefahren war. Er trug jetzt einen überwiegend grau-blau gemusterten Argyle-Pullover, der gut zu dem Blau seiner Augen und den grauen Strähnen in seinem dunkelbraunen Haar paßte. Er setzte sich auf die Couch, und sie fand, seinen Bewegungen und den Fältchen um seine Augen war Müdigkeit anzumerken.

»Wie ist es gelaufen, nachdem ich gegangen bin?«

»Etwa so, wie du's auch gesehen hast. Es gab jedoch einen Höhepunkt. Der Präsident hat angerufen, um Abigail frohe Weihnachten zu wünschen.«

»*Der Präsident hat angerufen!* Sam, heißt das ...?«

»Ich wette, er läßt nur keine Chance ungenutzt. Wahrscheinlich hat er Claire Lawrence auch angerufen.«

»Du meinst, er hat noch keine Entscheidung getroffen?«

»Ich glaube, er läßt immer noch Versuchsballons steigen. Du hast ja selbst miterlebt, wie er letzte Woche bei dem Essen im Weißen Haus Abigail groß herausgestellt hat. Aber am Abend darauf haben er und die First Lady an einem privaten Abendessen zu Ehren von Claire teilgenommen.«

»Sam, hat diese *Mirror*-Titelseite Senatorin Jennings sehr geschadet?«

Er zuckte mit den Schultern. »Schwer zu sagen. Abigail hat für den Geschmack vieler Leute hier die Rolle der Südstaatenaristokratin zu sehr überzogen. Andererseits bringt ihr das vielleicht gerade Sympathien ein. Ein Problem ist auch: Der Pressewirbel um die gegen dich vorgebrachten Drohungen hat dazu geführt, daß auf dem Capitol Hill viel hinter vorgehaltener Hand gewitzelt wird – und immer auf Abigails Kosten.«

Pat starrte auf ihren noch nicht angerührten Brandy. Sie hatte plötzlich ein trockenes, fauliges Gefühl im Mund. Letzte Woche hatte Sam sich wegen des Einbruchs noch um *sie* gesorgt. Jetzt teilte er Abigails Reaktion auf die Presseberichterstattung. Naja, auf eine gewisse Weise vereinfachte das alles. »Wenn diese Sendung Senatorin Jennings noch mehr unvorteilhafte Publicity einbringt, könnte sie das die Vizepräsidentschaft kosten?«

»Vielleicht. Kein Präsident, schon gar nicht einer mit tadelloser Amtsführung, wird es riskieren, daß sein Ruf Schaden nimmt.«

»Genau das habe ich befürchtet – daß du das sagst.« Sie erzählte ihm von Eleanor Brown und Catherine Graney.

»Ich weiß nicht, was ich tun soll«, schloß sie. »Soll ich Luther warnen, ihm raten, diese Themen bei der Sendung auszuklammern? Wenn ich das tue, wird er der Senatorin die Gründe dafür nennen müssen.«

»Eine weitere Verschlechterung könnte Abigail nicht ertragen«, sagte Sam rundheraus. »Nachdem die anderen alle fort waren, war sie richtig überspannt.«

»Nachdem die anderen fort waren?« Pat runzelte die Stirn. »Heißt das, du bist dann noch geblieben?«

»Sie hat mich darum gebeten.«

»Ich verstehe.« Sie spürte, wie sie der Mut verließ. Das bestätigte ihre Vermutungen. »Dann sollte ich Luther nichts davon sagen.«

»Versuche es so. Wenn dieses Mädchen ...«

»Eleanor Brown.«

»Ja – wenn sie dich anruft, überrede sie, zu warten, bis ich herausgefunden habe, ob wir wieder eine bedingte Strafaussetzung erlangen können. In dem Falle gäbe es keinen Pressewirbel, wenigstens solange nicht, bis der Präsident seine Entscheidung bekannt gegeben hat.«

»Und Catherine Graney?«

»Laß mich erst Einblick in die Absturzunterlagen nehmen. Wahrscheinlich entbehren ihre Behauptungen jeglicher Grundlage. Hältst du es für möglich, daß eine dieser Frauen die Drohungen gegen dich vorgebracht hat?«

»Eleanor bin ich nie begegnet. Bei Catherine Graney bin ich sicher, daß sie es nicht war. Und vergiß nicht, daß es eine Männerstimme war.«

»Stimmt. Hat er noch einmal angerufen?«

Ihr Blick fiel auf den Karton unter dem Tisch. Sie überlegte, ob sie Sam die *Raggedy Ann*-Puppe zeigen sollte, verwarf die Idee jedoch wieder. Sie wollte nicht, daß er sich weiter Sorgen um sie machte. »Nein.«

»Das freut mich zu hören.« Er trank seinen Brandy aus und stellte das Glas auf den Tisch. »Es war ein langer Tag, und du mußt todmüde sein.«

Das war der Einstieg, auf den sie gewartet hatte. »Sam, vorhin auf der Rückfahrt von der Senatorin habe ich angestrengt nachgedacht. Willst du wissen, worüber?«

»Natürlich.«

»Ich bin mit drei bestimmten und ziemlich idealistischen Vorstellungen nach Washington gekommen. Ich wollte eine Emmy-reife Dokumentarsendung über eine wunderbare, noble Frau machen. Ich wollte eine Erklärung für das finden, was mein Vater meiner Mutter und mir angetan hat. Und ich wollte dich wiedersehen in der festen Gewißheit, daß es die Wiederbegegnung des Jahrhunderts würde. Nun, es hat sich gezeigt, daß alles nicht so ist, wie ich es erwartet hatte. Abigail Jennings ist eine gute Politikerin und eine starke Führungspersönlichkeit, aber sie ist menschlich nicht sympathisch. Ich wurde für diese Sendung geködert, weil meine irrigen vorgefaßten Meinungen über Abigail Luther Pelham gelegen kamen und weil der Ruf, den ich mir in der Branche erworben habe, dieser Sache, die im Grunde eine Propagandaposse ist, Glaubwürdigkeit verleihen soll. Bei dieser Frau gibt es so viele Dinge, die sich nicht zusammenreimen, daß es mir Angst macht.

Ich bin nun auch lange genug hier, um zu wissen, daß meine Mutter keine Heilige war, wie man mir eingeredet hat, und sie daß meinen Vater wahrscheinlich damals in jener Nacht zu so etwas wie einem momentanen Anfall von Wahnsinn gereizt hat. Das ist nicht die ganze Wahrheit – noch nicht; aber es kommt schon nahe an sie heran.

Und was uns angeht, Sam, muß ich mich bei dir entschuldigen. Es war gewiß schrecklich naiv von mir zu glauben, daß ich für dich mehr war als ein Abenteuer. Die Tatsache, daß du mich nach dem Tod von Janice nie angerufen hast, hätte mir zu denken geben sollen, aber offenbar begreife ich nicht so schnell. Du kannst jetzt aufhören, dir Sorgen zu machen. Ich werde dich nicht mit weiteren Liebeserklärungen belästigen. Es ist ziemlich klar, daß du etwas mit Abigail Jennings hast.«

»Ich habe nichts mit Abigail!«

»Oh, doch, das hast du. Vielleicht weißt du es selbst noch nicht, aber es ist so. Diese Frau *begehrt* dich, Sam. Jeder, der Augen im Kopf hat, kann das sehen. Und du hast nicht ohne Grund deinen Urlaub abgebrochen und bist auf ihre Bitte quer durchs ganze Land herbeigeeilt. Vergiß es einfach, du brauchst mich nicht schonend auf eine Abfuhr vorzubereiten. Wirklich, Sam, all dies Gerede, daß du kaputt bist und nicht in der Lage, Entscheidungen zu treffen, paßt nicht sehr gut zu dir. Du kannst jetzt damit aufhören.«

»Ich habe dir das gesagt, weil es die *Wahrheit* ist.«

»Dann komm zu dir! Es paßt nicht zu dir. Du bist ein gutaussehender, kraftvoller Mann, der noch zwanzig oder dreißig Jahre vor sich hat.« Sie brachte ein Lächeln zustande. »Vielleicht erschüttert dein Ego ein wenig die Aussicht darauf, Großvater zu werden.«

»Bist du fertig?«

»Ziemlich.«

»Dann bin ich, sofern du gestattest, länger geblieben, als ich offenbar erwünscht war.« Er stand, rot im Gesicht, auf.

Sie streckte ihm die Hand entgegen. »Es gibt keinen Grund, warum wir nicht Freunde bleiben sollten. Washington ist eine kleine Stadt. Das ist auch der Grund, warum du mich überhaupt angerufen hast, stimmt's?«

Er antwortete nicht.

Mit einer gewissen Befriedigung vernahm Pat, wie er beim Hinausgehen die Haustür hinter sich zuschlug.

## 25

»Senatorin, wahrscheinlich wollen sie, daß du Nachrichten-Moderatorin bei der *Today*-Show wirst«, bemerkte Toby von sich aus herzlich. Er blickte in den Rückspiegel, um zu sehen, wie Abby reagierte. Sie waren auf dem Weg zum Büro. Um halb sieben an diesem 26. Dezember war es noch dunkel und bitter kalt.

»Ich habe keine Lust, Moderatorin zu werden, weder bei der *Today*-Show, noch bei einer anderen«, bemerkte Abigail grimmig. »Toby, wie, zum Teufel, sehe ich überhaupt aus? Ich habe die ganze Nacht kein Auge zugetan. Toby, der Präsident hat mich *angerufen* ... mich persönlich *angerufen*. Er hat gesagt, ich solle mich während der weihnachtlichen Parlamentsferien gut erholen, weil wir ein arbeitsreiches Jahr vor uns hätten. Was kann er damit gemeint haben? ... Toby, ich spüre es. Das Amt des Vizepräsidenten. Toby, *warum* habe ich mich nicht auf meinen Instinkt verlassen? *Warum* habe ich mich von Luther Pelham zu dieser Sendung überreden lassen? Wo hatte ich meinen Kopf?«

»Senatorin, hör zu. Die Sache mit dem Bild ist vielleicht das Beste, was dir überhaupt widerfahren konnte. Eines steht fest: Dies Mauerblümchen Claire Lawrence hat nie einen Wettbewerb gewonnen. Vielleicht hat Pat Traymore recht. Das macht dich irgendwie zugänglicher – ist das das richtige Wort?«

Sie fuhren über die Roosevelt Bridge, und der Verkehr nahm zu. Toby konzentrierte sich aufs Fahren. Als er das nächste Mal in den Rückspiegel sah, hatte Abby ihre Hände immer noch im Schoß. »Toby, ich habe dafür gearbeitet.«

»Ich weiß, daß du das hast, Abby.«

»Es wäre nicht fair, zu verlieren, nur weil ich mich mühsam von unten hochgearbeitet habe.«

»Du wirst nicht verlieren, Senatorin.«

»Ich weiß nicht. Diese Pat Traymore hat etwas an sich, das mich stört. Sie hat mir in einer Woche zweimal eine mir peinliche Publicity beschert. Da steckt mehr dahinter, als wir wissen.«

»Senatorin, Phil hat sie überprüfen lassen. Sie hat sich schon im College für dich interessiert und für dich geschwärmt. Sie hat im letzten Studienjahr in Wellesley eine Arbeit über dich geschrieben. Sie meint es ehrlich. Vielleicht bringt sie dir kein Glück, aber sie meint es ehrlich.«

»Sie bringt mir nur Ärger ein. Ich warne dich, irgend etwas ist mit ihr.«

Das Auto glitt am Capitol vorbei und fuhr vor dem Russell Senate Office Building vor. »Ich komme sofort rauf, Senatorin, und ich verspreche dir, ich werde ein wachsames Auge auf Pat Traymore haben. Sie wird dir nicht in die Quere kommen.« Er sprang aus dem Wagen, um für Abby die Tür aufzuhalten.

Sie nahm seine Hand, stieg aus und drückte ihm dann impulsiv die Finger. »Toby, schau dir die Augen von ihr an. Irgend etwas ist mit ihnen – irgend etwas Geheimnisvolles ... als ob ...«

Sie sprach den Satz nicht zu Ende. Aber bei Toby war das auch nicht nötig.

Um sechs Uhr war Philip im Büro, um Pat und die Kameraleute vom Fernsehen hereinzulassen.

Wachen mit schläfrigen Augen und Putzfrauen mit müden, geduldigen Gesichtern waren die einzigen Menschen, die sonst noch im Russell Building zu sehen waren. In Abigails Büro beugten sich Pat und die Kameramänner über das Storyboard. »Diese Sache soll nicht länger als drei Minuten werden«, sagte Pat. »Ich möchte, daß Sie einfangen, wie die Senatorin ins leere Büro kommt und mit der Arbeit beginnt, bevor jemand anderes da ist. Dann kommt Philip herein, um sie zu informieren ... Eine kurze Einstellung auf ihren Terminkalender, aber ohne daß das Datum zu sehen ist ... Dann, wie ihre Mitarbeiter eintreffen, die Telefone zu läuten beginnen; eine Einstellung auf die Tagespost; die Senatorin bei der Begrüßung von Besuchern aus ihrem Staat; die Senatorin im Gespräch mit einer Frau aus ihrem Wahlbezirk; Phil, wie er herein- und hinauseilt mit Nachrichten. Sie wissen, worauf es mir ankommt – ein Gefühl, hinter den Kulissen zu stehen und der Senatorin bei ihrer täglichen Arbeit zuzuschauen.«

Als Abigail kam, standen alle für sie bereit. Pat erklärte ihr die erste Einstellung, die sie wollte, und die Senatorin nickte und kehrte in den Flur zurück. Die Kameras liefen, und ihr Schlüssel drehte sich im Schloß. Sie machte ein geschäftsmäßiges und in Gedanken vertieftes Gesicht. Sie streifte das graue Kaschmircape ab, unter dem sich ein gut geschnittenes, aber dezentes graues Nadelstreifenkostüm verbarg. Selbst die Handbewegung, mit der sie sich durchs Haar fuhr, als sie den Hut abnahm, wirkte natürlich, wie die Geste von jemandem, der um sein Äußeres besorgt, in Gedanken aber mit wichtigeren Dingen beschäftigt ist.

»Schnitt«, sagte Pat. »Senatorin, das war sehr gut, genau der Eindruck, den ich mir vorgestellt hatte.« Selbst in ihren eigenen Ohren klang ihr spontanes Lob gönnerhaft.

Die Senatorin lächelte rätselhaft. »Danke. Was nun?«

Pat erklärte ihr die Szenen mit der Tagespost, mit Phil und mit der Frau aus ihrem Wahlbezirk, Maggie Sayles.

Die Aufzeichnungen verliefen ohne Schwierigkeiten. Pat erkannte schnell, daß die Senatorin ein natürliches Talent hatte, sich der Kamera von ihrer fotogensten Seite zu präsentieren. Das Nadelstreifenkostüm gab ihr das Aussehen einer Managerin und würde einen guten Kontrast abgeben zu dem Taftrock, den sie bei der Weihnachtsparty getragen hatte. Sie trug silberne Ohrringe und eine silberne Krawattennadel, die sich auf dem Halstuch ihrer weichen grauen Seidenbluse streng und schmal ausnahm. Es war die Idee der Senatorin, das Büro einmal ganz zu zeigen, mit beiden Flaggen, der Fahne der Vereinigten Staaten und der von Virginia, und dann nur sie mit der amerikanischen Flagge hinter ihr in einer Nahaufnahme.

Pat beobachtete, wie die Kamera sich herabneigte, während Abigail mit Bedacht einen Brief aus dem Haufen Post auf ihrem Schreibtisch aussuchte – einen Brief mit einer kindlichen Handschrift. Ein weiterer Theatertrick, dachte Pat. Wie raffiniert von ihr. Dann kam die Frau aus ihrem Wahlbezirk herein. Es war Maggie, die Frau, der Abigail geholfen hatte, für ihre Mutter ein Pflegeheim zu finden. Abigail sprang auf, um ihr entgegenzueilen, umarmte sie herzlich und führte sie zu einem Sessel – sehr lebendig, voller Wärme und Besorgnis.

Ihre Anteilnahme ist echt, dachte Pat. Ich war hier, als sie die Mutter der Frau in einem Pflegeheim unterbrachte; aber jetzt zieht sie so viel Show ab. Sind alle Politiker so? Bin ich einfach nur zu naiv?

Um zehn waren sie fertig. Nachdem sie Abigail versichert hatte, daß sie alle Aufnahmen hatten, die sie brauchten, rüstete Pat mit den Kameraleuten zum Aufbruch. »Heute nachmittag treffen wir eine erste Vorauswahl«, sagte Pat zum Leiter der Crew. »Heute abend gehen wir das dann noch einmal mit Luther durch.«

»Ich glaube, es wird großartig«, meinte der Kameramann von sich aus.

»Es wird eine gute Show. Insofern gebe ich Ihnen recht«, sagte Pat.

## 26

Arthur hatte die ganze Nacht davon geträumt, wie Mrs. Gillespie ihn angestarrt hatte, als ihre Augen anfingen, glasig zu werden. Am Morgen hatte er schwere Lider und fühlte sich zerschlagen. Er stand auf, machte Kaffee und wäre auch Brötchen holen gegangen, aber Glory redete ihm das aus. »Ich will keines, und du solltest dich noch etwas ausruhen, wenn ich zur Arbeit fort bin. Du hast nicht gut geschlafen, nicht wahr?«

»Woher weißt du das?« Er saß ihr gegenüber am Tisch und betrachtete sie, wie sie auf der Kante ihres Stuhls saß.

»Du hast immer wieder geschrien. Hat Mrs. Gillespies Tod dir so zugesetzt, Vater? Ich weiß, wie oft du von ihr erzählt hast.«

Ein Angstfrösteln durchlief ihn. Angenommen, sie stellen Glory Fragen nach ihm? Was würde sie sagen? Niemals etwas, um ihm bewußt zu schaden, aber wie sollte sie das wissen? Er bemühte sich, seine Worte vorsichtig zu wählen.

»Es macht mich nur so traurig, daß sie ihre Tochter nicht mehr gesehen hat, bevor sie starb. Wir hatten uns das beide gewünscht.«

Glory stürzte ihren Kaffee hinunter und stand auf. »Vater, ich wünschte, du würdest dir eine Zeitlang freinehmen und dich erholen. Ich glaube, deine Arbeit strengt dich zu sehr an.«

»Es geht mir gut, Glory. Was habe ich denn geredet im Schlaf?«

»Du hast immerzu gesagt, Mrs. Gillespie solle die Augen schließen. Was hast du geträumt von ihr?«

Glory sah ihn fast so an, als hätte sie Angst vor ihm,

dachte er. Wieviel wußte oder ahnte sie? Nachdem sie gegangen war, starrte er besorgt und müde in seine Tasse. Er war ruhelos und beschloß, einen Spaziergang zu machen. Doch das half auch nicht. Einige Häuserblocks weiter machte er wieder kehrt.

Als er an die Ecke der Straße kam, in der sie wohnten, bemerkte er die Aufregung. Vor ihrem Haus stand ein Polizeiwagen. Er huschte instinktiv in den Eingang eines leerstehenden Hauses und sah von dort aus hinüber. Nach wem suchten sie? Nach Glory? Ihm selbst?

Er mußte Glory warnen. Er würde sie bitten, sich irgendwo mit ihm zu treffen und wieder mit ihm fortzugehen. Er hatte 300 Dollar in bar und 622 Dollar unter einem anderen Namen auf einem Bankkonto in Baltimore. Damit könnten sie auskommen, bis er eine neue Stelle gefunden hätte. Es war leicht, Arbeit in einem Pflegeheim zu finden. Pfleger wurden überall dringend gesucht.

Er schlich sich an der Seite des Hauses entlang, überquerte den angrenzenden Hof, eilte zur Straßenecke und rief bei Glory im Büro an.

Sie sprach an einem anderen Apparat. »Holen Sie sie«, befahl er ihrer Kollegin unwirsch. »Es ist wichtig. Richten Sie ihr aus, daß ihr Vater sagt, es sei wichtig.«

Als Glory ans Telefon kam, klang sie ungeduldig. »Vater, was ist denn los?«

Er erklärte es ihr. Er hatte gedacht, sie würde weinen oder sich aufregen, aber nichts davon – nur Schweigen.

»Glory ...?«

»Ja, Vater.« Ihre Stimme klang ruhig, leblos.

»Brich sofort auf, sag niemandem was, tue so, als ob du auf die Toilette gingest. Wir treffen uns an der Metro Central, Ausgang 12 G. Wir werden auf und davon sein, bevor sie Alarm geben können. Wir holen uns das Geld von der Bank in Baltimore und gehen dann in den Süden.«

»Nein, Vater.« Glorys Stimme klang fest, entschlossen.

»Ich laufe nicht mehr fort. Danke, Vater. Aber du brauchst meinetwegen nicht mehr fortzulaufen. Ich gehe zur Polizei.«

»Glory. Nein. Warte. Vielleicht geht es ja noch mal gut. Versprich mir. *Noch nicht.*«

Ein Polizeiwagen fuhr langsam am Häuserblock entlang. Er durfte keine Minute Zeit mehr verlieren. Kaum hatte sie geflüstert: »Ich verspreche es«, hing er auf und verbarg sich schnell in einem Hauseingang. Als der Streifenwagen vorbei war, steckte er die Hände in die Taschen und machte sich in steifer, aufrechter Haltung auf den Weg zur Metro.

Abigail war gedämpfter Stimmung, als sie um halb elf zum Auto zurückkam. Toby setzte gerade dazu an, etwas zu sagen, aber etwas riet ihm, den Mund zu halten. Sollte Abby selber entscheiden, ob sie sich etwas von der Seele reden wollte.

»Toby, mir ist noch nicht danach, nach Hause zu fahren«, sagte Abigail plötzlich. »Fahr mich zum Watergate hinüber. Ich kann dort ein spätes Frühstück einnehmen.«

»Natürlich, Senatorin.« Er sagte das mit kräftiger Stimme, als wäre ihre Bitte nichts Ungewöhnliches. Er wußte, warum Abby dahin wollte. Sam Kingsley wohnte in demselben Gebäude, in dem das Restaurant lag. Von da aus würde sie wahrscheinlich oben anrufen und Sam, wenn er da war, bitten, ihr bei einer Tasse Kaffee Gesellschaft zu leisten.

Gut. Aber dies Gespräch gestern abend zwischen Sam Kingsley und Pat Traymore war kein Zufall gewesen. Die beiden hatten etwas miteinander. Er wollte nicht, daß Abby wieder unglücklich wurde. Er überlegte, ob er ihr einen Hinweis geben sollte.

Bei einem Blick über seine Schulter bemerkte er, daß Abigail in ihren Handspiegel blickte und ihr Make-up überprüfte.

»Du siehst phantastisch aus, Senatorin«, sagte er.

Am Watergate-Komplex riß der Pförtner den Wagenschlag auf, und Toby nahm zur Kenntnis, daß er besonders breit lächelte und sich respektvoll verbeugte. Zum Teufel auch, es gab hundert Senatoren in Washington, aber nur einen Vizepräsidentenposten. Ich will, daß du ihn bekommst, Abby, dachte er. Dir wird sich nichts in den Weg stellen, solange ich ein Wörtchen mitzureden habe.

Er fuhr dahin, wo die anderen Chauffeure parkten, und stieg aus, um sie zu begrüßen. Heute sprach alles über Abigail. Er bekam mit, wie der Fahrer eines Kabinettmitglieds sagte: »Senatorin Jennings hat den Posten praktisch in der Tasche.«

›*Abby, du hast es schon fast geschafft, Mädchen*‹, dachte er voll Begeisterung.

Abby blieb über eine Stunde fort, daher blieb ihm viel Zeit, die Zeitung zu lesen.

In Washington las fast jeder, was die Klatschtante Gina Butterfield schrieb. Heute stand über ihren Meldungen eine Schlagzeile, die über beide Mittelseiten ihres Ressorts lief. Toby las sie, las sie erneut und wollte einfach nicht wahrhaben, was er sah. Die Schlagzeile lautete: ADAMS' TODESHAUS SCHAUPLATZ DER TODESDROHUNGEN. SENATORIN ABIGAIL JENNINGS MITBETROFFEN.

Die ersten beiden Absätze des Berichts waren fett gedruckt:

Pat Traymore, der schnell Karriere machenden jungen Fernsehjournalistin, die von Potomac Cable beauftragt wurde, eine Fernsehsendung über Senatorin Jennings zu machen, ist in Briefen, Anrufen und bei einem Einbruch mit dem Tode gedroht worden, falls sie die Arbeit an der Sendung fortsetzt.

Zu Gast auf der exklusiven Heiligabend-Party bei Botschafter Cardell, gestand die entzückende Pat, daß in dem von ihr gemieteten Haus vor vierundzwanzig Jahren das Ehepaar Adams durch Mord beziehungsweise Selbstmord zu Tode kam. Pat behauptete, die düstere Vergangenheit des Hauses störe sie nicht, aber andere Gäste, die schon lange in der Nachbarschaft wohnen, zeigten sich nicht so ungerührt ...

Der Rest der Spalte berichtete detailliert über den Tod der Adams'. Daneben waren stark vergrößerte Archivaufnahmen von Dean und Renée Adams, das schaurige Bild der in Decken verschnürten Leichen, eine Nahaufnahme ihrer kleinen Tochter, wie sie in blutige Bandagen gehüllt aus dem Haus getragen wurde. Unter diesem Bild stand: »SECHS MONATE SPÄTER VERLOR KERRY ADAMS IHREN HELDENHAFTEN KAMPF UMS ÜBERLEBEN.« Der Artikel lief auf eine Umverteilung der Schuld hinaus:

Patricia Remington Schyler, die vornehme Mutter der Toten, beharrte darauf, daß der Kongreßabgeordnete Adams seelisch labil war und seine prominente Gattin vorhatte, sich von ihm scheiden zu lassen. Aber etliche alteingesessene Nachbarn glauben, daß Dean Adams vielleicht zu Unrecht beschuldigt wurde, daß es Renée Adams war, die in jener Nacht die Waffe auf ihn richtete. »Sie war richtig vernarrt in ihn«, erzählte mir eine Bekannte, »und *er* schielte dauernd nach anderen Frauen.« Drehte sie in jener Nacht aus Eifersucht durch? Wer mag der Anlaß für diesen tragischen Ausbruch gewesen sein? Vierundzwanzig Jahre danach stellt man in Washington immer noch Vermutungen darüber an.

Ein Bild zeigte Abigail groß als Miss Apple Junction mit Krone. Die Bildlegende darunter lautete:

Die meisten Prominenten-Profile sind zum Gähnen, Neuauflagen im alten Ed-Murrow-Stil. Aber die bevorstehende Sendung über Senatorin Abigail Jennings wird wahrscheinlich die höchsten Einschaltziffern dieser Woche haben. Schließlich wird die Senatorin vielleicht die erste Frau im Amt des Vizepräsidenten. Eingeweihte wetten auf sie. Jetzt hoffen nur alle, daß in dem Feature noch mehr Bilder von der vornehmen Senatorin aus Virginia mit Rheinkristallkrone zu sehen sein werden, die sie einmal als Schönheitskönigin gewann. Und was die ernste Seite der Sache betrifft, so sind sich alle im ungewissen darüber, wer Abigail Jennings so sehr hassen könnte, daß er das Leben der Moderatorin bedroht, deren Idee diese Sendung war.

Die Hälfte der rechten Seite stand unter der Überschrift: DIE VOR-KENNEDY-ÄRA. Darunter war eine Ansammlung von Fotos, zum größten Teil Schnappschüsse von inoffiziellen Zusammenkünften. Der Begleittext lautete:

Ein merkwürdiger Zufall ist, daß Senatorin Abigail Jennings früher häufig zu Gast im Adams-Haus war. Sie und ihr verstorbener Mann, der Kongreßabgeordnete Willard Jennings, waren eng mit Dean und Renée Adams sowie mit John Kennedy und seiner Frau befreundet. Die drei hinreißenden jungen Paare konnten nicht ahnen, welch dunkles, unheimliches Schicksal dies Haus und ihrer aller Leben überschattete.

Die Bilder zeigten die sechs, zusammen und in gemischten Gruppierungen, im Garten des Hauses in Georgetown, auf dem Jennings-Anwesen in Virginia und auf dem Besitz in Hyannis Port. Und auf einem halben Dutzend der Fotos sah man Abigail nach Willards Tod allein in der Gruppe.

Toby stieß ein wildes, wütendes Knurren aus. Er fing an, die Zeitung mit beiden Händen zu zerknüllen, wollte diese ärgerlichen Seiten mit purer physischer Gewalt vernichten, aber das nützte ja nichts. Das machte ja alles nicht ungeschehen.

Er mußte das Abby zeigen, sobald sie zu Hause waren. Gott allein wußte, wie sie darauf reagieren mochte. Sie *mußte* einen kühlen Kopf behalten. Davon hing alles ab.

Als Toby am Gehsteig vorfuhr, stand Sam Kingsley neben Abigail. Er wollte gerade aussteigen, aber da öffnete Kingsley schon für Abigail die Tür und half ihr beim Einsteigen. »Danke fürs Händchenhalten, Sam«, sagte sie. »Es geht mir schon wieder viel besser. Schade, daß Sie nicht mit mir zusammen zu Abend essen können.«

»Sie haben mir versprochen, daß wir das ein andermal nachholen.«

Toby fuhr schnell, er hatte es eilig, Abigail nach Hause zu bekommen, als müßte er sie vor der Öffentlichkeit abschirmen, bis er ihr über die erste Reaktion auf den Artikel hinweggeholfen hatte.

»Mit Sam hat es etwas Besonderes auf sich«, sagte Abigail plötzlich, um die schwer lastende Stille zu beenden. »Du weißt ja, wie es die ganzen Jahre um mich stand – aber, Toby, er erinnert mich auf eine verrückte Art und Weise an Billy. Ich habe das Gefühl – nur ein Gefühl, weißt du –, daß sich zwischen Sam und mir etwas anbahnen könnte. Das wäre so, als ob man eine zweite Chance bekommt.«

Es war das erste Mal, daß sie etwas dieser Art sagte. Toby blickte in den Rückspiegel. Abigail saß zurückgelehnt, in entspannter Haltung, ein zärtliches Lächeln im Gesicht.

Und er mußte so gemein sein, diese Hoffnung und Zuversicht zu zerschlagen.

»Toby, hast du die Zeitung gekauft?«

Es hatte keinen Sinn, zu lügen. »Ja, Senatorin.«

»Laß mich bitte einen Blick hineinwerfen.«

Er reichte ihr den ersten Teil nach hinten.

»Nein, ich habe jetzt keine Lust auf die Nachrichten. Wo ist der Feuilletonteil?«

»Nicht jetzt, Senatorin.« Es war nur wenig Verkehr; sie hatten schon die Chain Bridge überquert. In einigen Minuten wären sie zu Hause.

»Was soll das heißen, *nicht jetzt?«*

Er antwortete nicht, und es trat ein langes Schweigen ein. Dann fragte Abigail mit kühler, brüchiger Stimme: »Etwas Unangenehmes im Klatschteil – etwas, das mir schaden könnte?«

»Etwas, das dir nicht gefallen wird, Senatorin.«

Den Rest der Strecke legten sie schweigend zurück.

## 27

Über die Weihnachtsfeiertage war das amtliche Washington eine Geisterstadt. Der Präsident war auf seinem privaten Ferienlandsitz im Südwesten; der Kongreß hatte Parlamentsferien; die Universitäten waren wegen Ferien geschlossen. Washington war eine verschlafene Stadt, eine Stadt, die darauf wartete, daß neuerlich das emsige Treiben ausbrach, das die Rückkehr des Präsidenten, der Gesetzgeber und Studenten signalisierte.

Pat fuhr durch den leichten Verkehr nach Hause. Sie war nicht hungrig. Einige Bissen Puter und eine Tasse Tee, das war alles, was sie wollte. Sie fragte sich, wie Luther in Apple Junction zurechtkam. Setzte er wieder seinen schmeichlerischen Charme ein wie bei ihr, als er sie umworben hatte? Das schien lange her zu sein.

Apple Junction: Ob Eleanor Brown noch einmal bei Miss Langley angerufen hatte? *Eleanor Brown*. Ihretwegen quälten Pat zunehmend Zweifel in bezug auf die Seriosität der Sendung. Was war die Wahrheit? Da stand Eleanors Aussage gegen Tobys. *Hatte* er sie angerufen und gebeten, ins Wahlkampfbüro zu gehen und nach dem Ring der Senatorin zu suchen? Die Senatorin bestätigte Tobys Behauptung, daß er sie zur Zeit des fraglichen Anrufs chauffiert hatte. Und ein Teil des Geldes war in Eleanors Abstellraum gefunden worden. Wie hatte sie glauben können, mit einem so dürftigen Alibi davonzukommen?

Ich wünschte, ich hätte eine Abschrift des Gerichtsprotokolls, dachte sie.

Sie schlug ihr Notizbuch auf und studierte die Sätze, die sie sich am Abend vorher aufgeschrieben hatte. Sie ergaben immer noch keinen Sinn. Auf die nächste Seite schrieb sie *Eleanor Brown*. Was hatte Margaret Langley über das Mädchen gesagt? Sie klopfte mit dem Stift auf den Schreibtisch, runzelte nachdenklich die Stirn und begann ihre Eindrücke aus ihrer Unterhaltung aufzuschreiben:

*Eleanor war furchtsam ... Sie hat nie während des Unterrichts Kaugummi gekaut oder geredet, wenn der Lehrer nicht in der Klasse war ... Sie liebte die Arbeit im Büro der Senatorin ... Sie war gerade befördert worden ... Sie nahm Malunterricht ... Sie war an dem Tag nach Baltimore gefahren, um zu malen ...*

Pat las die Notizen wieder und wieder. Ein Mädchen, das eine verantwortliche Stellung innehatte und seine Arbeit so gut machte, daß es gerade befördert worden war – und doch so dumm, daß es gestohlenes Geld im eigenen Abstellraum versteckte ...

*Einen Teil* des gestohlenen Geldes. Das meiste davon – 70.000 Dollar – wurde nie wiedergefunden.

Ein Mädchen, das so furchtsam war, würde sich nur schlecht selbst verteidigen können.

Eleanor hatte im Gefängnis einen Nervenzusammenbruch gehabt. Um den vorzutäuschen, hätte sie eine sehr gute Schauspielerin sein müssen. Aber sie hatte ihr Ehrenwort für die bedingte Strafaussetzung gebrochen.

Und was war mit Toby? Er hatte Eleanors Aussage widersprochen. Er hatte geschworen, an diesem Morgen nicht mit ihr telefoniert zu haben. Und Senatorin Jennings hatte bestätigt, daß Toby sie zur Zeit des fraglichen Anrufs gefahren hatte.

Würde die Senatorin vorsätzlich für Toby lügen, mit Vorbedacht ein unschuldiges Mädchen ins Gefängnis schicken?

Aber angenommen, jemand, der sich nur so *anhörte* wie Toby, hatte Eleanor angerufen? In dem Fall hatten alle drei – Eleanor, Toby und die Senatorin – die Wahrheit gesagt. Wer hätte sonst noch über Eleanors Abstellraum in dem Apartmenthaus, in dem sie wohnte, Bescheid wissen können? Was war mit dem Mann, der ihr gedroht, bei ihr eingebrochen und die Puppe dagelassen hatte? War er vielleicht der unbekannte Faktor beim Verschwinden der Wahlkampfgelder?

Die Puppe. Pat schob ihren Stuhl zurück und langte nach dem Karton, der unter den Bibliothekstisch geklemmt war, überlegte es sich aber anders. Der Anblick der Puppe würde sie jetzt nicht weiterbringen. Und dies weinende Gesichtchen war zu bedrückend. Wenn die Sendung ausgestrahlt war und keine weiteren Drohungen mehr kamen, würde sie die Puppe wegwerfen. Wenn es jedoch noch mehr Drohbriefe, -anrufe oder Einbruchsversuche gab, mußte sie die Puppe der Polizei zeigen.

Auf die nächste Seite in ihrem Notizbuch schrieb sie *Toby*, dann durchstöberte sie die Gesprächskassetten in der Schreibtisch-Schublade.

Sie hatte Toby damals an diesem ersten Nachmittag aufgenommen. Er hatte nicht gemerkt, daß sie das Band laufen ließ, und seine Stimme klang etwas gedämpft. Sie stellte das Gerät auf höchste Lautstärke, drückte auf den *Play*-Knopf und begann sich Notizen zu machen:

*Vielleicht hat Abby auch mal Kopf und Kragen für mich riskiert ... Ich arbeitete für einen Buchmacher in New York und geriet in Schwierigkeiten ... Ich habe Abby und Willard Jennings früher zu Parties hierhergefahren ... Ein niedliches kleines Ding, Kerry.*

Sie war froh, als sie auf das Gespräch mit der Kellnerin, Ethel Stubbins, und ihrem Mann Ernie umschalten konnte. Sie hatten auch etwas über Toby gesagt. Sie fand die Stelle wieder. Ernie sagte: »Grüßen Sie ihn von mir. Und fragen Sie ihn, ob er immer noch Geld bei Pferdewetten verliert.«

Auch Jeremy Saunders hatte über Toby gesprochen. Sie hörte sich seine spöttischen Bemerkungen über die »Juxtour« mit dem »ausgeborgten« Wagen an und die Geschichte, wie sein Vater Abigail abgefunden hatte: »Ich frage mich noch immer, ob nicht Toby seine Hand dabei im Spiel hatte.«

Nachdem sie sich die letzte Kassette angehört hatte, las Pat sich mehrfach die zu Papier gebrachten Aussagen durch. Sie wußte, was sie zu tun hatte. Wenn Eleanor sich stellte und wieder ins Gefängnis gesteckt wurde, wollte sie, das schwor sie sich, den Fall so lange weiterverfolgen, bis sie für sich selbst zufriedenstellend geklärt hatte, ob Eleanor schuldig war oder nicht. Und wenn dabei herauskommt, daß ich ihre Version der Geschichte glaube, dachte Pat, werde ich alles tun, um ihr zu helfen. Auch wenn es auf Abigails Kosten geht.

Pat ging aus der Bibliothek in den Flur und weiter zur Treppe. Sie blickte hinauf, hielt dann zögernd inne. *Die Stufe hinter der Biegung. Auf der habe ich immer gesessen.* Einem Impuls folgend, lief sie die Treppe hinauf, setzte sich auf die Stufe, lehnte ihren Kopf gegen das Geländer und schloß die Augen.

*Ihr Vater war unten im Flur. Sie hatte sich tiefer in den Schatten geduckt, weil sie wußte, daß er wütend war, daß er diesmal nicht im Scherz sagte, er würde sie finden. Sie war wieder in ihr Bett gehuscht.*

Sie lief die restlichen Stufen hinauf. Ihr früheres Zimmer lag hinter dem Gästezimmer, auf der Rückseite des Hauses, mit Blick auf den Garten. Es stand jetzt leer.

An dem ersten Morgen, als die Umzugsleute überall im Haus herumrannten, war sie da hineingegangen, aber das Zimmer hatte keinerlei Erinnerungen in ihr wachgerufen. Jetzt erinnerte sie sich wieder an das Bett mit dem weißen Rüschenhimmel, an den kleinen Schaukelstuhl am Fenster mit der Spieldose, an die Regale voller Spielsachen.

In der Nacht bin ich schnell wieder ins Bett gehuscht. Ich hatte Angst, weil Daddy so zornig war. Das Wohnzimmer ist direkt unter diesem Zimmer. Ich konnte Stimmen hören; sie schrien einander an: Dann der laute Knall, und Mutter schrie: »Nein … Nein!«

*Mutter schrie. Nach dem lauten Knall. Hatte sie noch schreien können, nachdem sie getroffen war, oder hatte sie geschrien, als ihr klar wurde, daß sie ihren Mann erschossen hatte?*

Pat spürte, wie sie am ganzen Leib zu zittern begann. Sie griff nach der Tür, um sich festzuhalten, spürte, wie ihre Hände feucht wurden, wie ihr Schweißperlen auf die Stirn traten. Ihr Atem kam kurz, schwer hechelnd. Sie dachte, ich habe Angst. Aber es ist vorbei. Es ist so lange her.

Sie machte kehrt und merkte, wie sie den Flur entlanglief; sie hastete die Treppe hinunter. Ich bin wieder da, dachte sie. Es fällt mir wieder ein. *»Daddy, Daddy«*, rief sie leise. Am Fuß der Treppe machte sie kehrt und begann mit ausgestreckten Armen durch den Flur zu stolpern. *Daddy … Daddy!*

Im Wohnzimmer sank sie auf die Knie. Um sie herum waren vage Schatten, die keine Formen annehmen wollten. Sie vergrub das Gesicht in den Händen und begann zu schluchzen: »Mutter, Daddy, kommt zurück.«

*Sie war aufgewacht, und da war ein Babysitter bei ihr gewesen, jemand, den sie nicht kannte. Mutter. Daddy. Ich will meine Mutter. Ich will meinen Daddy. Und sie waren gekommen. Mutter hatte sie hin- und hergewiegt. Kerry, Kerry, ist ja gut. Daddy hatte ihr übers Haar gestreichelt; seine Arme hatten sich um sie beide gelegt. Ruhig, Kerry, wir sind ja da.*

Nach einer Weile richtete sich Pat auf und starrte, kniend gegen die Wand gelehnt, ins Zimmer. Wieder hatte sich eine Erinnerung Bahn gebrochen. Sie war sich ihrer Echtheit sicher. Gleichgültig, wer von beiden sich in jener letzten Nacht schuldig gemacht hat, dachte sie grimmig, ich weiß, daß beide mich geliebt haben …

# 28

Auf der Wisconsin Avenue war ein Kino, das um zehn Uhr aufmachte. Arthur ging in eine Cafeteria, die in der Nähe lag, trank einen Kaffee, wobei er sich viel Zeit ließ, und trödelte dann in der Nachbarschaft herum, bis die Kinokasse geöffnet wurde.

Wenn er innerlich aufgewühlt war, ging er gerne ins Kino. Er setzte sich immer ziemlich weit nach hinten an die Wand. Und er kaufte sich immer eine große Tüte Popcorn, saß dann da und aß und sah, ohne zu sehen, wie sich Gestalten auf der Leinwand bewegten.

Er mochte es, Leute in seiner Nähe zu spüren, ohne daß sie ihn wahrnahmen, mochte die Stimmen und die musikalische Untermalung und die Anonymität im dunklen Zuschauerraum. Das war für ihn die richtige Umgebung, um nachzudenken. Nun machte er es sich bequem und starrte leeren Blickes auf die Leinwand.

Es war falsch gewesen, das Feuer zu legen. Es hatte nichts darüber in der Zeitung gestanden. Nachdem er aus der Metro ausgestiegen war, hatte er im Pflegeheim angerufen, und es hatte sich gleich die Telefonistin gemeldet. Er hatte mit gedämpfter Stimme gesprochen. »Ich bin der Sohn von Mrs. Harnick. Wie gefährlich war das Feuer?«

»Oh, Sir, es wurde sofort entdeckt. Nur eine Zigarette, die in einem Müllsack schwefelte. Wir wußten gar nicht, daß einer von den Besuchern etwas davon mitbekommen hat.«

Das hieß, daß sie die umgekippte Dose Terpentin entdeckt hatten. Kein Mensch würde glauben, daß sie von allein umgekippt war.

Wenn er doch nur nichts von dem Kloster erwähnt hätte.

Natürlich würde man da im Büro vielleicht nur die Auskunft geben: »Ja, aus unseren Unterlagen ist ersichtlich, daß Arthur Stevens mal für kurze Zeit bei uns war.«

Und wenn sie Genaueres zu wissen verlangten? »Er verließ uns auf Empfehlung seines geistlichen Beraters.«

»Könnten wir seinen geistlichen Berater mal sprechen?«

»Er ist vor einigen Jahren gestorben.«

Würde man ihnen verraten, warum man ihn aufgefordert hatte, auszuscheiden? Würden sie in den Akten des Pflegeheims nachsehen, welche Patienten in den letzten Jahren gestorben waren und wie viele davon er als Pfleger mitbetreut hatte? Sie würden mit Sicherheit nicht verstehen, daß er es nur gut meinte, daß er sie nur von ihren Leiden erlösen wollte.

Er war schon zweimal verhört worden, nachdem Patienten unerwartet verschieden waren.

»Waren Sie froh, daß sie starben, Arthur?« »Ich war froh, daß sie ihre Ruhe fanden. Ich tat alles Menschenmögliche, um ihnen zu helfen, wieder gesund zu werden, oder damit sie es wenigstens bequem hatten.«

Wenn es keine Hoffnung mehr gab, keine Linderung der Schmerzen, wenn die alten Leute sogar zu schwach waren, um zu flüstern oder zu stöhnen, wenn die Ärzte und Verwandten sich darin einig waren, daß es ein Segen wäre, wenn Gott sie zu sich nähme, dann – und nur dann – half er ihnen, zu sterben.

Wenn er gewußt hätte, daß Anita Gillespie den Besuch ihrer Tochter erwartete und sich darauf freute, hätte er noch gewartet. Es hätte ihn so gefreut, Mrs. Gillespie glücklich sterben zu sehen.

Das war das Problem. Sie hatte sich gegen den Tod gewehrt, hatte ihn nicht herbeigesehnt. Darum war sie zu erschrocken gewesen, um zu begreifen, daß er ihr nur helfen wollte.

Die Sorge um Glory hatte ihn so unvorsichtig handeln lassen. Er konnte sich noch an den Abend erinnern, als die Sorgen anfingen. Sie hatten gemeinsam zu Hause zu Abend gegessen und jeder dabei einen Teil der Zeitung gelesen, und Glory hatte geschrien: »Oh, du lieber Himmel!« Sie hatte die Fernsehseite der *Tribune* vor sich und war auf die Vorankündigung der Sendung über Senatorin Jennings gestoßen. Darin sollte unter anderem über die wichtigsten Momente in ihrer Laufbahn berichtet werden. Er hatte Glory gebeten, sich nicht aufzuregen; hatte ihr versichert, es würde alles gutgehen. Aber sie hatte nicht hingehört. Sie hatte angefangen zu schluchzen. »Vielleicht ist es besser, sich damit abzufinden«, hatte sie gesagt. »Ich habe auch keine Lust, weiter ein solches Leben zu führen.«

Gleich danach hatte sie begonnen, sich zu ändern. Er starrte vor sich hin, kaute gedankenverloren Popcorn. Man hatte ihm nicht das Privileg gewährt, formell den Priestereid abzulegen. Doch er hatte ihn für sich selbst abgelegt. Hatte Armut, Keuschheit und Gehorsam gelobt. Er hatte nie eines dieser Gelübde gebrochen – aber er war immer so einsam ... Dann war er vor neun Jahren Glory begegnet. Sie hatte in dem trostlosen Wartezimmer der Klinik gesessen, die *Raggedy Ann*-Puppe fest umklammert, und hatte darauf gewartet, daß sie bei dem Psychiater an die Reihe kam. Die Puppe hatte seine Aufmerksamkeit erregt. Und irgend etwas hatte ihn dazu bewegt, draußen auf sie zu warten.

Sie waren gemeinsam zum Bus gegangen. Er hatte ihr erklärt, er wäre Priester, hätte aber die Arbeit in der Gemeinde aufgegeben, um sich direkt um die Kranken zu kümmern. Sie hatte ihm alles über sich selbst erzählt, daß sie im Gefängnis gewesen war wegen eines Verbrechens, das sie gar nicht begangen hatte, und daß ihre Strafe auf Ehrenwort ausgesetzt sei und sie in einem möblierten Zimmer wohne. »Ich darf in dem Zimmer nicht rauchen«, hatte sie erzählt, »und auch keine Kochplatte haben, mit der ich mir selbst einen Kaffee machen könnte oder eine Suppe, wenn ich nicht in den Drugstore essen gehen will.«

Sie waren Eis essen gegangen, und es war allmählich dunkel geworden. Sie hatte gesagt, es werde Zeit für sie; die Frau, bei der sie wohnte, würde wütend werden. Dann hatte sie angefangen zu weinen und geschluchzt, lieber wäre sie tot, als daß sie wieder dorthin ginge. Und da hatte er sie mit zu sich nach Hause genommen. »Du kommst als Pflegekind zu mir«, hatte er ihr erklärt. Sie war ja auch ein hilfloses Kind. Er hatte ihr sein Schlafzimmer überlassen und selber auf der Couch geschlafen, und zu Anfang hatte sie immer nur im Bett gelegen und geheult. Einige Wochen lang war immer wieder Polizei in die Klinik gekommen, um sich zu erkundigen, ob sie sich da habe blicken lassen, dann hatten sie das Interesse an ihr verloren.

Sie waren nach Baltimore umgezogen. Damals hatte er ihr erklärt, er wolle sie als seine Tochter ausgeben. »Du sagst ja sowieso Vater zu mir«, hatte er gemeint. Und er hatte sie Gloria getauft.

Mit der Zeit begann es ihr allmählich besser zu gehen. Aber beinahe sieben Jahre lang war sie nur nachts hinausgegangen; so überzeugt war sie gewesen, daß ein Polizist sie gleich erkennen würde.

Er hatte in der Umgebung von Baltimore in verschiedenen Pflegeheimen gearbeitet, und dann hatten sie vor zwei Jahren von da fort gemußt und waren nach Alexandria gezogen. Glory fand es herrlich, in der Nähe von Washington zu leben, aber sie hatte Angst, Leuten zu begegnen, die sie kannten. Er hatte ihr klargemacht, daß diese Angst unbegründet war. »Von den Mitarbeitern der Senatorin würde niemals jemand in diese Gegend kommen.« Trotzdem trug Glory immer eine Sonnenbrille, wenn sie ausging. Nach und nach waren ihre depressiven Anfälle nicht mehr so schlimm. Sie brauchte immer weniger von den Medikamenten, die er aus dem Pflegeheim mitbrachte, und sie hatte diese Stelle als Stenotypistin angenommen.

Arthur aß den letzten Rest Popcorn. Er wollte Washington nicht vor dem morgigen Abend verlassen, nicht bevor er die Sendung über Senatorin Jennings gesehen hatte. Er half nie jemandem ins Jenseits, solange er nicht absolut sicher war, daß die Ärzte nichts mehr für ihn tun konnten, und bis seine Stimmen ihm sagten, daß die Zeit für denjenigen gekommen war. Er würde auch Patricia Traymore nicht ohne Grund verdammen. Wenn sie in der Sendung weder über Gloria reden, noch ihr Bild zeigen würde, wäre Glory in Sicherheit. Er würde sich irgendwo mit ihr verabreden, und sie würden zusammen weggehen.

Aber wenn Glory vor der Welt als Diebin hingestellt würde, würde sie sich aufgeben. Diesmal würde sie im Gefängnis sterben. Dessen war er sicher. Er hatte genug Menschen in seinem Leben gesehen, die ihren Lebenswillen verloren hatten. Doch wenn es dazu kam, würde Patricia Traymore für diese schreckliche Sünde bestraft werden! Er würde zu dem Haus gehen, in dem sie lebte, und ihr die gerechte Strafe erteilen.

N Street dreitausend. Schon das Haus, in dem Patricia Traymore lebte, war ein Symbol für Leiden und Tod.

Der Film war zu Ende. Wohin sollte er jetzt gehen?

*Du mußt dich verstecken, Arthur.*

»Aber wo?« Er merkte, daß er laut gesprochen hatte. Die Frau vor ihm drehte sich nach ihm um.

*N Street dreitausend,* flüsterten die Stimmen in ihm. *Geh doch dahin, Arthur. Steig wieder durch das Fenster ein. Denk an den Einbauschrank.*

Der Gedanke an den Einbauschrank in dem unbenutzten Schlafzimmer nahm sein ganzes Denken in Anspruch. Hinter den Fächern dieses Schrankes hätte er ein warmes und sicheres Versteck. Im Kinosaal gingen die Lichter an, und er erhob sich schnell. Er durfte keine Aufmerksamkeit auf sich lenken. Er würde jetzt in einen zweiten Film gehen und anschließend noch in einen dritten. Danach würde es dunkel sein. Wo könnte er die Stunden bis zu der Sendung morgen abend sicherer verbringen als in Patricia Traymores eigenem Haus? Kein Mensch käme auch nur im Traum auf die Idee, ihn dort zu suchen.

*Du mußt ihr eine Chance geben, ihre Unschuld zu beweisen, Arthur. Du darfst nichts überstürzen.* Die Worte kamen aus einem Wirbeln in der Luft über seinem Kopf. »Ich verstehe«, sagte er. Wenn in der Sendung nichts über Glory vorkam, würde Patricia Traymore nie erfahren, daß er bei ihr untergeschlüpft war. Wurde Glory jedoch gezeigt und identifiziert, würde Patricia von den Engeln bestraft.

Er würde die Rachefackel persönlich anzünden.

## 29

Um ein Uhr kam Lila Thatchers Hausgehilfin aus dem Kolonialwarenladen zurück. Lila war in ihrem Arbeitszimmer und schrieb an einem Vortrag, den sie in der nächsten Woche an der University of Maryland halten wollte. Das Thema lautete: »Nutze deine psychischen Kräfte.« Lila saß mit gefalteten Händen über ihre Schreibmaschine gebeugt.

Ihre Hausgehilfin klopfte an die Tür. »Miss Lila, Sie sehen nicht sehr glücklich aus.« Die Frau sprach mit der angenehmen Vertraulichkeit einer Angestellten, die längst Vertraute und Freundin geworden war.

»Das bin ich auch nicht, Ouida. Für jemanden, der anderen beibringen will, ihre psychischen Kräfte zu nutzen, bin ich innerlich ziemlich durcheinander.«

»Ich habe die *Tribune* mitgebracht. Möchten Sie jetzt einen Blick hineinwerfen?«

»Ja, ich glaube.«

Fünf Minuten später las Lila fassungslos vor Wut die Doppelseite von Gina Butterfield. Eine Viertelstunde danach klingelte sie bei Pat. Voller Entsetzen sah sie, daß Pat geweint hatte. »Ich muß Ihnen etwas zeigen«, erklärte sie.

Sie gingen in die Bibliothek. Lila legte die Zeitung auf den Tisch und schlug sie auf. Sie sah, wie Pat die Schlagzeile las und alle Farbe aus ihrem Gesicht wich.

Ratlos überflog Pat den Text, besah sich die Bilder. »Mein Gott, das erweckt den Eindruck, als hätte ich mich über den Einbruch ausgelassen, über die Senatorin, über das Haus, über *alles*. Lila, ich kann Ihnen gar nicht sagen, wie sehr sich alle darüber aufregen werden. Luther Pelham hat alle Bilder, auf denen meine Mutter und mein Vater zu sehen waren, aus den alten Filmen herausschneiden lassen. Er wollte nicht, daß jemand die Senatorin mit dem – ich zitiere – ›Adams-Desaster‹ in Verbindung bringt. Es ist so, als wären da Kräfte in Bewegung geraten, die sich nicht aufhalten lassen. Ich weiß nicht, ob ich versuchen soll, eine Erklärung dafür abzugeben, oder ob ich um meine Entlassung bitten soll oder was.« Sie bemühte sich, Tränen der Wut zu unterdrücken.

Lila begann die Zeitung wieder zusammenzufalten. »Ich kann Ihnen keinen Rat geben, was Ihre Arbeit angeht, ich kann Ihnen nur raten, sich das nicht weiter anzusehen, Kerry. Ich mußte es Ihnen zeigen, aber ich nehme es wieder mit nach Hause. Es ist nicht gut, wenn Sie sich weiter so sehen, wie Sie damals an diesem Tag aussahen – wie eine zerbrochene Puppe.«

Pat faßte die ältere Dame am Arm. »Warum haben Sie das gesagt?«

»Was gesagt? Sie meinen, daß ich Kerry zu Ihnen gesagt habe? Das ist mir nur so rausgerutscht.«

»Nein, ich meine, warum haben Sie mich mit einer zerbrochenen Puppe verglichen?«

Lila starrte sie an, dann blickte sie auf die Zeitung. »Das steht hier drin«, sagte sie. »Ich habe es gerade gelesen. Schauen Sie selbst.« In der ersten Spalte hatte Gina Butterfield einen Auszug aus dem Originalbericht der *Tribune* über den Mord und Selbstmord abgedruckt.

> Polizeichef Chief Collins bemerkte zu dem schaurigen Ereignis: »Das war der schlimmste Anblick, der sich mir je geboten hat. Als ich das arme kleine Ding wie eine zerbrochene Puppe daliegen sah, habe ich mich gefragt, warum er die Kleine nicht auch erschossen hat. Das wäre für sie einfacher gewesen.«

»Eine zerbrochene Puppe«, flüsterte Pat. »Wer immer sie hiergelassen hat, kannte mich also damals.«

»*Was* hiergelassen hat? Pat, setzen Sie sich. Sie sehen

aus, als ob Sie gleich ohnmächtig würden. Ich hole Ihnen ein Glas Wasser.« Lila eilte aus dem Zimmer.

Pat lehnte ihren Kopf gegen die Rücklehne der Couch und schloß die Augen. Von den Zeitungsberichten über die Tragödie, die sie nachgelesen hatte, kannte sie diese Bilder, wie die Leichen hinausgetragen wurden, wie sie selbst bandagiert und blutig auf der Bahre lag. Aber sie jetzt neben diesen Fotos von lächelnden, scheinbar sorgenfreien Paaren zu sehen war schlimm. Sie konnte sich nicht erinnern, diesen Ausspruch des Polizeichefs schon einmal gelesen zu haben. Vielleicht hatte sie die Ausgabe der Zeitung, in der das gestanden hatte, nicht gesehen. Aber es bewies, daß derjenige, der ihr gedroht hatte, sie damals gekannt hatte.

Lila kam mit einem Glas kaltem Wasser wieder.

»Es geht mir schon wieder gut«, sagte Pat. »Lila, als neulich bei mir eingebrochen worden ist, hat man mir nicht nur einen Drohbrief dagelassen.« Sie zerrte an dem Karton, um ihn unter dem Tisch vorzuziehen. Er saß so fest darunter, daß er sich nicht von der Stelle rührte. Ich kann mir gar nicht vorstellen, daß ich ihn so fest verkeilt habe, dachte Pat. Während sie sich abmühte, erzählte sie Lila, wie sie die Puppe gefunden hatte.

Lila hörte schockiert zu. Der Eindringling hatte eine blutbesudelte Puppe am Kamin zurückgelassen? Pat war hier in Gefahr. Sie hatte es ja die ganze Zeit gespürt. Sie war noch immer in Gefahr.

Pat bekam den Karton frei. Sie machte ihn auf und durchwühlte ihn schnell. Lila fiel auf, wie sich ihr Gesichtsausdruck veränderte, wie sie erst erstaunt aussah, dann erschrocken: »Pat, was ist los?«

»Die Puppe. Sie ist fort.«

»Sind Sie sicher ...?«

»Ich habe sie selber hier hineingetan. Ich habe sie mir erst vor ein paar Tagen noch einmal angesehen. Lila, ich habe ihr die Schürze abgenommen. Bei deren Anblick konnte einem übel werden. Ich habe sie weiter unten vergraben. Vielleicht ist sie noch da.« Pat durchstöberte den Karton. »Sehen Sie, da ist sie.« Lila betrachtete das zerknitterte, mit rotbraunen Flecken besudelte weiße Baumwolltuch, an dem die Schärpenbänder lose seitlich herunterhingen.

»Wann haben Sie die Puppe das letzte Mal gesehen?«

»Samstag nachmittag. Ich hatte sie auf dem Tisch liegen. Dann kam der Chauffeur der Senatorin und brachte mir weitere Fotoalben. Da versteckte ich sie wieder. Ich wollte nicht, daß er sie sieht.« Pat schwieg einen Moment.

»Warten Sie. Das war irgendwie merkwürdig, wie Toby hereinkam. Er war unfreundlich und sah sich dauernd im Zimmer um. Ich hatte auf sein Klingeln hin nicht gleich geöffnet, und er hat sich vermutlich gefragt, was ich gerade gemacht hatte. Und dann sagte er, er würde allein hinausfinden. Als ich die Tür zuschlagen hörte, beschloß ich, den Riegel vorzuschieben, und da, Lila, ging die Tür wieder auf. Toby hatte etwas in der Hand, das aussah wie eine Kreditkarte. Er versuchte, das Ganze mit der Bemerkung abzutun, daß er das Schloß nur mir zuliebe hätte testen wollen und daß ich daran denken sollte, den Riegel vorzuschieben.

Er kannte mich, als ich klein war. Vielleicht kamen die Drohungen von ihm. Aber warum?«

Es war noch früh am Nachmittag, aber der Himmel war grau und wolkenverhangen. Die dunkle Holzvertäfelung und das trübe Licht ließen Pat klein und verletzlich erscheinen. »Wir müssen sofort die Polizei rufen«, sagte Lila. »Sie wird den Chauffeur vernehmen.«

»Das kann ich nicht machen. Was soll die Senatorin denken? Und es ist nur eine Vermutung. Aber ich wüßte jemanden, der Toby unauffällig überprüfen lassen könnte.« Pat bemerkte, wie besorgt Lila aussah. »Es wird schon gut gehen«, versicherte sie ihr. »Ich werde die Tür immer verriegeln – und Lila, wenn alles, was geschehen ist, in der Absicht geschah, die Sendung zu stoppen, so ist es dafür wirklich zu spät. Heute abend zeichnen wir noch auf, wie die Senatorin von der Arbeit nach Hause kommt. Morgen machen wir noch ein paar Studioaufnahmen, und morgen abend wird die Sendung ausgestrahlt. Danach wird es keinen Grund mehr geben, mich einzuschüchtern zu versuchen. Und ich glaube allmählich, darum handelt es sich bei all dem – nur um einen Versuch, mich abzuschrecken.«

Einige Minuten später verabschiedete sich Lila. Pat mußte um vier Uhr im Studio sein. Sie versprach, ihren Freund, den Kongreßabgeordneten Sam Kingsley, anzurufen und ihn zu bitten, den Chauffeur überprüfen zu lassen. Zu Lilas Entsetzen wollte Pat die Zeitung unbedingt behalten. »Ich muß das noch einmal in Ruhe durchlesen und genau wissen, was darin steht. Wenn Sie mir die Zeitung nicht geben wollen, werde ich losgehen und mir eine kaufen.«

Lilas Hausgehilfin öffnete ihr die Tür, als sie die Stufen hinaufstieg. »Ich habe nach Ihnen Ausschau gehalten, Miss Lila«, erklärte sie. »Sie haben gar nicht zu Ende gegessen und wirkten sehr erregt, als Sie weggingen.«

»Du hast Ausschau nach mir gehalten, Ouida?« Lila ging ins Eßzimmer und zu den Fenstern zur Straße hin. Von da konnte sie die ganze Vorderfront und die rechte Seite von Pats Haus und dem Grundstück sehen. »Es geht nicht«, murmelte sie. »Er ist durch die Terrassentüren eingebrochen, und die kann ich von hier aus nicht sehen.«

»Was meinen Sie, Miss Lila?«

»Ach nichts. Ich will mich in den Hinterhalt legen und hatte daran gedacht, meine Schreibmaschine auf einen Tisch direkt am Fenster zu stellen.«

»Hinterhalt?«

»Ja, das ist so ein Ausdruck, der bedeutet, daß man sich

auf die Lauer legt und Wache hält, wenn man mit etwas Schlimmem rechnet.«

»Sie rechnen mit etwas Schlimmem, Lila? Glauben Sie, daß dieser Herumtreiber wiederkommen könnte?«

Lila starrte in die unnatürliche Dunkelheit, die Pats Haus umgab. Von Vorahnungen gequält, antwortete sie düster: »Genau das glaube ich.«

## 30

Seit Vaters Anruf hatte Glory jeden Moment damit gerechnet, daß die Polizei käme. Um zehn Uhr war es soweit. Die Tür des Maklerbüros ging auf und ein Mann Mitte dreißig kam herein. Sie blickte auf, und sah, daß draußen ein Streifenwagen parkte. Ihre Finger glitten von der Schreibmaschine herunter.

»Detective Barrott«, stellte sich der Besucher vor und hielt ihr eine Dienstmarke hin. »Ich würde gerne Gloria Stevens sprechen. Ist sie da?«

Glory stand auf. Sie glaubte schon seine Fragen zu hören: *Ist Ihr richtiger Name nicht Eleanor Brown? Warum haben Sie sich nicht an die Bedingungen der Strafaussetzung gehalten? Wie lange glaubten Sie, so davonzukommen?*

Detective Barrott kam zu ihr herüber. Er hatte ein offenes, rundliches Gesicht und sandfarbenes Haar, das sich um seine Ohren ringelte. Seine Augen sahen sie forschend an, aber nicht unfreundlich. Ihr kam zum Bewußtsein, daß er etwa gleich alt war wie sie, und er kam ihr etwas weniger beängstigend vor als der höhnische Polizeibeamte, der sie verhört hatte, nachdem das Geld in ihrem Abstellraum gefunden worden war.

»Miss Stevens? Haben Sie keine Angst. Könnte ich Sie vielleicht privat sprechen?«

»Wir könnten da hinein gehen.« Sie führte ihn in Mr. Schullers kleines Privatbüro. Dort standen zwei Ledersessel vor Mr. Schullers Schreibtisch. Sie setzte sich in den einen, und der Detective nahm in dem anderen Platz.

»Sie sehen verängstigt aus«, sagte er freundlich. »Sie haben nichts zu befürchten. Wir wollen nur mit Ihrem Dad reden. Wissen Sie, wo wir ihn erreichen können?«

*Mit Ihrem Dad reden. Vater!* Sie schluckte. »Als ich zur

Arbeit aufbrach, war er zu Hause. Vielleicht ist er zur Bäckerei gegangen.«

»Er ist nicht zurückgekommen. Vielleicht weil er das Polizeiauto vor Ihrem Haus sah. Meinen Sie, er könnte bei Verwandten sein oder bei Freunden?«

»Ich ... ich weiß nicht. Warum wollen Sie mit ihm sprechen?«

»Wir wollen ihm nur ein paar Fragen stellen. Hat er Sie heute vormittag zufällig angerufen?«

*Dieser Mann hielt Arthur für ihren Vater. An ihr war er gar nicht interessiert.*

»Ja, er ... er hat tatsächlich angerufen. Aber ich telefonierte gerade mit meinem Boss.«

»Was wollte er denn?«

»Er – er wollte, daß ich mich mit ihm treffe, und ich habe ihm gesagt, daß ich das nicht könnte.«

»Wo wollte er sich mit Ihnen treffen?«

Vaters Worte klangen ihr noch in den Ohren. *Metro Central ... Ausgang Zwölf G ...* Wo war er jetzt? Steckte er in Schwierigkeiten? Vater hatte die ganzen Jahre für sie gesorgt. Sie konnte und durfte ihm jetzt nicht schaden.

Sie überlegte sorgfältig, was sie sagte: »Ich konnte nicht am Telefon bleiben. Ich – ich habe ihm nur gesagt, ich könne nicht aus dem Büro fort, und habe praktisch mitten im Gespräch aufgehängt. Warum wollen Sie mit ihm reden? Was ist passiert?«

»Nun, vielleicht gar nichts.« Der Detective hatte eine nette Stimme. »Spricht Ihr Dad mit Ihnen über seine Patienten?«

»Ja.« Die Antwort war einfach. »Er macht sich so viel Sorgen um sie.«

»Hat er Ihnen gegenüber mal eine Mrs. Gillespie erwähnt?«

»Ja. Sie ist letzte Woche gestorben, nicht? Er war so unglücklich. Weil ihre Tochter sie gerade besuchen kommen wollte oder so.« Sie dachte daran, wie er im Schlaf geschrien hatte: »Schließen Sie Ihre Augen, Mrs. Gillespie. Schließen Sie die Augen.« Vielleicht hatte er etwas falsch gemacht, als er Mrs. Gillespie helfen wollte, und sie machten ihm das zum Vorwurf.

»Ist er Ihnen in letzter Zeit verändert vorgekommen – nervös oder so?«

»Er ist der netteste Mensch, den ich kenne. Sein ganzes Leben ist Aufopferung für Hilfsbedürftige. Übrigens hat man ihn gerade im Pflegeheim gebeten, nach Tennessee zu gehen und dort auszuhelfen.«

Der Detective lächelte. »Wie alt sind Sie, Miss Stevens?«

»Vierunddreißig.« Er machte ein überraschtes Gesicht. »So alt sehen Sie gar nicht aus. Den Einstellungsunterlagen zufolge ist Arthur Stevens neunundvierzig.« Er machte eine Pause, dann fuhr er freundlich fort: »Er ist nicht Ihr richtiger Vater, nicht wahr?«

Bald würde er sie mit Fragen festnageln. »Er war früher Gemeindepfarrer, beschloß dann aber, sich ganz der Krankenpflege zu widmen. Als ich mal sehr krank war und niemanden hatte, hat er mich zu sich genommen.«

Jetzt würde er sie fragen, wie sie wirklich hieße. Aber das tat er nicht.

»Ich verstehe. Miss ... Miss Stevens, wir möchten gerne mit, äh ... Vater Stevens reden. Wenn er sich bei Ihnen meldet, würden Sie mich dann anrufen?« Er gab ihr seine Karte. DETECTIVE WILLIAM BARROTT. Sie konnte spüren, wie er sie forschend betrachtete. Wieso stellte er ihr keine weiteren Fragen, was sie selbst und ihr Vorleben betraf?

Dann war er fort. Sie blieb allein in dem Privatbüro sitzen, bis Opal hereinkam.

»Gloria, ist was passiert?«

Opal war eine gute Freundin, die beste, die sie je hatte. Opal hatte ihr geholfen, sich selbst wieder als Frau zu empfinden. Opal drängte sie immer, auf Parties zu gehen, sagte, ihr Freund würde ihr einen Begleiter besorgen. Sie hatte immer abgelehnt.

»Gloria, was ist los?« fragte Opal noch einmal. »Du siehst schaurig aus.«

»Nein, es ist nichts passiert. Ich habe Kopfschmerzen. Meinst du, ich könnte nach Hause gehen?«

»Natürlich; ich werde die Sachen für dich zu Ende schreiben. Gloria, wenn ich etwas für dich tun kann ...«

Glory blickte in das bekümmerte Gesicht ihrer Freundin. »Nun nicht mehr, aber ich danke dir für alles.«

Sie ging zu Fuß nach Hause. Es waren zwar fünf Grad über null, aber die feuchte Kälte drang durch ihren Mantel und die Handschuhe. Die Wohnung mit ihren schäbigen gemieteten Möbeln wirkte merkwürdig leer, als wäre zu spüren, daß sie nicht mehr hierher zurückkämen. Sie ging an den Einbauschrank im Flur und holte sich den ramponierten schwarzen Koffer, den Vater auf dem Trödelmarkt gekauft hatte. Sie packte das Wenige, was sie an Kleidung besaß, hinein, ihre Kosmetiksachen und das neue Buch, das Opal ihr zu Weihnachten geschenkt hatte. Der Koffer war nicht groß, und sie schaffte es nur mit Mühe, ihn zu schließen.

Noch etwas mußte mit – ihre *Raggedy Ann*-Puppe. In der Nervenklinik hatte der Psychiater sie aufgefordert, ihm ein Bild zu malen, wie sie sich fühlte, aber das hatte sie nicht gekonnt. Die Puppe hatte zusammen mit anderen auf einem Regal gesessen, und er hatte sie ihr gegeben. »Glauben Sie, Sie könnten mir zeigen, wie diese Puppe aussähe, wenn sie in Ihrer Lage wäre?«

Es war nicht schwer gewesen, die Tränen zu malen, den verschreckten Ausdruck um die Augen hinzubekommen und den Zug um den Mund zu verändern, so daß ihm statt nach Lachen nach Weinen zumute zu sein schien.

»So schlimm?« hatte der Arzt gefragt, als sie fertig war.

»Noch schlimmer.«

Oh, Vater, dachte sie, ich wünschte, ich könnte hierbleiben und warten, bis du mich anrufst. Aber sie sind dabei, mir auf die Schliche zu kommen. Wahrscheinlich läßt dieser Detective mich gerade jetzt überprüfen. Ich kann nicht länger weglaufen. Ich muß mich stellen, solange ich noch den Mut dazu habe. Vielleicht rechnet man mir das als strafmildernd an, wenn man mich neu verurteilt.

Doch ein Versprechen konnte sie halten. Miss Langley hatte sie gebeten, diese berühmte Patricia Traymore vom Fernsehen anzurufen, bevor sie etwas unternahm. Das tat sie jetzt, erzählte ihr, was sie vorhatte, und hörte sich teilnahmslos Pats gefühlvolle Beschwörungen an.

Um drei Uhr verließ sie schließlich das Haus. Unten auf der Straße parkte ein Auto. Darin saßen zwei Männer. »Das ist sie«, sagte der eine. »Sie hat mich angelogen, sie will sich offenbar doch mit Stevens treffen.« Es klang bedauernd.

Der andere Mann trat mit dem Fuß auf das Pedal. »Ich habe dir ja gleich gesagt, daß sie dir etwas verschweigt. Ich wette zehn Dollar, daß sie uns jetzt zu Stevens führt.«

## 31

Pat raste mit ihrem Wagen durch die Stadt zum Lotus Inn Restaurant an der Wisconsin Avenue. Sie versuchte verzweifelt, sich etwas einfallen zu lassen, mit dem sie Eleanor Brown überreden konnte, sich noch nicht zu stellen. Sie ließe sich doch bestimmt mit Vernunftgründen überzeugen.

Sie hatte versucht, Sam zu erreichen, aber nach fünfmaligem Läuten hatte sie den Hörer aufgeknallt und war aus dem Haus gerannt. Während sie jetzt in Eile zu dem Restaurant fuhr, dachte sie darüber nach, ob sie Eleanor wohl nach dem Bild aus der High School wiedererkennen würde. Benutzte sie ihren eigenen Namen? Wahrscheinlich nicht.

Die Wirtin kam ihr zur Begrüßung entgegen. »Sind Sie Miss Traymore?«

»Ja.«

»Miss Brown erwartet Sie bereits.«

Sie saß an einem der hinteren Tische und nippte an einem Chablis. Pat ließ sich ihr gegenüber auf den Stuhl sinken, immer noch bemüht, sich innerlich zu sammeln, und in Überlegungen vertieft, was sie sagen sollte. Eleanor hatte sich nicht sehr verändert seit der Aufnahme, als sie noch zur High School ging. Sicherlich, sie sah älter aus, war aber nicht mehr so erschreckend dünn, und hübscher, als Pat erwartet hatte. Trotzdem war sie unverkennbar.

Sie sprach leise. »Miss Traymore? Danke, daß Sie gekommen sind.«

»Eleanor, bitte hören Sie mich an. Wir können Ihnen einen Anwalt besorgen. Sie könnten auf Kaution draußen bleiben, während wir uns etwas für Sie ausdenken. Sie befanden sich mitten in einer Nervenkrise, als Sie Ihr Ehrenwort brachen. Es gibt so viele Register, die ein guter Rechtsanwalt ziehen könnte.«

Der Kellner brachte ihr eine Vorspeise: *Butterfly Shrimps.* »Von denen habe ich schon lange geträumt«, sagte Eleanor. »Möchten Sie sich etwas bestellen?«

»Nein. Nichts. Eleanor, haben Sie verstanden, was ich gesagt habe?«

»Ja.« Eleanor stippte eine der Shrimps in die süße Sauce. »Oh, ist das gut!« Ihr Gesicht war blaß, aber entschlossen. »Miss Traymore, ich hoffe, daß man meine Strafe wieder aussetzen wird, aber wenn das nicht klappt, weiß ich, daß ich jetzt stark genug bin, um die Strafe abzusitzen, zu der man mich verurteilt hat. Ich kann in einer Zelle schlafen und Gefängniskleidung tragen, kann diese Pampe essen, die sie als Essen ausgeben, und kann die Leibesvisitationen und die Langeweile ertragen. Wenn ich entlassen werde, brauche ich mich nicht mehr zu verstecken, und ich werde mich mein restliches Leben lang bemühen, meine Unschuld zu beweisen.«

»Eleanor, hat man das Geld nicht in Ihrem Besitz gefunden?«

»Miss Traymore, die Hälfte aller Mitarbeiter im Büro wußte von diesem Abstellraum. Beim Umzug in dieses Apartment halfen mir sechs oder acht Kollegen. Wir machten eine Party daraus. Die Möbel, die ich nicht gebrauchen konnte, wurden nach unten in den Abstellraum gebracht. Dort hat man *einen Teil* des Geldes gefunden, aber siebzigtausend Dollar sind in die Taschen eines anderen gewandert.«

»Eleanor, Sie behaupten, Toby habe Sie angerufen, und er sagt, das habe er nicht getan. Fanden Sie es nicht merkwürdig, daß man Sie bat, an einem Sonntag ins Wahlkampfbüro zu gehen?«

Eleanor schob die Schalen auf ihrem Teller an die Seite. »Nein. Sehen Sie, die Senatorin war zur Wiederwahl aufgestellt. Aus dem Wahlkampfbüro wurden eine Menge Briefe verschickt. Sie kam oft vorbei und half, nur um den freiwilligen Helfern das Gefühl zu geben, daß sie wichtig waren. Wenn sie das tat, nahm sie immer ihren Diamantring ab. Er saß ein wenig lose, und sie ging wirklich sorglos mit ihm um. Es kam häufiger vor, daß sie ohne ihn fortging.«

»Und Toby oder jemand, der sich so anhörte wie Toby, sagte, sie hätte ihn verloren oder wieder verlegt.«

»Ja. Ich wußte, daß sie am Samstag im Wahlkampfbüro war, um beim Fertigmachen der Post zu helfen, deswegen hörte es sich für mich ganz normal an, daß sie ihn wieder vergessen haben könnte und jemand von den alten Helfern ihn für sie in den Safe gelegt hätte.

Ich glaube, als Toby anrief, fuhr er die Senatorin gerade irgendwohin. Die Stimme klang gedämpft, und wer immer da angerufen hat, er hat nicht viel gesagt. Nur etwas wie: »Sehen Sie nach, ob der Ring der Senatorin im Wahlkampfbüro im Safe liegt, und geben Sie ihr Bescheid.« Ich war wütend, weil ich nach Baltimore fahren wollte, um mir Skizzen zu machen, und sagte sogar etwas wie: »Wahrscheinlich findet sie ihn direkt vor ihrer Nase.« Daraufhin stieß der Anrufer so etwas wie ein Lachen aus und legte auf. Wenn Abigail Jennings nicht so viel darüber geredet hätte, daß sie mir eine zweite Chance gegeben habe und ich schon einmal wegen Diebstahls verurteilt worden sei, hätte ich bessere Aussichten auf Freispruch gehabt. Ich habe elf Jahre meines Lebens verloren wegen einer Tat, die ich nicht begangen habe, und ich will nicht einen weiteren Tag verlieren.« Sie stand auf und legte Geld auf den Tisch. »Das müßte für alles reichen.« Sie bückte sich, nahm ihren Koffer, zögerte dann aber. »Wissen Sie, was für mich jetzt am schlimmsten ist? Ich breche das Versprechen, das ich dem Mann gegeben habe, mit dem ich zusammen lebe, und er war immer so gut zu mir. Er hat mich gebeten, noch nicht zur Polizei zu gehen. Ich wünschte, ich könnte es ihm erklären, aber ich weiß nicht, wo er ist.«

»Kann ich ihn später für Sie anrufen? Wie heißt er? Wo arbeitet er?«

»Er heißt Arthur Stevens. Ich glaube, er hat Probleme mit seiner Arbeit. Er wird nicht dort sein. Da kann man nichts machen. Ich hoffe, daß Sie mit Ihrer Sendung Erfolg haben, Miss Traymore. Ich habe mich furchtbar aufgeregt, als ich die Vorankündigung las. Ich wußte, daß ich binnen vierundzwanzig Stunden wieder im Gefängnis wäre, wenn auch nur ein Bild von mir gezeigt würde. Aber wissen Sie, dadurch ist mir klar geworden, daß ich es leid bin, auf der Flucht zu sein. Es hat mir auf eine verrückte Art und Weise den Mut geschenkt, mich dazu aufzuraffen, ins Gefängnis zurückzugehen, damit ich eines Tages wieder wirklich frei sein werde. Vater, ich meine Arthur Stevens, konnte sich damit einfach nicht abfinden. Und jetzt sollte ich lieber gehen, bevor mich der Mut verläßt.«

Pat sah ihr ratlos nach.

Als Eleanor das Restaurant verließ, erhoben sich zwei Männer, die an einem Ecktisch gesessen hatten, und folgten ihr.

# 32

»Abby, es ist nicht so schlimm, wie es hätte sein können.« In den vierzig Jahren, die er sie kannte, hatte er sie jetzt erst zum dritten Mal in den Armen gehalten. Sie schluchzte verzweifelt.

»Warum hast du mir nicht gesagt, daß sie in dem Haus lebt?«

»Weil es keinen Grund dazu gab.«

Sie waren in Abigails Wohnzimmer. Er hatte ihr gleich nach ihrer Ankunft den Artikel gezeigt, dann die unvermeidliche Entladung zu dämpfen versucht.

»Abby, morgen wird die Zeitung in die Mülleimer gestopft.«

»Ich will nicht in die Mülleimer gestopft werden!« hatte sie geschrien.

Er goß einen Scotch pur ein und zwang sie, ihn zu trinken. »Nun komm schon, Senatorin, reiß dich zusammen. Vielleicht hat sich ein Fotograf da in den Büschen versteckt.«

»Halt das Maul, du verdammter Narr.« Aber der Gedanke daran hatte sie genug erschreckt. Und nach dem Whisky hatte sie angefangen zu weinen. »Toby, das sieht ja aus wie eine dieser alten Skandalblätter-Schauergeschichten. Und dieses Bild. Toby, *dieses Bild.*« Sie meinte nicht das von ihr und Francey.

Er legte die Arme um sie, tätschelte ihr ungeschickt den Rücken und erkannte mit dem dumpf gewordenen Schmerz eines Menschen, der sich längst mit seinem Schicksal abgefunden hat, daß er für sie nicht mehr war als ein Geländer, nach dem man griff, wenn die Füße unter einem nachgaben.

»Toby, wenn sich jemand diese Bilder genau anschaut! Toby, sieh dir *das* an.«

»Kein Mensch wird sich die Mühe machen.«

»Toby, dieses Mädchen – diese Pat Traymore. Wie kam sie dazu, dieses Haus zu mieten? Das kann kein Zufall sein.«

»Das Haus ist in den letzten vierundzwanzig Jahren an zwölf verschiedene Mieter vermietet gewesen. Sie ist nichts weiter als eine neue Mieterin.« Toby bemühte sich, seiner Stimme Nachdruck zu verleihen. Er glaubte das selbst nicht; andererseits hatte Phil immer noch nichts Genaueres über diesen Mietfall herausbekommen. »Senatorin, du mußt durchhalten. Wer immer dieser Pat Traymore gedroht hat ...«

»Toby, *woher wissen wir, daß es Drohungen gegeben hat?* Woher wissen wir, daß es nicht ein vorsätzlicher Versuch war, mir zu schaden?«

Er war so erschrocken, daß er einen Schritt zurückwich. Sie machte sich reflexartig von ihm los, und sie starrten einander an. »Allmächtiger Gott, Abby, du meinst, das sind alles *Machenschaften* von ihr?«

Das Läuten des Telefons ließ sie beide zusammenzucken. Er blickte sie an. »Willst du –«

»Ja.« Sie hielt sich die Hände vors Gesicht. »Es ist mir ganz gleichgültig, wer anruft. Ich bin nicht da.«

»Bei Senatorin Jennings.« Toby sprach mit seiner Butler-Stimme. »Kann ich der Senatorin etwas ausrichten? Sie ist im Moment nicht zu Hause.« Er blinzelte Abby zu und wurde dafür mit dem Anflug eines Lächelns belohnt. »Der Präsident ... Oh, einen kleinen Augenblick, Sir.« Er hielt die Hand über die Sprechmuschel. »Abby, der Präsident möchte dich sprechen ...«

»Toby, untersteh dich ...«

»Abby, um Himmels willen, es ist der *Präsident!*«

Sie schlug sich die Hände vor den Mund, dann kam sie herüber und nahm ihm den Hörer ab. »Wenn das ein Scherz von dir ist ...« Sie meldete sich. »Abigail Jennings.«

Toby beobachtete, wie sich ihr Gesichtsausdruck veränderte. »Herr Präsident, entschuldigen Sie bitte ... Entschuldigen Sie ... Ich habe gerade gelesen ... Darum habe ich Anweisung gegeben ... Es tut mir leid ... Ja, natürlich, Sir. Ja, ich kann morgen abend ins Weiße Haus kommen ... Halb neun, selbstverständlich. Ja, diese Sendung hat uns ziemlich beschäftigt. Offen gesagt, es behagt mir nicht, im Mittelpunkt einer solchen Sache zu stehen ... Oh, wie freundlich von Ihnen ... Sir, Sie meinen ... Ich weiß gar nicht, was ich sagen soll ... Natürlich, ich verstehe ... Ich danke Ihnen, Sir.«

Sie legte auf und blickte Toby benommen an. »Ich darf keiner Menschenseele etwas davon verraten. Er will morgen abend nach der Sendung meine Ernennung bekanntgeben. Er hat gesagt, es wäre keine schlechte Idee, daß mich das Land etwas besser kennenlernt. Er hat über das Bild im *Mirror* gelacht. Meinte, seine Mutter sei auch dick gewesen, aber ich wäre heute viel hübscher als mit siebzehn. Toby, ich werde Vizepräsidentin der Vereinigten Staaten!« Sie lachte hysterisch und warf sich in seine Arme.

»Abby, du hast es *geschafft!*« Er hob sie in die Höhe.

Einen Augenblick später verzerrte sich ihr Gesicht vor Spannung. »Toby, es darf nichts passieren ... Es darf nichts dazwischenkommen ...«

Er ließ sie wieder herunter und nahm ihre Hände in seine. »Abby, ich *schwöre,* nichts soll dich daran hindern.«

Sie begann zu lachen und dann zu weinen. »Toby, in meinem Kopf dreht sich alles. Du und dieser verdammte Scotch. Du weißt doch, ich kann nichts vertragen. Toby – *Vizepräsidentin!*«

Er mußte dafür sorgen, daß sie sich entspannte. »Nachher«, sagte er mit beruhigender Stimme, »machen wir eine Spazierfahrt und fahren mal ganz zufällig an deinem neuen Haus vorbei, Abby. Endlich bekommst du ein Herrenhaus. Deine nächste Adresse ist die Massachusetts Avenue.«

»Toby hör auf. Mach mir nur eine Tasse Tee. Ich werde duschen und versuchen, mich zu fassen. Vizepräsidentin! Mein Gott, mein Gott!«

Er setzte den Tee auf und ging dann, ohne sich erst die Mühe zu machen, einen Mantel anzuziehen, zu dem Briefkasten an der Straße und machte ihn auf. Die übliche Ansammlung von Plunder – Coupons, Wettbewerbe, »Vielleicht haben Sie schon zwei Millionen Dollar gewonnen« ... Abbys persönliche Post ging zu neunundneunzig Prozent über ihr Büro.

Dann sah er ihn. Den blauen Umschlag mit der handgeschriebenen Adresse. Ein persönlicher Brief an Abby. Er warf einen Blick auf die linke obere Ecke und spürte, wie ihm das Blut aus dem Kopf wich.

Der Brief kam von Catherine Graney.

## 33

Sam fuhr auf der 7th Street quer durch die Stadt. Er war ein wenig spät dran für seine Verabredung um zwölf mit Larry Saggiotes vom National Transportation Safety Board.

Nachdem er Pat verlassen hatte, war er nach Hause gefahren und hatte fast die ganze Nacht wachgelegen, innerlich hin und her gerissen vor Wut und einer nüchternen Prüfung der Vorwürfe, die Pat gegen ihn erhoben hatte.

»Kann ich Ihnen helfen, Sir?«

»Wie bitte? Oh, Verzeihung.« Sam bemerkte verlegen, daß er so tief in Gedanken versunken gewesen war, daß er die Eingangshalle des FAA Building betreten hatte, ohne zu wissen, wie er durch die Drehtür gekommen war. Der Sicherheitsbeamte betrachtete ihn neugierig.

Er fuhr zum achten Stock hinauf und nannte der Dame am Empfang seinen Namen. »Es dauert nur noch wenige Minuten«, sagte sie.

Sam nahm in einem Sessel Platz. Hatten Abigail und Willard Jennings an jenem letzten Tag eine heftige Auseinandersetzung? fragte er sich. Aber das mußte nichts zu bedeuten haben. Er wußte noch, wie oft er gedroht hatte, aus dem Kongreß auszuscheiden und sich eine Stellung zu suchen, die ihnen etwas von dem Luxus erlauben würde, den Janice verdient hatte. Sie hatte mit ihm gestritten und getobt, und jeder, der sie gehört hätte, wäre zu der Ansicht gelangt, daß sie einander nicht ausstehen konnten. Vielleicht hatte die Witwe des Piloten an dem Tag tatsächlich einen Streit zwischen Abigail und Willard Jennings mitangehört. Vielleicht hatte Willard sich schrecklich über etwas geärgert und wollte die Politik aufgeben, und sie wollte nicht, daß er alle Brücken hinter sich abbrach.

Sam hatte seinen Freund Jack Carlson vom FBI gebeten, den Unfallbericht aufzuspüren.

»Vor siebenundzwanzig Jahren? Das könnte schwierig werden«, hatte Jack gemeint. »Flugzeugabstürze werden heute vom National Transportation Safety Board untersucht, doch früher war das Sache der Zivilen Luftfahrtbehörde. Laß mich zurückrufen.«

Um halb zehn hatte Jack angerufen. »Du hast Glück«, hatte er lakonisch gesagt. »Die meisten Akten wandern nach zehn Jahren in den Reißwolf, aber wenn Prominente unter den Opfern waren, kommen die Untersuchungsberichte ins Lager des Safety Board. Sie haben alle Unfallunterlagen, in die jemand Bedeutendes verwickelt war, von Amelia Earhart über Carol Lombard bis hin zu Dag Hammarskjöld und Hale Boogs. Mein Kontaktmann beim Safety Board ist Larry Saggiotes. Er läßt sich den Bericht ins Büro kommen und schaut ihn sich an. Er hat vorgeschlagen, daß du gegen Mittag zu ihm kommst, um mit ihm darüber zu reden.«

»Entschuldigen Sie, Sir, Mr. Saggiotes ist jetzt bereit, Sie zu empfangen.«

Sam blickte auf. Er hatte das Gefühl, als hätte die Empfangsdame schon vorher versucht, seine Aufmerksamkeit zu erlangen. Ich sollte mich lieber zusammenreißen, dachte er. Er folgte ihr den Flur hinunter.

Larry Saggiotes war ein kräftiger Mann, dessen Gesichtsschnitt und Teint seine griechische Herkunft verrieten. Nach einigen höflichen Begrüßungsfloskeln gab Sam eine sorgfältig überlegte Erklärung ab, warum er Nachforschungen über die Unfallursache gewünscht hatte.

Larry lehnte sich in seinem Sessel zurück, runzelte die Stirn. »Schönes Wetter hier, nicht wahr?« bemerkte er. »Aber in New York haben wir Nebel, in Minneapolis Eis, in Dallas Regen. Trotzdem werden in diesem Land im

Laufe der nächsten vierundzwanzig Stunden einhundertzwanzigtausend Verkehrs-, Militär- und Privatmaschinen starten und landen. Und die Chancen, daß eine von ihnen abstürzt, sind minimal. Das ist der Grund, warum wir so unglücklich sind, wenn eine Maschine, die von einem erfahrenen Techniker überprüft worden ist und von einem Spitzenpiloten bei guter Sicht geflogen wird, plötzlich gegen einen Berg prallt und über ein Gebiet von über zwei Quadratmeilen Felsenlandschaft verstreut zerschellt.«

»Die Jennings-Maschine!«

»Ja, die Jennings-Maschine«, bestätigte Larry. »Ich habe gerade den Bericht gelesen. Was ist geschehen? Wir wissen es nicht. Den letzten Kontakt mit George Graney hatte die Bodenkontrolle bei seinem Abflug in Richmond. Es war mit keinerlei Schwierigkeiten zu rechnen. Und dann war er überfällig.«

»Und der Urteilsspruch lautete: ein Fehler des Piloten?« fragte Sam.

»*Wahrscheinlicher* Grund: ein Fehler des Piloten. Darauf läuft es immer hinaus, wenn wir keine andere Erklärung finden. Es war eine ziemlich neue zweimotorige Cessna, deswegen bezeugten die Techniker, daß die Maschine in hervorragendem Zustand war. Willard Jennings' Witwe heulte sich die Augen aus und zeterte, sie habe schon immer einen Horror vor kleinen Charterflugzeugen gehabt und ihr Mann habe sich schon öfter über ruppige Landungen von Graney beklagt.«

»Hat man je die Möglichkeit eines Verbrechens in Erwägung gezogen?«

»Herr Abgeordneter, bei einem Fall wie diesem wird immer untersucht, ob es sich um ein Verbrechen handeln *könnte*. Als erstes suchen wir nach Hinweisen, wie es geschehen sein könnte. Na ja, es gibt viele Arten von Sabotage, die ziemlich schwer nachzuweisen sind. Bei all den Magnetbändern, die heute gebraucht werden, könnte zum Beispiel ein im Cockpit versteckter starker Magnet bewirken, daß alle Instrumente versagen. Vor siebenundzwanzig Jahren hätte das nicht passieren können. Aber auch wenn sich jemand am Generator von Graneys Maschine zu schaffen gemacht hätte, etwa einen Draht durchgescheuert oder durchgeschnitten, hätte Graney gerade beim Überfliegen eines Berges einen totalen Maschinenausfall gehabt. Die Chancen, einen Beweis zu finden, der einem etwas genutzt hätte, wären gleich Null gewesen.

Eine zweite Möglichkeit wäre der Benzinschalter gewesen. Diese Maschine hatte zwei Tanks. Der Pilot schaltete auf den zweiten um, wenn die Nadel des ersten Tanks anzeigte, daß er leer war. Angenommen, der Schalter funktionierte nicht? Er hätte keine Chance gehabt, den zweiten Tank zu benutzen. Und dann natürlich ätzende Säure. Jemand, der will, daß eine Maschine nicht heil wieder runterkommt, könnte einen lecken Säurecontainer an Bord schmuggeln. Er könnte im Gepäckteil sein, unter einem Sitz – spielt keine Rolle. Das Zeug würde binnen einer Stunde die Kabel zerfressen, und man hätte keine Gewalt mehr über die Maschine. Aber das wäre leichter festzustellen.«

»Ist etwas dieser Art bei der Untersuchung zur Sprache gekommen?« erkundigte sich Sam.

»Es wurden nicht mal genug Teile von dem Flugzeug geborgen, als daß man damit hätte Mikado spielen können. Als nächstes hielten wir also nach einem Motiv Ausschau. Und da haben wir absolut keines gefunden. Graneys Charterfirma ging gut; er hatte nicht erst vor kurzem eine Versicherung abgeschlossen. Der Kongreßabgeordnete war so gering versichert, daß man nur staunen konnte, aber wenn die Familie Zaster hat, braucht man vermutlich keine Versicherung. Übrigens, dies ist das zweite Mal, daß mich jemand um eine Kopie des Berichts bittet. Letzte Woche bat mich Mrs. Graney um einen.«

»Larry, wenn irgend möglich, würde ich Senatorin Jennings gerne ersparen, daß diese Sache wiederaufgewärmt wird – und natürlich werde ich den Bericht selbst lesen, aber gestatten Sie mir eine offene Frage: Gab es einen Anlaß zu vermuten, daß George Graney ein unerfahrener oder unachtsamer Pilot war?«

»Absolut gar keinen. Er hatte einen tadellosen Ruf, Herr Abgeordneter. Er war während des ganzen Krieges im Luftwaffeneinsatz, und danach hat er einige Jahre im Dienst von United gestanden. Ein solcher Flug war für ihn ein Kinderspiel.«

»Und seine Maschine?«

»Immer in bestem Zustand. Er hatte gute Techniker.«

»Dann ist die Witwe des Piloten mit gutem Grund darüber aufgebracht, daß die Schuld an dem Absturz George Graney in die Schuhe geschoben wurde?«

Larry blies einen Rauchring von der Größe eines Berliner Pfannkuchens. »Das kann man wohl sagen – einem *mehr* als guten Grund.«

# 34

Um zehn Minuten nach vier gelang es Pat, Sam von der Eingangshalle des Potomac Cable Network Building anzurufen. Ohne auf ihren Streit einzugehen, erzählte sie ihm von Eleanor Brown. »Ich konnte sie nicht davon abhalten. Sie war fest entschlossen, sich zu stellen.«

»Beruhige dich, Pat. Ich werde ihr einen Anwalt schikken. Wie lange bleibst du beim Sender?«

»Ich weiß nicht. Hast du die heutige *Tribune* gesehen?«

»Nur die Schlagzeilen.«

»Lies mal den zweiten Teil. Eine Klatschtante, der ich neulich abends begegnet bin, bekam mit, wo ich wohne, und hat alles wieder aufgewärmt.«

»Pat, ich bleibe jetzt hier. Komm herüber, wenn du im Sender fertig bist.«

Luther erwartete sie bereits in seinem Büro. Sie hatte damit gerechnet, wie ein Paria behandelt zu werden. Statt dessen war er ziemlich zurückhaltend. »Die Aufnahmen in Apple Junction sind gut gelaufen«, sagte er. »Es hat gestern geschneit, und dies scheußliche Provinznest sah aus wie der amerikanische Traum. Wir haben das Saunders-Haus aufgenommen, die High School mit der Krippe davor und die Main Street mit dem Weihnachtsbaum. Vor dem Rathaus haben wir ein Schild aufgestellt: ›Apple Junction, Geburtsort der Senatorin Abigail Foster Jennings.‹«

Luther paffte an einer Zigarette. »Diese alte Dame, Margaret Langley, hat ein gutes Interview gegeben. Sah irgendwie gediegen aus und schrullig. Macht sich gut, wie sie darüber spricht, was für eine lerneifrige Schülerin die Senatorin war, und wie sie das Jahrbuch zeigt.«

Pat fiel auf, daß Luther so tat, als wäre *er* auf die Idee gekommen, die Aufnahmen in Apple Junction zu machen. »Haben Sie die Aufnahmen von gestern abend und heute morgen gesehen?« fragte sie.

»Ja. Sie sind okay. Sie hätten vielleicht etwas länger zeigen können, wie Abigail richtig am Schreibtisch sitzt und arbeitet. Die Weihnachtspartysequenz war gut.«

»Sie haben doch sicher die heutige *Tribune* gesehen?«

»Ja.« Luther drückte seine Zigarette im Aschenbecher aus und griff gleich nach einer neuen. Seine Stimme nahm einen anderen Ton an. Auf seinen Wangen erschienen verräterische rote Flecken. »Pat, würden Sie so freundlich sein, Ihre Karten auf den Tisch zu legen und mir zu erklären, warum Sie diese Story herausgegeben haben?«

»Warum ich *was?*«

Jetzt ließ Luther alle Zurückhaltung fallen. »Vielleicht würden es viele Leute als Zufall betrachten, daß in einer Woche so viel geschehen ist, das der Senatorin Sensationsmeldungen eingebracht hat. Ich hingegen glaube nicht an Zufälle. Ich stimme mit dem überein, was Abigail sagte, als dies erste Bild im *Mirror* erschien. Sie hatten es vom ersten Tag an darauf angelegt, uns zu zwingen, die Sendung *Ihren* Vorstellungen entsprechend zu gestalten. Und ich glaube, Sie haben jeden Ihnen zur Verfügung stehenden Trick benutzt, um sich selbst ins Gespräch zu bringen. Es gibt nicht einen Menschen in Washington, der nicht über Pat Traymore spricht.«

»Wenn Sie das glauben, sollten Sie mich feuern.«

»Und Ihnen noch mehr Schlagzeilen einbringen? Kommt nicht in Frage. Aber würden Sie mir interessehalber einige Fragen beantworten?«

»Schießen Sie los.«

»An dem ersten Tag, als Sie zu mir in dies Büro kamen, bat ich Sie, jedweden Hinweis auf den Kongreßabgeordneten Adams und seine Frau zu entfernen. Wußten Sie, daß Sie deren Haus gemietet hatten?«

»Ja.«

»Wäre es nicht normal gewesen, das zu erwähnen?«

»Finde ich nicht. Natürlich habe ich jedes Bild von ihnen im Material der Senatorin entfernt – und da habe ich übrigens verdammt gute Arbeit geleistet. Haben Sie sich all diese Filme angesehen?«

»Ja. Da haben Sie gute Arbeit geleistet. Dann, wie wäre es, wenn Sie mir verraten, wie Sie sich die Drohungen erklären? Jeder, der eine Ahnung von unserer Branche hat, müßte sich darüber im klaren sein, daß die Sendung gemacht wird, ob Sie nun daran arbeiten oder nicht.«

Pat war vorsichtig in der Wahl ihrer Worte. »Ich glaube, diese Drohungen waren nichts weiter als eben das – *Drohungen.* Vermutlich hatte derjenige nie vor, mir ernstlich etwas anzutun, sondern wollte mich nur einschüchtern. Ich denke, daß da jemand Angst davor hat, daß diese Sendung gemacht wird, und glaubte, wenn ich sie nicht machte, würde man das Vorhaben fallenlassen.« Sie legte eine Pause ein, dann setzte sie bedacht hinzu: »Dieser Mann konnte ja nicht wissen, daß ich nur die Galionsfigur einer Kampagne bin, Abigail Jennings zur Vizepräsidentin zu machen.«

»Wollen Sie damit andeuten ...?«

»Nein, nicht andeuten, feststellen. Sehen Sie, ich bin darauf 'reingefallen. Ich bin darauf 'reingefallen, daß Sie mich so schnell engagiert haben, daß Sie mich bestürmt haben, die Arbeit von drei Monaten in einer Woche zu leisten, daß ich das Material für die Sendung von Ihnen und der Senatorin mundgerecht serviert bekam. Das bißchen Anspruch, das die Sendung darauf erheben kann, wirklich eine Dokumentarsendung zu sein, verdankt sie nur den Teilen, die zu schlucken ich Sie gezwungen habe. Nur auf Grund dieser miserablen Publicity, die ich ohne Absicht für Abigail Jennings gemacht habe, kann ich mein Bestes tun, daß diese Sendung ihr nützt. Aber ich warne Sie, sobald sie gelaufen ist, werde ich einigen Dingen nachgehen.«

»Zum Beispiel ...?«

»Zum Beispiel dem Fall Eleanor Brown, dieses Mädchens, das verurteilt wurde, weil es Wahlkampfgelder gestohlen haben soll. Ich habe sie heute gesehen. Sie war im Begriff, sich der Polizei zu stellen. Und sie schwört, daß sie dieses Geld nie angerührt hat.«

»Eleanor Brown hat sich gestellt?« unterbrach Luther sie. »Daraus können wir für uns Kapital schlagen. Als jemand, der sein Ehrenwort verletzt hat, wird sie keine Kaution bekommen.«

»Der Abgeordnete Sam Kingsley versucht gerade dafür zu sorgen, daß eine Kaution gestellt wird.«

»Das ist ein Fehler. Ich werde dafür sorgen, daß man sie festhält, bis der Präsident seine Nominierung bekanntgegeben hat. Wen kümmert es, was danach geschieht? Sie hat einen ordentlichen Prozeß gehabt. Wir werden in der Sendung über den Fall reden, genau wie wir es vorgesehen haben, nur werden wir ergänzend hinzufügen, daß sie sich auf Grund dieser Sendung gestellt hat. Falls sie die Absicht hat, Ärger zu machen, können wir das damit vereiteln.«

Pat kam sich so vor, als hätte sie Eleanors Vertrauen mißbraucht. »Ich bin zufällig zu der Überzeugung gelangt, daß diese Frau unschuldig ist, und wenn sie es ist, werde ich alles daran setzen, daß sie einen neuen Prozeß bekommt.«

»Sie ist schuldig«, sagte Luther bissig. »Warum hätte sie sonst ihr Ehrenwort brechen sollen? Wahrscheinlich hat sie die siebzigtausend Dollar inzwischen durchgebracht und ist es leid, auf der Flucht zu sein. Vergessen Sie nicht: Ein Geschworenengericht hat sie einstimmig verurteilt. Sie glauben doch noch an unser Rechtssystem, hoffe ich? Nun, was gibt es noch? Wissen Sie noch etwas, das ein schlechtes Licht auf die Senatorin werfen könnte?«

Sie erzählte ihm von Catherine Graney.

»Sie sagt also, daß sie den Sender verklagen will?« Luther wirkte sehr erfreut. »Und das bereitet Ihnen Sorgen?«

»Wenn sie über die Ehe der Jennings' zu reden beginnt ... schon allein die Tatsache, daß die Senatorin nicht einen Penny von ihrer Schwiegermutter vererbt bekommen hat ...«

»Das wird Abigail die Sympathien aller Frauen in Amerika einbringen, die Pech mit ihrer Schwiegermutter haben. Was die Jennings-Ehe anbelangt, steht die Aussage der Graney gegen die der Senatorin und von Toby ... Vergessen Sie nicht, daß er bei ihrem letzten Zusammensein dabei war. Und was ist mit dem Brief, den Sie mir gegeben haben und den die Senatorin an ihren Mann geschrieben hat? Dem Datum nach wurde er nur wenige Tage vor seinem Tod geschrieben.«

»Das ist unsere *Vermutung*. Jemand anderes könnte darauf hinweisen, daß sie den Brief ohne Jahreszahl geschrieben hat.«

»Die Jahreszahl könnte sie, wenn nötig, jetzt noch einsetzen. Noch etwas?«

»Das sind nach meinem besten Wissen und Gewissen die einzigen Dinge, die der Senatorin eine ungünstige Publicity bescheren könnten. Ich bin bereit, mein Ehrenwort darauf zu geben.«

»Na schön.« Luther schien beruhigt zu sein. »Ich werde heute abend mit einer Kamera-Crew aufzeichnen, wie die Senatorin nach Hause kommt – diese Szene vom Ende eines Arbeitstages.«

»Wollen Sie, daß ich diese Aufnahme leite?«

»Ich möchte, daß Sie sich von Abigail, soweit es irgend geht, fernhalten, bis sie sich wieder beruhigt hat. Pat, haben Sie Ihren Vertrag mit diesem Sender sorgfältig gelesen?«

»Ich denke, ja.«

»Dann dürfte Ihnen bekannt sein, daß wir das Recht

haben, Ihren Vertrag gegen eine bestimmte Abfindung aufzulösen? Ehrlich gesagt, nehme ich Ihnen dieses Ammenmärchen, daß jemand diese Sendung verhindern will, nicht ab. Aber ich empfinde fast so etwas wie Bewunderung dafür, daß Sie es geschafft haben, hier in Washington in aller Munde zu sein, und Sie haben sich dazu einer Frau bedient, die ihr ganzes Leben dem Dienst an der Öffentlichkeit gewidmet hat.«

»Haben *Sie* meinen Vertrag gelesen?» fragte Pat.

»Ich habe ihn selber aufgesetzt.«

»Dann wissen Sie auch, daß Sie mir die volle inhaltliche Verantwortung an den mir übertragenen Projekten zugestanden haben. Glauben Sie, daß Sie diese vertragliche Zusage in der letzten Woche erfüllt haben?« Sie öffnete die Tür von Luthers Büro in der Gewißheit, daß alle in der Nachrichtenredaktion ihnen zuhörten.

Luthers letzte Worte hallten durch den Raum. »Nächste Woche um diese Zeit werden Ihre Vertragsbedingungen zur Diskussion stehen.«

Es geschah zwar selten, aber in diesem Moment knallte Pat mit der Tür.

Eine Viertelstunde später nannte sie dem Mann am Empfang in Sams Apartmenthaus ihren Namen.

Sam erwartete sie im Flur, als der Aufzug in seinem Stockwerk hielt. »Pat, du siehst angestrengt aus«, sagte er.

»Das bin ich auch.« Sie blickte müde zu ihm auf. Er trug denselben Pullover wie am Vorabend. Es versetzte ihr einen Stich, als sie erneut bemerkte, wie sehr er das Blau seiner Augen hervorhob. Er nahm sie am Arm, und sie gingen den Korridor entlang.

In seiner Wohnung war sie überrascht über seine Einrichtung. Mitten im Zimmer stand eine Gruppe anthrazitfarbener Anbaumöbel. An den Wänden hingen etliche gute Drucke und einige erstklassige Gemälde. Der Raum war mit einem anthrazitgrau-weiß gemusterten Wollteppichboden ausgelegt.

Sie hatte erwartet, daß Sam konventioneller eingerichtet wäre – ein Sofa mit Armlehnen, bequeme Sessel, Familienerbstücke. Ein Orientteppich hätte sich, auch wenn er noch so alt und verschlissen gewesen wäre, auf dem Teppichboden als deutliche Verbesserung ausgemacht. Er fragte sie, wie sie die Wohnung fand, und sie sagte es ihm.

Sam kniff die Augen zusammen. »Du weißt wohl, wie man sich verhält, um wieder eingeladen zu werden, stimmt's? Du hast natürlich recht. Ich wollte allen alten Ballast abwerfen, ganz neu beginnen und habe dabei natürlich übertrieben. Ich gebe dir recht. Es sieht hier aus wie in einem Hotelfoyer.«

»Warum bleibst du dann hier? Ich schätze, du hast auch andere Möglichkeiten zur Wahl.«

»Oh, das Apartment ist in Ordnung«, sagte Sam ruhig. »Nur das Mobiliar stört mich. Ich habe mich von den alten Sachen getrennt, ohne eine genaue Vorstellung von den neuen zu haben.«

Es war eine halb im Scherz dahingesagte Meinung, die plötzlich zuviel Gewicht bekam. »Ach, hast du vielleicht einen Scotch für eine müde Lady?« fragte sie.

»Natürlich.« Er ging hinüber an die Bar. »Mit viel Soda, einem Würfel Eis, einem Spritzer Limone, wenn möglich, aber wenn du keine Limone hast, ist es auch nicht schlimm.«

Er lächelte.

»Ich bin sicher, ich höre mich nicht so lasch an.«

»Nicht lasch, nur rücksichtsvoll.« Er bereitete die Drinks und stellte sie auf den Couchtisch. »Setz dich, und sei nicht so nervös. Wie war es im Studio?«

»Nächste Woche um diese Zeit bin ich wahrscheinlich arbeitslos. Weißt du, Luther glaubt tatsächlich, ich hätte das alles aus Sensations-Publicity-Hascherei eingefädelt, und er bewundert mich dafür, daß ich die Nerven dazu hatte.«

»Ich schätze, Abigail denkt so ähnlich.«

Pat zog eine Augenbraue hoch. »Ich bin sicher, du würdest als erster davon erfahren. Sam, ich hatte eigentlich nicht vor, mich nach dem gestrigen Abend so schnell wieder bei dir zu melden. Tatsächlich schwebte mir eine hübsche dreimonatige Abkühlungsphase vor, bevor wir uns als gleichgültige Bekannte wiedersähen. Aber ich brauche dringend Hilfe, und an Luther Pelham kann ich mich deswegen mit Sicherheit nicht wenden. Deswegen bist du leider der Auserwählte.«

»Nicht gerade der liebste Grund, aus dem ich von dir hören würde, aber ich freue mich, wenn ich dir helfen kann.«

Sam war heute verändert. Sie konnte das spüren. Es war so, als wäre dies Unschlüssige, Wankelmütige fort. »Sam, da war noch etwas mit diesem Einbruch.« Sie erzählte ihm, so ruhig sie konnte, von der *Raggedy Ann*-Puppe. »Und jetzt ist die Puppe verschwunden.«

»Pat, soll das heißen, es war jemand ohne dein Wissen bei dir im Haus?«

»Ja.«

»Dann wirst du keine Minute länger dableiben.«

Sie stand ruhelos auf und ging zum Fenster.

»Damit ist die Sache nicht gelöst. Sam, auf eine verrückte Art und Weise ist die Tatsache, daß die Puppe wieder verschwunden ist, fast beruhigend. Ich glaube nicht, daß derjenige, der mir gedroht hat, mir wirklich etwas antun wollte. Sonst hätte er es sicher schon getan. Ich glaube, er hat Angst davor, daß die Sendung *ihm* schaden könnte. Und ich habe da einige Ideen.« Sie erklärte ihm schnell, wie sie den Fall Eleanor Brown beurteilte. »Wenn Eleanor Brown nicht gelogen hat, dann hat es Toby getan. Wenn Toby gelogen hat, muß die Senatorin ihn gedeckt haben, und das kann ich nicht glauben. Aber angenommen, es war noch ein Dritter in die Sache verstrickt, der Tobys Stimme nachahmen konnte und wußte, wo Eleanor ihren Abstellraum hatte, und darin genug Geld versteckte, um sie als Schuldige dastehen zu lassen?«

»Wie erklärst du dir die Sache mit der Puppe und den Drohungen?«

»Ich glaube, daß mich jemand einzuschüchtern und die Sendung zu stoppen versucht hat, jemand, der mich kannte, als ich klein war, und mich vielleicht wiedererkannt hat. Sam, was hältst du davon? *Toby* kannte mich, als ich klein war. Und Toby ist mir gegenüber richtig feindselig geworden. Anfangs dachte ich, es wäre wegen der Senatorin und all dieser schlechten Publicity, aber neulich hat er sich in der Bibliothek umgesehen, als hätte er etwas vor. Und nachdem er aus dem Haus gegangen war, hat er sich selbst wieder Einlaß verschafft. Er ahnte nicht, daß ich ihm gefolgt war, um den Sicherheitsriegel vorzuschieben. Er versuchte es so darzustellen, als hätte er nur das Schloß prüfen wollen, und sagte, daß jeder herein könne und ich vorsichtig sein solle. Ich nahm ihm das ab – aber, Sam, ich habe wirklich Angst vor ihm. Könntest du ihn nicht mal überprüfen und feststellen lassen, ob er mal in Schwierigkeiten gesteckt hat? Ich meine, echten Schwierigkeiten?«

»Ja, das kann ich. Ich konnte diesen Vogel selbst nie ausstehen.« Er trat von hinten an sie heran, legte ihr die Arme um die Taille. Instinktiv lehnte sie sich zurück. »Du hast mir gefehlt, Pat.«

»Seit gestern abend?«

»Nein, seit zwei Jahren.«

»Fast wäre es dir gelungen, mich zu täuschen.« Einen Augenblick lang gab sie sich der reinen Freude hin, ihm so nahe zu sein; dann drehte sie sich um und sah ihn an. »Sam, was ich will, ist nicht ein bißchen Rest-Zuneigung. Warum …«

Er drückte sie fest an sich. Seine Lippen waren nicht

länger zögernd. »Mit Rest-Zuneigung ist es aus und vorbei.«

Eine ganze Weile lang standen sie als dunkle Silhouetten vor dem Fenster.

Schließlich trat Pat einen Schritt zurück. Sam ließ sie los. Sie blickten einander an. »Pat«, sagte er, »alles, was du gestern abend gesagt hast, stimmte – bis auf eines. Es ist nichts zwischen Abigail und mir. Kannst du mir ein wenig Zeit lassen, wieder zu mir zu kommen? Bis zu unserem Wiedersehen diese Woche wußte ich nicht, daß ich wie ein lebender Leichnam funktionierte.«

Sie versuchte zu lächeln. »Du scheinst zu vergessen, daß auch ich etwas Zeit brauche. Das Wiederaufspüren alter Erinnerungen ist nicht so einfach, wie ich mir das gedacht habe.«

»Glaubst du, echte Eindrücke jener Nacht wiederzuerhalten?«

»Echt, ja vielleicht, aber nicht sonderlich erfreulich. Ich fange an zu glauben, daß es vielleicht meine Mutter war, die in jener Nacht durchgedreht ist, und das ist für mich irgendwie noch schlimmer.«

»Wieso nimmst du das an?«

»Nicht wieso ich das *annehme,* sondern warum sie durchgedreht ist, interessiert mich jetzt. Na ja, noch einen Tag, und die Welt bekommt *The Life and Times of Abigail Jennings* präsentiert. Erst danach fange ich an, richtig nachzuforschen. Ich wünschte nur, bei Gott, diese ganze Sache wäre nicht so überstürzt worden. Sam, es gibt da einfach zu vieles, das nicht zusammenpaßt. Und es ist mir gleichgültig, was Luther Pelham denkt. Mit diesem Teil über den Flugzeugabsturz wird Abigail sich nur selbst schaden. Catherine Graney meint es ernst.«

Sie lehnte seine Einladung zum Essen ab. »Das war ein anstrengender Tag. Ich bin um vier Uhr aufgestanden, um mich auf die Aufnahmen im Büro der Senatorin vorzubereiten. Und morgen machen wir die letzten Aufnahmen. Ich werde mir ein Sandwich machen und spätestens um neun im Bett liegen.«

An der Tür hielt er sie noch einmal fest. »Wenn ich siebzig bin, bist du erst neunundvierzig.«

»Und wenn du hundertdrei bist, bin ich zweiundachtzig. – Du läßt also Toby überprüfen und gibst mir Bescheid, wenn du etwas über Eleanor Brown hörst?«

»Natürlich.«

Nachdem Pat gegangen war, rief Sam Jack Carlson an und berichtete ihm schnell, was Pat ihm anvertraut hatte.

Jack pfiff leise. »Soll das heißen, der Kerl ist noch mal dagewesen? Sam, da haben wir es mit einem Verrückten zu tun. Selbstverständlich können wir diesen Toby abchecken, aber tu' mir einen Gefallen. Besorg mir eine Schriftprobe von ihm, ja?«

# 35

Detective Barrott war nett. Er glaubte ihr, daß sie die Wahrheit sagte. Aber der ältere Polizeibeamte war unfreundlich. Immer und immer wieder mußte Eleanor ihm dieselben Fragen beantworten.

Wie sollte sie ihm sagen, wo die siebzigtausend Dollar geblieben waren, wenn sie sie nie gesehen hatte?

War sie wütend auf Patricia Traymore, weil sie diese Sendung vorbereitete, deretwegen sie ihr Versteckspiel vielleicht gezwungenermaßen hätte aufgeben müssen? Nein, natürlich nicht. Zuerst hatte sie Angst gehabt, und dann hatte sie erkannt, daß sie sich nicht länger verstecken könnte, und war froh gewesen, daß es damit vorbei war.

Wußte sie, wo Patricia Traymore lebte? Ja, Vater hatte ihr mal erzählt, daß Patricia Traymore in diesem Adams-Haus in Georgetown lebte. Er hatte ihr das Haus einmal gezeigt. Als sich diese schreckliche Tragödie ereignet hatte, war er im Georgetown Hospital im Bereitschaftsdienst tätig gewesen. In das Haus einbrechen? Natürlich nicht. Wie sollte sie? In der Zelle hockte sie lange auf dem Rand der Koje und fragte sich, wie sie hatte glauben können, genug Kraft zu besitzen, um die Rückkehr in diese Welt zu ertragen. Die Eisengitter und die die Intimsphäre verletzende offene Toilette, das Gefühl, in der Falle zu sitzen, und die ständig wiederkehrenden quälenden Depressionen, die sich wie ein schwarzer Nebel um sie zu legen begannen.

Sie legte sich auf die Koje und dachte darüber nach, wohin Vater gegangen sein mochte. Es erschien ihr unmöglich, was sie offenbar annahmen: daß er absichtlich jemandem etwas angetan hatte. Er war der netteste

Mensch, der ihr je begegnet war. Aber nach Mrs. Gillespies Tod war er furchtbar nervös gewesen.

Sie hoffte, daß er ihr nicht böse war, weil sie sich gestellt hatte. Sie hätten sie ohnehin festgenommen. Sie war sicher, daß Detective Barrott vorgehabt hatte, sie zu überprüfen.

War Vater fortgegangen? Wahrscheinlich. Mit wachsender Besorgnis dachte Eleanor daran, wie oft er seine Stellungen gewechselt hatte. Wo war er jetzt?

Arthur aß in einer Cafeteria an der 14th Street früh zu Abend. Er entschied sich für Beefstew, Lemon Meringue Pie und Kaffee. Er aß langsam und mit Bedacht. Es war wichtig, daß er jetzt gut aß. Es könnte Tage dauern, bis er wieder etwas Warmes zu essen bekäme.

Sein Entschluß war gefaßt. Nach Einbruch der Dunkelheit wollte er zu Patricia Traymores Haus zurückkehren. Er wollte wieder durch das Fenster im ersten Stock einsteigen und es sich in dem Schrank im Gästezimmer bequem machen. Er würde sich Dosen mit Sodawasser mitnehmen; in der Tasche hatte er auch noch etwas von dem dänischen Gebäck und zwei Brötchen vom Vormittag. Er sollte sich lieber auch noch ein paar Dosen Saft holen und vielleicht etwas Erdnußbutter und Roggenbrot. Das würde reichen, um ihn bis zu der Sendung am nächsten Abend über die Runden zu bringen.

Er hatte neunzig kostbare Dollar für einen Miniatur-Schwarz-Weiß-Fernseher mit Kopfhörern ausgegeben. Auf die Art und Weise konnte er sich die Sendung direkt bei Patricia Traymore im Haus ansehen.

Auf dem Weg dahin wollte er sich in einem Drugstore auch noch Koffeintabletten kaufen. Er durfte es nicht riskieren, im Schlaf zu schreien. Oh, wahrscheinlich würde sie ihn von ihrem Zimmer aus gar nicht hören, aber das Risiko durfte er nicht eingehen.

Vierzig Minuten später war er in Georgetown, zwei

Straßen von Patricia Traymores Haus entfernt. Das ganze Viertel war ruhig, ruhiger, als es ihm recht war. Jetzt, nachdem die Zeit der Weihnachtseinkäufe vorbei war, würde ein Fremder hier eher auffallen. Vielleicht wurde Miss Traymores Haus sogar von der Polizei überwacht. Es war von Vorteil, daß ihr Haus auf einem Eckgrundstück stand und das dahinter dunkel war.

Arthur schlich sich in den Hof dieses Hauses. Der Holzzaun, der die Höfe trennte, war nicht hoch. Er ließ seine Einkaufstüte auf der anderen Seite des Zauns herunter, paßte auf, daß sie in eine Schneeverwehung sackte, und kletterte dann mit Leichtigkeit hinterher.

Er wartete ab. Es war nichts zu hören. Miss Traymores Wagen stand nicht in der Einfahrt. Das Haus war vollkommen dunkel.

Es war schwer, mit der Einkaufstüte den Baum hinaufzuklettern, weil der Stamm vereist war und es schwierig war, sich daran festzuhalten; er konnte die rissige kalte Rinde durch die Handschuhe fühlen. Wären da nicht eine ganze Reihe Äste gewesen, hätte er es nicht schaffen können. Das Fenster saß fest und war schwer zu öffnen. Als er über das Fensterbrett einstieg, knarrten die Bodenbretter heftig.

Einige qualvolle Minuten wartete er am Fenster, bereit, schnell wieder Reißaus zu nehmen, den Baum hinunterzuklettern und durch den Hof zu verschwinden. Aber im Haus war nur Stille. Stille und das gelegentliche Poltern des Heizkessels.

Er begann sich sein Versteck in dem Einbauschrank einzurichten. Zufrieden stellte er fest, daß die Fächer nicht hinten an der Wand befestigt waren. Wenn er sie ein wenig nach vorne zog, sähe es immer noch so aus, als ob sie hinten an die Wand stießen, und kein Mensch würde ahnen, wieviel Platz in dem dreieckigen Raum dahinter blieb.

Er begann seinen Schlupfwinkel sorgsam auszustatten.

Er suchte sich eine dicke Steppdecke und legte sie auf den Boden. Sie war groß genug, um ihm als Schlafsack zu dienen. Er stellte seine Lebensmittelvorräte und seinen Fernseher zurecht. In dem niedrigsten Fach waren vier große Kissen.

In wenigen Minuten war er mit allem fertig. Jetzt mußte er alles auskundschaften.

Unglücklicherweise hatte sie kein Licht angelassen. Das hieß, daß er bei seinen Rundgängen seine Taschenlampe sehr tief nach unten halten mußte, damit kein Licht durch das Fenster hinausschimmerte. Er übte mehrmals, zwischen dem Elternschlafzimmer und dem Gästezimmer hin und her zu gehen, testete die Bodenbretter und fand das, welches knarrte.

Er brauchte zwölf Sekunden, um aus dem Schrank durch den Flur zu Pats Zimmer zu gelangen. Er schlich sich in ihr Zimmer und an ihren Frisiertisch. Er hatte noch nie so hübsche Dinge gesehen. Ihr Kamm, ihr Spiegel und ihre Bürste waren alle mit Silberverzierungen geschmückt. Er zog den Stöpsel von der Parfumflasche und atmete den feinen Duft ein.

Dann ging er ins Bad, bemerkte ihr Negligée an der Rückseite der Tür und befühlte es. Voller Wut dachte er, daß Glory an solch einem Kleidungsstück viel Freude hätte.

Ob die Polizei zu Glory ins Büro gegangen war und ihr Fragen gestellt hatte? Sie mußte jetzt zu Hause sein. Er wollte mit ihr reden.

Er ging zum Bett, fand den Telefonapparat auf dem Nachttisch und wählte. Nach dem vierten Läuten begann er die Stirn zu runzeln. Sie hatte davon gesprochen, daß sie sich der Polizei stellen wolle, aber das würde sie nie tun, nachdem sie ihm versprochen hatte, damit noch zu warten. Nein, wahrscheinlich lag sie zitternd im Bett, in angstvoller Erwartung, ob in der Sendung morgen ihr Bild gezeigt wurde.

Er legte wieder auf, blieb aber neben Pats Bett hocken. Schon jetzt fehlte ihm Glory. Er empfand heftig die Einsamkeit und Stille in dem Haus. Aber er wußte, daß sich bald seine Stimmen zu ihm gesellen würden.

# 36

»So war es gut, Senatorin«, sagte Luther. »Tut mir leid, daß ich Sie bitten mußte, sich umzuziehen. Aber wir wollten, daß es so aussieht, als handle es sich um einen und denselben Arbeitstag; deswegen mußten Sie dasselbe beim Nachhausekommen tragen.«

»Schon gut. Das hätte ich mir denken sollen«, sagte Abigail kurz angebunden.

Sie waren in ihrem Wohnzimmer. Die Kameraleute packten ihre Ausstattung zusammen. Toby konnte sehen, daß Abigail keine Lust hatte, Luther Pelham einen Drink anzubieten. Sie wollte ihn nur loswerden.

Luther bemerkte das offenbar. »Los, Tempo, Tempo«, schnauzte er die Crew an. Dann lächelte er einschmeichelnd. »Ich weiß, daß es ein langer Tag für Sie war, Abigail. Noch eine Sitzung morgen im Studio, und wir können das Ganze als erledigt betrachten.«

»Das wird der glücklichste Moment in meinem Leben sein.«

Toby hätte gerne gehabt, daß Abigail sich entspannte. Sie waren spazieren gefahren und zweimal an dem stattlichen Wohnsitz des Vizepräsidenten vorbeigekommen. Abby hatte sogar darüber gewitzelt: »Kannst du dir vorstellen, was die Klatschkolumnisten schrieben, wenn sie mich dabei ertappten, wie ich dies Haus in Augenschein nehme?« Aber sobald die Kamera-Crew kam, war sie wieder völlig verkrampft.

Luther Pelham zog seinen Mantel an. »Der Präsident hat für morgen abend um neun im East Room eine Pressekonferenz anberaumt. Hast du vor, hinzugehen, Abigail?«

»Man hat mich, denke ich, um mein Erscheinen gebeten«, sagte sie.

»Dann ist unsere Terminplanung hervorragend. Die Sendung läuft zwischen halb sieben und sieben, so daß die Zuschauer nicht in Konflikte mit der Programmwahl kommen.«

»Ich bin sicher, ganz Washington kann es vor Neugier kaum noch aushalten«, sagte Abigail. »Luther, ich bin wirklich schrecklich müde.«

»Natürlich. Entschuldigen Sie bitte. Wir sehen uns dann morgen früh wieder. Um neun Uhr, wenn es Ihnen recht ist.«

»Noch eine Minute, und ich wäre wahnsinnig geworden«, sagte Abigail, als sie und Toby endlich wieder allein waren. »Und wenn ich bedenke, daß all das absolut nicht notwendig ...«

»Nein, nicht notwendig ist falsch, Senatorin«, meinte Toby beruhigend. »Du brauchst immer noch die Zustimmung vom Kongreß. Natürlich wirst du eine Stimmenmehrheit bekommen, aber es wäre doch schön, wenn viele Menschen Telegramme schicken würden, um dich zu deiner Ernennung zu beglückwünschen. Das kann diese Sendung bewirken.«

»Wenn es so ist, lohnt es sich.«

»Abby, brauchst du mich heute abend noch?«

»Nein, ich gehe früh zu Bett und lese, bis ich einschlafe. Es war ein langer Tag.« Sie lächelte, und er konnte ihr ansehen, daß sie sich zu entspannen begann. »Was für einer Kellnerin stellst du jetzt nach. Oder geht es um ein Pokerspiel?«

Pat kam um halb sieben nach Hause. Sie schaltete das Licht im Flur an, aber die Stufen hinter der Treppenbiegung blieben im Dunkeln.

*Plötzlich hörte sie wieder die zornigen Worte ihres Vaters. »Du hättest nicht herkommen sollen.«*

In jener letzten Nacht hatte jemand hartnäckig geläutet; ihr Vater hatte die Tür aufgemacht; jemand war an ihm vorbei hereingerauscht und hatte zu ihr hinaufgesehen – darum hatte sie solche Angst; Daddy war wütend, und sie hatte Angst, daß man sie gesehen hatte.

Ihre Hand zitterte, als sie sie aufs Geländer legte. Kein Grund, sich aufzuregen, dachte sie bei sich. Ich bin nur übermüdet, und heute war ein anstrengender Tag. Ich werde es mir bequem machen und etwas essen.

In ihrem Schlafzimmer zog sie sich schnell aus und langte nach dem Bademantel auf der Innenseite der Tür, beschloß dann jedoch, statt dessen lieber den braunen Velourskaftan anzuziehen. Der war warm und gemütlich.

An ihrem Frisiertisch steckte sie sich die Haare zurück und begann sich das Gesicht einzucremen. Ihre Fingerspitzen bewegten sich mechanisch über die Haut, immer im Kreise, wie die Kosmetikerin es ihr beigebracht hatte, preßten sich einen Augenblick lang gegen ihre Schläfen, berührten die feine Narbe in der Nähe des Haaransatzes.

Im Spiegel sah sie die Möbel hinter sich seitenverkehrt; die Bettpfosten wirkten wie große Wachposten. Sie blickte angespannt in den Spiegel. Sie hatte einmal gehört, wenn man einen eingebildeten Punkt auf seiner Stirn anstarrte, könnte man sich selbst hypnotisieren und in die Vergangenheit zurückversetzen. Sie konzentrierte sich eine ganze Minute lang auf diesen eingebildeten Punkt und hatte das merkwürdige Gefühl, sich selbst durch einen Tunnel schreiten zu sehen ... Und es kam ihr so vor, als wäre sie nicht allein. Sie hatte das Empfinden, daß jemand bei ihr war.

Unsinn. Ihr wurde schwindelig, und sie bildete sich etwas ein.

Unten in der Küche machte sie sich ein Omelette, Kaffee und Toast und zwang sich, zu essen.

In der Küche war es wohlig warm. Sie mußte hin und wieder mit ihrer Mutter und ihrem Vater hier gesessen haben. Konnte sie sich vage zurückerinnern, wie sie auf dem Schoß ihres Vaters an diesem Tisch gesessen hatte?

Veronica hatte ihr die letzte Weihnachtskarte von ihnen gezeigt. Sie war mit Dean, Renée und Kerry unterschrieben. Sie sprach die Namen laut aus: »Dean, Renée und Kerry« – und fragte sich, warum das rhythmisch falsch klang.

Als sie das Geschirr flüchtig unter Wasser hielt und in die Geschirrspülmaschine steckte, wurde sie sich bewußt, daß sie damit nur hinauszögerte, was sie unbedingt tun mußte. Sie mußte diesen Zeitungsartikel studieren und sehen, ob ihm etwas Neues über Dean und Renée Adams zu entnehmen war.

Die Zeitung lag noch auf dem Tisch in der Bibliothek. Sie schlug die Doppelseite auf und zwang sich, den Text Zeile für Zeile zu lesen. Vieles wußte sie bereits, aber das half nicht, den Schmerz zu lindern ... »Die Waffe mit Fingerabdrücken von beiden darauf ... Dean Adams starb auf der Stelle an dem Schuß, der ihn in die Stirn traf ... Renée Adams hat vielleicht noch eine Weile gelebt ...« Eine Spalte berichtete ausführlich über die Gerüchte, die ihre Nachbarn voller Schadenfreude auf der Party wiederaufgewärmt hatten: Die Ehe war eindeutig unglücklich; Renée hatte ihren Mann gedrängt, Washington zu verlassen; sie haßte die ewigen Empfänge; sie war eifersüchtig wegen der Aufmerksamkeit, die ihr Mann bei anderen Frauen erregte ...

Dieser Ausspruch einer Nachbarin: »Sie war richtig vernarrt in ihn – und *er* schielte dauernd nach anderen Frauen.«

Es gab hartnäckige Gerüchte, daß Renée geschossen hatte, nicht Dean Adams. Bei der amtlichen Untersuchung hatte Renées Mutter sich bemüht, diesen Spekulationen ein Ende zu bereiten. »Das ist nicht rätselhaft«, hatte sie erklärt, »sondern eine Tragödie. Nur wenige Tage vor ihrem Tod hat meine Tochter mir gesagt, sie wolle mit Kerry nach Hause kommen, die Scheidung einreichen und die Erziehungsberechtigung beantragen. Ich glaube, daß ihr Entschluß ihn zu dieser Gewalttat veranlaßt hat.«

Vielleicht hatte sie recht, dachte Pat. Ich erinnere mich daran, daß ich über einen Körper gestolpert bin. Doch wieso bin ich sicher, daß es Mutters war, nicht seiner? *Sie war sich gar nicht sicher.*

Sie betrachtete eingehend die Schnappschüsse, die fast die ganze zweite Seite einnahmen. Willard Jennings sah so gelehrtenhaft aus. Catherine Graney hatte gesagt, er hätte den Sitz im Kongreß aufgeben und eine Ernennung zum Collegepräsidenten annehmen wollen. Und Abigail war eine bildschöne junge Frau. Mitten zwischen den anderen Schnappschüssen war einer, der ziemlich unscharf war. Pat sah ihn sich mehrfach an, dann hielt sie die Zeitung so, daß die Lampe direkt darauf schien.

Es war ein Schnappschuß, der am Strand aufgenommen war. Da waren ihr Vater, ihre Mutter und Abigail zusammen mit zwei anderen Leuten. Ihre Mutter war in ein Buch vertieft. Die beiden Fremden lagen mit geschlossenen Augen auf ihren Decken. Die Kamera hatte ihren Vater und Abigail dabei erwischt, wie sie einander ansahen. Es gab keinen Zweifel, daß sie ein inniges Verhältnis verband.

In dem Schreibtisch war ein Vergrößerungsglas. Pat suchte es hervor und hielt es über das Bild. Unter der Lupe sah man, daß Abigail ganz verzückt aussah. Ihre Hände berührten sich.

Pat faltete die Zeitung zusammen. Was hatte dieses Bild zu bedeuten? Ein Gelegenheits-Flirt? Ihr Vater hatte auf Frauen anziehend gewirkt, hatte sie wahrscheinlich dazu ermuntert, ihm ihre Aufmerksamkeit zu schenken. Abigail war eine hübsche junge Witwe gewesen. Vielleicht war das alles, worauf das hinausgelaufen war.

Wie immer, wenn sie Sorgen hatte, wandte sich Pat der Musik zu. Sie schaltete im Wohnzimmer die Weihnachtsbaumkerzen an und knipste, einem Impuls folgend, den Kronleuchter aus. Sie ließ auf dem Flügel die Finger über die Tasten gleiten, bis sie zu den weichen Tönen von Beethovens *Pathétique* fand.

Sam war heute wieder der alte gewesen, so, wie sie ihn in Erinnerung gehabt hatte, stark und zuversichtlich. Er brauchte Zeit. Natürlich brauchte er das. Sie selbst auch. Vor zwei Jahren hatten sie solche Gewissensqualen und Schuldgefühle gehabt wegen ihres Verhältnisses. Das würde jetzt anders sein.

Ihr Vater und Abigail Jennings. Hatten sie ein Verhältnis gehabt? War sie nur ein flüchtiger Flirt in einer ganzen Kette kurzer Affairen gewesen? Ihr Vater war vielleicht ein Frauenheld? Wieso nicht? Er war attraktiv, das stand fest, und so ein Verhalten entsprach ganz der Art der damaligen aufstrebenden jungen Politiker – da brauchte man sich nur die Kennedys anzusehen ...

Eleanor Brown. Ob der Anwalt wohl erreicht hatte, daß man sie gegen Kaution freiließ? Sam hatte noch nicht angerufen. Eleanor ist unschuldig, sagte sich Pat – da bin ich ganz sicher.

Liszts *Liebestraum*. Den spielte sie jetzt. Das und der Beethoven. Auch neulich abends hatte sie sich unbewußt für diese Stücke entschieden. Hatte ihre Mutter sie hier gespielt? Die Stimmung der beiden Stücke war gleich, wehmütig und voller Einsamkeit.

*»Renée, hör mich an. Hör auf zu spielen, und hör mich an.« – »Ich kann nicht. Laß mich in Ruhe.« Die Stimmen – seine besorgt und drängend, ihre voller Verzweiflung.*

Sie stritten so viel, dachte Pat. Jedesmal, wenn sie sich gestritten hatten, spielte sie stundenlang Klavier. Aber manchmal, wenn sie glücklich war, setzte sie mich neben sich auf die Bank. *»Nein, Kerry, so. Leg deine Finger hierher ... – Sie kann die Noten spielen, die ich ihr vorsumme. Sie ist eine Naturbegabung.«*

Pat merkte, wie ihre Hände die ersten Noten von Mendelssohns *Opus 30, No. 3* zu spielen begannen, noch ein Stück, das Schmerz ahnen ließ. Sie stand auf. Es waren zu viele Geister in diesem Zimmer.

Gerade als sie die Treppe hinaufgehen wollte, rief Sam

an. »Sie wollen Eleanor Brown nicht freilassen. Sie befürchten, daß sie die Kaution verfallen läßt und untertaucht. Es sieht so aus, als würden sie den Mann, mit dem sie zusammengelebt hat, verdächtigen, an einigen Todesfällen in Pflegeheimen schuld zu sein.«

»Sam, ich kann den Gedanken daran, dieses Mädchen in einer Zelle zu wissen, nicht ertragen.«

»Frank Crowley, der Anwalt, den ich ihr geschickt habe, glaubt, daß sie die Wahrheit sagt. Er besorgt sich morgen früh eine Abschrift des Prozeßprotokolls. Wir werden alles für sie tun, was wir können, Pat. Es wird, fürchte ich, vielleicht nicht viel sein ... Wie geht es dir?«

»Ich wollte mich gerade hinlegen.«

»Alles gut abgeschlossen?«

»Fest verriegelt.«

»Gut. Pat, wahrscheinlich ist das Rennen gelaufen. Man hat uns – eine ganze Reihe von uns – für morgen abend ins Weiße Haus gebeten. Der Präsident will eine wichtige Entscheidung bekanntgeben. Dein Name steht auf der Liste der Medienpersönlichkeiten. Das habe ich nachgeprüft.«

»Sam, glaubst du ...?«

»Ich weiß es einfach nicht. Die Wetten stehen für Abigail, aber der Präsident macht es richtig spannend und läßt sich nicht in die Karten gucken. Keiner der Kandidaten ist bisher unter den Schutz des Secret Service gestellt worden. Das ist immer ein untrügliches Zeichen. Es kommt mir so vor, als wolle der Präsident alle bis zur letzten Minute im unklaren lassen. Aber wer das Rennen auch macht, du und ich werden ausgehen und feiern.«

»Und wenn du mit seiner Wahl nicht einverstanden bist?«

»Es kümmert mich im Moment nicht im geringsten, für wen er sich entscheidet. Mich beschäftigen andere Dinge. Ich möchte feiern, daß wir wieder zusammen sind. Ich möchte zwei Jahre aufholen. Die einzige Art und Weise, wie ich darüber hinwegkam, daß du mir so fehltest, nachdem wir uns nicht mehr trafen, bestand darin, daß ich mir sagte, es hätte mit uns auch nicht gut gehen können, wenn ich frei gewesen wäre. Nach einiger Zeit fing ich an zu glauben, was ich mir einredete.«

Pat lachte schwach. Sie blinzelte, weil ihr plötzlich die Augen feucht wurden. »Entschuldigung angenommen.«

»Dann will ich mit dir darüber reden, daß wir nicht weiter unser Leben vergeuden.«

»Ich dachte, du brauchst Zeit ...«

»Ich nicht, und du auch nicht.« Selbst seine Stimme klang verändert – zuversichtlich, kraftvoll, so wie sie ihn alle jene Nächte in Erinnerung gehabt hatte, in denen sie wach lag und an ihn dachte. »Pat, ich habe mich an jenem Tag in Cape Cod hoffnungslos in dich verliebt. Daran wird sich nichts ändern. Ich bin ja so verdammt dankbar, daß du auf mich gewartet hast.«

»Ich konnte nicht anders. Oh, Sam, es wird herrlich. Ich liebe dich so.«

Noch Minuten, nachdem sie ihr Gespräch beendet hatten, stand Pat da, die Hand auf dem Hörer, als ob sie durch diese Berührung noch einmal jedes einzelne seiner Worte hören könnte. Mit einem leisen Lächeln auf den Lippen stieg sie die Treppe hinauf. Ein knarrendes Geräusch über ihr ließ sie plötzlich zusammenfahren. Sie wußte, was das war. Die eine Bohle oben am Treppenabsatz, die immer knarrte, wenn man darauf trat.

Sei nicht albern, sagte sie zu sich selbst.

Das Treppenhaus war nur dürftig erleuchtet mit flammenförmigen Birnen in Wandleuchtern. Sie wollte gerade in ihr Schlafzimmer gehen, machte aber spontan kehrt und ging zum hinteren Teil des Gebäudes. Sie trat absichtlich auf das lose Brett und horchte darauf, wie es mit einem deutlichen Knarren reagierte. Ich könnte schwören, daß ich eben dieses Geräusch gehört habe. Sie ging in ihr altes Zimmer. Ihre Schritte hallten auf dem Boden, auf dem kein Teppich lag. In dem Zimmer war es stickig und warm.

Die Tür zum Gästezimmer war nicht ganz zu. Darin war es viel kühler. Sie spürte Zug und ging zum Fenster. Es war oben offen. Sie versuchte es zu schließen, dann merkte sie, daß die Gewichtsschnur des Schiebefensters gerissen war. Daher, dachte sie. Wahrscheinlich ist der Zug stark genug, daß er den Boden in Schwingung versetzt. Trotzdem machte sie den Wandschrank auf und warf einen Blick auf die Fächer mit Bettzeug und Wäsche.

In ihrem Zimmer zog sie sich schnell aus und ging ins Bett. Es war albern, so übernervös zu sein. Denk an Sam; denk an das Leben, das wir vor uns haben.

Der letzte Eindruck, bevor sie einschlummerte, war so ein merkwürdiges Gefühl, daß sie nicht allein war. Sie konnte es sich nicht erklären, war aber zu müde, um darüber nachzudenken.

Mit einem Seufzer der Erleichterung drehte Catherine Graney das Schild an der Ladentür von OFFEN auf GESCHLOSSEN um. Für einen Tag nach Weihnachten war das Geschäft unerwartet lebhaft gewesen. Ein Käufer aus Texas hatte die beiden Rudolstadt-Figurenkandelaber, die Intarsien-Spieltische und den Stouk-Teppich gekauft. Es war ein äußerst lohnendes Geschäft gewesen.

Catherine schaltete das Licht im Laden aus und ging nach oben in ihre Wohnung; Sligo folgte ihr auf den Fersen. Sie hatte am Morgen ein Feuer aufgeschichtet. Jetzt hielt sie ein brennendes Streichholz an das Papier unter dem Anmachholz. Sligo machte es sich auf seinem Lieblingsplatz bequem. Sie begab sich in die Küche und machte sich etwas zu essen. Nächste Woche, wenn ihr kleiner George käme, würde sie mit Vergnügen große Menüs kochen. Aber jetzt wollte sie nicht mehr als ein Kotelett und einen Salat.

George hatte sie einen Tag vorher angerufen, um ihr

frohe Weihnachten zu wünschen und ihr das Neueste mitzuteilen. Man hatte ihn zum Major befördert. »Erst siebenundzwanzig und schon ein Eichenlaub!« hatte sie ausgerufen. »Mein Gott, wäre dein Dad stolz auf dich!«

Sie tat ihr Kotelett in den Grill. Ein guter Grund mehr, nicht länger zuzulassen, daß Abigail Jennings den Namen von George Graney Senior verunglimpfte. Sie fragte sich, wie Abigail den Brief aufgenommen haben mochte. Sie hatte ihn etliche Male umgeschrieben, bevor sie ihn am Heiligen Abend abschickte.

»Ich muß darauf bestehen, daß Sie die bevorstehende Sendung dazu benutzen, öffentlich zuzugeben, daß es nie einen noch so geringen Anhaltspunkt dafür gegeben hat, daß ein Fehler des Piloten an dem tödlichen Unfall Ihres Gatten schuld war. Es ist nicht damit getan, daß Sie den Ruf von George Graney nicht länger beflecken: Sie müssen die Dinge klarstellen. Wenn Sie das nicht tun, werde ich Sie wegen Verleumdung verklagen und öffentlich bekanntgeben, wie es in Wahrheit um Ihre Beziehung zu Willard Jennings bestellt war.«

Um elf Uhr sah sie sich die Nachrichten an. Um halb zwölf stieß Sligo sie mit der Schnauze an der Hand an. »Ich weiß«, stöhnte sie. »Okay, hol deine Leine.«

Es war eine dunkle Nacht. Früher am Abend waren ein paar Sterne dagewesen, aber jetzt war der Himmel bewölkt. Es wehte ein rauher Wind, und Catherine schlug den Kragen ihres Mantels hoch. »Das wird nur ein kurzer Spaziergang«, sagte sie zu Sligo.

In der Nähe des Hauses führte ein Weg durch den Wald. Meistens ging sie mit Sligo da entlang und kehrte um den Häuserblock herum zurück. Jetzt zerrte er an der Leine, zog sie im Eiltempo durch den Pfad zu seinen Lieblingsbüschen und -bäumen. Dann blieb er auf einmal stehen, und ein tiefes Knurren entrang sich seiner Kehle.

»Nun komm schon«, sagte Catherine ungeduldig. Das hätte ihr jetzt gerade noch gefehlt, daß er einem Stinktier nachjagte.

Sligo sprang vor. Voller Entsetzen sah Catherine, wie eine Hand hervorschoß und das alte Tier am Hals in den Würgegriff nahm. Man hörte ein widerliches Krachen, und gleich darauf sank Sligos Körper leblos auf den harschen Schnee.

Catherine versuchte zu schreien, brachte aber keinen Ton hervor. Die Hand, die sich Sligo am Hals geschnappt hatte, war jetzt über ihrem Kopf. Und in der Sekunde, bevor sie starb, wurde Catherine Graney endlich klar, was an jenem längst vergangenen Tag geschehen war.

## 37

Am 27. Dezember stand Sam um sieben Uhr früh auf, las noch einmal die Kopie der CAA-Untersuchungen über den Absturz durch, bei dem der Kongreßabgeordnete Willard Jennings ums Leben gekommen war, unterstrich einen bestimmten Satz und rief Jack Carlson an. »Wie steht es um diesen Bericht über Toby Gorgone?«

»Ich werde ihn bis um elf haben.«

»Hast du heute mittag Zeit? Ich muß dir etwas zeigen.« Es war der Satz aus dem Untersuchungsbericht: *»Jennings' Chauffeur, Toby Gorgone, stellte sein Gepäck in die Maschine.«* Sam wollte erst den Bericht über Toby lesen, bevor er hierauf zu sprechen kam.

Sie verabredeten sich um zwölf im Gangplank Restaurant.

Als nächstes rief Sam Frank Crowley an, den Anwalt, den er beauftragt hatte, Eleanor Brown zu vertreten, und lud auch ihn dorthin zum Essen ein. »Könnten Sie eine Abschrift des Prozeßprotokolls von Eleanor Browns Gerichtsverhandlung mitbringen?«

»Ich werde dafür sorgen, daß ich sie bei mir habe, Sam.«

Der Kaffee war durchgelaufen. Sam goß sich eine Tasse ein und stellte das Küchenradio ein. Die Neun-Uhr-Nachrichten waren schon zum größten Teil vorüber. Jetzt versprach die Wettervorhersage einen zeitweise sonnigen Tag. Die Temperaturen sollten in Gefrierpunktnähe sein. Dann wurden die wichtigsten Meldungen noch einmal in Schlagzeilen wiederholt, unter anderem auch, daß man die Leiche einer bekannten Antiquitätenhändlerin, Mrs. Catherine Graney aus Richmond, in einem Waldgelände nicht weit von ihrem Haus gefunden habe. Ihrem Hund sei das Genick gebrochen worden. Die Polizei glaube, das Tier sei bei dem Versuch, sie zu verteidigen, gestorben.

Catherine Graney gestorben! Gerade als sie vorhatte, eventuell einen Skandal zu enthüllen, in den Abigail verstrickt war. »Ich glaube nicht an einen Zufall«, sagte Sam laut. »Ich glaube das einfach nicht.«

Den ganzen restlichen Vormittag quälte er sich mit seinem Verdacht herum. Mehrfach griff er nach dem Telefon, um im Weißen Haus anzurufen. Jedesmal zuckte seine Hand wieder zurück.

Er hatte keinerlei Beweis dafür, daß Toby Gorgone noch etwas anderes war, als er zu sein schien: der ergebene Leibwächter und Chauffeur von Abigail. Selbst wenn Toby schuldig und ein Verbrecher war, hatte er keine Beweise dafür, daß Abigail über dessen Taten unterrichtet war.

Der Präsident würde am Abend Abigails Ernennung bekanntgeben. Dessen war sich Sam sicher. Aber die Bestätigung durch den Kongreß war erst in einigen Wochen. Bis dahin war noch genug Zeit für gründliche Nachforschungen. Und diesmal wird nichts vertuscht, dafür werde ich sorgen, dachte er grimmig.

Sam war überzeugt, daß die Drohungen, die Pat erhalten hatte, von Toby kamen. Wenn er etwas zu verbergen hatte, würde es ihm nicht recht sein, daß sie in seiner Vergangenheit herumwühlte.

Falls sich herausstellte, daß die Drohungen wirklich von ihm kamen ...

Sam ballte die Fäuste. Er sah sich nicht mehr als angehenden Großvater.

Abigail faltete nervös die Hände. »Wir hätten früher losfahren sollen«, sagte sie. »Jetzt stecken wir mitten im Verkehr. Beeil dich.«

»Keine Bange, Senatorin«, meinte Toby beruhigend. »Ohne dich können sie mit den Aufzeichnungen nicht beginnen. Wie hast du geschlafen?«

»Ich bin immer wieder wach geworden. Ich mußte immerzu denken: ›Ich werde Vizepräsidentin der Vereinigten Staaten.‹ Stell das Radio an. Mal hören, ob sie etwas über mich sagen ...«

CBS begann gerade mit seinen Acht-Uhr-Dreißig-Nachrichten. »Es halten sich weiter hartnäckig Gerüchte, daß der Präsident die Pressekonferenz, die er für heute abend angesetzt hat, dazu benutzen will, seine Entscheidung bekanntzugeben, Senatorin Abigail Jennings oder Senatorin Claire Lawrence zur Vizepräsidentin der Vereinigten Staaten zu ernennen. Es wäre das erste Mal, daß einer Frau diese Ehre zuteil würde.« Und dann: »Als tragischer Zufall anzusehen ist wohl, daß die Antiquitätenhändlerin Mrs. Catherine Graney aus Richmond, die bei einem Spaziergang mit ihrem Hund ermordet wurde, die Witwe des Piloten war, der vor siebenundzwanzig Jahren mit dem Kongreßabgeordneten Willard Jennings abstürzte. Abigail Jennings' politische Karriere begann damit, daß man sie berief, das Abgeordnetenmandat ihres Mannes zu beenden ...«

»Toby!«

Er blickte in den Rückspiegel. Abigail wirkte schokkiert. »Toby, wie gräßlich.«

»Ja, scheußlich.« Er beobachtete, wie sich Abigails Ausdruck verhärtete.

»Das vergesse ich nie, wie Willards Mutter zu dieser Frau gegangen ist und mit ihr zusammen gewartet hat, als das Flugzeug überfällig war. Sie hat nicht einmal angerufen, um mich zu fragen, wie *mir* zumute war.«

»Na ja, nun sind die beiden zusammen, Abby. Schau, der Verkehr läuft gut. Wir werden rechtzeitig im Studio sein.«

Als sie auf den Privatparkplatz fuhren, fragte Abigail ruhig: »Was hast du gestern abend gemacht, Toby – Poker gespielt oder hattest du ein Rendezvous?«

»Ich hab' mich mit der Kleinen vom Steakburger-Restaurant getroffen und den Abend mit ihr verbracht. Warum? Willst du das nachprüfen? Willst du mit ihr reden, Senatorin?« Er hörte sich etwas entrüstet an.

»Nein, natürlich nicht. Meinetwegen kannst du deine Cocktail-Kellnerinnen haben, es ist ja deine Freizeit. Ich hoffe, du hast dich gut amüsiert.«

»Ja. Ich habe in letzter Zeit nicht oft frei genommen.«

»Ich weiß. Ich habe dich schrecklich stark in Anspruch genommen.« Ihre Stimme klang versöhnlich. »Es ist nur ...«

»Nur *was*, Senatorin?«

»Ach nichts ... gar nichts.«

Um acht Uhr brachte man Eleanor zum Lügendetektor-Test. Sie hatte erstaunlich gut geschlafen. Sie erinnerte sich noch an jene erste Nacht damals im Gefängnis vor elf Jahren, als sie plötzlich zu schreien angefangen hatte. »Sie hatten in dieser Nacht einen Anfall von akuter Platzangst«, hatte ein Psychiater nach diesem Zusammenbruch erklärt. Jetzt tat es merkwürdig gut, nicht mehr davonlaufen zu müssen.

Konnte es sein, daß Vater diesen Leuten etwas angetan hatte? Eleanor zermarterte sich den Kopf, versuchte sich zu erinnern, ob er ein einziges Mal nicht lieb und nett gewesen war. Ihr fiel kein Beispiel dafür ein.

»Diese Tür.« Die Aufseherin führte sie in einen kleinen Raum in der Nähe des Zellentraktes. Detective Barrott saß da und las die Zeitung. Sie war froh, daß er da war. Er behandelte sie nicht so, als ob sie eine Lügnerin wäre. Er blickte zu ihr auf und lächelte.

Selbst als ein anderer Mann hereinkam und sie an den Lügendetektor anschloß, fing sie nicht an zu weinen so wie damals, als man sie festgenommen hatte, weil sie die Senatorin bestohlen haben sollte. Statt dessen saß sie da auf ihrem Stuhl, hielt ihre Puppe fest und fragte ein wenig verlegen, ob sie die Puppe bei sich behalten dürfe. Sie reagierten nicht so, als ob das eine verrückte Bitte wäre. Frank Crowley, der nette, väterlich aussehende Mann, der ihr Anwalt war, kam herein. Sie hatte ihm am Vortag klarzumachen versucht, daß sie ihm nicht mehr bezahlen könnte als die fast fünfhundert Dollar, die sie gespart hatte, aber er hatte ihr gesagt, sie solle sich deswegen keine Gedanken machen.

»Eleanor, Sie können es immer noch ablehnen, sich diesem Test zu unterziehen«, erklärte er jetzt, und sie bestätigte ihm, daß sie das verstanden habe.

Zuerst stellte der Mann, der sie dem Test unterzog, einfache, sogar alberne Fragen – nach ihrem Alter, ihrer Ausbildung und Erziehung und ihren Lieblingsgerichten. Dann begann er mit den Fragen, auf die sie sich gefaßt gemacht hatte.

»Haben Sie jemals etwas gestohlen?«

»Nein.«

»Nicht einmal eine Kleinigkeit, einen Buntstift etwa oder ein Stück Kreide, als Sie klein waren?«

Das letzte Mal, als sie das gefragt worden war, hatte sie zu schluchzen begonnen. »Ich bin keine Diebin. Ich bin *keine* Diebin.« Aber jetzt machte ihr das nicht so viel aus. Sie bildete sich ein, daß Detective Barrott sie befragte, nicht dieser schroffe, unpersönliche Fremde. »Ich habe nie, nie in meinem ganzen Leben etwas gestohlen«, antwortete sie ernst. »Nicht einmal einen Buntstift oder ein Stück Kreide. Ich könnte nicht etwas an mich nehmen, das einem anderen gehört.«

»Was war mit dem Parfumfläschchen, als Sie auf der High School waren?«

»*Ich habe es nicht gestohlen.* Das schwöre ich Ihnen. Ich habe vergessen, es der Verkäuferin zu geben!«

»Wie oft trinken Sie? Jeden Tag?«

»Oh, nein. Nur hin und wieder Wein, nie sehr viel. Der Wein macht mich müde.« Ihr fiel auf, daß Detective Barrott lächelte.

»Haben Sie die fünfundsiebzigtausend Dollar aus dem Wahlkampfbüro der Senatorin entwendet?«

Das letzte Mal, als sie den Test gemacht hatte, war sie bei dieser Frage hysterisch geworden. Jetzt antwortete sie lediglich: »Nein, das habe ich nicht.«

»Aber Sie haben fünftausend Dollar von diesem Geld in Ihrem Abstellraum versteckt, nicht?«

»Nein, habe ich nicht.«

»Was glauben Sie, wie das Geld denn dahin gekommen ist?«

Die Fragen hörten und hörten nicht auf. »Haben Sie gelogen, als Sie behaupteten, Toby Gorgone habe Sie angerufen?«

»Nein.«

»Sind Sie sicher, daß es Toby Gorgone war?«

»Ich dachte, er wäre es gewesen. Wenn er es nicht war, dann jemand, der sich genauso anhörte wie er.«

Dann kamen diese unfaßbaren Fragen: »Wußten Sie, daß man Arthur Stevens des Mordes an einer seiner Patientinnen verdächtigt, einer Mrs. Anita Gillespie?«

Fast hätte sie die Beherrschung verloren. »Nein, das wußte ich nicht. Ich kann es auch nicht glauben.« Dann fiel ihr ein, wie er im Schlaf geschrien hatte: *»Schließen Sie Ihre Augen, Mrs. Gillespie. Schließen Sie die Augen!«*

»Sie halten es für möglich. Das sieht man hier im Test.«

»Nein«, flüsterte sie. »Vater hätte nie jemandem etwas antun können, nur helfen. Er leidet so mit, wenn ein Patient qualvoll dran ist.«

»Glauben Sie, er könnte versuchen, dessen Qualen zu beenden?«

»Ich weiß nicht, was Sie meinen.«

»Ich denke doch. Eleanor, Arthur Stevens hat am Weihnachtstag versucht, das Pflegeheim in Brand zu stecken.«

»Das ist unmöglich.«

Eleanor wurde schreckensbleich bei dem, was sie da hörte. Voller Entsetzen starrte sie den verhörenden Beamten an, als er ihr seine letzte Frage stellte: »Hatten Sie jemals Grund zu der Annahme, daß Arthur Stevens ein krankhafter Mörder ist?«

Im Laufe der Nacht schluckte Arthur alle zwei Stunden Koffeintabletten. Er durfte nicht das Risiko eingehen, einzuschlafen und im Traum zu schreien. So saß er zusammengekauert in dem Einbauschrank, zu angespannt, um sich hinzulegen, und starrte in die Dunkelheit.

Er war so leichtsinnig gewesen. Als Patricia Traymore nach Hause gekommen war, hatte er an der Tür des Einbauschrankes nach den Geräuschen gehorcht, mit denen sie sich im Haus umherbewegte. Er hatte das Rauschen in den Rohren gehört, als sie duschte; danach war sie wieder nach unten gegangen, und er hatte den Duft von durchlaufendem Filterkaffee gerochen. Dann hatte sie angefangen, Klavier zu spielen. In der Gewißheit, daß ihm da draußen keine Gefahr drohte, hatte er oben auf dem Treppenabsatz gesessen und der Musik gelauscht.

Da hatten die Stimmen wieder zu ihm zu reden begonnen, hatten ihm gesagt, wenn das hier vorbei sei, müsse er sich ein neues Pflegeheim suchen, in dem er weiter seine Mission erfüllen könnte. Er war so in Gedanken vertieft gewesen, daß er gar nicht bemerkt hatte, wie die Musik aufhörte, und gar nicht mehr daran gedacht hatte, wo er war, bis er Patricia Traymores Schritte auf der Treppe vernommen hatte.

In der Eile, in sein Versteck zurückzugelangen, war er auf das lose Brett getreten, und sie hatte bemerkt, daß etwas nicht in Ordnung war. Er hatte nicht zu atmen gewagt, als sie die Tür des Einbauschranks aufmachte. Aber es war ihr natürlich nicht in den Sinn gekommen, hinter die Fächer zu schauen.

Und so saß er die ganze Nacht wach, horchte gebannt auf Geräusche, ob sie wach wurde, war froh, als sie endlich wieder das Haus verließ, traute sich aber nicht, den

Schrank länger als für wenige Minuten zu verlassen. Womöglich kam eine Haushälterin und hörte ihn.

Die Stunden vergingen langsam. Dann wiesen ihn die Stimmen an, diese braune Robe aus Patricia Traymores Schrank zu nehmen und anzuziehen.

Wenn sie Glory preisgäbe, wäre er damit passend gekleidet, um ihr ihre Strafe zu erteilen.

# 38

Pat kam um halb zehn im Sender an und beschloß, erst in der Kantine Kaffee und frische Muffins zu sich zu nehmen. Sie fühlte sich noch nicht gewappnet für die gespannte Atmosphäre, die gereizte Grundstimmung und die Nervenexplosionen, die sie, wie sie wußte, an diesem letzten Aufnahme- und Schlußredaktionstag erwarteten. Sie hatte pochende Kopfschmerzen und fühlte sich völlig zerschlagen, da sie unruhig geschlafen und schlecht geträumt hatte. Einmal hatte sie laut geschrien, aber sie wußte nicht mehr, was. Im Auto hatte sie die Nachrichten angestellt und von Catherine Graneys Tod gehört. Sie wurde gedanklich das Bild dieser Frau nicht mehr los. Wie ihr Gesicht gestrahlt hatte, als sie über ihren Sohn sprach; wie sie ihren alt gewordenen Irischen Setter zärtlich tätschelte. Catherine Graney hätte ihre Drohung wahr gemacht und die Senatorin und den Sender nach Ausstrahlung dieses Features verklagt. Mit ihrem Tod war diese Drohung hinfällig gewesen.

War sie zufällig einem Verbrechen zum Opfer gefallen? In dem Bericht hatte es geheißen, sie sei mit ihrem Hund spazieren gegangen. Wie hieß der noch? Sligo? Es erschien ihr unwahrscheinlich, daß ein Verbrecher sich als Opfer eine Frau mit einem großen Hund aussuchte.

Pat schob das Gebäck zurück. Sie hatte keinen Hunger. Es war erst drei Tage her, da hatte sie mit Catherine Graney Kaffee getrunken. Jetzt war diese attraktive, lebenssprühende Frau tot.

Als sie ins Studio kam, war Luther schon in den Aufnahmekulissen, das Gesicht voller Flecken, die Lippen blutleer, die Augen ständig in Bewegung, auf der Suche nach Dingen, die es auszusetzen galt. »Ich habe Ihnen doch gesagt, Sie sollen diese Blumen fortnehmen!« schrie er. »Es ist mir gleichgültig, ob sie gerade frisch geliefert sind oder nicht. Sie sehen verwelkt aus. Kann hier niemand etwas richtig machen? Und dieser Stuhl ist nicht hoch genug für die Senatorin. Er sieht wie ein Melkschemel aus.« Er entdeckte Pat. »Ach, Sie sind auch endlich da. Haben Sie das über diese Graney gehört? Diesen Teil, wo Abigail über Verkehrssicherheit spricht, müssen wir noch mal neu machen. Sie zieht ein wenig zu hart über diesen Piloten her. Das zieht eine Gegenreaktion nach sich, wenn die Leute erfahren, daß seine Witwe einem Verbrechen zum Opfer gefallen ist. Wir fangen in zehn Minuten mit den Aufnahmen an.«

Pat starrte Luther an. Catherine Graney war ein guter, anständiger Mensch gewesen, und das einzige, was diesen Mann interessierte, war, daß ihr Tod Neuaufnahmen notwendig machte. Sie drehte sich wortlos um und ging in ihren Umkleideraum.

Senatorin Jennings saß mit einem Handtuch um die Schultern vor einem Spiegel. Die Maskenbildnerin flatterte nervös um sie herum und tupfte ihr noch etwas Puder auf die Nase. Die Hände der Senatorin waren fest gefaltet. Ihre Begrüßung war jedoch ziemlich herzlich. »Bald haben wir's geschafft, Pat. Werden Sie auch so froh sein wie ich, wenn das vorbei ist?«

»Ja, ich glaube, Senatorin.«

Die Maskenbildnerin nahm eine Dose Haarspray hoch und probierte sie aus.

»Sprühen Sie das Zeug nicht auf mich«, fuhr die Senatorin sie an. »Ich will nicht wie eine Barbie-Puppe aussehen.«

»Entschuldigen Sie.« Der Maskenbildnerin versagte die Stimme. »Die meisten Leute ...« Sie verstummte.

Pat, die spürte, daß Abigail sie im Spiegel beobachtete, vermied bewußt jeden Augenkontakt.

»Da gibt es noch einige Dinge, über die wir reden sollten.« Jetzt war Abigails Ton munter und geschäftig. »Ich bin ganz froh, daß wir diese Passage über Flugsicherheit noch einmal neu machen, obwohl diese Sache mit Mrs. Graney natürlich schrecklich ist. Aber ich möchte stärker herausstellen, wie wichtig es ist, daß die Anlagen auf den kleineren Flugplätzen besser werden. Und ich bin zu dem Schluß gekommen, daß wir noch ausführlicher über meine Mutter reden sollten. Es hat keinen Sinn, diesem Bild im *Mirror* und dieser Doppelseite in der gestrigen *Tribune* nicht direkt etwas entgegenzusetzen. Und natürlich sollten wir auch meine Rolle in auswärtigen Angelegenheiten betonen. Ich habe für Sie einige Fragen vorbereitet, die Sie mir stellen können.«

Pat legte die Bürste hin, die sie in der Hand hielt, und wandte ihr Gesicht der Senatorin zu. »Ach, wirklich?«

Vier Stunden später saß eine kleine Gruppe von Menschen bei Sandwiches und Kaffee im Vorführraum, um sich die vollständigen Aufzeichnungen anzusehen. In der ersten Reihe saß Abigail in der Mitte zwischen Luther und Philip. Pat saß einige Reihen hinter ihnen neben dem Regieassistenten. In der letzten Reihe hielt Toby einsame Wache.

Die Sendung begann damit, daß Pat, Luther und die Senatorin in einem Halbkreis zusammensaßen. »Guten Abend, und willkommen zur ersten Sendung unserer Serie *Frauen in der Regierung* …« Pat beobachtete sich kritisch. Ihre Stimme war noch heiserer als sonst; die steife Art, wie sie dasaß, verriet Anspannung. Luther wirkte völlig locker, und insgesamt schien der Einstieg ganz in Ordnung zu sein. Sie und Abigail ergänzten einander gut. Abigails blaues Seidenkleid machte sich hervorragend; es wirkte weiblich, doch nicht übertrieben. Ihr Lächeln war herzlich, mit Fältchen um die Augen. Die Einführung war schmeichelhaft, das erkannte sie ohne jeden Vorbehalt an.

Sie sprachen über ihr Amt als Senatorin von Virginia. Abigail: »Es ist eine äußerst anstrengende und gleichzeitig befriedigende Aufgabe ...« Die Montage von Fotos aus Apple Junction. Die Aufnahmen von Abigail mit ihrer Mutter. Pat beobachtete, wie Abigails Stimme zärtlicher wurde. »Meine Mutter sah sich mit den gleichen Problemen konfrontiert wie viele arbeitende Frauen heutzutage. Sie wurde Witwe, als ich sechs war. Sie wollte mich nicht allein lassen und nahm daher eine Arbeit als Haushälterin an. Sie verzichtete auf eine Karriere im Hotel-Management, um für mich dazusein, wenn ich aus der Schule nach Hause kam. Wir standen uns sehr nahe. Sie war immer sehr unglücklich wegen ihres Gewichts. Sie war drüsenkrank. Ich schätze, daß viele Menschen das nachempfinden können. Wenn ich sie zu überreden versuchte, bei Willard und mir zu wohnen, lachte sie immer und sagte: ›Einen Berg kann man nicht nach Washington versetzen.‹ Sie war ein fröhlicher, liebenswerter Mensch.« An der Stelle wurde Abigails Stimme zitterig. Und dann erklärte Abigail ihre Teilnahme an dem Schönheitswettbewerb: »In einem bekannten Film hieß es mal, die Sportler wollten das Spiel ihrem kranken Trainer zuliebe gewinnen ... Ich wollte meiner Mom zuliebe gewinnen ...«

Pat ertappte sich dabei, wie sie dem Zauber von Abigails herzlicher Ausstrahlung verfiel. Selbst die Szene in Abigails Wohnzimmer, als die Senatorin ihre Mutter als fette Tyrannin dargestellt hatte, kam ihr jetzt unwirklich vor. Aber das war echt, dachte sie. Abigail Jennings ist eine gute Schauspielerin. Die Filmausschnitte von dem Empfang und dem ersten Wahlkampf. Pats Fragen an Abigail: »Senatorin, Sie waren damals jung verheiratet; Sie bereiteten sich auf das Ende Ihres Studiums vor, und Sie unterstützten Ihren Mann in seinem ersten Wahlkampf um einen Sitz im Kongreß. Erzählen Sie uns, wie das für Sie war.« Abigails Antwort: »Es war wunderbar.

Ich war sehr verliebt. Als Berufsziel hatte mir immer vorgeschwebt, die rechte Hand jemandes zu werden, der ein öffentliches Amt bekleidete. Wissen Sie, zwar hatte schon immer ein Jennings einen Sitz im Parlament, trotzdem mußte Willard hart kämpfen. Die Nacht, als wir hörten, daß Willard gewählt war – das war unbeschreiblich. Jeder Wahlsieg ist erhebend, aber der erste ist unvergeßlich.« Die Filmsequenz mit den Kennedys auf Willard Jennings' Geburtstagsparty ... Abigail sagte: »Wir waren alle so jung ... Wir waren drei oder vier Paare, die sich regelmäßig trafen und stundenlang zusammensaßen und redeten. Wir waren alle so sicher, daß wir dazu beitragen könnten, die Welt zu verändern und die Lebensumstände zu verbessern. Jetzt sind all diese jungen Staatsmänner tot. Ich bin die einzige von allen, die noch in der Regierung ist, und ich denke oft daran, was für Pläne Willard, Jack und die anderen schmiedeten.«

Und mein Vater war einer von diesen »anderen«, dachte Pat, während sie sich die Aufzeichnungen ansah.

Einige Szenen waren richtig rührend. Wie Maggie zu Abigail ins Büro kam, um sich bei ihr zu bedanken, daß sie für ihre Mutter einen Platz im Pflegeheim besorgt hatte; oder wie eine junge Mutter, die ihr dreijähriges Töchterchen an sich preßte, erzählte, wie ihr ehemaliger Ehemann das Kind entführt hatte. »Niemand konnte mir helfen. Niemand. Und dann sagte jemand: ›Ruf Senatorin Jennings an. Sie wird mit so etwas fertig.‹«

Ja, das wird sie, stimmte Pat zu.

Aber dann kam Abigail in einem Gespräch mit Luther auf die gestohlenen Wahlkampfgelder zu sprechen. »Es freut mich, daß Eleanor Brown sich gestellt hat, um ihre Schuld an der Gesellschaft zu sühnen. Ich hoffe nur, daß sie auch anständig genug ist, das restliche Geld, soweit noch etwas davon vorhanden ist, zurückzugeben oder zu verraten, wofür sie es ausgegeben hat.«

Irgend etwas veranlaßte Pat, sich umzudrehen. In dem

Halbdunkel des Vorführraums ragte Tobys massige Gestalt undeutlich aus seinem Sessel, die Hände unter dem Kinn gefaltet; an einem Finger glänzte der Onyx-Ring. Er nickte zustimmend. Sie sah schnell wieder nach vorne, da sie seinem Blick nicht begegnen wollte.

Luther sprach Abigail auf ihr Engagement in Sachen Flugsicherheit an: »Willard wurde dauernd gebeten, Vorträge an Hochschulen zu halten, und er sagte, wenn irgend möglich, immer zu. Er vertrat die Ansicht, daß die jungen Leute während der Studienzeit reife Ansichten über die Welt und die Regierung zu entwickeln beginnen. Wir lebten von den Diäten eines Kongreßabgeordneten und mußten sehr sparsam sein. Ich bin heute Witwe, weil mein Mann das billigste Flugzeug charterte, das er finden konnte ... Kennen Sie die Zahlen, wie viele ehemalige Luftwaffenpiloten sich ein gebrauchtes Flugzeug kauften und mit wenig Geld eine Fluggesellschaft zu gründen versuchten? Die meisten mußten aufgeben. Ihnen fehlte das Geld, um die Maschinen in Schuß zu halten. Mein Mann ist vor fünfundzwanzig Jahren gestorben, und ich kämpfe seitdem darum, diese kleinen Maschinen von Flughäfen mit viel Betrieb fernzuhalten. Und ich habe immer mit der Airline Pilots Association zusammengearbeitet, um für eine Verschärfung und Einhaltung der strengen Vorschriften für Piloten einzutreten.«

George Graney wurde nicht erwähnt, aber wieder wurde ihm, wenn auch unausgesprochen, die Schuld an Willard Jennings' Tod gegeben. Selbst nach so vielen Jahren betont Abigail noch immer, daß menschliches Versagen die Unfallursache war, dachte Pat. Während sie sich selbst im Bild beobachtete, wurde Pat klar, daß die Dokumentarsendung genau so geworden war, wie sie es geplant hatte; sie zeigte Abigail Jennings als sympathische menschliche Person und ergebene Staatsdienerin. Doch diese Überlegung befriedigte sie nicht sonderlich.

Das Programm endete damit, daß Abigail fast schon bei Dunkelheit nach Hause zurückkehrte und Pat dazu bemerkte, daß Abigail, wie so viele alleinstehende Menschen, den Abend allein in ihrer Wohnung verbringen würde, und zwar damit, sich an ihrem Schreibtisch mit anstehenden Gesetzesplänen zu befassen.

Das Bild wurde dunkel, und als im Raum das Licht anging, standen alle auf. Pat paßte auf, wie Abigail reagierte. Die Senatorin wandte sich zu Toby um. Er nickte zustimmend, und daraufhin erklärte Abigail entspannt lächelnd die Sendung als gelungen.

Sie blickte Pat an. »Trotz aller Widrigkeiten haben Sie sehr gute Arbeit geleistet. Und Sie hatten völlig recht damit, auch auf meine Herkunft einzugehen. Es tut mir leid, daß ich Ihnen so viel Ärger bereitet habe. Luther, was meinen Sie?«

»Ich finde, Sie kommen großartig rüber. Pat, was denken Sie?«

Pat dachte nach. Alle waren zufrieden, und eigentlich war das Ende so in Ordnung. Was veranlaßte sie dann, auf eine weitere Abschlußszene zu dringen? Der Brief. Sie wollte Abigail den Brief vorlesen, den sie an Willard Jennings geschrieben hatte. »Mich stört eines«, sagte sie. »Was das Besondere an dieser Sendung ausmacht, sind die persönlichen Aspekte. Ich wünschte, wir hätten sie nicht mit einer beruflichen Note ausklingen lassen.«

Abigail blickte ungeduldig auf. Toby runzelte die Stirn. Plötzlich war die Atmosphäre in dem Raum gereizt. Die Stimme des Vorführers erklang über den Lautsprecher: »Ist das gestorben?«

»Nein. Zeigen Sie noch einmal die letzte Szene«, sagte Luther kurz angebunden.

Es wurde wieder dunkel in dem Raum, und einen Augenblick später wurden noch einmal die letzten beiden Minuten der Sendung eingespielt.

Sie schauten sie sich alle aufmerksam an. Luther äußerte sich als erster dazu: »Wir können es so lassen, aber ich glaube, Pat hat vielleicht recht.«

»Na wunderbar«, sagte Abigail. »Was wollen Sie nun machen? Ich muß in wenigen Stunden im Weißen Haus sein, und ich möchte nicht in der letzten Sekunde dort ankommen.«

Ob ich sie dazu bewegen kann, mitzumachen? fragte sich Pat. Aus irgendeinem Grund wollte sie unbedingt diesen »Billy-Darling«-Brief vorlesen und wollte die spontane Reaktion der Senatorin darauf. Aber Abigail hatte darauf bestanden, jeden Punkt des Storyboards zu sehen zu bekommen, bevor sie Aufnahmen machten. Pat bemühte sich, beiläufig zu klingen. »Senatorin, Sie haben uns sehr großzügig persönliche Unterlagen zur Verfügung gestellt. In dem letzten Stoß, den Toby mir brachte, fand ich einen Brief, der dem Ganzen genau die abschließende persönliche Note geben könnte, die wir gerne hätten. Natürlich können Sie ihn lesen, bevor wir die Aufnahmen machen, aber ich denke mir, daß Sie natürlicher reagieren, wenn Sie es nicht tun. Wenn es nicht klappt, können wir es immer noch bei dem jetzigen Schluß belassen.«

Abigail kniff die Augen zusammen und blickte Luther an. »Haben Sie den Brief gelesen?«

»Ja. Ich bin einer Meinung mit Pat. Aber die Entscheidung liegt bei Ihnen.«

Sie wandte sich an Philip und Toby. »Sie beide haben sich alles angesehen, bevor Sie es zur eventuellen Verwendung in dieser Sendung herausgaben?«

»Alles, Senatorin.«

Sie zuckte mit den Schultern. »In dem Fall ... Passen Sie nur auf, daß Sie nicht einen Brief von einer Frau vorlesen, die behauptet, im Jahr nach mir Miss Apple Junction geworden zu sein.«

Sie lachten alle. Etwas an ihr ist anders, dachte Pat. Sie ist selbstsicherer.

»Wir drehen in zehn Minuten«, verkündete Luther.

Pat eilte in den Umkleideraum. Sie tupfte sich frischen Puder auf die Schweißperlen, die ihr auf die Stirn traten. Was ist los mit mir? fragte sie sich grimmig.

Die Tür ging auf, und Abigail kam herein. Sie machte ihre Handtasche auf und holte eine Puderdose hervor. »Pat, die Sendung ist ziemlich gut geworden, finden Sie nicht auch?«

»Ja, das ist sie.«

»Ich war so dagegen. Ich hatte ein so schlechtes Gefühl, was Sie anbelangte. Sie haben großartige Arbeit geleistet, mich als richtig nette Person gezeigt.« Sie lächelte. »Beim Ansehen dieser Aufzeichnungen konnte ich mich selbst besser leiden als schon seit langem.«

»Das freut mich.« Hier hatte sie wieder die Frau vor sich, die sie so sehr bewundert hatte.

Einige Minuten später waren sie wieder in den Aufnahmekulissen. Pat bedeckte mit ihrer Hand den Brief, den sie gleich vorlesen wollte. Luther sprach die einleitenden Worte. »Senatorin, wir möchten Ihnen dafür danken, daß Sie sich uns auf diese sehr persönliche Weise gewidmet haben. Was Sie erreicht haben, ist gewiß Ansporn und Ermutigung für alle und mit Sicherheit ein Beispiel dafür, wie aus einer tragischen Begebenheit Gutes entstehen kann. Als wir diese Sendung vorbereiteten, überließen Sie uns viele persönliche Papiere. Darunter fanden wir auch einen Brief, den Sie an Ihren Mann, den Kongreßabgeordneten Willard Jennings, schrieben. Ich glaube, dieser Brief macht zusammenfassend deutlich, wie Sie als junge Frau waren und zu was für einer Persönlichkeit Sie sich entwickelt haben. Darf ich nun Pat bitten, Ihnen diesen Brief vorzulesen?«

Abigail neigte den Kopf zur Seite und blickte neugierig.

Pat faltete den Brief auseinander. Mit heiserer Stimme begann sie langsam vorzulesen: »Billy, Darling.« Ihr krampfte sich die Kehle zusammen. Sie mußte sich zwingen, weiterzulesen. Wieder war ihr Mund schrecklich trocken. Sie blickte auf. Abigail starrte sie an, alle Farbe wich aus ihrem Gesicht. »Du warst großartig bei den Hearings heute nachmittag. Ich bin so stolz auf Dich. Ich liebe Dich so sehr und freue mich darauf, ein Leben lang mit Dir zusammenzusein, mit Dir gemeinsam zu arbeiten. Oh, mein Liebster, wir werden diese Welt wirklich verändern.«

Luther schaltete sich ein. »Dieser Brief wurde am dreizehnten Mai geschrieben, am zwanzigsten Mai starb der Abgeordnete Willard Jennings, und von da an arbeiteten Sie allein weiter daran, diese Welt zu verändern. Senatorin Abigail Jennings, wir danken Ihnen.«

Die Augen der Senatorin glänzten. Ein zartes, angedeutetes Lächeln umspielte ihren Mund. Sie nickte, und ihre Lippen formten die Worte: »Ich habe Ihnen zu danken.«

»Schnitt«, rief der Regisseur.

Luther sprang auf. »Senatorin, das war perfekt. Alle werden ...«

Er hielt mitten im Satz inne, da Abigail vorstürzte und Pat den Brief aus der Hand riß. »Wo haben Sie den her?« kreischte sie. »Was wollten Sie damit erreichen?«

»Senatorin, ich habe Ihnen ja gleich gesagt, wir müssen das nicht verwenden«, wandte Luther ein.

Pat starrte Abigail an und sah, wie sich deren Gesicht zu einer Maske der Wut und des Schmerzes verzerrte. Wo hatte sie schon einmal genau diesen Ausdruck in Abigails Gesicht gesehen?

Eine massige Gestalt stürmte an ihr vorbei. Toby schüttelte die Senatorin, schrie sie fast an. »Abby, fasse dich. Das war ein großartiges Ende für diese Sendung. *Abby, das ist in Ordnung, sollen die Leute doch ruhig von deinem letzten Brief an deinen Mann erfahren.*«

»Meinem ... letzten ... Brief?« Abigail hob eine Hand, um sich das Gesicht zu bedecken, als wollte sie ihren Ausdruck umformen. »Ja, natürlich ... Es tut mir leid ... Es ist nur – Willard und ich schrieben uns dauernd Briefchen ... Ich bin so froh, daß Sie gerade dieses wiedergefunden haben – dieses letzte ...«

Pat saß wie gelähmt da. »Billy, Darling; Billy, Darling ...« Die Worte hatten einen Trommelrhythmus, hämmerten in ihrem Kopf. Ein Scheinwerfer nach dem andern erlosch.

»Hallo, Pat«, rief der Kameramann. »Jetzt ist die Sache gestorben, oder?«

Schließlich schaffte sie es, aufzustehen. »Ja, sie ist gestorben«, bestätigte sie.

# 39

Immer wenn Sam sich mit einem Problem herumquälte, half ihm ein langer Spaziergang, den Kopf wieder frei zu bekommen für einen klaren Gedanken. Darum hatte er sich entschlossen, die paar Meilen von seinem Apartment bis zum südwestlichen Teil seines Viertels zu Fuß zu gehen. Das Gangplank-Restaurant lag am Washington Channel, und beim Näherkommen schaute er sich das ruhelose Hin und Her der Schaumkronen an.

Cape Cod. Nauset Beach. Pat an seiner Seite, das Haar vom Winde zerzaust, den Arm bei ihm eingehakt, das unglaubliche Gefühl von Freiheit, als gäbe es außer ihnen auf der Welt nur Himmel, Strand und Meer. Nächsten Sommer fahren wir wieder hin, versprach er sich.

Das Restaurant ähnelte einem am Dock vertäuten Schiff. Er eilte über die Laufplanke, genoß das leicht wippende Gefühl. Jack Carlson wartete bereits an einem Tisch am Fenster. Vor ihm im Aschenbecher lagen mehrere ausgedrückte Zigaretten, und er trank ein Perrier. Sam entschuldigte sich für sein Zuspätkommen.

»Ich war zu früh da«, entgegnete Jack einfach. Er war ein gepflegter grauhaariger Herr mit klugen, forschenden Augen. Er und Sam waren schon seit über zwanzig Jahren miteinander befreundet.

Sam bestellte einen Gin Martini. »Vielleicht wird der mich beruhigen oder aufmuntern«, erklärte er und versuchte zu lächeln. Er spürte, wie Jack ihn prüfend betrachtete.

»Ich habe dich schon mal fröhlicher erlebt«, meinte Jack. »Sam, was hat dich veranlaßt, mich zu bitten, Toby Gorgone zu überprüfen?«

»Nur so ein Gefühl.« Sam spürte, wie er sich verkrampfte. »Bist du auf etwas Interessantes gestoßen?«

»Das kann man wohl sagen.«

»Hallo, Sam.« Frank Crowley gesellte sich zu ihnen. Sein sonst immer blasses Gesicht war von der Kälte gerötet und sein dichtes weißes Haar etwas strubbelig. Er stellte sich Jack vor, setzte eine silberne Drahtgestellbrille auf, öffnete seinen Aktenkoffer und holte einen dicken Umschlag hervor. »Ich kann von Glück reden, daß ich schon hier bin«, verkündete er. »Ich habe angefangen, mich in das Prozeßprotokoll zu vertiefen, und hätte darüber fast die Zeit vergessen.« Der Kellner stand neben ihm. »Einen Wodka Martini, sehr trocken«, bestellte er. »Sam, Sie sind, glaube ich, der einzige in meinem Bekanntenkreis, der noch Gin Martinis trinken kann.«

Ohne auf eine Antwort zu warten, fuhr er fort: »Die *Vereinigten Staaten* gegen *Eleanor Brown*. Das ist eine interessante Lektüre, und das Ganze läuft auf eine einfache Frage hinaus: Wer von Senatorin Jennings' engsten Mitarbeitern hat gelogen, Eleanor oder Toby? Eleanor hat sich selbst verteidigt. Das war ein großer Fehler. Sie hat selbst die Sache mit dem Ladendiebstahl zur Sprache gebracht, und der Staatsanwalt hat die Sache dann so aufgeblasen, daß man hätte denken können, sie hätte Fort Knox ausgeraubt. Die Zeugenaussage der Senatorin hat ihr auch nicht geholfen. Sie hat sich ausführlichst darüber ausgelassen, daß sie Eleanor eine zweite Chance gegeben hätte. Ich habe die entscheidenden Seiten markiert.« Er reichte Carlson das Protokoll.

Jack holte einen Umschlag aus seiner Tasche hervor. »Hier hast du die gewünschte Auflistung der Personaldaten von Toby Gorgone, Sam.«

Sam überflog sie, zog die Augenbrauen hoch und las alles noch einmal in Ruhe.

Apple Junction: Verdächtigt des Autodiebstahls. Polizeiliche Verfolgung endete mit drei Toten. Keine Anklage. Apple Junction: Verdächtigt der Buchmacherei.

Keine Anklage. New York City: Verdächtigt des Brandanschlages auf ein Auto, bei dem ein Zinswucherer ums Leben kam. Keine Anklage. Als Randfigur der Mafia verdächtigt. Hat Spielschulden eventuell dadurch beglichen, daß er der Mafia Dienste erwies. Weitere Besonderheit: Außerordentliche technische Begabung.

»Ein ganz und gar straffreies Vorleben«, sagte er sarkastisch. Während des Essens besprachen, verglichen und werteten sie die Personaldaten von Toby Gorgone, Eleanor Browns Prozeßprotokoll, die CAA-Ermittlungen über den Flugzeugabsturz und die Nachricht über Catherine Graneys Ermordung. Bis zum Kaffee waren sie jeder für sich und alle drei gemeinsam zu beunruhigenden Ergebnissen gelangt: Toby war ein technischer Tüftler; er hatte Minuten vor dem Abheben der Jennings-Maschine einen Koffer ins Flugzeug gestellt, und dieses war unter geheimnisvollen Umständen abgestürzt. Toby war ein Spieler und hatte womöglich zu der Zeit, als die Wahlkampfgelder verschwanden, Schulden bei Buchmachern.

»Es kommt mir so vor, als würden Senatorin Jennings und dieser Toby sich abwechselnd gegenseitig Dienste erweisen«, bemerkte Crowley. »Sie dient ihm als Alibi, und er holt ihr die Kastanien aus dem Feuer.«

»Ich kann mir nicht vorstellen, daß Abigail Jennings vorsätzlich ein junges Mädchen ins Gefängnis bringen würde«, meinte Sam rundheraus. »Und ich glaube schon gar nicht, daß sie etwas mit dem Mord an ihrem Mann hätte zu tun haben wollen.« Ihm fiel auf, daß sie jetzt alle flüsterten. Schließlich sprachen sie über eine Frau, die vielleicht in wenigen Stunden zur designierten Vizepräsidentin der Vereinigten Staaten ernannt würde.

Das Restaurant begann sich zu leeren. Die Gäste, zum größten Teil Regierungsmitglieder, eilten zurück zur Arbeit. Wahrscheinlich hatten sie alle irgendwann im Laufe des Essens Spekulationen über die vom Präsidenten für diesen Abend angesetzte Pressekonferenz angestellt.

»Sam, mir sind schon Dutzende solcher Gestalten wie dieser Toby untergekommen«, sagte Jack. »Die meisten davon bei der Mafia. Sie opfern sich für ihren Bandenchef auf. Sie ebnen ihm den Weg – und sorgen gleichzeitig für ihr eigenes Wohlergehen. Vielleicht war Senatorin Jennings nicht an dem, was Toby tat, beteiligt. Aber betrachten wir es einmal so: Angenommen, Toby wußte, daß Willard Jennings seinen Sitz im Kongreß aufgeben und sich von Abigail scheiden lassen wollte. Jennings war für sich nicht fünfzigtausend Dollar wert. Mama verwaltete das Geld. Also wäre Abigail von der politischen Szene verschwunden, von Willard Jennings' Freundeskreis fallengelassen worden und nichts weiter mehr gewesen als eine ehemalige Schönheitskönigin aus einem Provinznest. Und Toby beschloß, daß es so weit nicht kommen durfte.«

»Wollen Sie damit sagen, daß sie sich revanchierte, indem sie in Sachen Wahlkampfgeldern ihm zuliebe log?« fragte Sam.

»Nicht unbedingt«, antwortete Frank. »Hier – lesen Sie, was die Senatorin im Zeugenstand ausgesagt hat. Sie gab zu, daß sie um die Zeit, als Eleanor den Anruf erhielt, an einer Tankstelle gehalten hatten. Bei dem Motor war ein Klopfgeräusch aufgetreten, und Toby wollte dem nachgehen. Sie schwor, er sei nie außer Sichtweite gewesen. Aber sie war unterwegs, um eine Rede zu halten, und las sich vermutlich noch einmal ihre Notizen durch. Wahrscheinlich sah sie Toby im einen Moment vorne am Motor herumfingern; im nächsten war er vielleicht hinten, um sich ein Werkzeug aus dem Kofferraum zu holen. Wie lange braucht man, um schnell zu einer Telefonzelle zu sausen, eine Nummer zu wählen und eine Zwei-Sekunden-Nachricht zu hinterlassen? Ich habe diese Aussage zerpflückt, aber selbst wenn ich davon ausgehe, daß wir recht haben, ist mir immer noch unklar, warum Toby sich ausgerechnet für Eleanor entschieden hat.«

»Das ist einfach«, sagte Jack. »Er wußte von ihrer Vorstrafe. Wußte auch, wie sensibel sie war. Wäre nicht alles so einleuchtend erschienen, hätte es eine gründliche Untersuchung über die verschwundenen Gelder gegeben. Man hätte auch ihn verdächtigt und sein Vorleben untersucht. Er ist clever genug, daß in seiner Akte wieder ›keine Anklage‹ gestanden hätte; aber die Senatorin wäre von Seiten der Partei bedrängt worden, sich von ihm zu trennen.«

»Wenn das, was wir über Toby Gorgone glauben, stimmt«, schloß Sam, »dann kam Catherine Graneys Tod zeitlich zu gelegen, als daß es sich um einen Zufallsmord handeln könnte.«

»Wenn Abigail Jennings heute abend vom Präsidenten vorgeschlagen wird«, sagte Jack, »und es kommt heraus, daß ihr Chauffeur diese Graney ermordet hat, werden die Hearings zu ihrer Bestätigung im Amt ein weltweiter Skandal.«

Die drei Männer am Tisch versanken jeder für sich in düstere Grübeleien, wie peinlich das für den Präsidenten würde. Sam brach schließlich das Schweigen.

»Das einzig Erfreuliche daran ist: Wenn wir nachweisen können, daß Toby diese Drohbriefe geschrieben hat, können wir ihn festnehmen und ich kann aufhören, mir um Pat Sorgen zu machen.«

Frank Crowley nickte Jack zu. »Und wenn Ihre Leute genug über ihn zusammenbekommen, läßt sich Toby vielleicht auch überreden, die Wahrheit über die Wahlkampfgelder zu sagen. Ich sage Ihnen, der Anblick dieser kleinen Eleanor Brown, wie sie heute morgen den Lügendetektortest machte und schwor, in ihrem Leben noch nicht einmal ein Stück Kreide gestohlen zu haben, hätte Ihnen das Herz gebrochen. Sie sieht nicht mal wie achtzehn aus, geschweige denn wie eine Vierunddreißigjährige. Die Gefängniserfahrung hat sie fast umgebracht. Nach ihrem Zusammenbruch ließ ein Psychiater sie einer Puppe ein Gesicht aufmalen, das zeigen sollte, wie ihr zumute war. Beim Anblick dieser verdammten Puppe würde es Sie schütteln. Sie sieht aus wie ein mißhandeltes Kind.«

»Eine Puppe!« rief Sam aus. »Sie hat eine *Puppe?* Ist es zufällig eine *Raggedy Ann*-Puppe?«

Als Frank erstaunt nickte, gab er dem Ober ein Zeichen und bestellte ihnen noch einmal Kaffee. »Ich fürchte, wir waren die ganze Zeit auf einer falschen Spur«, sagte er müde. »Lassen Sie uns noch einmal ganz von vorne anfangen.«

## 40

Toby goß einen Manhattan in ein vorgekühltes Cocktailglas und stellte es vor Abigail hin. »Trink das, Senatorin. Das wird dir guttun.«

*»Toby, wie ist sie an diesen Brief gekommen? Wie ist sie daran gekommen?«*

»Ich weiß nicht, Senatorin.«

»Er kann nicht bei den Sachen gewesen sein, die du ihr gegeben hast. Ich habe ihn nie mehr zu Gesicht bekommen, seit ich ihn geschrieben habe. *Wieviel weiß sie?* Toby, wenn sie beweisen könnte, daß ich damals in dieser Nacht da war ...«

»Das kann sie nicht, Senatorin. Das kann niemand. Und gleichgültig, was sie ausgegraben hat, es fehlt ihr an Beweisen. Nun komm schon, sie hat dir einen Gefallen getan. Dieser Brief wird dir Sympathie einbringen, das ist sicher. Wart ab.«

Schließlich beruhigte er sie auf die einzige Art und Weise, die immer funktionierte. »*Verlaß dich* auf mich! Mach dir deswegen keine Sorgen. Habe ich dich jemals im Stich gelassen?« Sie faßte sich ein wenig, war aber immer noch ein Nervenbündel. Und in wenigen Stunden wurde sie im Weißen Haus erwartet.

»Hör zu, Abby«, sagte er. »Während ich dir etwas zu essen mache, will ich, daß du zwei Manhattans trinkst. Danach ein heißes Bad und eine Stunde schlafen. Und danach ziehst du das Hübscheste an, was du hast. Dies ist die wichtigste Nacht in deinem Leben.«

Er meinte es ernst. Sie hatte Grund, sich aufzuregen – eine Menge Gründe. In dem Moment, als der Brief vorgelesen wurde, war er aufgesprungen. Aber als Pelham sagte: »Eine Woche später starb Ihr Mann«, hatte er gewußt, daß es gutgehen würde.

Abby hätte sich fast verraten. Wieder einmal hatte er sie durch seine Anwesenheit daran gehindert, einen schrecklichen Fehler zu begehen.

Abby griff nach ihrem Glas. »Ex«, sagte sie, und ein Anflug von Lächeln umspielte ihre Lippen. »Toby, bald haben wir es geschafft.«

Das Amt des Vizepräsidenten. »Richtig, Senatorin.« Er saß auf einem Sitzkissen gegenüber dem Sofa.

»Ach, Toby«, sagte sie. »Was wäre ich ohne dich geworden?«

»Abgeordnete von Apple Junction.«

»Oh, natürlich.« Sie bemühte sich zu lächeln.

Ihr Haar hing lose um ihr Gesicht, und sie sah nicht älter aus als dreißig. Sie war so schlank. Schlank auf eine Art und Weise, wie Frauen es sein sollten. Kein Gerippe, sondern stramm und wohlgenährt.

»Toby, du siehst so aus, als würdest du über etwas nachdenken. Das wäre etwas Neues.«

Er grinste sie an, froh, daß sie allmählich wieder lockerer wurde. »Intelligenz ist doch deine Sache. Ich überlasse das Denken dir.«

Sie trank eilig ihren Drink. »Die Sendung ist gut geworden.«

»Das sage ich ja schon die ganze Zeit ... Es wäre nicht klug von dir gewesen, dich weiter über diesen Brief aufzuregen. Sie hat dir damit einen Gefallen getan.«

»Ich weiß ... Nur ...«

Der Manhattan begann ihr zu Kopf zu steigen. Er mußte dafür sorgen, daß sie etwas aß. »Senatorin, entspann dich. Ich mache dir etwas zu essen.«

»Ja ... Das wäre eine gute Idee. Toby, ist dir klar, daß ich in einigen Stunden als Vizepräsidentin der Vereinigten Staaten vorgeschlagen werde?«

»Natürlich, Abby.«

»Wir wissen alle, welch förmliches Amt das ist. Aber, Toby, wenn ich meine Sache gut mache, kann man mir nächstes Jahr nicht die Spitzenposition verweigern. Das ist das, worauf ich hinaus will.«

»Ich weiß, Senatorin.« Toby füllte noch einmal ihr Glas nach. »Ich mache dir jetzt ein Omelett. Danach legst du dich hin und schläfst ein wenig. Dies wird deine Nacht.«

Toby stand auf. Er konnte diesen Anblick nackten Verlangens in ihrem Gesicht nicht mehr ertragen. Das erste Mal hatte er ihn bei ihr an dem Tag gesehen, als sie die Nachricht bekam, daß man sie eines Radcliffe-Stipendiums nicht für würdig befunden habe. Sie war zu ihm herübergekommen in den Garten, wo er den Rasen mähte, und hatte ihm den Brief gezeigt; dann hatte sie sich auf die Verandastufen gesetzt, die Arme um ihre Beine gelegt und den Kopf im Schoß vergraben. Damals war sie achtzehn Jahre alt gewesen. »Toby, es ist mein sehnlichster Wunsch, dahinzugehen. Ich kann nicht in diesem gräßlichen Kaff versauern. Ich kann nicht ...«

Und da hatte er ihr vorgeschlagen, mit diesem Laffen Jeremy Saunders ein Verhältnis anzufangen ...

Er hatte ihr noch häufiger geholfen, hatte ihr geholfen, ihren Weg zu gehen.

Und jetzt versuchte wieder jemand, ihr alles zunichte zu machen.

Toby ging in die Küche. Während er ihr etwas zu essen machte, versuchte er sich auszumalen, wie interessant es wäre, wenn Abby nur einen Herzschlag von der Präsidentschaft entfernt wäre.

Das Telefon läutete. Es war Phil. »Alles in Ordnung mit der Senatorin?«

»Es geht ihr gut. Ich mache ihr gerade etwas zu essen.«

»Ich habe eine Information für Sie, die Sie wollten. Raten Sie mal, wem das Haus gehört, in dem Pat Traymore wohnt?«

Toby wartete ab.

»Pat Traymore selbst. Es ist treuhänderisch für sie verwaltet worden, seit sie vier war.«

Toby pfiff leise. Diese Augen, dieses Haar, etwas Gewisses an ihrem Aussehen ... Warum war er nicht früher darauf gekommen? Er hätte durch seine eigene Dummheit alles zuschanden machen können.

Phil hörte sich mürrisch an. »Haben Sie mich verstanden? Ich sagte ...«

»Ich habe es verstanden. Behalten Sie es für sich. Was die Senatorin nicht weiß, macht sie nicht heiß.«

Bald darauf ging er in sein Apartment über der Garage. Auf sein Drängen hin hatte Abigail sich entschlossen, die Sendung in ihrem Zimmer anzusehen, während sie sich gleichzeitig ausruhte. Er wollte mit dem Wagen um acht Uhr vorfahren, um sie ins Weiße Haus zu bringen.

Er wartete, bis die Sendung angelaufen war, dann stahl er sich leise aus seiner Wohnung. Sein Auto, ein schwarzer Toyota, stand in der Einfahrt. Er schob ihn bis zur Straße hinunter. Er wollte nicht, daß Abby merkte, daß er fortfuhr. Er hatte nicht ganz anderthalb Stunden Zeit für seine Fahrt zu Pat Traymores Haus und zurück.

Das würde reichen, um zu tun, was zu tun war.

## 41

Pat überquerte die Massachusetts Avenue, fuhr die Q Street entlang und über die Buffalo Bridge nach Georgetown. Sie hatte Kopfschmerzen – ein ständiges Pochen. Sie fuhr ganz mechanisch, beachtete unbewußt die Ampeln.

Auf einmal war sie schon auf der 31st Street, fuhr um die Ecke und in ihre Einfahrt hinein. Als sie auf der Treppe stand, peitschte ihr der Wind ins Gesicht. Ihre Finger durchsuchten die Handtasche nach ihrem Schlüssel. Das Schloß schnappte auf, sie schob die Tür auf und trat in die ruhige Dunkelheit des Foyers.

Automatisch schloß sie die Tür hinter sich und lehnte sich dagegen. Der Mantel lastete ihr schwer auf den Schultern. Sie ließ ihn von den Schultern gleiten, warf ihn achtlos beiseite. Sie hob den Kopf; ihre Augen hefteten sich auf die Stufe an der Treppenbiegung. *Da saß ein Kind. Ein Kind mit langen rotbraunen Haaren, das Kinn in den Handflächen aufgestützt, das Gesicht voller Neugier.*

Ich habe nicht geschlafen, dachte sie. Ich hörte, wie es an der Tür läutete, und wollte sehen, wer da kam. *Daddy machte die Tür auf, und jemand rauschte an ihm vorbei. Er war wütend. Ich huschte in mein Bett zurück.* Als ich den ersten Schuß hörte, bin ich nicht gleich hinuntergerannt. Ich blieb im Bett und rief nach Daddy.

Aber er kam nicht. Und ich hörte noch einen lauten Knall und lief die Treppe zum Wohnzimmer hinunter …

Und dann …

Sie merkte, daß sie zitterte und daß ihr schwindelig war. Sie ging in die Bibliothek, goß sich einen Brandy ein und trank ihn hastig. Warum war Senatorin Jennings so außer sich gewesen über den Brief? Sie war entsetzt, wütend, hatte Angst.

Warum?

Es ergab keinen Sinn.

Und warum habe ich mich beim Lesen so aufgeregt? Warum habe ich mich jedesmal, wenn ich ihn las, aufgeregt?

Wie Toby mich angesehen hat – als ob er mich haßte. Wie er die Senatorin angeschrien hat. Er hat nicht versucht, sie zu beruhigen. Er hat versucht, sie in bezug auf irgend etwas zu warnen. Aber in bezug auf was?

Sie saß zusammengekuschelt in der Sofaecke, die Arme um die Knie gelegt. So habe ich oft hier gesessen, wenn Daddy an seinem Schreibtisch arbeitete. »Du kannst hierbleiben, Kerry, wenn du mir versprichst, still zu sein.« Wieso erinnerte sie sich jetzt so lebhaft an ihn? Sie konnte ihn vor sich sehen, nicht so, wie er in den Filmausschnitten ausgesehen hatte, sondern wie er hier in diesem Raum gewesen war, wie er zurückgelehnt in seinem Sessel gesessen hatte und mit den Fingern auf den Schreibtisch trommelte, wenn er sich konzentrierte.

Der Zeitungsartikel lag immer noch aufgeschlagen auf dem Schreibtisch. Einem plötzlichen Impuls nachgebend, ging sie hin und las ihn noch einmal sorgfältig durch. Ihre Augen wanderten immer wieder zu dem Bild von ihrem Vater und Abigail Jennings am Strand. Da war unübersehbar eine gewisse Vertrautheit. War es ein Sommernachmittagsflirt oder mehr? Angenommen, ihre Mutter hätte aufgeschaut und die beiden bei diesem Blickwechsel ertappt?

Warum hatte sie solche Angst? Sie hatte die letzte Nacht schlecht geschlafen. Ein heißes Bad und ein wenig Ruhe würden ihr guttun. Langsam stieg sie die Treppe zu ihrem Zimmer hinauf. Und wieder hatte sie dieses unheimliche Gefühl, daß jemand sie beobachtete. Dasselbe Gefühl hatte sie schon gestern abend gehabt, bevor sie einschlief, doch auch jetzt wischte sie es wieder beiseite.

Gerade als sie in ihr Zimmer kam, läutete das Telefon. Es war Lila.

»Pat, geht es Ihnen gut? Ich mache mir Sorgen um Sie. Ich will Sie nicht beunruhigen, aber ich muß Sie warnen. Ich spüre, daß Sie von Gefahr umgeben sind. Wollen Sie nicht zu mir herüberkommen und bei mir bleiben?«

»Lila, ich glaube, Sie haben diese Ahnungen, weil es nun kurz davor ist, daß die Erinnerungen an jene Nacht bei mir hervorbrechen. Es hat sich heute etwas ereignet, während der letzten Aufzeichnungen, und das scheint das auszulösen. Aber machen Sie sich keine Sorgen – gleichgültig, was dabei herauskommt, ich werde damit schon fertig.«

»Pat, *hören* Sie auf mich. Sie sollten sich jetzt nicht in diesem Haus aufhalten!«

»Aber nur so kann ich die Begebenheiten Stück für Stück wieder in einen Zusammenhang bringen.«

Sie macht sich Gedanken wegen der Einbrüche, sagte sich Pat, als sie in der Wanne lag. Sie hat Angst, daß ich die Wahrheit nicht ertragen kann. Sie schlüpfte in ihren Frotteebademantel, setzte sich an ihren Frisiertisch, löste ihre Haare und begann sie zu bürsten. Sie hatte sie fast die ganze Woche lang zu einem Knoten gebunden getragen. Sie wußte, daß Sam sie am liebsten so lose mochte. So wollte sie die Haare heute abend tragen.

Sie ging ins Bett und stellte das Radio leise. Sie hatte nicht damit gerechnet, daß sie einschlummern könnte, tat das aber bald. Als sie Eleanors Namen hörte, schrak sie hoch.

Auf dem Wecker war es Viertel nach sechs. In fünfzehn Minuten würde die Sendung beginnen.

»Als Grund dafür, daß sie sich gestellt hat, gab Miss Brown bei ihrer Verhaftung an, daß sie es nicht länger ertragen konnte, ständig in der Furcht zu leben, daß jemand sie erkennen könnte. Sie beteuert nach wie vor, den Diebstahl, für den sie verurteilt wurde, nicht begangen zu haben. Ein Polizeisprecher erklärte, Miss Brown habe, seit sie die Auflagen für ihre bedingte Haftentlassung verletzt habe, mit einem Krankenwärter namens Arthur Stevens zusammengelebt. Stevens wird verdächtigt, einige Leute in Pflegeheimen getötet zu haben; gegen ihn wurde Haftbefehl erlassen. Sein religiöser Fanatismus hat ihm den Namen ›Engel der Siechenheime‹ eingetragen.«

*»Engel der Siechenheime!«* Bei seinem ersten Anruf hatte dieser Mann am Telefon neulich sich als Engel der Barmherzigkeit, der Erlösung und der Rache bezeichnet. Pat richtete sich auf und schnappte sich das Telefon. Außer sich wählte sie Sams Nummer, ließ das Telefon zehn-, zwölf-, vierzehnmal klingeln, bevor sie wieder auflegte. Wenn sie nur verstanden hätte, was Eleanor sagte, als sie über Arthur Stevens sprach! *Er hatte Eleanor gebeten, sich nicht zu stellen. Vielleicht hatte er versucht, die Sendung zu stoppen, um Eleanor zu retten.*

Ob Eleanor etwas von diesen Drohungen gewußt hatte? Nein, hat sie nicht, dessen bin ich sicher, dachte Pat. Wir sollten ihrem Anwalt Bescheid geben, bevor wir die Polizei benachrichtigen.

Es war zwanzig nach sechs. Sie stand auf, band den Gürtel ihres Bademantels fest und zog ihre Hausschuhe an. Während sie die Treppe hinuntereilte, fragte sie sich, wo Arthur Stevens jetzt stecken mochte. Wußte er, daß man Eleanor festgenommen hatte? Würde er sich die Sendung ansehen und ihr die Schuld daran geben, wenn Eleanors Bild gezeigt wurde? Sie dafür verantwortlich machen, daß Eleanor nicht ihr Versprechen gehalten und noch gewartet hatte, bevor sie zur Polizei ging?

Im Wohnzimmer schaltete sie den Kronleuchter an, stellte die höchste Helligkeitsstufe ein und nahm sich auch einen Moment Zeit, die Christbaumbeleuchtung anzumachen, bevor sie den Fernseher einschaltete. Trotzdem hatte der Raum etwas merkwürdig Tristes an sich. Sie nahm auf der Couch Platz und sah gebannt hin, als nach den Nachrichten der Vorspann ablief.

Sie hatte Gelegenheit haben wollen, sich die Sendung

allein anzusehen. Im Studio hatte sie gemerkt, wie sie auf die Reaktionen der anderen alle geachtet hatte. Doch jetzt merkte sie, daß sie Angst davor hatte, sie noch einmal zu sehen. Und zwar viel mehr als das übliche Maß an Befürchtungen, wenn eine neue Serie anlief.

Der Heizkessel polterte, und an den Hitzeregulatoren entwich zischend Dampf. Das Geräusch ließ sie zusammenzucken. Es ist eigenartig, wie dieses Haus auf mich wirkt, dachte sie.

Die Sendung begann. Pat besah sich kritisch, wie sie drei – die Senatorin, Luther und sie selbst – da im Halbkreis zusammensaßen. Der Hintergrund war gut. Luther hatte recht damit gehabt, daß er die Blumen hatte austauschen lassen. Abigail war nichts von der Spannung anzumerken, die sie erkennen ließ, wenn die Kamera nicht lief. Die Auswahl der Bilder von Apple Junction war gut. Abigails Erinnerungen wirkten auf eben richtige Weise menschlich ansprechend. Und es ist alles so verlogen, dachte Pat.

Die Filmaufnahmen von Abigail und Willard Jennings bei ihrem Hochzeitsempfang, bei Parties auf deren Anwesen, bei Wahlkampfveranstaltungen. Abigails zärtliche Erinnerungen an ihren Mann, während diese Filmausschnitte gezeigt wurden. »Willard und ich ...«, »Mein Mann und ich ...« Seltsam, daß sie ihn nie Billy nannte.

Pat kam immer deutlicher zum Bewußtsein, daß die Filme, in denen Abigail als junge Frau zu sehen war, ihr merkwürdig vertraut vorkamen. Sie riefen Erinnerungen hervor, die nichts damit zu tun hatten, daß sie diese Streifen so oft gesehen hatte. Wie kam das nur?

Es gab eine Unterbrechung, in der Werbung gezeigt wurde.

Als nächstes käme diese Sache mit Eleanor und den veruntreuten Wahlkampfgeldern.

Arthur hörte, wie Patricia Traymore die Treppe hinunterging. Vorsichtig schlich er auf Zehenspitzen hinaus, bis er sicher war, daß er von unten das schwache Geräusch des

Fernsehers vernahm. Er hatte Befürchtungen gehabt, daß vielleicht Freunde kämen, um sich mit ihr gemeinsam die Sendung anzusehen. Aber sie war allein.

Zum ersten Mal in all diesen Jahren hatte er das Gefühl, die Robe zu tragen, die Gott ihm zugedacht hatte. Mit feuchten, offenen Händen strich er den feinen Wollstoff über seinem Körper glatt. Diese Frau entweihte sogar heilige Gewänder. Welch ein Recht hatte sie, die Kleidung der Erwählten zu tragen?

Zurück in seinem Versteck, setzte er die Kopfhörer auf, stellte das Gerät an und das Bild klar. Er hatte die Kabelantenne eingestöpselt, und das Bild war bemerkenswert deutlich. Er kniete davor nieder wie vor einem Altar, faltete die Hände wie zum Gebet und begann sich so die Sendung anzusehen.

Lila saß da und sah sich die Sendung an. Sie hatte ihr Abendessen vor sich auf einem Tablett, doch es fiel schwer, auch nur so zu tun, als ob sie äße. Sie war fest davon überzeugt, daß Pat ernstlich in Gefahr schwebte, und diese Gewißheit erhöhte sich noch, als sie Pat auf dem Bildschirm sah.

Kassandrarufe, dachte sie bitter. Pat will nicht auf mich hören. Sie muß unbedingt aus diesem Haus heraus, *sonst wird sie eines noch grausameren Todes sterben als ihre Eltern. Ihre Zeit läuft allmählich ab.*

Lila war Sam Kingsley einmal begegnet und fand ihn sehr sympathisch. Sie spürte, daß er Pat viel bedeutete. Würde es wohl etwas nützen, mit dem Kongreßabgeordneten zu sprechen und ihm ihre Befürchtungen mitzuteilen? Ob sie ihn wohl dazu bringen könnte, mit Nachdruck dafür zu sorgen, daß Pat dies Haus verließ, bis diese dunkle Aura darum sich aufgelöst hatte?

So schob das Tablett beiseite, stand auf und holte sich das Telefonbuch. Sie wollte ihn sofort anrufen.

Vom Restaurant aus ging Sam direkt in sein Büro. Er hatte mehrere Verabredungen, vermochte sich aber nicht auf sie zu konzentrieren. Immer wieder kehrte er in Gedanken zu den mittäglichen Besprechungen zurück.

Sie hatten eine Menge schwerwiegender Indizienbeweise gegen Toby Gorgone zusammengestellt, aber Sam war lange genug Staatsanwalt gewesen, um zu wissen, daß auch eine Ansammlung schwerwiegender Indizien in sich zusammenfallen kann wie ein Kartenhaus. Und die *Raggedy Ann*-Puppe sprach dagegen, daß Toby der Täter war. Wenn Toby an dem Flugzeugabsturz und dem Verschwinden der Wahlkampfgelder nicht schuld war und wenn Catherine Graney das Opfer eines Zufallsverbrechens geworden war, dann war Abigail Jennings so, wie sie sich darstellte, über jeden Zweifel erhaben und eine würdige Kandidatin für den Posten, den sie nach Ansicht der meisten Leute bekommen würde. Aber je mehr Sam über Toby nachdachte, desto unwohler wurde ihm.

Um zwanzig nach sechs war er endlich fertig und rief sofort bei Pat an. Ihr Telefon war besetzt. Er schloß schnell seinen Schreibtisch ab. Er wollte rechtzeitig zu Hause sein, um sich die Sendung anzusehen.

Das Läuten des Telefons ließ ihn innehalten, als er gerade aus dem Büro eilte. Ein Instinkt riet ihm, nicht so zu tun, als wäre er schon fort.

Es war Jack Carlson. »Sam, bist du allein?«

»Ja.«

»Es gibt einige neue Entwicklungen im Fall Catherine Graney. Ihr Sohn hat den Entwurf eines Briefes gefunden, den sie an Senatorin Jennings geschrieben hat. Der Brief ist wahrscheinlich gestern zu Hause bei der Senatorin angekommen. Das ist ziemlich starker Tobak. Mrs. Graney wollte auspacken, daß das Verhältnis zwischen Abigail Jennings und ihrem Mann nicht so war, wie die Senatorin es darstellt; und sie wollte sie wegen Verleumdung verklagen, wenn sie in der Sendung nicht ihre Behauptungen über ein Versagen des Piloten zurücknähme.«

Sam pfiff leise. »Willst du damit sagen, daß Abigail den Brief gestern erhalten haben kann?«

»Genau. Aber das ist noch nicht alles. Nachbarn von Mrs. Graney hatten gestern abend eine Party. Wir haben uns eine Liste sämtlicher Gäste besorgt und alle überprüft. Ein junges Paar, das erst später kam, um Viertel nach elf oder so, hatte Schwierigkeiten, die richtige Straße zu finden. Sie fragten einen Mann, der zwei Blocks weiter in sein Auto stieg, nach dem Weg. Er erteilte ihnen eine schroffe Abfuhr. Das Auto war ein schwarzer Toyota mit Nummernschildern von Virginia. Ihrer Beschreibung nach hätte es Gorgone sein können. Die junge Frau erinnert sich sogar, daß er einen gewaltigen dunklen Ring trug. Wir wollen Toby festnehmen, um ihn zu verhören. Meinst du, wir sollten im Weißen Haus anrufen?«

*Es war möglich, daß man Toby in der Nähe der Stelle gesehen hatte, wo Catherine Graney ermordet worden war. Wenn er Catherine Graney getötet hatte, war auch alles andere, dessen sie ihn verdächtigten, denkbar, ja höchst wahrscheinlich.*

»Man muß sofort Abigail davon in Kenntnis setzen«, sagte Sam. »Ich fahre auf der Stelle zu ihr. Man sollte ihr eine Chance geben, ihren Namen von der Liste der Kandidaten zurückzuziehen. Wenn sie sich weigert, werde ich den Präsidenten selber anrufen. Selbst wenn sie keine Ahnung hatte, was Toby vorhatte, muß sie die moralische Verantwortung übernehmen.«

»Ich glaube, um moralische Verantwortung hat sich diese Dame nie gekümmert. Wenn J. Edgar noch lebte, wäre sie nie so weit an das Amt des Vizepräsidenten herangekommen. Das hat man ja in diesem Artikel in der *Tribune* neulich gesehen, wie eng befreundet sie mit dem Abgeordneten Adams und seiner Frau war.«

»Ja, ich habe es gesehen.«

»Es hat, wie auch dort in der Zeitung erwähnt, immer

Gerüchte gegeben, daß eine Frau diesen tödlich endenden Streit direkt verursacht hat. Ich war damals neu im Bureau, als dieser Fall bekannt wurde. Aber als ich jetzt diesen Artikel las, ließ mir etwas keine Ruhe. Auf Verdacht besorgte ich mir die Adams-Akte. Darin haben wir einen Vermerk über einen Kongreß-Neuling, eine Frau namens Abigail Jennings. Alles deutete damals darauf hin, daß *sie* diese andere Frau war.«

So sehr sie sich auch bemühte, Abigail fand keine Ruhe. Das Bewußtsein, in wenigen Stunden zur Vizepräsidentin ernannt zu werden, war einfach zu überwältigend.

Frau Vizepräsidentin. *Air Force Two* und das Herrenhaus auf dem Grundstück der ehemaligen Seewetterwarte. Senatsvorsitz und Stellvertreterin des Präsidenten in der ganzen Welt.

In zwei Jahren Präsidentenwahl. Ich werde sie gewinnen, versprach sie sich. Golda Meir, Indira Ghandi, Margaret Thatcher, Abigail Jennings.

Der Senat war ein großer Schritt nach oben gewesen. In der Nacht, als sie gewählt wurde, hatte Luther gesagt: »Na ja, Abigail, jetzt gehören Sie dem exklusivsten Verein der Welt an.«

Jetzt stand ein neuer gewaltiger Schritt nach oben unmittelbar bevor. Nicht länger nur ein Mitglied des Senats unter hundert, sondern Inhaberin des zweithöchsten Regierungsamtes im Land.

Sie hatte beschlossen, ein dreiteiliges Ensemble zu tragen, eine Seidenbluse mit einem Seidenrock und dazu eine Strickjacke, alles in Rosa- und Grautönen. Das würde sich im Fernsehen gut machen.

Vizepräsidentin Abigail Jennings …

Es war Viertel nach sechs. Sie stand von dem Liegesofa auf, ging an ihren Frisiertisch und bürstete sich das Haar. Mit flinken, geschickten Bewegungen legte sie etwas Lidschatten auf und schminkte sich die Wimpern mit Mascara. Ihre Wangen waren vor Erregung gerötet; sie brauchte kein Rouge. Eigentlich konnte sie sich auch jetzt schon fertig anziehen, dann das Programm ansehen und ihre Annahmeerklärung üben, bis es Zeit wurde, zum Weißen Haus aufzubrechen.

Sie schlüpfte in ihr Ensemble und steckte sich eine edelsteinbesetzte Goldrosette an ihre Jacke. Der Fernseher in der Bibliothek hatte den größten Bildschirm. Sie wollte sich die Sendung da ansehen.

»Schauen Sie sich nun in unserem Programm die erste Folge von *Frauen in der Regierung* an.«

Bis auf die letzten Minuten hatte sie die Sendung schon ganz gesehen. Doch es war beruhigend, sie sich noch einmal anzusehen. Unter dem frischen Schneemantel bekam Apple Junction etwas ländlich Freundliches, das die schäbige Trostlosigkeit verbarg. Nachdenklich betrachtete sie das Haus der Saunders'. Sie wußte noch, wie Mrs. Saunders ihr befohlen hatte, noch einmal zurückzugehen und den Weg zum Dienstboteneingang zu nehmen. Das hatte diese elende Hexe büßen müssen.

Wenn Toby nicht auf die Idee gekommen wäre, wie an das Geld für Radcliffe zu kommen war, wo wäre sie dann heute?

Die Saunders waren mir das Geld *schuldig*, sagte sie sich. Zwölf Jahre der Erniedrigung und Demütigung in diesem Haus!

Sie sah sich die Filmausschnitte von dem Hochzeitsempfang, den ersten Wahlkämpfen und Willards Begräbnis an. Ihr fiel ein, wie sie innerlich frohlockt hatte, als Jack ihr in dem Auto des Trauerzuges versprochen hatte, sich beim Gouverneur dafür einzusetzen, daß er sie für Willards restliche Amtsperiode als Nachfolgerin ernannte.

Ein anhaltendes Klingeln an der Tür ließ sie zusammenschrecken. Bei ihr schaute nie jemand zufällig vorbei. Konnte es sein, daß sich jemand von der Presse erdreistete, so zu klingeln? Sie versuchte es einfach zu überhören. Aber das unaufhörliche Läuten war störend. Sie eilte zur Tür. »Wer ist da?«

»Sam.«

Sie riß die Tür auf. Er trat mit finsterem Gesicht ein, aber sie blickte ihn kaum an. »Sam, wieso sehen Sie sich nicht die Sendung an? Kommen Sie schon.« Sie nahm ihn an der Hand und zog ihn in die Bibliothek. Auf dem Bildschirm sprach Luther sie gerade auf ihr Engagement in Sachen Flugsicherheit an.

»Abigail, ich muß mit Ihnen reden.«

»Lieber Himmel, Sam. Kann ich nicht erst meine eigene Sendung ansehen?«

»Es geht um eine Sache, die nicht warten kann.« Während im Hintergrund ihr Feature ablief, erzählte er ihr, warum er gekommen war. Ihm fiel auf, wie sie immer fassungsloser dreinschaute.

»Wollen Sie damit andeuten, daß Toby vielleicht diese Graney umgebracht hat? Sie sind verrückt.«

»Meinen Sie?«

»Er hatte ein Rendezvous. Diese Kellnerin wird das bezeugen.«

»Zwei Leute haben eine genaue Beschreibung von ihm gegeben. Das Motiv war dieser Brief von Catherine Graney.«

»Was für ein Brief?«

Sie blickten einander an, und sie wurde blaß.

»Er holt Ihnen Ihre Post herein, stimmt's, Abigail?«

»Ja.«

»Hat er das gestern auch getan?«

»Ja.«

»Und was hat er hereingeholt?«

»Den üblichen Ramsch. Einen Moment mal. Sie können nicht einfach solche Anschuldigungen gegen ihn vorbringen. Sagen Sie ihm das selber, von Angesicht zu Angesicht.«

»Dann rufen Sie ihn jetzt her. Man wird ihn sowieso festnehmen, um ihn zu verhören.«

Sam beobachtete, wie sie die Nummer wählte. Ohne jede Gefühlsregung bemerkte er, wie hübsch sie angezogen war. Sie hat sich fein gemacht für die Ernennung zur Vizepräsidentin, dachte er.

Abigail hielt den Hörer an ihr Ohr, lauschte, wie es läutete. »Wahrscheinlich geht er nur nicht dran. Er rechnet sicher nicht mit meinem Anruf.« Ihre Stimme wurde immer schleppender, dann wieder resolut, lebhaft. »Sam, das glauben Sie doch wohl selbst nicht, was Sie da sagen. Pat Traymore hat Sie dazu aufgehetzt. Sie hat mich von Anfang an zu sabotieren versucht.«

»Pat hat nichts damit zu tun, daß man Toby Gorgone erwiesenermaßen in der Nähe von Catherine Graneys Wohnung gesehen hat.«

Auf dem Bildschirm ließ Abigail sich über ihre führende Rolle im Kampf um strengere Flugsicherheitsvorschriften aus. »Ich bin heute Witwe, weil mein Mann das billigste Flugzeug charterte, das er finden konnte.«

Sam deutete auf den Fernseher. »Diese Aussage hätte Catherine Graney gereicht, um sich morgen früh an die Presse zu wenden, und Toby wußte das. Abigail, wenn der Präsident diese Pressekonferenz heute abend einberufen hat, um Sie als seine Vizepräsidentschaftskandidatin vorzustellen, müssen Sie ihn bitten, mit dieser Bekanntgabe zu warten, bis diese Sache geklärt ist.«

»Haben Sie den Verstand verloren? Es ist mir gleichgültig, ob Toby zwei Häuserblocks von der Stelle entfernt war, wo diese Frau umgebracht wurde. Was beweist das schon? Vielleicht hat er in Richmond eine Freundin, oder er spielt dort hin und wieder Karten. Wahrscheinlich geht er nur nicht ans Telefon. Ich wünschte bei Gott, ich wäre einfach nicht an die Tür gegangen.«

Sam überkam ein Gefühl, daß die Zeit drängte. Gestern hatte Pat ihm erklärt, sie habe das Empfinden, Toby sei ihr gegenüber feindselig geworden; daß er sie jetzt nervös mache, wenn er in ihrer Nähe sei. Erst vor einigen wenigen Minuten hatte Abigail geäußert, Pat versuche ihr zu schaden. Glaubte Toby das auch? Sam packte Abigail an den Schultern. »Gibt es Grund zu der Annahme, daß Toby Pat als eine Bedrohung für Sie empfindet?«

»Sam, hören Sie auf damit! Lassen Sie mich los! Er war nur genauso aufgebracht über diesen Pressewirbel, den sie verursacht hat, wie ich, aber selbst das hat sich als positiv erwiesen. Er ist sogar der Ansicht, daß sie mir letztlich einen Gefallen getan hat.«

»Sind Sie *sicher?*«

»Sam, Toby hat Pat Traymore letzte Woche zum ersten Mal in seinem ganzen Leben gesehen. Sie sind nicht klar bei Verstand.«

*Er hat sie letzte Woche zum ersten Mal in seinem ganzen Leben gesehen?* Das stimmte nicht. Toby hatte Pat gut gekannt, als sie klein war. Konnte es sein, daß er sie wiedererkannt hatte? Abigail hatte ein Verhältnis mit Pats Vater gehabt. War Pat im Begriff, dahinterzukommen? Verzeih mir, Pat, dachte er. Ich muß es ihr sagen. »Abigail, Pat Traymore ist Dean Adams' Tochter Kerry.«

»Pat Traymore ist – Kerry?« Abigail riß vor Schreck die Augen auf. Dann machte sie sich von ihm los. »Sie wissen nicht, was Sie da reden. Kerry Adams ist tot.«

»Ich versichere Ihnen, Pat Traymore ist Kerry Adams. Man hat mir gesagt, daß Sie ein Verhältnis mit ihrem Vater hatten, daß Sie womöglich jenen letzten Streit ausgelöst haben. Pat fallen die Ereignisse jener Nacht nach und nach wieder ein. Könnte es sein, daß Toby Sie oder sich selbst vor etwas, das Pat herausfinden könnte, zu schützen versuchen wollte?«

»Nein«, sagte Abigail rundheraus. »Es macht mir nichts aus, wenn sie sich daran erinnert, mich gesehen zu haben. Das, was da geschehen ist, war nicht meine Schuld.«

»Und Toby – was ist mit *Toby?* War er auch da?«

»Sie hat ihn nicht gesehen. Er hat mir gesagt, sie wäre schon bewußtlos gewesen, als er meine Handtasche holen ging.«

Ihnen wurde beiden gleichzeitig schlagartig klar, was aus ihren Worten zu folgen war. Sam stürzte zur Tür. Abigail stolperte hinter ihm her.

Arthur sah sich die Filmausschnitte an, wie Glory nach ihrer Verurteilung in Handschellen aus dem Gerichtssaal geführt wurde. Sie war einmal in Nahaufnahme zu sehen. Ihr Gesicht sah benommen und ausdruckslos aus, aber ihre Pupillen waren riesig. Der fassungslose Schmerz in ihren Augen bewirkte, daß ihm selbst die Tränen kamen. Er vergrub sein Gesicht in den Händen, während Luther Pelham über Glorys Nervenzusammenbruch sprach, darüber, wie sie unter bestimmten Auflagen aus der Haft entlassen wurde, weil sie außerhalb des Gefängnisses in psychiatrischer Behandlung war, und wie sie vor neun Jahren untergetaucht war. Und dann wollte er einfach nicht glauben, was er hörte, als Luther Pelham fortfuhr: »Gestern hat sich Eleanor Brown aus überwältigender Angst, wiedererkannt zu werden, wie sie angab, freiwillig der Polizei gestellt. Sie befindet sich derzeit in Polizeigewahrsam und soll wieder ins Staatsgefängnis überführt werden, um den Rest ihrer Strafe abzubüßen.«

*Glory hatte sich der Polizei gestellt. Sie hatte das Versprechen gebrochen, das sie ihm gegeben hatte.*

Nein. Man hatte sie dazu *getrieben*, ihr Versprechen zu brechen – getrieben mit der Gewißheit, daß diese Sendung sie öffentlich bloßstellen würde. Er wußte, daß er sie nie wiedersehen würde.

Seine Stimmen begannen wütend und rachedurstig auf ihn einzureden. Die Fäuste geballt, hörte er gebannt hin. Als sie verstummten, nahm er die Kopfhörer ab. Ohne sich die Mühe zu machen, die Fächer zurechtzurücken, um seinen Schlupfwinkel zu verbergen, hetzte er auf den Treppenabsatz hinaus und die Treppe hinunter.

Pat saß bewegungslos da und sah sich aufmerksam die Sendung an. Sie beobachtete sich selbst, wie sie den Brief zu lesen begann. »Billy, Darling.«

»Billy«, flüsterte sie. »Billy.«

In Gedanken versunken sah sie, wie Abigail entsetzt guckte und unwillkürlich die Hände zusammenpreßte, bevor sie sich mit eiserner Selbstbeherrschung zwang, mit verschwommenem Blick und in gefälliger Haltung dazusitzen, während ihr der Brief vorgelesen wurde. Sie hatte schon einmal diesen Ausdruck von Entsetzen in Abigails Gesicht gesehen.

*»Billy, Darling. Billy, Darling.«*

»Du sollst zu Mommy nicht ›Renée‹ sagen.«

»Aber Daddy sagt ›Renée‹ zu dir …«

Wie Abigail sich auf sie gestürzt hatte, als die Kameras nicht mehr liefen. *»Wo haben Sie den Brief her? Was wollen Sie damit erreichen?«*

Toby, wie er sie anschrie: »Das ist in Ordnung, Abby. Sollen die Leute doch ruhig von deinem letzten Brief an deinen Mann erfahren.« *»Deinen Mann.«* Das hatte er ihr sagen wollen.

Das Bild von Abigail und ihrem Vater am Strand; wie sich ihre Hände berührten.

*Abigail war es; sie hatte damals in dieser Nacht geklingelt; sie war an ihrem Vater vorbeigerauscht, das Gesicht gramzerfurcht und wutentstellt.*

»Du sollst nicht ›Renée‹ zu mir sagen – und Daddy nicht ›Billy‹ nennen.«

Dean *Wilson* Adams. Ihr *Vater* war *Billy* – nicht Willard Jennings!

Der Brief! Sie hatte ihn an dem Tag auf dem Boden in der Bibliothek gefunden, als sie die persönlichen Papiere ihres Vaters vor Toby hatte verstecken wollen. Der Brief mußte aus seinen Unterlagen herausgefallen sein, nicht aus Abigails. Abigail war damals in dieser Nacht dagewesen. Sie und Dean Adams – *Billy* Adams – hatten ein Verhältnis miteinander gehabt. Hatte sie den tödlichen Streit ausgelöst?

Ein kleines Mädchen, zusammengekauert in seinem Bett, die Hände über den Ohren, um nicht die zornerregten Stimmen zu hören.

Der Schuß.

*»Daddy! Daddy!«*

Ein zweiter lauter Knall.

Und dann bin ich hinuntergerannt, bin über den Körper meiner Mutter gestolpert. Da war noch jemand im Zimmer gewesen. Abigail? Oh, Gott, war Abigail Jennings vielleicht da, als ich hereinkam?

*Da war die Terrassentür aufgegangen.*

Das Telefon begann zu läuten, und im selben Moment ging die Deckenbeleuchtung aus. Pat sprang auf und wirbelte herum. Im flackernden Licht der Weihnachtsbeleuchtung kam eine riesige, dürre Mönchsgestalt mit leerem Gesicht auf sie zu; es war ein faltenloses Gesicht unter silberweißem Haar, das über porzellanblaue Augen fiel.

Toby fuhr Richtung Georgetown und bemühte sich dabei, nicht die erlaubte Geschwindigkeit zu überschreiten. Er konnte an diesem Abend kein Strafmandat gebrauchen. Er hatte abgewartet, bis die Sendung angelaufen war, bevor er losfuhr. Er wußte, daß Abby für die nächste halbe Stunde wie angenagelt vor dem Fernseher sitzen würde. Wenn sie ihn im Anschluß an die Sendung anrief, konnte er immer noch sagen, daß er gerade draußen war und sich um den Wagen gekümmert hatte.

Pat Traymore war ihm von Anfang an merkwürdig vertraut vorgekommen. Als er vor Jahren gelesen hatte, daß Kerry Adams »ihren Verletzungen erlegen« wäre, hatte er keine Träne vergossen. Zwar wäre die Aussage einer Dreijährigen vor Gericht nicht stichhaltig gewesen, aber trotzdem, die Art von Ärger hätte er auch nicht gebrauchen können.

Abby hatte recht gehabt. Pat Traymore hatte es von Anfang an darauf angelegt, ihnen die Daumenschrauben anzulegen. Aber sie würde damit nicht durchkommen.

Er war jetzt auf der M Street in Georgetown, bog in die 31st Street ab, fuhr bis zur N Street und dann rechts herum. Er wußte, wo er das Auto parken würde. So, wie er es schon einmal gemacht hatte.

Die rechte Seite des Grundstücks erstreckte sich über einen halben Block. Er ließ das Auto direkt hinter der nächsten Ecke stehen, ging zu Fuß zurück, kümmerte sich gar nicht erst um das mit einem Vorhängeschloß verriegelte Tor, sondern kletterte leichtfüßig über den Zaun. Leise tauchte er in dem schattigen Dunkel hinter der Terrasse unter.

Es war unmöglich, nicht an diese Nacht damals zurückzudenken – wie er Abby herausgezerrt und ihr die Hand auf den Mund gepreßt hatte, damit sie nicht schreien konnte. Wie er sie im Auto auf den Rücksitz gelegt und sie voller Angst gemurmelt hatte: »Meine Tasche ist noch drin.« Und wie er noch einmal zurückgegangen war.

Toby schlich sich im Schutz der Bäume voran, preßte sich an der Rückwand des Hauses entlang, bis er auf der Terrasse und nur wenige Zentimeter von der Tür entfernt war. Er wandte den Kopf um, blickte vorsichtig hinein.

Ihm stockte das Blut in den Adern. Pat Traymore lag, die Arme und Beine auf dem Rücken gefesselt, auf der Couch. Der Mund war zugeklebt. Neben ihr kniete, den Rücken der Tür zugekehrt, ein Priester oder Mönch und zündete die Kerzen in einem silbernen Kandelaber an. Was, zum Teufel, hatte er vor? Der Mann drehte sich um, und Toby konnte ihn besser sehen. Das war kein echter

Priester. Das war keine Mönchskutte – sondern nur irgendein seltsames Gewand. Der Ausdruck in seinem Gesicht erinnerte Toby an einen Nachbarn, der vor Jahren durchgedreht war.

Der Kerl schrie Pat Traymore an. Toby konnte seine Worte nur mit Mühe verstehen. »Sie haben meine Warnungen außer Acht gelassen. Die Wahl lag bei Ihnen.«

*Warnungen.* Und sie hatten gedacht, Pat Traymore hätte diese Sache mit den Anrufen und dem Einbruch erfunden. Aber wenn sie es nicht hatte ... Während Toby noch zusah, trug der Mann den Kandelaber zum Weihnachtsbaum hinüber und stellte ihn unter den niedrigsten Zweig.

Er steckte das Haus in Brand! Pat Traymore säße da drin in der Falle. Er brauchte nur umzukehren, ins Auto zu steigen und wieder nach Hause zu fahren.

Toby preßte sich eng gegen die Hauswand. Der Mann kam auf die Terrassentüren zu. *Angenommen, man fände ihn da drinnen?* Daß Pat Traymore Drohungen erhalten hatte, wußten alle. Wenn nun das Haus abbrannte und man den Kerl bei ihr fand, der sie bedroht hatte, wäre damit alles erledigt. Keine weiteren Nachforschungen; unwahrscheinlich, daß jemand sagte, er habe ein fremdes Auto in der Nähe parken sehen.

Toby horchte auf das Aufschnappen des Schlosses. Der Unbekannte in der Robe stieß die Terrassentüren auf. Dann wandte er sich noch einmal um, blickte ins Zimmer.

Toby trat lautlos hinter ihn.

Während der Nachspann über den Bildschirm lief, wählte Lila erneut Sams Nummer. Aber es war sinnlos. Es meldete sich immer noch niemand. Sie versuchte es noch einmal bei Pat. Nachdem es ein halbes Dutzend Mal geklingelt hatte, legte sie auf und trat ans Fenster. Pats Auto stand noch in der Einfahrt. Lila war sicher, daß sie zu

Hause war. Während Lila hinübersah, kam es ihr so vor, als wäre in der Dunkelheit um das Haus ein roter Glutschein auszumachen.

Sollte sie die Polizei anrufen? Angenommen, Pat stand nur im Begriff, sich an diese Tragödie zurückzuerinnern; angenommen, die Gefahr, die sie, Lila, verspürte, war psychischer, nicht physischer Art. Pat war so wild darauf erpicht, herauszufinden, warum einer von ihren Eltern sie so schwer verletzt hatte. Angenommen, die Wahrheit war noch schrecklicher, als sie sich vorgestellt hatte?

Was konnte die Polizei unternehmen, wenn Pat sich lediglich weigerte, die Tür zu öffnen? Sie würden niemals die Tür aufbrechen, nur weil Lila ihnen von ihren schlimmen Vorahnungen erzählt hatte. Lila wußte genau, wie geringschätzig Polizisten in bezug auf Parapsychologie reagieren konnten.

Ratlos stand sie am Fenster und starrte auf die wirbelnden nachtschwarzen Wolken, die das Haus auf der anderen Straßenseite umgaben.

Die Terrassentür. Sie war damals in dieser Nacht aufgegangen. Sie hatte aufgeblickt und ihn gesehen und war zu ihm hingerannt, hatte ihre Arme um seine stämmigen Beine geworfen. Toby, ihr Freund, der sie immer huckepack trug. Und er hatte sie hochgehoben und hingeschleudert ...

Toby ... es war *Toby*.

Und jetzt war er wieder da, stand direkt hinter Arthur Stevens.

Arthur spürte Tobys Nähe und wirbelte herum. Tobys Schlag traf ihn direkt an der Kehle, ließ ihn rücklings quer durchs Zimmer taumeln. Mit einem keuchenden, erstickten Aufschrei brach er neben dem Kamin zusammen. Die Augen hatte er geschlossen; sein Kopf rollte zur Seite.

Toby kam ins Zimmer. Pat zuckte zusammen beim Anblick dieser stämmigen Beine in der dunklen Hose, dieses bulligen Körpers, dieser mächtigen Pranken, dieses dunklen Vierecks des Onyxrings.

Er beugte sich über sie. »Du erinnerst dich, nicht wahr, Kerry? Sobald ich dahintergekommen war, wer du bist, war ich sicher, daß du mir auf die Spur kommen würdest. Es tut mir leid, was geschehen ist, aber ich mußte es wegen Abby tun. Sie war verrückt nach Billy. Als sie sah, wie deine Mutter ihn erschoß, schnappte sie über. Wenn ich nicht noch einmal zurückgekommen wäre wegen ihrer Handtasche, hätte ich dich nicht angerührt, das schwöre ich dir. Ich wollte dich nur für ein Weilchen außer Gefecht setzen. Aber jetzt hast du es auf Abby abgesehen, und das kann ich nicht zulassen.

Diesmal machst du es mir leicht, Kerry. Jeder weiß, daß du Drohungen bekommen hast. Mit so viel Glück hatte ich gar nicht gerechnet. Jetzt wird man diesen Spinner hier bei dir finden und keine weiteren Fragen stellen. Du stellst zu viele Fragen – weißt du das?«

Plötzlich fingen die Zweige direkt über dem Kandelaber Feuer. Sie begannen zu knistern, und Rauchschwaden stiegen zur Decke auf. »In wenigen Minuten wird das ganze Zimmer brennen, Kerry. Ich muß jetzt zurück. Es ist eine wichtige Nacht für Abby.«

Er tätschelte ihr die Wange. »Tut mir leid.«

Der ganze Baum ging jetzt in Flammen auf. Als er die Terrassentür hinter sich zumachte, sah sie, wie der Teppich zu schwelen anfing. Der beißende Geruch von Tannenreisig vermischte sich mit dem Qualm. Sie versuchte, die Luft anzuhalten. Ihre Augen brannten so schlimm, daß sie es nicht fertig brachte, sie offenzuhalten. Sie würde hier ersticken. Sie rollte sich auf die Kante der Couch und ließ sich auf den Boden fallen. Sie schlug mit der Stirn gegen ein Bein des Beistelltisches. Der plötzliche Schmerz ließ sie aufkeuchen. Sie begann sich windend Richtung Tür vorzuarbeiten. Mit den auf den Rücken gefesselten Händen kam sie kaum vorwärts. Sie schaffte es, sich auf den Rücken zu werfen, sich mit den Händen abzustützen und vorwärtszuschleudern. Der dicke Frotteebademantel behinderte sie dabei, und ihre nackten Füße rutschten auf dem Teppich aus.

Am Eingang zum Wohnzimmer hielt sie inne. Wenn sie es schaffte, die Tür zuzumachen, würde sie das Feuer daran hindern, sich weiter auszubreiten, wenigstens für einige Minuten. Sie zog sich über die Schwelle. An der Metallschiene schürfte sie sich die Haut an ihren Händen auf. Sie kroch sich windend um die Tür herum, stützte sich an der Wand hoch, stemmte sich mit der Schulter gegen die Tür und lehnte sich zurück, bis sie das Schloß einrasten hörte. Aber auch der Flur begann sich schon mit Rauch zu füllen. Sie konnte nicht mehr sehen, wo es wohin ging. Wenn sie jetzt einen Fehler machte und in die Bibliothek kam, hätte sie keine Chance mehr.

Sich an der Fußleiste orientierend, kroch sie Zentimeter um Zentimeter Richtung Haustür.

## 42

Lila versuchte noch einmal, Pat zu erreichen. Diesmal bat sie die Störstelle, die Nummer zu überprüfen. Das Telefon war in Ordnung.

Sie konnte nicht länger warten. Da drüben war etwas Schreckliches geschehen. Sie wählte die Nummer der Polizei. Sie könnte sie bitten, sich mal Pats Haus näher anzusehen, könnte ihnen sagen, sie habe diesen Herumtreiber gesehen. Aber als der diensthabende Beamte sich meldete, versagte ihre Stimme. Es schnürte ihr die Kehle zu, als wäre sie am Ersticken. Ihre Nasenlöcher füllten sich mit beißendem Rauchgestank. Ein Schmerz durchzuckte ihre Handgelenke und Fußknöchel. Sie lief am ganzen Körper rot an vor Hitze. Der Beamte wiederholte ungeduldig seinen Namen. Endlich fand Lila ihre Stimme wieder.

»Dreitausend N Street!« schrie sie. »Patricia Traymore liegt im Sterben! Patricia Traymore liegt im Sterben!«

Sam fuhr wie ein Rasender, fuhr bei Rot über die Kreuzungen – in der Hoffnung, von Polizeiwagen verfolgt zu werden. Neben ihm saß Abigail, die Hände zu Fäusten geballt an die Lippen gepreßt.

»Abigail, ich möchte die Wahrheit wissen. Was hat sich damals in jener Nacht ereignet, als Dean und Renée Adams starben?«

»Billy hatte mir versprochen, sich scheiden zu lassen … An dem Tag rief er mich an und sagte, er bringe es nicht fertig … Er müsse seine Ehe in Ordnung bringen … Er könne sich nicht von Kerry trennen. Ich dachte, Renée sei in Boston. Ich fuhr hin, um ihn zu beschwören, ihn umzustimmen. Renée drehte durch, als sie mich sah.

Sie war uns auf die Schliche gekommen. Billy hatte eine Waffe in seinem Schreibtisch. Sie richtete sie auf sich selbst ... Er versuchte, sie ihr zu entwinden ... Der Schuß ging los ... Sam, es war wie ein Alptraum. Er starb vor meinen Augen!«

»Wer hat dann *sie* umgebracht?« fragte Sam. »Wer?«

»Sie hat sich selbst getötet«, schluchzte Abigail. »Toby wußte, daß es Ärger geben würde. Er hatte alles von der Terrasse aus mitangesehen. Er zerrte mich hinaus zum Wagen. Sam, ich stand unter Schock. Ich wußte gar nicht, wie mir geschah. Das letzte, was ich sah, war, wie Renée dastand, die Waffe in der Hand. Toby mußte noch einmal zurückgehen, um meine Handtasche zu holen. Sam, ich hörte den zweiten Schuß, bevor er wieder das Haus betrat. Ich schwöre. Die Sache mit Kerry hat er mir erst am nächsten Tag erzählt. Er sagte, sie sei wohl 'runtergekommen, gleich nachdem wir hinausgegangen waren; Renée müsse sie gegen den Kamin geschleudert haben, damit sie ihr nicht im Weg war. Aber ihm war nicht klar gewesen, wie ernst sie verletzt war.«

»Pat weiß noch, daß sie über den Körper ihrer Mutter gestolpert ist.«

»Nein. Unmöglich. Das kann nicht sein.«

Sie bogen mit kreischenden Reifen in die Wisconsin Avenue ein.

»Sie haben immer Toby geglaubt«, sagte er vorwurfsvoll. »Weil Sie ihm glauben *wollten.* Das paßte Ihnen besser in den Kram. Glauben Sie, der Flugzeugabsturz war ein Unfall, Abigail – ein Unfall gerade im rechten Augenblick? Haben Sie Toby geglaubt, als Sie ihm in Sachen Wahlkampfgelder ein Alibi lieferten?«

»Ja ... ja ...«

Die Straßen waren voller Fußgänger. Er drückte zornig auf die Hupe. Die Menschen schlenderten zum Abendessen in die Restaurants. Er raste die M Street hinunter, die 31st Street entlang zur Ecke N Street und machte da eine Vollbremsung. Sie wurden beide nach vorne geschleudert.

»Oh, mein Gott«, flüsterte Abigail.

Eine ältere Frau hämmerte hilferufend mit den Fäusten gegen Pats Haustür. Ein Polizeiauto jagte mit heulender Sirene herbei.

Das Haus stand in Flammen.

Toby hetzte durch den Hof zum Zaun hinüber. Jetzt war alles vorbei. Nichts mehr zu erledigen. Keine Pilotenwitwe mehr, die Abigail Ärger machen könnte. Keine Kerry Adams mehr, die sich daran erinnerte, was sich damals in jener Nacht in diesem Wohnzimmer ereignet hatte.

Er mußte sich beeilen. Abby würde bald auf ihn warten. Sie mußte in einer Stunde im Weißen Haus sein. *Da schrie jemand um Hilfe. Jemand mußte den Rauch bemerkt haben.* Er hörte die Polizeisirene und begann zu laufen.

Gerade als er am Zaun angelangt war, brauste ein Auto vorüber, sauste um die Ecke und kam mit quietschenden Reifen zum Stehen. Autotüren schlugen, und er hörte einen Mann Pat Traymores Namen rufen. Sam Kingsley! Er mußte machen, daß er hier fortkam. Der ganze hintere Gebäudeteil war bald ein Raub der Flammen. Es könnte ihn jemand sehen.

»Nicht durch die Haustür, Sam, hinten herum, hinten herum.« Toby ließ sich vom Zaun wieder heruntergleiten. Abby. Es war Abby. Sie lief an der Seite des Hauses entlang, rannte zur Terrasse. Er spurtete zu ihr hinüber, überholte sie. »Abby, um Himmels willen, nicht dahin.«

Sie schaute ihn mit wildem Blick an. Die Nachtluft war von Rauchgestank erfüllt. Ein Seitenfenster barst, und Flammen züngelten über den Rasen.

»Toby, ist Kerry da drin?« Abby faßte ihn an den Rockaufschlägen.

»Ich weiß nicht, wovon du redest.«

»Toby, man hat dich letzte Nacht in der Nähe des Hauses von dieser Mrs. Graney gesehen.«

»Abby, sei still! Letzte Nacht war ich zum Essen mit meiner Steakburger-Freundin verabredet. Du hast mich selbst um halb elf zurückkommen sehen.«

»Nein.«

»Doch, hast du, Senatorin!«

»Dann ist es wohl so ... Was Sam mir gesagt hat ...«

»Abby, komm mir nicht mit sowas! Ich helfe dir. Und du hilfst mir. So war es schon immer, und das weißt du auch.«

Ein zweiter Polizeiwagen sauste mit flackerndem Blaulicht vorbei. »Abby, ich muß machen, daß ich hier fortkomme.«

Seine Stimme war ohne Furcht.

»Ist Kerry da drin?«

»Ich habe das Feuer nicht gelegt. Ich habe ihr nichts getan.«

»Ist sie da drin?«

»Ja.«

»Du Idiot! Du blöder, menschenmordender Idiot! Hol sie da 'raus!« Sie hämmerte mit den Fäusten gegen seine Brust. »Hast du gehört? Hol sie da 'raus!« Flammen schossen durch das Dach. »Tu, was ich sage«, schrie sie ihn an.

Sie starrten einander sekundenlang an. Dann zuckte Toby mit den Schultern, gab nach und lief schwerfällig an dem schneebedeckten Rasen an der Seite entlang, durch den Garten und auf die Terrasse. Auf der Straße hörte man das Sirenengeheul der Feuerwehr näherkommen. Er trat gegen die Terrassentüren.

Drinnen war eine sengende Hitze. Toby zog seinen Mantel aus und hüllte ihn sich um Kopf und Schultern. Sie hatte auf der Couch gelegen, irgendwo rechts von der Tür. Nur weil sie Billys Tochter ist, dachte er. Damit ist für dich alles vorbei, Abby. Diesmal kommen wir nicht ungeschoren davon ...

Er war an der Couch, tastete mit den Händen darüber. Er konnte nichts sehen. Sie war nicht da.

Er versuchte den Boden um die Couch herum abzutasten. Über seinem Kopf knisterte und krachte es. Er mußte hier 'raus – gleich würde alles zusammenstürzen.

Er taumelte, nur von dem kalten Luftzug geleitet, auf die Tür nach draußen zu. Stuck stürzte auf ihn herab, und er verlor das Gleichgewicht und fiel hin. Seine Hand berührte menschliches Fleisch. Ein Gesicht, aber nicht das Gesicht einer Frau. Es war dieser Irre.

Toby rappelte sich hoch, merkte, daß er zitterte, merkte, daß der ganze Raum vibrierte. Einen Moment später stürzte die Decke ein.

Mit seinem letzten Atemzug flüsterte er: »Abby!« Aber er wußte, daß sie ihm diesmal nicht helfen konnte …

Sich vorwärts schiebend, kriechend wand sich Pat Zentimeter um Zentimeter den Flur entlang. Der Strick war so eng gebunden, daß er ihr die Blutzirkulation in ihrem rechten Bein abgeschnürt hatte. Sie mußte ihre Beine nachziehen, konnte sich nur mit ihren Fingern und Handflächen weiterwuchten. Die Bodendielen wurden unerträglich heiß. Der beißende Rauch brannte in den Augen und auf der Haut. Sie konnte die Fußleiste nicht mehr fühlen, verlor die Orientierung. Es war hoffnungslos. Sie war im Begriff, zu ersticken. Sie würde verbrennen.

Dann begann es … das Klopfen … das Geschrei … Lilas Hilferufe … Pat drehte sich um, versuchte sich auf diese Laute zuzubewegen. Ein Krachen im hinteren Teil des Hauses erschütterte den Boden. Das ganze Haus war drauf und dran, einzustürzen. Sie spürte, wie sie das Bewußtsein verlor … es war ihr bestimmt gewesen, in diesem Haus zu sterben.

Während es ihr schwarz vor den Augen wurde, hörte sie ein wildes Hämmern und häßliches Splittern. Sie versuchten, die Tür aufzubrechen. Sie war ganz in der Nähe. Ein kühler Luftzug. Feuer- und Rauchschlünde tosten auf den Luftzug zu ... Zornige Männerstimmen brüllten: *»Es ist zu spät. Sie können da nicht hinein.«* Lila rief: *»Helfen Sie ihr, helfen Sie ihr!«* Sam voller Verzweiflung, wütend: *»Lassen Sie mich los!«*

Sam ... Sam ... Füße rannten an ihr vorüber ... Sam schrie ihren Namen. Mit letzter Kraft hob Pat die Beine hoch und schlug sie kräftig gegen die Wand.

Er drehte sich um, erblickte sie im Lichtschein der Flammen, hob sie hoch und rannte mit ihr aus dem Haus.

Die Straße war voller Feuerwehrautos und Streifenwagen. Zuschauer drängten sich entsetzt schweigend zusammen. Abigail stand steif wie eine Statue da, während Rettungsdienstbeamte sich um Pat kümmerten. Sam kniete mit besorgter Miene neben der Bahre und streichelte Pats Arme. Lila stand zitternd und aschfahl einige Schritte abseits, den Blick fest auf Pats immer noch leblosen Körper gerichtet. Um sie herum wehten heiße Rußpartikelchen von dem zerstörten Haus durch die Luft.

»Ihr Puls wird kräftiger«, sagte der Mann vom Rettungsdienst.

Pat bewegte sich, versuchte die Sauerstoffmaske abzubekommen. »Sam ...«

»Ich bin hier, Darling.« Er blickte auf, da Abigail ihn an der Schulter berührte. Ihr Gesicht war rußverschmiert. Das Kostüm, das sie fürs Weiße Haus angezogen hatte, war verschmutzt und zerknittert. »Ich bin froh, daß Kerry es heil überstanden hat, Sam. Passen Sie gut auf sie auf.«

»Das werde ich.«

»Ich lasse mich von einem Polizisten zu einem Telefon fahren. Ich fühle mich momentan nicht in der Lage, dem Präsidenten persönlich zu sagen, daß ich aus dem öffentlichen Dienst ausscheiden muß. Lassen Sie mich wissen, was ich tun muß, um Eleanor Brown zu helfen.«

Sie schritt langsam auf das nächststehende Polizeiauto zu. Schaulustige, die sie erkannten, brachen in Ausrufe der Verwunderung aus und gingen auseinander, um sie durchzulassen. Einige von ihnen begannen zu klatschen. »Ihre Sendung war großartig«, rief jemand. »Sie gefallen uns.« Und jemand anderes rief: »Unsere Unterstützung ist Ihnen sicher, daß Sie Vizepräsidentin werden.«

Beim Einsteigen ins Auto wandte sich Abigail noch einmal um und zwang sich mit einem gequälten Lächeln, ihnen für die Glückwünsche zu danken.

## 43

Am 29. Dezember um neun Uhr abends schritt der Präsident aus Anlaß der Pressekonferenz, die er zwei Tage vorher kurzfristig verschoben hatte, in den East Room des Weißen Hauses. Er ging an das Lesepult, wo man die Mikrofone angebracht hatte. »Ich frage mich, warum wir hier alle versammelt sind«, bemerkte er. Es gab Gelächter.

Der Präsident brachte sein Bedauern über den vorzeitigen Rücktritt des bisherigen Vizepräsidenten zum Ausdruck. Dann fuhr er fort: »Es gibt viele hervorragende Regierungsbeamte, die diese Rolle mit großem Geschick einnehmen könnten, wenn ich aus irgendwelchen Gründen nicht länger dazu in der Lage sein sollte. Die Person jedoch, die ich mit der vollen Zustimmung der führenden Leute in allen Regierungsämtern für das Amt des Vizepräsidenten erwählt habe und die allerdings noch der Bestätigung von seiten des Kongresses bedarf, wird in der Geschichte unseres Landes eine einzigartige Stellung einnehmen. Meine Damen und Herren, es ist mir eine Freude, Ihnen die erste Vizepräsidentin der Vereinigten Staaten vorstellen zu dürfen, Senatorin Claire Lawrence aus Wisconsin.«

Tobender Applaus setzte ein, und die Zuhörer im Weißen Haus sprangen auf.

Sam und Pat saßen eng aneinander gekuschelt auf der Couch in seinem Apartment und sahen sich die Pressekonferenz im Fernsehen an. »Ich möchte mal wissen, ob Abigail sich das jetzt ansieht«, sagte Pat.

»Ich vermute, ja.«

»Sie hätte nie Tobys besonderer Hilfe bedurft. Sie hätte es allein schaffen können.«

»Das stimmt. Und das ist das Betrüblichste an allem.«

»Was wird aus ihr werden?«

»Sie wird Washington verlassen. Aber denk nicht, sie wäre erledigt. Abigail ist zäh. Sie wird sich wieder nach oben arbeiten. Und diesmal ohne diesen Unhold im Hintergrund.«

»Sie hat so viel Gutes getan«, meinte Pat traurig. »Sie war in so vielerlei Hinsicht genau so, wie ich gedacht hatte.«

Sie hörten sich Claire Lawrences Erklärung, daß sie das Amt annehme, an. Dann half Sam Pat aufzustehen. »Mit deinen versengten Augenbrauen und Wimpern siehst du unglaublich erstaunt aus.« Er nahm ihr Gesicht in seine Hände. »Ist es gut, wieder aus dem Krankenhaus zu sein?«

»Und wie!«

Es hätte nicht viel gefehlt, und er hätte sie für immer verloren. Jetzt blickte sie voller Vertrauen, aber besorgt zu ihm auf.

»Und was wird mit Eleanor?« fragte sie. »Du hast bisher nichts gesagt, und ich habe mich nicht getraut, dich zu fragen.«

»Das war nicht meine Absicht, es dir nicht zu sagen. Abigails neue, geänderte Aussage, zusammen mit allem anderen, was wir gegen Toby vorliegen haben, wird Eleanor entlasten. – Und du? Jetzt, nachdem du die Wahrheit kennst, wie sind da deine Empfindungen in bezug auf deine Mutter und deinen Vater?«

»Ich bin froh, daß nicht mein Vater geschossen hat. Traurig um meine Mutter. Glücklich, daß keiner von beiden mir in jener Nacht etwas angetan hat. Sie paßten einfach nicht zusammen. Aber an vielem, was geschah, war keiner von beiden schuld. Vielleicht fange ich an, mehr Verständnis für die Menschen aufzubringen. Wenigstens hoffe ich das.«

»Denk an eines. Wenn deine Eltern nicht zusammengefunden hätten, gäbe es dich nicht, und ich würde vielleicht für den Rest meines Lebens in einer Wohnung zubringen, die eingerichtet ist wie ... wie hast du das noch ausgedrückt? Wie ein Motelfoyer?«

»So ähnlich.«

»Hast du dich beruflich entschieden?«

»Ich weiß nicht. Luther scheint es ernst damit zu sein, daß er mich gerne hierbehalten würde. Ich glaube, die Sendung ist, soweit das möglich war, gut angekommen. Er hat mich gebeten, ich solle mir Gedanken über eine Sendung über Claire Lawrence machen, und er meint, wir könnten es sogar schaffen, die First Lady zu einer Folge zu überreden. Das ist sehr verlockend. Er schwört, von jetzt an sei ich allein für meine Projekte inhaltlich verantwortlich. Und da es dich gibt, wird er bestimmt nicht noch einmal versuchen, mir zu nahe zu treten.«

»Das möchte ich ihm auch raten!« Sam legte seinen Arm um sie und entdeckte einen Anflug von Lächeln. »Komm. Du siehst doch so gerne aufs Wasser.« Sie gingen ans Fenster und blickten hinaus. Es war eine wolkenverhangene Nacht, aber der Potomac glitzerte im Licht vom Kennedy Center.

»Ich glaube, noch nie habe ich so gelitten, wie in dem Moment, als ich dies Haus brennen sah und wußte, daß du darin warst«, sagte er. Er drückte sie mit dem Arm noch fester an sich. »Ich darf dich nicht verlieren, Pat, nicht jetzt, nie.« Er küßte sie. »Es ist mir ganz ernst damit, daß wir nicht noch mehr Zeit verschwenden sollten. Würde es dir passen, wenn wir nächste Woche nach Caneel Bay in die Flitterwochen führen?«

»Spar dir das Geld. Ich würde viel lieber wieder nach Cape Cod fahren.«

»Und ins Ebb Tide Motel gehen?«

»Erraten. Nur mit einem Unterschied.« Sie blickte zu ihm auf und strahlte ihn an. »Diesmal fliegen wir im selben Flugzeug zurück.«